王干文集

王干 著

废墟之花

作家出版社

图书在版编目（CIP）数据

废墟之花 / 王干著 . -- 北京：作家出版社，2018.1（2021.1重印）
（王干文集）
ISBN 978-7-5063-9713-1

Ⅰ . ①废… Ⅱ . ①王… Ⅲ . ①散文集—中国—当代
Ⅳ . ① I267

中国版本图书馆 CIP 数据核字（2017）第 229901 号

废墟之花

作　　者： 王　干
书名题字： 沈　鹏
责任编辑： 赵　莹
装帧设计： 鸿儒文轩 · 书心瞬意
出版发行： 作家出版社有限公司
社　　址： 北京农展馆南里 10 号　　**邮　　编：** 100125
电话传真： 86 – 10 – 65067186（发行中心及邮购部）
86 – 10 – 65004079（总编室）
E – mail: zuojia@zuojia. net. cn
http: //www. zuojiachubanshe. com
印　　刷： 三河市华东印刷有限公司
成品尺寸： 155 × 225
字　　数： 307 千
印　　张： 26.5
版　　次： 2018 年 1 月第 1 版
印　　次： 2021 年 1 月第 2 次印刷
ISBN 978-7-5063-9713-1
定　　价： 78.00 元

目录

废墟之花

世纪末的突围

·上篇　小说之困·

·中篇　文坛之误·

·下篇　作家之惑·

废墟之花

引言：背景与进程

走向冬天
在江海冻结的地方
道路开始流动
乌鸦在河滩的鹅卵石上
孵化出一个个月亮
谁睡了，谁就会知道
梦将降临大地
沉淀成早上的寒霜
代替那些疲惫不堪的星星
罪恶的时间将要中止
而冰山连绵不断
成为一代人的塑像

——北岛《走向冬天》

a. 引言

艺术流放的年代产生了艺术的奇葩。

有点像艾青的《大堰河》诞生于黑暗的囚狱之中。

朦胧诗的摇篮是给全民族带来灾难的十年动乱。

当“罪恶的时间”中止时，朦胧诗和它的主人跃出了地平线，在整个诗坛，整个文学界以至思想界激起了一场级别不小的地震。这场地震持续了十年之久，至今仍未平息，成为中国新时期十分特殊的文学现象，也成为中国新文化运动以来特殊的精神现象之一。具体阐释和评估这种独特的现象似乎为时尚早，现实的距离与心理的距离都会损害阐释者视野的完整与描述的客观，但既然批评亦是一种心态，一种材料，笔者也就不妨将这种心态描述出来，成为经典性审定论者研究的一种心理材料。

在描述朦胧诗的本体内涵和艺术内构之前，笔者想在引言部分中将朦胧诗的产生、发展、变化的背景、进程作大致的勾勒，以便读者能够更清楚地理解朦胧诗和朦胧诗人。

b. 奔突在动乱时代的地下岩浆

朦胧诗孕育于十年动乱这样一个特殊的历史时期，除了情感内容和心理内容是那个时代积淀物外，有不少诗篇就写于当时，北岛、舒婷、顾城、多多、芒克、食指等人的很多诗篇是写于 1976 年 10 月以前，北岛最早的诗写于 1971 年，而顾城最早的诗歌甚至在他十二岁的 1968 年就已经写出，也许朦胧诗的源头还可以追溯得更远些，但就其社会心理内涵与整体诗歌群体形成的时间而言，是与十年动乱这样特殊的历史时期分不开的。它是十年动乱这只“乌鸦在河滩的鹅卵石上 / 孵化出”的“月亮”，这对历史够有嘲讽意味的了。

也许是应了“国家不兴诗人兴”这句中国文学史上的老话。在十年动乱那样一个没有自由、没有艺术、没有歌声、没有色彩的灾难岁月里，正义横遭邪恶的奸污，真理被绑在耻辱柱上，人的尊严的丧失成为一种集体无意识，人的价值混同于兽的意义，人性被兽性吞没，知识成为一种罪恶，文化则是一种灾难。长期的精神压抑在人们的心灵留下了深刻的创伤，人们既渴望在黑暗、令人窒息的环境里心灵能够得到抚慰，也需要寻找情感宣泄的方式，而当时的诗歌以及整个文学则根本不允许这种情感的存在，因此，一些青年人便以一种自卫亦是自娱的方式写作诗歌，来抒写内心的苦闷、忧郁、愤懑，来满足灵魂的饥渴与苦痛。也许当初他们并没有想成为一个诗人，更没有料到后来他们会在新文学史上引起那么大的骚动与不安，他们更多的是为了抒写心声，让灵魂在诗的天国得到安宁，由于特定历史的限制，他们不得不采取另一种与当时直白、空洞、虚假的诗迥然相对的抒情方式，一种较为含蓄、较为隐晦、较为苦涩的现代抒情方式来掩饰他们内心的紊乱、苦闷、孤独，以免遭到当时政治的迫害与打击，这也许是产生朦胧诗的客观因素。在朦胧诗那些繁杂、变形、跳跃的意象背面，实际上奔腾着一条情感的河流。李泽厚在 1980 年为《星星画展》写的《画廊谈美》一文，虽然说的是画，“当时心里想的却主要是朦胧诗”，他敏锐地指出：“……在那些变形、扭曲或‘看不懂’的造型中，不也正好是经历了十年动乱，看遍了社会上、下阶层的各种悲惨和阴暗，尝过了造反、夺权、派仗、武斗、插队、待业种种酸甜苦辣的对应物吗？政治上的愤怒，情感上的悲伤，思想上的怀疑，对往事的感叹与回想，对未来的苦闷与彷徨，对前途的期待和没有把握，缺乏信心仍然憧憬，尽管渺茫却在希望，对青春年华的悼念痛惜，对人生真理的探索追求，在蹒跚中的前进与徘徊……所有这种种难以言喻的复杂混乱的思想感情，不都是一定程度地在这里以及近年来的某些小说、散文、诗歌中表现出来了吗？它们传达经历了无数苦难的青年一代的心声”(《读书》1986 年第 1 期)。“经历了无数苦难的青年一代的心声”也许正是朦胧诗的一种非常客观公允的写照与判断。恩格斯曾经说过，“愤怒出诗人”，朦胧诗人又是感伤诗人，他们在泪水和棍棒中迅速地觉醒，迅速地成长为思考的一代，他们是动乱的年代所造就的叛逆的一代，“告诉你吧，世界，我——不——相——信！”(北岛《回答》)这种不满现实的情绪和对人、对人性的呼唤，像地下的岩浆一样在奔突，在流动。其实，这时候有很多有志青年都以文学作品这种特殊的形式来表现心灵的苦闷、懊丧、愤懑和痛苦，如一度非常流行的《公开的情书》《第二次握手》以及北岛的《波动》等小说便是这种情感岩浆喷射的一种形式。

c.《今天》

1978 年底是一个特殊的历史时期，在那个具有划时代意义的会议召开的前后，正逢思想解放运动深入之际，北京的几个青年人聚集在一起，筹议创办了一个油印物《今天》，这个刊物后来对中国诗歌界、文学界产生了极大的影响，一大批优秀的青年诗人、小说家、画家从这里起步，很快走向了世界。《今天》也许会像五四时期的《小说月报》《创造月刊》一样，在新时期文学史上留下它独特的位置。

《今天》是一本综合性的文学双月刊，1978 年底创刊，1980 年停刊，共出了大约 12 期。《今天》表现出对传统文学观念革新的全方位姿势，它并不是一个纯粹的诗歌刊物，也不是纯粹的文学刊物，它上面载有诗歌、小说、散文，还有理论文字，还有一些轰动海内外的星星画派的美术作品。朦胧诗最初出现时，便经常与星星画派的绘画合二为一，诗配画，画配诗，以强化这种艺术的冲击力。除了与“星星”并肩作战外，《今天》还单独油印了个人的集子，北岛的小说集《今天》、诗集《陌生的海滩》，芒克的诗集《心事》，食指的诗集《相信未来》等都是当时的单本专集。北岛、芒克、江河、食指、林莽、严力，以及杨炼、顾城和福建的舒婷构成了《今天》的基本阵容，实际这一阵容，亦是朦胧诗的基本阵容。另外，星星画派中的王克平、曲磊磊、黄锐、阿城也或多或少地参与了《今天》的活动，推助了朦胧诗潮的泛滥、汹涌。

与星星画派一样，《今天》是以一种反传统的姿态出现在中国的文坛上的，他们在创刊号上宣言式的《致读者》中明确宣告：

> 历史终于给了我们机会，使我们这代人能够把埋藏在心中十年之久的歌声唱出来，而不致再遭到雷霆的处罚。我们不能再等待了，等待就是倒退，因为历史已经前进了。
>
> 马克思指出："你们赞美大自然悦人心目的千变万化和无穷无尽的丰富宝藏，你们并不要求玫瑰花和紫罗兰散发出同样的芳香，但你们为什么却要求世界上最丰富的东西——精神只能有一种存在形式呢？我是一个幽默家，可是法律却命令我用严肃的笔调。我是一个激情的人，可是法律却指定我用谦逊的风格。没有色彩就是这种自由唯一许可的色彩。每一滴露水在太阳的照耀下都闪耀着无穷无尽的色彩，但是精神的太阳，无论它照耀着什么事物，却只准产生一种色彩，就是官方的色彩！精神的最主要的表现形式是欢乐、光明，但你们却要使阴暗成为精神的唯一合法的表现形式；精神只准披着黑色的衣服，可是自然界却没有一枝黑色的花朵。"而今天，在血泊中升起黎明的今天，我们需要的是五彩缤纷的花朵，需要的是真正属于大自然的花朵，需要的是开放在人们内心深处的花朵。

过去，老一代作家们曾以血和笔写下了不少优秀的作品，在我国五四以来的文学史上立下了功勋。但是，在今天，作为一代人来讲，他们落伍了。而反映新时代精神的艰巨任务，已经落在我们这代人的肩上。

五四运动标志着一个新时代的开始。这一时代必将确立每个人生存的意义，并进一步加深人们对自由精神的理解；我们文明古国的现代更新，也必将重新确立中华民族在世界民族中的地位。我们的文学艺术，则必须反映出这一深刻的本质来。

今天，当人们重新抬起眼睛的时候，不再仅仅用一种纵的眼光停留在几千年的文化遗产上，而开始用一种横的眼光来环视周围的地平线了。只有这样，才能使我们真正地了解自己的价值，从而避免可笑的妄自尊大或可悲的自暴自弃。

我们今天，植根于过去古老的沃土里，植根于为之而死的信念中。过去的已经过去，未来尚且遥远。对于我们这代人来讲，今天，只有今天！

《今天》的宣言可以归纳出他们创作纲领上的几个特点：一、风格的多样性；二、对传统的挑战性；三、眼光的世界性或当代性、现代性。但后二者只是他们凭直觉感受到的，并未上升到理性的高度进行具释，也不具体，因为他们对传统文学观念的冲击所依赖的最有力的武器是风格多元化，用多元化的风格取代诗坛那种单一、僵硬的模式，然而他们在诗歌创作中的探索精神与创作实绩远远超过他们宣言的价值内涵，这也是他们始料未及的。事实上，《今天》成了中国朦胧诗潮的发源地，从那里涌出了一股汹涌的诗歌潮流，以巨大的冲击力辐射到诗界、文学界、思想界。1979 年到 1980 年，《今天》的发行量迅速增加，在北京的高校里大学生们争相传阅，争相传抄，然后这些诗再经来自各地的大学生辐射到全国，在青年中产生了巨大的反响。顾城在《剪接的自传》里曾经提到他阅读《今天》的激动心情，当时顾城写了不少诗，心情非常压抑、孤独，一天：

“刚找到工作的姐姐，递给我几页诗，她说：‘快看，有人写和你《无名的小花》那样的诗。’

我在静漠的阳光下，读着这些诗，陌生的诗……

走吧，望着同一片天空，

心敲击着暮色的鼓……

——北岛《走吧》

我的所有思想 / 都被太阳晒过……

——芒克《土地》

我必须作为树的形象 / 和你站在一起

——舒婷《致橡树》

我看完之后，独自待了很久；久久地望着那枯枝后，无声的晴空；我望着，为了相信，相信被我自己、被习惯埋葬的真实和美……

最后，我又一次站起来，掀起床单，用手帕擦去《无名的小花》上厚厚的灰尘……”

从顾城的这段记叙里我们可以看出，当时的《今天》对整个一代青年无疑是一种呼唤，《今天》无疑在他们心灵激起了一种共鸣。

舒婷在第一次写到读到北岛的诗后是这样写的："1977 年我初读北岛的诗时，不啻受到一次几级地震。北岛的诗的出现比它的诗本身更激动我。就好像在天井里挣扎生长的桂树，从一颗飞来的风信子，领悟到世界的广阔，联想到草坪和绿洲。我非常喜欢他的诗，尤其是《一切》。正是这首诗令我欢欣鼓舞地发现：'并非一切种子都找不到生根的土壤。在我们这块敏感的土地上，真诚的嗓音无论多么微弱，都有持久而悠远的回声。"可见《今天》的出现聚集了一批年轻诗人，推出了一批青年诗人，也培养滋育了一批诗人，很多人通过《今天》找到了自己的知音，也找到了自己的联络对象，他们的感情开始有了新的寄托，有的人在暗暗传抄、背诵、模仿《今天》的诗，生活，有了一扇新的窗口。

《今天》的出现也预示着一个百花齐放、百家争鸣的一个多元发展的文学时代的到来。虽然《今天》是一个油印刊物，这在"文革"期间是不可能的，在"十七年"也是不可能的，因为在那样单一化的文学时代里，搞这种与常规模式相背离的文学刊物，就意味着是一种异端。文学史上这样惨重的教训并不算少。《今天》只能在一个改革开放的总的历史氛围里出现，它的存在意味着自由的空气已经大幅度地向中国文坛涌进，而单一化、僵硬、守旧的文学局面已濒临崩溃。

d. 冲出地平线后的喧闹

一场诗坛空前的大论战开始了。当《今天》以油印的形式出现时，有人还不以为然，以为不过为满足发表欲而已。在朦胧诗悄悄地在《诗刊》等重要报刊露出了头角之后，便开始引起了一些诗人和诗评家的注意。当 1979 年第 3 期《诗刊》发表了北岛的《回答》之后，人们也许并没有去留心这个陌生的名字，而那种陌生的诗美却使得一些美力萎缩的人感到困惑。第 4 期《诗刊》舒婷《致橡树》的出现虽然获得了一片喝彩声，但是她的另一些诗歌却遭到了非议。不久，福建、北京南北呼应共时性地展开了一场诗坛空前的“朦胧”之战。

这场论争并不是从青年诗人的诗作直接切入的，而是从一位中年诗人的诗作转到朦胧诗的。章明《令人窒息的朦胧》，批评了四十年代的“九叶”之一杜运燮的《秋》，认为《秋》是朦胧的，尤其觉得“连鸽哨也发出了成熟的音调”一句不可以理解，鸽哨怎么会成熟呢？这便揭开了“朦胧”之战的第一道序幕。杜运燮的《秋》如下：

连鸽哨也发出了成熟的音调，
过去了，那沉雨喧闹的夏季，
不再像那严峻的闷热的考验，
危险游泳的细节回忆。

经历过春天萌芽的破坏，
幼叶成长中的扭曲和受伤，
这些枝条在烈日下也狂热过，
差点在雨夜中迷失方向。
现在，平易的天空没有浮云，
山川明清，视野格外宽广；
智慧、感情都成熟的季节呵，
河水也像是来自更深处的源泉。

紊乱的气流经过发酵，
在山谷酿成透明的好酒，
吹来的是第几阵秋意？醒人的香味
已把秋花秋叶深深染透。

街树边红颜色暗示点什么，
自行车的车轮闪射着朝气；
吊车的长臂在高空指向远方，
秋阳在上面扫描丰收的信息。

拿杜运燮的这首诗来对“朦胧诗”进行发难，委实是一大冤屈。《秋》一点也不朦胧，只是稍稍运用了诗歌意象的基本技巧，而且，《秋》是一首政治性很强的“大我”颂歌型的抒情诗。诗中，诗人把十年动乱比作“阵雨喧闹的夏季”，将青年一代比作“萌芽”，成长中遭到“扭曲”和“受伤”，“差点在雨夜中迷失方向”，把粉碎“四人帮”以后的新时期比作“秋天”“智慧、感情都成熟的季节”，并且传递出“丰收的信息”。这是一首歌唱新时期的赞歌，感情真挚深沉，只是没有采用那种“啊”式的直白的颂歌法，诗中运用了意象暗寓、象征等手法，但思维方式基本是一维性的因果联系，强调意与象对应的逻辑方式，理念有些淹没了感情的色彩。不用说与朦胧诗人那种闪烁不定的意象魔方不能相比，即令与诗人的四十年代诗作相比，《秋》也显得直露。这种抒写“大我”的诗也被当作“朦胧”的靶子，被当作“异端”，可见这场“朦胧”之战，并不是简单的“懂”与“不懂”的争执，而是两种不同的诗歌观念的较量，而且，这种诗歌观念的对立与悬殊也势必导致论战的混乱与非常态发展。

在这之前，五十年代著名的青年诗人公刘读了顾城的诗集之后所写的《新的课题》在《星星》诗刊发表之后，也引起赞同与反对两种截然不同的意见。在福建，孙绍振、刘登翰等诗人竭力为舒婷大声疾呼，力争其存在的合理地位。争鸣尚在继续，《诗刊》于 1980 年又做了一次惊人的创举，创办了“青春诗会”，虽然首届青春诗会当中只有舒婷、江河、顾城三位准朦胧诗人参加，但梁小斌、王小妮、徐敬亚等亚朦胧诗人的进入，使得这届青春诗会更多沾染了朦胧的气息，尤其是王小妮、梁小斌、徐敬亚等这些异军与《今天》诗派的横向联系使得朦胧诗的阵容更为庞大，而影响开始辐射性向四周渗透，以至于有人怀疑这一期诗刊是不是为朦胧诗专门创办的。这之后，上海文艺出版社于 1981 年出版了第一本朦胧诗集——舒婷的《双桅船》，深受读者的欢迎，很快销售一空，并获得中国作协举办的首届新诗诗集奖。1982 年，福建人民出版社又出版了《舒婷顾城诗选》，大大扩大了朦胧诗潮的声势和影响。

继章明的《令人窒息的“朦胧”》之后，诗坛和批评界为顾城两首小诗（《弧线》《远和近》）的内涵展开了“懂”与“不懂”的争论，为时达一年之久，争论的双方言辞激烈，甚至意气用事，但实际都是以一种价值标准来进行判断的，反对者依据平面的线性思维那种因果联系逻辑性很强的推理模式。赞成的实际上也是依据同一种思维模式，一说有“思想”，一说无“思想”，都在朦胧诗的外围绕圈子，而不能在诗的本体艺术的诗论上深入下去。

在“朦胧”之战中，三个“崛起”论者为推动朦胧诗的更大发展和扩大朦胧诗的更大影响起着很大的作用。诗评家谢冕以敏锐的艺术感觉和犀利的艺术目光迅速发现了这一伙正在“崛起”的青年诗人，1980 年 5 月 7 日，他在《光明日报》发表了《在新的崛起面前》，首先提出对朦胧诗要“适当容忍和宽宏”，“是有利于新诗的发展的"，之后并接二连三地发表文章从诗歌历史发展的进程考察来表明朦胧诗的出现、存在的必然与合理，其热情洋溢、文采昭彰、立论新颖很快引起了人们的关注。他主编的《诗探索》也应运而生。《诗探索》容纳不同的观念在同一阵地进行争鸣切磋，因而这个全国唯一的诗歌理论刊物，一时成为全国的畅销书，很多那时起步的青年诗人至今还十分虔诚地怀念这本富有论辩意味的刊物。孙绍振是第二个崛起的作者，他在 1981 年 3 月号《诗刊》上发表的《新的美学原则在崛起》则显示出这位诗论家更深邃的美学目光与深厚的理论功力。他清醒地认识到："在历次思想解放运动和艺术革新潮流中，首先遭到挑战的总是权威和传统的神圣性，受到冲击的还有群众的习惯的信念"，"与其说是诗人的崛起，不如说是一种新的美学原则的崛起"，这就没有停留于"懂"与"不懂"这样阅读层次上，而从审美原则的高度去概括一种独特的文学现象，虽然它概括的几条原则未必准确，但这种超越现象本身从理论上去阐释朦胧诗的立论方式，使朦胧诗的确立有了一定的理论基础。

朦胧诗迅速走向全方位发展与谢冕、孙绍振等人的富有论战性的文章是分不开的，一定程度上，他们的文章的影响甚至超过了朦胧诗本身，使朦胧诗潮迅速波及各个文艺领域。自然，谢、孙的文章也遭到了非议，谢冕的史论也被人与朦胧诗裹在一起，称为"古怪诗"的"古怪诗论"。孙绍振的文章也被称之为"资产阶级""唯心主义"的产物，并在一定范围内受到了善意的误解和不公正的批评。但这种批评与反批评、这种争鸣的激烈程度与扩大了的范围无疑提高了朦胧诗的响亮度，使得朦胧诗成为知识界、文化界一个时髦而又饶有兴趣的话题。徐敬亚的《崛起的诗群》的发表，把本来已经趋向平静的论战风波白热化了，虽然在诗歌技巧的理解与分析上，徐文比谢、孙有了更具体的阐释，但由于立论的偏激与论政的不足，反而影响了人们对朦胧诗的认识，以致由它而殃及朦胧诗，一度影响了朦胧诗的发展。以后，关于朦胧诗的争鸣便中断了。

e. 沉默后的认可

朦胧诗作者虽然一度陷入沉默，但朦胧诗却在读者中悄悄地传播，一些大学生、高中生、青年工人四处搜寻、传抄朦胧诗，关心、询问朦胧诗人的处境。舒婷记叙过他们沉默时期的情况："好心的读者频频叩问，青草轻轻地繁生到我窗前；热情的编辑约稿不断，预许宁静的湖面放航三桅、四桅船（假如我有的话）；刊授大学、函授中心邀请当编委、顾问，簇拥来无数新叶般的眼睛，有些封面、封二、封三、封底邀请我微笑成为诗苑风景，晚报、日报记者愿为我辟谣、更正，采集我的眼泪为中国女性作家击鼓鸣冤；省电视台、中央电视台要我排进节目，以真实的声音、真实的眼泪为关注我的朋友们解忧。"（《以忧伤的明亮透彻沉默》）

当国内文坛对朦胧诗沉默不语时，国际诗坛却表现出浓厚的兴致和热情，美国康奈尔大学出版了北岛的诗集《太阳城礼战》，瑞典好书出版社出版了北岛和顾城的合集《北岛顾城诗选》，这无疑扩大了朦胧诗的国际影响。朦胧诗短暂的沉默，在表面上看似乎是一片空白，但实际上蕴蓄了更大的能量，沉默之后往往是新的、更有力的爆发。他们进行自身的反思，调整智力结构与审美结构，熔铸新的诗作，像江河的《太阳和它的反光》、杨炼的《半坡》《敦煌》等具有史诗格局的组诗以及北岛、顾城一系列新作都是沉默时的作品。因此，1985 年初，朦胧诗人和一些亚朦胧诗人、次朦胧诗人经过短时间的沉默和反思之后，重新登上了中国的诗坛，带着他们的新作和旧作，便显现出较为庞大、强壮的阵容和宏阔的气势。另一方面，人们也不得不重新考虑朦胧诗的价值和意义。

也许审美距离的关系，短暂的沉默时光居然使许多人恍然觉得朦胧诗一下子变得清晰、亲切起来，也由于逆反心理的作用，朦胧诗成为一种时尚，许多刊物竞相刊发朦胧诗人和亚朦胧诗人的诗作，在全国范围内兴起了一股朦胧诗的旋风。谢冕、杨匡汉、刘登翰等也纷纷撰文评价朦胧诗潮朦胧诗人，《文学评论》《当代文艺思潮》等有影响的理论刊物也开始发表研究朦胧诗人的论文。辽宁人民出版社出版了《朦胧诗选》，北京大学五四文学社印刷了《新诗潮集》，使人们越来越清晰地理解了朦胧诗的整体面貌和发展情况。尤其是后者还收录了一些虽然深受朦胧诗的熏陶，但已力图对朦胧诗的格局进行突破的又一代青年诗人的作品，较好地呈现出朦胧诗发展的脉络。

虽然对朦胧诗仍然有不同的意见和看法，但种种现象表明，朦胧诗在经过激烈的证明和短暂的沉默之后，最终获得了社会的认可，就像他们的诗所写的：

我推翻了一道道定义
我打碎了一层层枷锁，心中剩下
一片触目的废墟……
但是，我站起来了
站在广阔的地平线上
再没有人，没有任何手段
能把我重新推下去

——舒婷《一代人的呼声》

可是，朦胧诗人没有料到，正当他们被认可、被器重，不再被视为“异端”，朦胧诗正处于鼎盛时期时，他们在另一群人的眼中却成了要反对的“传统”。在“告别舒婷”“打倒北岛”“离开杨炼”的口号声中，一个个新的由朦胧诗这棵大树枝生出来的诗歌群体和诗人蠢然跃动。他们显然是喝朦胧诗的奶长大的，但北岛们既可以是他们的旗帜，又向他们提出了严峻的挑战，他们不能总是在北岛们的背影里生活，于是，一种新的“反抗”意识产生了。这种背叛的坚决并不亚于朦胧诗人对艾青、公刘、李瑛、流沙河的背离，至于他们取得多大的成就，那是另一回事，但朦胧诗流传得如此迅速，表明朦胧诗的使命已经完成。另一方面朦胧诗人内部也急遽分化，他们原先本不一致的美学风格一方面大幅度地走向了各自的极致，一方面也由于起初并不规则的组合，所以“合”只是暂时的，分才是必然。有的本来并不朦胧，像舒婷重要的创作方法是浪漫主义，与北岛等人并不一致，只是当代诗歌缺少这种纯正的浪漫主义诗风而误入“朦胧”之圈的，当她的面纱揭开之后，便还其原形了；有的本来就不在圈内，自然也就很快避开了，像顾城；有的从本质上开始背离朦胧诗那种总体意向，开发新的诗域，像江河、杨炼。虽有北岛一人坚守阵地，但已难挽颓势。1886 年 8 月号《人民文学》北岛的长诗《北日梦》的发表，实际上已经给朦胧诗潮画上了一个句号。

这是历史的必然。也是文学的必然。

f. 对象的选择

只有在这样的条件下，才有可能对朦胧诗进行实质性的具体的描述与阐释，当然在阐释之前，还必须将阐释的对象略略进行选择和界定。

首先，名谓问题。我之所以选择“朦胧诗”这样一种名词，主要因为最初大多数人的“朦胧之战”使用的便是朦胧诗这样一个中性的命名，而不是带有主观偏见的“古怪诗”“崛起诗”。最早提出“朦胧诗”这一说法的是章明同志，他的《令人窒息的“朦胧”》虽然观念陈旧，但发现问题本身亦需要一种敏感，因为问题的隔离往往会存在着真理。文学现象存在那里，如不经批评家的目光照射，便发不出光彩，至于哪样的目光哪样的态度则是另外一回事。虽然很多人，包括朦胧诗人在内，对朦胧诗这一名称都不满意，都企图赋予更加公允、客观、准确的名称，最终都为世人所公认。谢冕同志提出的“新诗潮”，从文艺发展的角度去考察诗歌的发展动向，历时性地描述朦胧诗，比较形象生动，也有鼓动性。但由于缺乏范围的确定性和时间的限定性，实际上便把整个新诗的革新、发展都容括进去了，就显得非常宽泛、模糊，而且有一种“拉”队伍壮声势的意味，尤其是“朦胧诗后”这一股新的浪潮出现后，这一概括运用起来就更加麻烦和含糊了。因而，时至今日，朦胧诗依然是一个比较准确的、方便的、习惯的不会引起歧义的名称。

其次，对象。在几次大的论争中，论证的双方并没有能够共同地、冷静地划分好“朦胧诗”的范围，哪些诗人属于“朦胧”的范畴，哪些诗人并非“朦胧诗人”。因此，这场论争便成了一场对象不明的体育比赛，像在足球场上，各自踢的都不是一个球，任何一方都可以找到地上的适合自己的球射向对方的大门。有的说根本不承认有“朦胧诗”这个球，那些好球都是现实主义的杰作，这是“无对象论”者；有的则为了壮大阵势，无限度地扩大朦胧诗人的范围，把所有的好球都叫作“朦胧诗”，这是“泛对象论”者，像徐敬亚在《崛起的诗群》里横向地把一些在审美意象与朦胧诗人迥异、相对的中年诗人蔡其矫、刘祖慈、孙静轩、雷抒雁、刘湛秋、顾工、公刘、李瑛等也一起绑到朦胧诗人的行列；有的则纵向地把岛子、韩东、于坚、车前子、宋琳等对朦胧诗进行反叛的更为年轻的一代也列入朦胧诗人中，这两种划分法都造成了对象的混乱。“无对象”

论者与“泛对象”论者实际上都丧失了具在的对象，都不利于全面地、完整地、深入地理解朦胧诗本身。

严格地讲，朦胧诗并不是真正意义上的文艺思潮，它只是整个新时期革新洪流中的一股澎湃的支流，它参与并催动了整个文学界的“语言革命”，文学史上地位如何，自会有历史的评述。如果单就朦胧诗这一现象存在的形式而言，它更多的是以一种文学社团的面貌出现，以一种风格流派的整体力量获得自己的地位的。我们对它进行具体的阐释是尽可能联系到整个文艺思潮发展的大背景，必须描述出它的具有现代意味的文艺方向对整个诗坛以至文艺界的影响，但在阐释之前，却不能把整个诗坛在新时期的新的变化发展都纳入“朦胧诗”这样具有特定内涵的载体上，朦胧诗本身也承受不了这样大的负荷，否则，反而淹没了朦胧诗本体。因此，我们必须避免这种思维方法上的倒错，在阐述朦胧诗这一独特现象之前，先进行对象的界定，以保证阐释的内在逻辑价值。

由于注重朦胧诗的存在形式和整体上共时性的精神联系，我所指的朦胧诗人主要是环绕在《今天》周围的北京青年诗人和外省的一些青年诗人。他们大多是《今天》的骨干和响应者，包括北岛、舒婷、顾城、江河、杨炼、芒克、多多、食指、严力、林莽、牛波以及梁小斌、王小妮、吕贵品、徐敬亚等人，他们有的虽然没有直接进入《今天》的阵地，但深受《今天》的影响和启发，有的则在表现形态上与《今天》有惊人的相似之处，像徐敬亚的诗作虽然与朦胧诗风不同，但他的理论阐述一定程度上张扬朦胧诗的本体观念，也有充分的理由把他归纳到朦胧诗人中去。他们的诗作和诗论便形成了中国二十世纪七十年代至八十年代中叶的朦胧诗潮。我的阐释，将离不开他们。

诗的本性：沟通心灵的审美客体

世界也许很小很小
心的领地很大很大

——舒婷《童话诗人》

a. 诗是什么？

诗是什么？诗人为什么写诗？读者为什么读诗？这似乎是一组古老而幼稚的问题，但一种新的文艺思潮恰恰是从这些最基本也是最关键的问题开始进行变异。忽略这些问题去探讨朦胧诗难免走入岔道上去。

中国新诗诞生的五四时期，诗歌观念非常开放宏达，没有人为的篱笆与禁区，出现了多种多样的诗歌。后来由于民族战争和阶级斗争的需要，诗成为“旗帜”“炸弹”和“鼓点”，诗的本性发生了质变。大量口号诗、标语诗、墙头诗的出现，是时代的要求，人们接受它、吟诵它是出于某种政治的、道德的热情。诗歌本来是承受不了这种重轭的，但由于当时特定的气候与土壤，诗歌必须与宣传品同质，故已经高度宣传品化了的诗歌的社会功能与作用急剧扩大，扩大到极限，而且为诗歌赢得了辉煌的赞赏与空前的荣誉，以致在很长一段时间内把这种特定战争年月时变了形的诗歌观念当作一种正确的完美的观念肯定下来，并从理论上进行强化处理。

这种诗歌观念被戴上特级勋章进入人民共和国的和平岁月以后，没有得到及时地调整、补充、扩展、更改。来还原诗歌的本来面貌，恢复诗歌的本性特征，反而被当作诗歌长短优劣的统一尺度，成为诗歌看齐模拟的一种准则，实际上成为阻碍丰富多姿诗歌自由发展的樊篱。用这样一种在战争年代里形成的特殊诗歌形态去强硬地规范正常情态下的诗歌创作，便出现了诗歌的悲剧和艺术的悲剧。按照这样一种对诗歌本性的偏颇看法去理解前面所说的三个问题，诗人只能成为“歌手”或“鼓手”，诗作品只能成为“单纯的时代精神的传声筒”。诗被异化为具有一种特殊功能（押韵上口）的宣传工具，诗人必须直接或间接为诠释文件、政策、指示等政治任务写作，读诗的人也只能从诗中受到一种教育。

当时，整个的文学观念都在这样的水平线上浮动，整个文学界一片荒芜，而诗歌又是重灾区。它的简短、敏捷以及易于抒情（表态），更易于实现为“政治”“宣传”“教育”服务的宗旨。在这种狭隘的诗歌观念的控制下，最富有创造力的诗歌“戴着镣铐”在非常窄小的空间里“跳舞”，动辄被碰得鼻青脸肿，遭到棍棒的袭击。1957 年“反右”以后，诗歌生存的空间不断地被收缩，到十年动乱则发展到极致，诗歌被按在政治的键钮上，成为随时为政治出击的奴仆。那是一个艺术死亡的年头。

当历史重新步入正常轨迹行进，捆缚在诗歌身上的枷锁被逐步砸开，窗户打开了，大门打开了，艺术生存到一个空气新鲜的天地里，各种艺术样式都在挣扎锁链的过程中走向自身。艺术的解放无止境，艺术是没有国界线的，往往不以某种既定的尺度为界定。新时期文学是从噩梦中醒来的，并没有回到“十七年”，而是力图寻求新的道路，不断扩展既有的范畴疆域，真正地回到自身。诗歌当然也不愿意刚从政治的附庸地位挣脱出来又沦入到旧有的程式和模型里去生存，它需要更加广阔、更加自由、更加开放的天地。在诗歌这股回归自身的浪潮中，不同年龄、不同风格、不同观念的诗人也回到了不同层次的“自身”，有的回到了“十七年”，有的则重建延安风格，有的则远追五四的色彩与气度。朦胧诗便是在这样的文学背景之下来把握诗歌的本性，确定自己的诗歌坐标，让诗歌回到他们所认为是真正的自身的。

b.“通往心灵的道路”

北岛、舒婷、顾城、江河、杨炼、芒克等朦胧诗人虽然早在1972—1973年就开始从事诗歌创作，但真正意识到诗歌的本性并使之成为创作的自觉意识，还是在历史进入新时期以后。因而他们的诗歌观念并不是对原有的各种封闭性的诗歌观念进行适度的放大与调整，而是重建一个相对立的开放性系统，“一个真诚而独特的世界”。（北岛）

朦胧诗人们首先寻找诗歌在人的精神生活中和文学地域里的正常位置，他们从心灵曲线与审美结构的主体交叉点上确定了诗歌的坐标。北岛说：“诗人不必夸大自己的作用，更不必轻视自己，他们正从事着艰苦而有意义的创作，让美好的一切深入人心。”舒婷相信“人和人是能够互相理解的，因为通往心灵的道路总可以找到”，显然，她把诗当作“通往心灵的道路”，并且说“我只是为人写诗而已”；顾城认为“诗的幻想天性决定了它永远要开拓新的领域，建筑新的精神世界”；江河则要求自己的诗“与人们心心相印，息息相通”；梁小斌说：“我认为诗人的宗旨在于改善人性。他必须勇于向人的内心进军，人的内心世界究竟是怎么回事，从现在起就开始认真探求吧，心灵走过的道路，就是历史走过的道路”；徐敬亚则宣告“我要横向地走入每个人的心中”；王小妮认为“好诗在于敢于、善于很好地、比较准确地揭示人的复杂的心理状态”……他们认为诗是“人类心灵与外界用一种特殊方式交流的记录”（转引自徐敬亚《崛起的诗群》）。

上述这些朦胧诗人的自我表述，尽管所使用的概念相异，但都显示出一种共同的意向，即把诗歌当作人类精神现象中的一个重要部分，凸显心灵在诗歌创作过程的非常作用，把人的心灵作为连接诗人、诗作、读者的一种内在的链条，认为诗歌是对人的心灵的发现与表现。这充分显示“自我”意识的觉醒，是对那种抹杀“个性”和“自我”的狭隘观念的反拨，开始触及诗歌本性的真谛。但这种评判仍然停留在一般意义上的、表面的思考。

综观整个二十世纪文学的趋向，是循着一条向内心深入深化的轨迹发展的，面向自我，面向心灵，早在五四新诗发轫之初便被当作诗的最基本的特性之一，只是由于我们的文学长期留恋于外部世界的描绘与勾勒上，让一种集体无意识的群体形象充斥在作品中，丧失了“自我”，萎缩了“自我”。而朦胧诗只按照诗歌的最基本的本性让“自我”进入诗中占据主导地位,“自我”就被误作“特征”，因为做出这种判断是依据一个缺乏个性、缺乏“自我”的诗歌参照系统进行的，所以，朦胧诗的“自我”的凸出就格外容易掩盖其他的特性。

孙绍振同志在《新的美学原则在崛起》中曾指出朦胧诗“不是直接去赞美生活，而是追求生活溶解在心灵中的秘密”，他充分肯定了“自我”在朦胧诗中的地位，这一特征才是朦胧诗最根本的属性，而这一属性往往为“自我”和“朦胧”的表象所遮盖，却忽略了另一个至关重大的方面，朦胧诗人不是以表现“自我”和宣泄心灵的秘密作为停泊地，而是仅以此诗为出发点，首先将诗从对外部世界的描绘的程式中转入对灵魂的洞现，诗不仅通往自己的心灵，而且通往他人的心灵。因而他的文章为后来某些批评提供了口实（且不论有些是断章取义），有人认为是纳塔丽·萨罗特观点的重复，有人指出“是搬来了二十世纪初叶西方现代派的‘纯诗’理论”，姑且不论纳塔丽·萨罗特的观点与“纯诗”理论的功过如何，问题在于没有切中把准朦胧诗跳动的“脉”，从而歪曲阉割了朦胧诗的本质特性。

从朦胧诗人的宣言和创作来看，他们绝不是把表现“心灵的秘密”作为诗的归宿，他们为了使“美好的一切”或“深入”或“通往”或“进军”或“横向地走入”人们的心灵，他们从“自我”出发，而落实于心灵的交流沟通。女诗人舒婷“人啊，理解我吧”这痛楚的祈求，深刻道出了朦胧诗人们的心理状态。他们要求理解别人，也要求被理解；要爱，也要求被爱。他们要通过“心灵的秘密”去发现“心灵的秘密”，既追求“生活溶解在心灵的秘密”，也追求“心灵的秘密”溶解于生活，这也就是何其芳当年在延安所歌唱的“以心发现心”。诗在这之间起着特殊的媒介作用。

这就开始超越西方现代派诗人的诗歌观念。西方现代派诗人大多抒写的苦闷、孤独、绝望、伤感的情绪，是他们心灵曲线的写照，他们心灵的曲线处于一种近乎圆形的封闭状态，通过宣泄和倾诉来达到心理平衡，并不去顾及他人。这与他们的生活态度有关，他们对社会、人类的漠不关心，当然不可能要求诗歌作用于别人。而中国的诗人，却必须表现出一种责任感和使命感，他们不可能拒绝时代、生活、读者，他们没有忘记对社会的义务。因而他们心灵流出来的曲线，是扇形的开放，要求与读者的心灵曲线相切相交相连，与读者一起进行心灵的交流。他们期望消除人与人之间的隔膜、阻碍，填平人心之间的峡谷，用诗架设心灵之间的桥梁。他们致力于沟通心灵，冀求灵魂的净化与美好。这就具备很强的现代意识，与我们今天所要建设的高度的精神文明在本质上是和谐的。因而我们就发现，朦胧诗无疑是中国的现代诗，但又不是对西方现代派的模仿，它是现代中国的独创。

c. 审美方位的确立

朦胧诗从诗歌的外在联系（“沟通心灵”）确定了诗歌在生活中的地位。沟通心灵无疑是非常良好的愿望，但诗歌怎样才能具有这样的效应？怎样才能使诗歌成为“通往心灵的道路”？

朦胧诗人把诗歌的内在坐标确定在这样的方位：审美。

通过审美的交流来实现心灵的交流、沟通和理解。这显然是探寻了诗歌的内部结构的张力和连接系统，发现了审美的特别效应。审美虽然是各种各样的文学艺术作品都具备的功能，但在诗歌中的作用又超越了其他。顾城明确表示他写诗就是“为了寻求美并表现美”，梁小斌“发现人类爱美是一个古老的心理，我所热爱的美的事物，我的爱美的心理，只要有概括，有起源，它就消亡不了，而且还在不断成长着”。实际上朦胧诗人是把诗歌作为审美实体来连接诗人与读者的心灵，表面上看，似乎把诗歌的功能缩小了，变得狭窄了，但是如果我们联系文学的大背景来考察就会发现，这一定位使诗歌切进本体，更符合诗歌的本质属性，尤其便于诗歌的多元化与文学共同繁荣，扬长避短，更好地立住脚跟。

从诗歌发展的历史看。诗歌在文学家族中出现得最早，几乎可称为抒情文学的源头，在很长一段历史时期内被奉为皇冠上的明珠。流传到今天的那些宏伟的史诗、隽美的抒情诗，都是整个世界文学宝库的瑰宝。但是，随着其他文学门类的迅速发展，尤其近代小说、戏剧的高度发展与繁荣，大大冷落了诗歌，也掠夺了诗歌身上一些特性综合成新的审美因素，因而史诗、叙事诗以及诗体小说的地位日渐削弱，趋于没落，而抒情诗的地位和作用愈显得突出。尤其在现代文学观念里，诗歌的特性几乎与抒情诗等质，摒弃了那些已经古老的叙事特性，而开始融合建筑、音乐、舞蹈、绘画、雕塑等艺术的一些特性，堂而皇之地撞上艺术的殿堂，成为文学、艺术的“两栖动物”。这便是审美特性的充分强化的缘故。其艺术气质是其他文学体裁所无可企及的，别林斯基把诗歌称为“文学的最高体裁”，显然也是从审美的角度去进行考察的。

从诗歌的功能看。诗歌是抒情的艺术，与以叙事为主的文学一起各自满足人们阅读的需求。诗歌以浓郁的表现色彩去编织想象、幻想、情绪和感觉的网络，谱写心灵之声的乐谱，与以再现为主体的叙事文学相比，它匮乏文学理论书上所常说的认识作用，很难在诗中认识理解时代的政治、经济、文化以及风俗民情。诗歌只能是情感的容器，而不能成为生活的教科书，不会像托尔斯泰的小说那样成为观照社会的一面镜子，而只能成为洞现灵魂的窗口。至于诗歌的教育作用，诗歌主要是通过审美的过程来净化心灵，是与政治说教与灌输截然不同的。因为人们在读一首诗时并不是要去认识什么或准备接受什么教育，而是为了享受一下审美的快感，满足心灵的渴望与企求，获取精神上的慰藉。这样看来，审美化便成了诗歌内容支撑的力柱，诗歌必须具有充分的审美价值。小说、戏剧、散文亦注重内容的审美价值，但审美在其结构整体之中是与认识、教育、娱乐、消遣等功能平列等观的，而诗歌恰恰缺少这些功能。它们的区别在于：一是审美化的艺术，一是具有审美意义的艺术。近年来的小说为了获取新的审美营养着力以一种“诗化”的手段去撷取生活，去表现生活，一些具有诗的特质的抒情小说、意象小说开始以新的空间与诗歌争夺读者，而诗歌如果不强化其审美特性，就会萎缩、冷落直至消亡。因此，朦胧诗人把诗歌的方位建立在审美实体这样的基点上，显然是具备一种文学的超前意识。

朦胧诗人对于“沟通心灵”有过较明晰具体的阐述和声明，而把诗作为一种“审美体”的主张，更多的是流动体现在他们的诗作中。无论是北岛、舒婷、顾城，还是江河、杨炼、梁小斌、芒克、王小妮等，他们的诗歌艺术风格虽然各个相异，但都是作为一种审美实体的系统而出现，以丰富的审美容量面向读者的。他们的诗常常不是某种情感意绪（当然更不是概念）的单一的表现，而是融合了丰富复杂的审美内涵。北岛有一首争论较大的诗可以看出一些特性来：

迷途

沿着鸽子的哨音
我寻找你
高高的森林挡住了天空
小路上
一棵迷途的蒲公英
把我引向蓝灰色的湖泊
在微微摇晃的倒影中
我找到了你
那深不可测的眼睛

如果不是从道德、政治的静止的判断着手，就不会得出“把人引向斜路”和“美化歧途”之类的结论来。《迷途》作为审美客体，呈现了非常广阔的资供读者想象创造的艺术空间。在这首心灵的乐曲里，流动着好几股情绪，构成一个丰富但难以把握的情绪总体。因为情绪不是一个固定不变的常量，它是一股股波动不定的水流，变化莫测而难以沉淀，让人在捕捉表现的过程中也常常发生变异，形成朦胧的境界。《迷途》里交织着追求、失望、希望、沮丧和欣悦多种情绪，让人并没有用政治、道德的理性之筛进行严密的过滤和汰选，而是按照审美的法则将股股情绪之流进行充分的意象化。因而诗的涵量非常丰富深远，它可以激起你的某种感情，也可以唤醒你沉睡已久的记忆，廓展你平窄的想象，总之，你是从一种审美的快感中与诗人产生了心灵某种意识的对应，某种情感的交汇。

d.“沟通”与接受美学以及主体意识

由此可见，朦胧诗人要把诗歌作为一个“独特的世界”，这个独特的世界概括起来说，就是沟通心灵的审美实体。具体地说，诗是一种审美实体，写诗是为沟通心灵，读诗是享受审美的快感。这就是朦胧诗的观念的核心所在，并以此为圆心派生出其他一些特性来。这就打破了“炸弹说”“号角说”等传统观念的封闭系统，挖掘凸现诗之为诗所特有的灵性。这就以诗人、诗作、诗读者构成一个完整的审美系统，由对诗作内部的认识扩展到外部，同时注重诗作的信息来源（诗人）和信息流向，呈现开放性的动态性的状态，可谓切入诗歌本性的内核。

西方新兴的接受美学把文艺研究从作家、作品的二维空间扩展为作家、作品、读者的三维空间，注重读者参与文学创造和自身创造的作用。朦胧诗在某种意义上是与此相契合的。因为既然要沟通心灵，诗人创作时就必须考虑到如何才能让读者用心灵的雷达捕捉到诗人心灵发射出的信息，留给读者非常广阔的补充、想象、审美创造的空间。诗人作为审美主体创造出来的诗歌，对读者来说是审美客体，而读者本身也是一个审美主体，和诗人处于平等的艺术地位，同样需要审美创造能力。从这个意义上说，读者也是诗人。沟通，是双方情绪心理自由愉快的交流，而不是一厢情愿的倾注。

诗歌既然作为一种审美的客体，只有通过诗人和读者这两个审美主体的审美交流才得以完成，没有这种交流，沟通心灵的工程是难以进行的。诗人以诗向读者敞开了自己的灵魂，读者不是被动地接受诗人的心灵之波，而是带着一种获得审美享受的渴望，油然而生出一种自觉创造的意识和欲望，根据诗歌所提供的情绪、表象、暗示、象征以及某种色彩、音响、节奏、旋律等因素，按照自己的审美经验和审美理想，创造出属于读者自己的有别于原诗的审美世界。正像常言所说的有一千个观众就有一千个哈姆莱特一样，有一千个诗读者就有一千种审美境界。因为一首诗写定以后，便成为一种客体，即令诗人本人也不能全部穷尽阐释其内涵，因为就像流动的水人不可二次介入一样，一首诗的审美情境是不能两次领略到的。而以后的经验，只能进行审美的再创造。

这是一种随意性很强的诗歌观念，诗歌内涵的自由度近乎无垠。我们可以说它是“无”，也可以说它是“盈”，在一定意义上，“无”与“盈”并没有多少特别的区别，而是由不同的审美视角、不同的审美方式、不同的审美层次来决定的，也许我们会担心这种诗歌观念随意的无尺度会导致诗歌的晦涩、古怪、混乱（事实上这正是一些人对朦胧诗的看法），但朦胧诗在不同的区域、不同的知识层次的青年当中发生令人惊讶的“共振”，引起超乎寻常的反响，并哺育了一大批青年诗人，至今不衰。非常明显，朦胧诗“沟通”

了一代人的心灵，一代诗人能动地“接受”了“朦胧”的审美信息，这表明“沟通心灵的审美客体”这一命题有其生命的活力。

把诗的本性理解为“沟通心灵的审美客体”有其独特的理论意义和实践意义。因为朦胧诗人在这种诗歌观念上至少具备两个特点，一是动态性，一是开放性，对长期以来诗的本性静止的封闭的描绘是一次极为有力的反动，显示出异常鲜明的主体创造性意识。亚里士多德在《诗学》中认为：“诗是一种比历史哲学更富哲学意义、更高的东西。因为诗是要表达带普遍性的事物，而历史则表达特殊性的事物。”这种认识显然是一种对诗歌的静止的描述，只能用于荷马时代的史诗。新自然主义美学家托马斯·芒罗认为：“诗的价值并不存在于表现抽象观念的诗行或散文诗中，而在于通过意象的美妙编织，能唤起情绪和沉思。”这与朦胧诗的主张倒有几分相似，但芒罗的侧重点并不在于“唤起”，而是“观念”，紧接下面的话便是：“然而，观念在这里是作为一种组织原则在发生作用的，它帮助我们在一种既是现性的，又是情感的方式中去把握整个的意义。”所以，朦胧诗人把诗歌放在一个动态的流程去观照，去发现它的真正蕴含的属性所在，这非常适宜于情感因素很强而确定性因素很弱的诗歌体裁，使诗歌由原先的固定的单一的情感模式转向变化的、无序的、多元的内涵。

动态性、开放性的结构特征还具有一种强烈的人的主体意识。在传统的诗歌观念里，读者是处于被动的地位，诗人可以天马行空地吟唱而忽略读者的存在，这便是浪漫主义之所以走向衰落的根本原因。因为这种诗歌的感情是要强制性地把自己的喜怒哀乐灌输给读者，只让读者去体验诗人的情绪世界，而读者不能积极参与创造，诗人在写作时并不考虑给读者以创造的空间。从本质讲，这是古典的不尊重读者作为一种主体存在的地位，把一切都说得明白、自如，是一种“我抒情，你接纳”，把读者当成自己情绪的宣泄对象，虽然有了诗人的主体意识，却损害了读者的主体意识。实际上是对读者的一种精神奴役和精神侵略，而朦胧诗就在于尊重读者作为另一种审美主体的独立存在，给读者以更广阔、更自由的创造天地，让读者在阅读时能充分张扬主体意识，达到自我实现。这种诗歌观念本身也体现出对人的关心、尊重、热爱。因为过于直白、过于明朗实际上是对读者审美能力的轻视。正因为如此，朦胧诗便故意省略了一些因果性的联系，淡化了一些意念性的东西，更多地采用一些闪烁不定、多义的意象和整体结构来进行写作，因此，诗便迥异于往常的面貌，那种吃凉粉的滑溜溜的一目十行的读诗法失灵了，由于长期以来人们主体创造意识淡薄，因此一些人已经养成惰性与奴性，满足于诗人的“教训”与灌输，不愿发挥（也有不能发挥的）主体的能动性，便对朦胧诗之到来束手无策，惊呼不懂，这实际上是审美力长期钝化的结果。就像贾桂跪着对主子讲话惯了，站着反而觉得不自在、不舒服。因而，几年来围绕朦胧诗的几次论争，实际上是审美的主体性、创造性与审美的奴性、惰性的冲突，而在冲突的过程中，人们阅读的审美力创造力得到了强化，接受主体意识也开始受到人们的重视，对朦胧诗的认可，实是评论主体和读者审美的主体意识苏醒的开始。

反思：理性与非理性共生
——论朦胧诗的哲学背景

a. 反思“历史”时的灵魂自审

我曾反复强调过，在探讨朦胧诗这一特殊现象时不能离开十年动乱这样一个巨大的背景，就像研究西方现代主义文学不能离开第二次世界大战这样一个重要的历史事实一样。

有人曾经说过，二战之后，哲学力量拯救了大伤元气的德意志民族，而中国虽然缺乏严密的哲学传统，但经过动乱之后理性却暗暗滋长，在十年动乱中，不少朦胧诗人都曾经卷入那场狂热之中，有的甚至成为红卫兵组织的头头，“扛过枪”，“打过仗”，在备受愚弄之后，开始对自己进行反省，审视自己的愚蠢言行，继而审视那段荒唐可笑的历史。顾城清醒地意识到“昨天／黑色的蛇／盘在角落／它活着／是那样冷／死了／更不会热／它曾在许多人心上／缓缓爬过／留下青苔／涂去了血色”（《昨天，像黑色的蛇》），梁小斌的《中国，我的钥匙丢了》则无意于去表现动乱危害的表象，而是从一个更宽阔的时空中抒发灵魂的真诚之声：

中国，我的钥匙丢了。
那是十多年前，
我沿着红色大街疯狂地奔跑，
我跑到了郊外的荒野上欢叫，
后来，
我的钥匙丢了。

沉重的失落感伴随着无限的惆怅与悔恨，“钥匙”，成为青春，成为理想，成为爱情，成为友谊，总之成为一切美好的象征，但是却丢失了。

造成十年动乱这一巨大的民族灾害，绝非某个人、某个决策的错误便可以酿成，它有着深刻复杂的社会原因、历史原因、文化原因，控诉、指责、批判这场灾难是每个人都容易做到的事情。这种“反思”多半是历史的反思，对客观社会的追究，是一种“审他”的心理状态，但把这场动乱勇敢地与自己联系起来，并自觉检索自己参与这场灾难的言行，从而审视自己并非完美、纯洁的灵魂，把作家自己的主体放入巨大的历史背景中进行“反思”，以一种“自审”的姿态出现，便更能显示出深厚的历史意识与庄严的人格力量。北岛的《同谋》是其自审意识的代表作，诗人在沉痛地表现动乱的种种苦难之后，诗末冷静而严酷地写道：

我们不是无辜的
早已和镜子中的历史成为
同谋，等待那一天
在火山岩浆里沉积下来

化作一股冷泉
重见黑暗

诗人真诚的“忏悔”，主动为历史肩负责任，为民族承担痛苦和罪责，显示了一个优秀诗人必具的伟大精神气质和崇高品行。但诗人不只止于“忏悔”，他又在告诫历史，告诫民族：如果我们看不到或者不承认自己是“灾难”的“同谋”，认为自己是清白无过的，那么明天将是非常可怕的，“重见黑暗”的悲剧将会重演。这不是危言耸听，因为“文革”本身已经作为一种特定的文化深深积淀在我们每个人的身上，与身上原有的那些参与并助长动乱的心理劣质混合在一起，很容易发酵为一种导致新的动乱的心理动力。梁小斌的一段话作为这些自审意识的注脚：“我必须承认‘四人帮’的那些理论也在哺育我，它也变成阳光，晒黑我的皮肤。我认为‘四人帮’不是为了叫我们去死，而是让我们去活着，问题是像他们希望的那样去活着，变成奴隶而活着。”如果不正视这种沉淀下来的劣质的心理文化因素，不能审视这种隐蔽或浅层的“罪恶”意识，虽然动乱的社会环境已经不复存在，但这种缺乏自审的心理意识，对提高整个民族的文化心理素质不易，也会影响我们民族心理现代化的进程，甚至会导致新的灾难。真诚的诗人往往能够在剖示自己灵魂的同时发现整个民族心理的折光。北岛作为一个真诚的诗人，不仅仅在于自我情感的真诚（这是诗的最基本的也是最重要的层次），还应表现对历史的真诚，对社会、民族的真诚，对人民的赤诚和对人民的挚爱，这不是简单的“使命感”便能概括得了的，而是诗人灵魂所辐射出来的伟大的、庄严的理性力量。

b. 文化反思中的哲学观照

朦胧诗人们在反思十年动乱这一独特的历史现象时，已不满足于起初简单的控诉、痛斥、悔恨、愤激之情，自审意识的出现，表明他们在沉思，动乱历史的构成不能归结于单方面的作用力，应从历史双向运动观念去剖析这一灾难出现的多重原因。诗人们的思考伴随着思想解放运动的深入，他们不再孤立地考察这一段奇异的历史表象，而是在一个广阔的历史文化背景之中去显示动乱产生的必然性，从而更深沉地揭示积沉已久的民族文化心理结构，在更高的层次上认识历史表象的实质。当然这样的反思是艰难的，痛苦的，不仅反思者自身痛苦而艰难，读者也难以理解。

当江河这样写长城时，人们是多么惊恐
我把长城庄严地放在北方的山峦
像晃动着几千年沉重的锁链

——《祖国啊祖国》

当顾城这样写长江时，又遭到多少斥责：
戴孝的帆船，
缓缓走过，
展开了暗黄的尸布。

——《结束》

是的，长城、长江一直是被人们当作中华民族历史悠久和文化昌盛的象征，它几乎像图腾一样深深地烙印在人们的心里，而朦胧诗人违背常理地把它写成“锁链”“尸布”这罪恶和死亡的象征物，岂不是亵渎了中华民族的神圣与庄严？

但是，长城、长江毕竟都是符号，可以使它成为民族光荣自尊的象征，也可从使它成为封建文化、陈腐意识的载体，关键在于人们赋以它怎样的情感经验。在很长的一段时间内，人们已经习惯于固定地、静态地、单一地、理解生活现象，把自己的意识活动限制在固定不变的模式中，稍稍悖于既有的框式便会被视为异端，这正是一种封闭性文化心理的反映。其实只要读一读下列的诗句，就会发现这种“亵渎”的意义。

以太阳的名义
黑暗在公开地掠夺
沉默依然是东方的故事
人民在古老的壁画上
默默地永生
默默地死去

——北岛《结局或开始》

这土地，仿佛疲倦了，睡了几千年
石头在噩梦中辗转，堆积
缓慢地长成石阶、墙壁、飞檐
像香座、像一枝枝镀金的花朵
幽幽的钟声在枝头战栗
抖落了一年一度的希望
葬送了一个又一个早晨

——江河《祖国啊祖国》

北岛把几千年来的封建社会的漫长历史比作“古老的壁画”，江河比作“睡了几千年”的“土地”，虽然譬取的物象不同，但他们共同意识的漫长的封建历史所培育出来的文化正是一个摧残生命、扼杀自由的“死亡文化”，在这种“死亡文化”的窒息下，人民在“禁锢”中“默默地死去”，“希望”和“早晨”被一次又一次地葬送。这种“死亡文化”造就了一种封闭性的文化心理，人民只有沉默，只能沉默。在这样的历史文化和文化心理之下，出现动乱、浩劫，也就不奇怪了。

朦胧诗人的文化批判意识与他们接触的哲学思潮有关，他们在对传统文化心理进行批判时更多地参照了西欧启蒙时期人本主义和近期的存在主义等哲学思想。杨炼的《大雁塔》显然是将大雁塔作为传统文化的象征物，并进行人格化的处理，通过“我”这样一个历经沧桑的“老人”对中国封建社会的历史文化进行沉痛的反思，对这种封建时代文化的死亡气息作了较为深刻的揭露，“我的动作被剥夺了／我的声音被剥夺了／浓重的乌云，从天空落下／写满一道道不容反抗的旨意／写满代替思考的许诺，空空洞洞的／希望，当死亡走过时，捐税般／勒索着明天／我的命运啊，你哭泣吧！你流血吧／我像一个人那样站立着／却不能像一个人那样生活／连影子都不属于自己”。这种对“人的尊严”“人的价值”的呼唤，对自己、对思考的渴望，都表现启蒙时期人本主义的理想。

北岛是一位理性色彩较为强烈的诗人，他理性的力量全建筑在他深厚复杂的哲学基础上，他在反思历史反思文化时常常交换使用两套武器，一是以充满善良愿望的人道主义理想为参照物，去抨击那些非人性、非人道的生活现象和文化心理，另一种武器是萨特存在主义哲学。如果说人道主义哲学侧重从理性的、善的方面去进行文化批判，那么北岛在运用存在主义武器时更多的是从非理性的、恶的方面去进行文化的否定。在一些诗篇中，着重抒写人生的荒诞感，现实可恶的一面，以宣泄动乱淤积在心中的愤懑和孤独，“对于世界／我永远是个陌生人／我不懂它的语言／它不懂我的沉默”“对于自己／我永远是个陌生人／我畏惧黑暗／都用身体挡住了／那盏唯一的灯／我的影子是我的情人／心是仇敌”（《无题》），这种对现实的恶心感，对客观世界的不可知感，对环境的无以名状的恐惧感、迷惘感，对生活的陌生感以及在人与人关系中的孤独感，与萨特小说《恶心》中的主人公安东纳·洛根丁的心态极为相似，这种对人的状况与人与社会关系状况的批判性认识，是对动乱时代以及产生这种动乱的历史文化心理因素的一种否定。“世界小得像一条街的布景”，“那从蝇眼中分裂的世界”等意象也很容易使人想起萨特的《苍蝇》《墙》《间隔》等作品。

北岛在运用存在主义哲学对动乱时代进行摧枯拉朽的轰击，但这种强大的摧毁力在否定现实的丑恶时以至于把诗人心中那块理想的圣地也亵渎了，他的《青年诗人的肖像》《单人房间》《夜：主题与变奏》等便彻底丧失了那种理想主义的善良、温存和宽容，对客观世界充满敌视情绪，“在一扇小门后面／有只手轻轻地拨动插销／仿佛在拉着枪栓”（《夜：主题与变奏》）；有时候则近乎自戕，以一种变态的心理对待现实世界，“一只追赶臭虫的拖鞋践踏／天花板，留下理想带花纹的印迹／他渴望看到血／自己的血／霞光般飞溅”。这种非理性的自我毁灭的方式，无疑会与在“沿着红色大街疯狂奔跑”（梁小斌《中国，我的钥匙丢了》）那种丧失理智的举动堕入同样悲剧的结局。

存在主义在建构理想世界所表现的无能为力，使北岛在某些时候陷入一种“人性恶”的樊篱之中，而不能从更高的层次在否定旧的文化的同时营造新的理想世界，这亦是存在主义哲学的弊端所在。但存在主义又无疑加强了北岛诗歌的战斗力，深化了北岛反思历史的战斗力与穿透力。

卑鄙是卑鄙者的通行证，
高尚是高尚者的墓志铭。
看吧，在那镀金的天空中，
飘满了死者弯曲的倒影。

——《回答》

c. 从文化批判到文化肯定

仿佛是经历了一个圆圈，朦胧诗人当中一部分诗人在对传统文化进行激烈的批判与抨击之后，又突然转回来对文化采取肯定性的态度，从 1983 年开始，江河、杨炼、顾城等人几乎不约而同地对古老的东方文化表现了浓厚的兴趣，因而远古神话、原始的文物遗址、宗教建筑被这些诗人作为表现这种东方文化、民族精神的载体。像江河的组诗《太阳和它的反光》，杨炼的《敦煌》《半坡》《西藏》等组诗都是朦胧诗继 80 年代高潮之后出现的又一批力作。

有人认为这种文化肯定的态度是对传统的皈依，是民族文化的巨大磁场的引力使这批“浪子”回归到正道上来。其实不然，这种文化肯定动向不是一般意义上对传统的简单回归，而有着诸多复杂的因素。传统的内涵有了本质性的变化，“传统永远不会成为一片废墟。它像一条河流，涌来，又流下去。没有一代代个人才能的加入，就会堵塞，现在所谈的传统，往往是过去时态的传统，并非传统的全部含义”（江河）。他们否认的是一种以静态出现的传统，而确认一种历时性流动的有生命力的变化的传统。他们一方面肯定传统的历史性价值，又强调传统的创造性价值，传统的生命力就在于创新。

如果江河、顾城对传统文化进行肯定时多少还是从艺术形式发展的角度去理解的话，那么杨炼在陈述自己的诗歌主张时则是从人类文化的广阔视野中去对自己走过的道路进行反思："单调地渲染现实情绪，卖弄小聪明式的哗众取宠，早已令人厌倦，我们应当思考如何建立中国现代诗歌——亦即在我们的思想、艺术中，更鲜明、更有机地体现着中国文化传统特质性的问题。凡有东方哲学、美学知识者，都会了解我们与西方文化并非互相排斥，而是在不同层次上的互相补充。因此，建立自己的体系，绝不是简单地所谓返回'民族化'，其目的恰恰在于通过强调作品的民族特征最终完成人类精神在本质上的交流和统一。"杨炼很清楚地表达了他们进行文化肯定的意义和目的，是为了强化诗歌的"人类精神"，不是简单的返回和对传统的妥协。因为一味地凭借个人的直感和经验，片面地单纯地"反传统"，强调"自我"，很可能因为根底软弱而难以长成参天大树，甚至很快凋敝于他们所轻蔑的土地上。杨炼认为"'自我'既不仅是个人本能的冲动，又不仅是集体共同的法则，恰是此二者的融合"。到此，我们可以看出江河、杨炼实际上与初期朦胧诗的整体观念发生了一些歧异，杨炼这样确立他的诗歌坐标系："以诗人所属的文化传统为纵轴，以诗人所处时代的人类文明（哲学、文学、艺术、宗教等）为横轴，诗人不断以自己所处时代是人类文明的最新成就'反观'自己的传统，于是看到了许多过去由于认识水平原因而未被看到的东西，这就是'重新发现'。"杨炼的"重新发现"更系统全面地表述了朦胧诗人肯定文化的具体内涵。

在这种情形之后，江河、杨炼的诗便出现了一种新的面貌，开天辟地的盘古、驾着六龙巡天的羲和、补天的女娲、奔月的嫦娥、追日的夸父、射日的后羿，以及蓍草、太极、十二生肖等中国神话，中国文学和中国文化的一些原型和意象开始进入他们的诗中，一个在格局上有点类似艾略特《荒原》的陌生世界开始出现，屈原那种上穷碧落、下极黄泉的精神开始游荡。但江河、杨炼并不满足于这些表面意象的装饰性功能，而是在更广阔的时空背景中去挖掘生命更辉煌、更深刻、更辽远的意味，他们要从深邃的东方文化艺术和东方哲学中去重新认识生命真正的价值所在。在诗的气势和力度上，他们也似乎逐渐淡化了《祖国啊祖国》《大雁塔》中那种骚动不安、强悍威严的气息，而逐渐趋于沉静在一片宁静淡泊的世界之中。表面上看，他们似乎逃遁现实世界，但在对生命的体验上进入了新的层次。

杨炼在寻找生命价值的过程中，不断变换着姿势，变换着参照系统来体味生命的内在意义。倘若《大雁塔》仍在历史冲突之中去寻找生命的建构，《诺日朗》把生命建立在力的冲突、男性的力量上，《半坡》则把生命的考察推到远古蛮荒的年代，在对初民们生活的种种体验与想象之中，一种复归自然、复归原始的意向黯然滋生。仿佛生命只有那种没有文化没有历史没有记忆的时代才能得到最充分最理想的张扬与发挥，中国传统文化中的“天人感应”得到意象化的感性的表现，中国古老哲学——阴阳学说、五行学说又开始散发新的生命气息。而《敦煌》《西藏》等组诗把生命当成生命来思考，在生命的内部寻找，在探入中国文化深层结构的同时，又将笔端探入另一个理性强烈更为抽象的领域——宗教，从宗教教义中去升华生命的意义与价值。《西藏》与西藏的文化融为一体。而《敦煌》在融合佛教文化的同时又掺入了老庄的道家哲学思想，读起来似亲切一些。《敦煌，飞天》巧妙地寓激情、思考于飞天的意象上，用“上下”“昏醒”“生死”“有无”几组对应的意象描绘飞天形象，把飞天赋以生命的情感，实际是对“人”的地位、精神、价值的思考，寓意隐含在一片意象的整体之中。在《西藏》的组诗中，则分别以“我”“你”“他”三相人称关系构成新的抒情角度，在《逝者》中则以时间与空间的关系作为对生命认识的中介。

以江河、杨炼为代表的这种“文化——史诗”的创作实践，在挖掘古老东方文化潜藏的现代意义与生命内涵时取得了令人鼓舞的突破，但与北岛对文化批判的态度失之偏颇一样，他们由文化批判到文化肯定的弯子转得太快，因而肯定时缺乏一种严格的批判精神，便出现了一些消极因素。由于他们对古老东方文化中一些神秘主义的因素充满浓厚的兴趣与极高的热情，并在诗中肆意铺张和渲染这种神秘莫测的色彩，有时不免玄妙诡幻，深奥艰涩，实际上从另一个滑坡堕入非理性主义的泥塘。另一方面，由于对抽象的哲学形式和思辨的过分渲染，东方古老哲学中那种安宁、静泊的精神境界往往会淹没诗人原先亢奋的现代精神和当代气息。

但江河、杨炼等所运用的文化肯定的反思方式和创作实践有其突出的贡献。一、由于他们诗风的变化发展，显示了与初期朦胧诗分离的意向，也迫使朦胧诗趋向瓦解，使诗歌向更多元更高的方向发展。二、他们纵向“寻根”的思维方式，启发了小说界后来以“文学寻根”为旗号的一些青年作家，促进了当代中国文学的“民族化”讨论的深入。三、他们对东方史诗理论的探讨和创作的实践，催动了诗人乃至整个当代文学创作史诗意识的强化。

d. 在感性与理性之间

整个朦胧诗的发展过程中，感性与理性的纠扰始终在困惑着这一帮青年人。有时他们在刻意追求理性的力量时，却往往失去理性的张力甚至会堕入非理性的迷雾之中，有时他们在无意去直接表达什么意念而只想抒发自己的情绪时，却于一片感性的天地里闪烁着理性的光芒。他们在前期的诗作中理性的追求处于不自觉状态时却获得一种震颤人灵魂的情感力量，而这种力量细细品来有其深厚的哲学背景，当他们后期去追求这种理性的冲击力时，有时反而遏制了感性的流动，理性的色彩也显得很苍白无力。这真是一个奇异的文学现象。

理性与感性是两个互相牵制、互相对立的范畴，追求理性与表现感性，构成了文学创作中的二律背反，诗无疑必须是情感（感性）的结晶，诗也无疑必须闪烁着哲学（理性）的光辉。因此，诗必须在两个相互冲突而又相互联系的怪圈之中寻找最佳的交叉点，以求得理性与感性的水乳交融而浑然一体。历史上优秀的诗人无不具有深厚的哲学背景，无不具有对人生对宇宙的理解的精神支柱，但他们又不是机械地简单地阐释哲学的概念和原理，仅如此，他们只会是哲学家而不会是艺术家，正因为他们更是情感的富有者，他们的激情、欲望、想象都超于常人，有时近乎神经质，仿佛失去了理智，他们泛滥了的感性之流常常会冲决生活中理性标准的樊篱，但他们在创作时能够较好地掌握（严格地讲，不是掌握，而是一种天然的契合）好理性与感性的“度”，便写出一些能够让人久久寻味并且流芳百世的诗篇。这也许正是诗的奥秘所在。

“度”，是一个非常复杂的艺术审美感知标准，近乎变幻无常而不可捉摸，它不可用精密的数学计算方式来取得准确的切割点，它不像化学配方那样可以实验出不同的剂量，也不能用美学上通用的黄金分割法去裁定感性与理性的比例。由于身世、阅历、时代、环境、种族诸多因素的影响，每个优秀诗人都有自己的“度”，甚而至于每首诗里感性与理性的“度”也不一致，这是一个测不准的艺术“常数”。在朦胧诗人当中，舒婷、顾城多半在感性的真诚流露中闪出悟性的珠泽，但有时耽于自我感性的狭隘境地，不免显得气数不足而浮泛；北岛、杨炼先后产生了理性的自觉，他们诗中往往跃动一种历时性的智慧之光与思想之力，但有些诗作则不免直露或含混；江河在这几个人当中，在理性与感性之间掌握得比较适度，但是他又显得拘谨慎重，而不能更充分、更自由地发挥他的才智与灵性。这真是一个复杂的环连着的斯蒂芬森之谜，永远解不开、解不完，当你解开了第一道，你又陷入新的迷惑之中，谁也不能说，我已经掌握了这个“度”了，当他说这一句话时，“度”恰恰正从他的指缝间溜走了。

也许，艺术的永恒魅力便在于此！

要不，怎会有一代人接一代人地永不停步，在理性与感性之间艰苦跋涉呢？

直觉的苏醒：思维结构的嬗变与调整

——论朦胧诗的认知方式

a. 线型思维的位置

不同的文学现象的背面都隐藏着不同的认知方式、文学观念的变异、更新与思维结构的嬗变。调整是双向性的运动，理解一种独特的文学现象则必须能够把握作家在创作过程中的思维形态。朦胧诗自有其独特的思维形态，它的特点在于打破诗歌界统治很长时间的线性思维结构方式，而以一种散发性的思维形态来表现心灵的深邃与生活的丰富。

在阐述朦胧诗人具体的思维形态之前，有必要对时下颇为人们所诟骂的线性思维方式以及在诗歌创作中的地位进行一些分析。线性思维是人类认识世界把握世界的最早的也是非常重要的一种认知方式，它的特点在于能够按照逻辑的规律找出事物的前后联系、因果关系并做出相应的判断，远在人类远古时期人们便学会了使用这种思维方式，至今人们还在运用它。它的缺陷是由于以“求同”为宗旨，往往忽视、省略事物发展过程中的丰富性、复杂性、模糊性，把复杂的事物单一化，把事物的无序发展描写成概念的有序移动，强加事物情感之间因果联系，在概括普遍性时容易失去特殊性。无疑，单纯的线性思维对人们从事精神文化创造尤其是对文学创作会产生消极影响。

于是，时下人们竭力贬低线性思维，以至于要将它逐出艺术的疆土。其实，主张这种观念的人亦是运用线性思维的方式，因为古今中外的文学创作实践证明，逻辑的思维方式（线性思维是其一种）是作家必不可缺少的。朦胧诗也无一例外，朦胧诗人虽然反对线性思维方式，但他们只是打破思维一元化的模式，他们在创作中并不摒弃（也排斥不了）这种思维方式。下面摘录两首截然不同的诗，可以看出某些朦胧诗与传统诗歌在思维形态上的相似之处。

齐崭崭，黄澄澄
下连碧野，上接青云
……
我们从中看到了什么？
一颗颗闪光的汗珠
那是社员透明的心……

（转引自徐敬亚《崛起的诗群》，诗题、作者不详）

在时间的流水线里
夜晚和夜晚紧紧相挨
我们从工厂的流水线撤下
又以流水线的队伍回家来
在我们的头顶

星星的流水线掠过天穹
在我们的身旁
小树在流水线上发呆

……

但是奇怪
我唯独不能感觉到
我自己的存在
仿佛丛树与群星
或者由于习惯
或者由于悲哀
对本身已成的定局
再没有力量关怀

——舒婷《流水线》

这两首诗，诗情、意蕴以及表现方式明显不同，一是“十七年”中非常流行的民歌诗体，一是八十年代兴起的朦胧诗体。徐敬亚在《崛起的诗群》中批评前一首诗时说：“且不说这种诗诗情怎样，单是主题就简单得令人难以忍受！全诗的题旨不外建立在一个比喻的基础上（而且是老而又老的比喻！）：草垛高，草垛里有汗珠——汗珠是社员的心。这种清水煮白菜式的主题，这种起承转合式的老调足以败坏了我们一万首所谓的‘诗’”。徐敬亚在某种程度上也许是触及诗歌的程式化的症结所在，但将原因归结为“起承转合”（实即线性思维的表现方式）上，则失之武断。被认为现代意味很强的朦胧诗人舒婷的《流水线》中同样可以窥探出这种“起承转合”的思维痕迹，《流水线》的题旨亦是建立在一个比喻的基础上（当然这是一个颇有现代感的新鲜的比喻）：人在单调的生活流水线面前失去了自由，感受不到“自己的存在”。这触及现代工业社会中人被异化的问题，由于诗人从情感出发，真诚呼唤对人的关怀，呼唤人的自由与解放，《流水线》就不是“清水煮白菜”的寡淡之作，而是很有情感深度和理解价值的深沉诗章。

在北岛、舒婷、芒克、多多、顾城等人的诗中都不同程度地运用了线性的、逻辑的、理性的思维方式，像“日子像囚徒一样被放逐。没有人去问我，没有人去宽恕我”（芒克《天空》），“生活：网”（北岛《太阳城札记》），“阳光／在天上一闪，又被乌云掩埋。暴雨冲洗着，我灵魂的底片”（顾城《摄》），这种物象（场景）——哲理（理念）的抒情方式并不是传统诗歌的专利，而是人类有诗歌以来便出现的一种表现方式，将来依然会焕发出它的活力。只是由于新中国成立以来文学观念逐渐走向狭窄，到“文革”时文艺已经完全等同于宣传工具，这种抒情方式被单一化、机械化、程式化，这种诗之所以败坏读者胃口的原因还不仅在于此，最主要还是诗人感情的虚伪、浮泛，诗情不是真正从心灵里流露出来的，因而从本质上也就失去了诗的灵性，怎能激起读者的诗情呢？

b. 情感性思维与逆向思维

所谓情感性思维亦即不是为了表现既定的理性意念去网罗情感表象和生活场景，而是从直觉出发，从情感自身的流动出发，去表现诗人的情绪、意象、联想等一系列的心理轨迹，忽视逻辑的因果联系，表现诗人瞬间丰富的艺术感受。舒婷说：“尽管我明确作品要有思想倾向，但我知道我成不了思想家，起码在写诗的时候，我宁愿听从感情的引领而不信任思维的加减乘除法。”（《生活、书籍与诗》)“听从感情的引领”亦即情感性思维方式。舒婷的诗大多遵循“情感的引领”，而不善用逻辑演绎的思维方式去造就理性的力感，她的那些爱情诗章之所以被人们交口称誉，也在于她写得纯情，不含一丝杂质。她的《四月的黄昏》《思念》所表现的那种爱而不能得的悲剧性情感，在理性思维作家手里，也许会抽绎出深刻的社会主题、人生主题，比如张洁的《爱，是不能忘记的》便是这种悲剧性情感的理性升华，而舒婷的气质和思维结构只能“在心的远景里／在灵魂的深处”去获取比理性主题更丰富更深刻的情感价值。

顾城亦是一位情感型的诗人，他的诗里浸满了那种孩提时代的幻想与虚构，他那种艺术感觉的纤细和敏感更缺少理性的笼罩，是一种纯粹的直觉思维方式。他亦认为：“诗人在感知和表述时，并不需要那么多理性逻辑、判断、分类、因果关系。他在一瞬间就用电一样的本能完成了这种联系。众多的体验在骚动的刹那就创造了最佳的通感组合。”(《关于诗的现代技巧》)情感性思维绝非没有它自身的理性价值，舒婷、顾城的一些诗篇由于感性的充分和情绪的真诚，在不自觉中闪示了一些惊人的理性色彩。舒婷《致橡树》中所显示出的那种人格自主的主体意识以及《祖国啊，亲爱的祖国》的“恋母”情绪，都在情感的流露中天然地形成哲学的意蕴。顾城的一些感性意味强烈的“童话诗”中也闪现出富有理性价值的“意味”来：

我想在大地上
画满窗子
让所有习惯黑暗的眼睛
都习惯光明

——顾城《我是一个任性的孩子》

这首诗的主体情绪是对十年动乱的谴责和对美好童心（人性）回归的祈求。在北岛、江河那里这种主题并不新鲜，他们那种富有理性力感的批判亦是顾城所难以企及的，但顾城亦有独特的“批判”方式，像这里的“让所有习惯黑暗的眼睛／都习惯光明”就不是简单谴责异化人的外在环境，而对异化者自身也有一种自审与自责的愿望，这些眼睛为什么“习惯黑暗”而“不习惯光明”？这就把对十年动乱的批判以及产生这种悲剧的原因的思考推向了更高的层次，内含着一种沉着的理性力量。

逆向性思维与情感性思维有些不同，它并不省略事物的逻辑的演绎过程，注重情感的理性深度，是一种逻辑思维的方式，与一般的线性思维方式的本质区别，在于不依据正常的思维的出发点去肯定什么，而采取一种悖论思考的方式否定生活中的“真理”。北岛《履历》的末句是这种思维方式的形象写照：

当天地翻转过
我被倒挂在
一棵墩布似的老树上

这种“倒挂”“眺望”的逆向思维在北岛诗中也表现得格外突出，有人把北岛所有的诗歌归纳于这种逆向性悖论思维方式之下，自然是以偏概全，忽视了北岛诗中其他的思维方式。在朦胧诗人中北岛无疑是运用逆向思维最多最有价值的，他那“我——不——相——信”的惊世之句便是这种思维的结果。在《宣告》中，可以看出他所“不相信”的恰恰是生活中人们公认的“真理”的判断：

我不相信天是蓝的；

我不相信雷的回声；
我不相信梦是假的；
我不相信死无报应。

这首诗中，诗人怀疑的绝非“天是蓝的”这些判断是否科学，而是一种深沉的思索，勇敢地发出“我不相信”的愤怒呐喊。这种逆向思维产生于一个荒谬迭出的时代，它是源于诗人的直觉与感觉，时代的非理性与非逻辑性造就诗人逆向性的思维。“让思想省略成一串串雨滴／或者在正午的监视下／像囚徒一样从街上走过／狠狠踩着自己的影子／或者躲进帷幕后面／口吃地背诵死者的话／表演着被虐待狂的欢乐”（北岛《走向冬天》）。在被不正常的社会任意捉弄之后，理性的大厦陷落了，“我”所尊奉、信仰、恪守的价值体系崩塌了，如“烘烤着的鱼梦见海洋／万岁！我只他妈喊了一声／胡子就长出来”（北岛《履历》），“我”似乎也只有像美国影片《现代启示录》一开始男主角倒悬着头来看待这个颠倒了的世界，才能保持对这个世界的清醒的理性观照。于是他发现“自由不过是／猎人与猎物之间的距离”（《同谋》），“在大地画上果实的人／注定要忍受饥饿／栖身于朋友中的人／注定要孤独”（《雨中纪事》），“八月的梦游者／看见过夜的太阳”（《八月的梦游者》）。这种逆向思维产生出来的怀疑主义，既有助于他发现许多荒谬表象背后的真理，亦有助于他发现许多堂而皇之“真理”之后的本质乃是荒谬的。

由于逆向思维到后来与萨特存在主义哲学合成一体，成为北岛观照世界的独特方式，因而对一些不该否定或者否定不了的事物采取了过于坚决的否定态度。这不仅表现在那些用烟头去“烫伤黑暗”的习惯动作，还体现在他眼里处处布满“可疑之处”，女人的笑容是可疑的，小旅馆、钢琴、时装模特都是可疑的，连“我们的爱情”也是可疑的，这怀疑主义导致了丧失价值判断的虚无主义的倾向，以至“自由”“胜利”“时间”“历史”与“贫困”“失望”“背叛”“厌恶”一样，都是一片可怕的“空白”(《空白》)。这时逆向思维便由局部的怀疑发展到整体的不加区别的否定，由理性的否定转向毁灭一切的感性层次，诗人从直觉出发，重又回到感情的世界之中，仿佛是转了一个圆圈回到原处，但又不是原处。

朦胧诗人中的舒婷、顾城、江河有时也运用这种否定性的悖论思维方式，逆向地表现独异的情感发现，这类诗也曾一度使部分读者和评论者迷惑，但经过一段时间的冲洗之后，人们逐渐理会了这种背离常理的抒情方式所蕴含的独特、真诚的情感深度和哲理深度。自然北岛的价值也就豁然明朗了。

c. 相对性思维与“模糊”的魅力

相对性思维属于非理性的模糊性思维，它忽视形式思维的矛盾律、同一律，也不进行逻辑的推理与概念的演绎，是人类较早出现的一种思维形态，在古老的东方表现得尤为发达。它有点类似情感性思维，都是从直觉感受出发，但情感性思维乃是一极性，是作者进行全体的肯定或否定，而相对性思维则不把价值标准固定在一端，而是浮动在过程之中。相对性思维的特点在于内部意识活动(心理情感的波动)和外部信息活动的区分是极不确定的、极不明晰的。从原始民族的图腾仪式、宗教信念以及一般意识活动来看，客体的形象，属性与主体主观的情感、主体运动因素之间，存在着一种实体意义上的占有、共生和神秘的互渗关系。天地万物总是和人混然相出的。草木禽兽，甚至无形之物都可以与人神、善恶互渗，物理的东西和心理的东西，有生命的东西和无生命的东西，有思想、感情、意志的东西和无思想、无感性、无意识的东西，不可分化地合为一体。这种思维原有“原逻辑”的特征，在人和物的互渗中得出一般，是凭神秘的互渗来感知、理解世界的，把认识建立在感性意象神秘的任意联系上。因而，西方有人把这种思维特征又称之为“东方神秘主义”。

相对性思维作为一种原始的思维形态，在很长时间使远古的先民们栖息在模糊的认识王国里，影响了人类认识的精确化、严密化的进程。但现代科学、现代心理学、现代艺术的发展表明，这种相对性思维经过现代意识观照以后会放射出新的光辉。近年来，西方科学界掀起了一股“东方神秘主义热”，一些颇有名气的科学家、学者都向往着从东方古文化宝库中，从那种神秘的箴言和深奥的古籍中，以淘金者般的热忱探寻有益的启示。

朦胧诗人对世界文化的兴趣与关注、中外交流的撞击启迪朦胧诗人开拓新的思维空间，杨炼、江河、顾城便改变那种绝对性思维的创造模式，而开始以一种地道的东方意识来感应世界，营造新的世界。江河的组诗《太阳和他的反光》便通过对远古神话的重新观照，以相对性思维侧重表现人与自然的关系，借以呈现沉淀深厚而又被时间的淤泥淤塞的“天人合一”的思维特质，人就是天，天人同根，人不应该强迫天以从人。“他和树像两面镜子对视”(《斫木》)便是这种思维境界的写照。因此，人和自然是平等的，夸父追日最后倒下，是夸父“把他自己斟满了递给太阳／其实他和太阳彼此早有醉意……”(《追日》)，吴刚斫砍桂树乃“砍伐的就是他自己”(《斫木》)，女娲填海亦不过是和海水玩耍：

她和海水玩得开心时
海把她收了去
让这瞬间的欢笑被光粼粼地展开
鸟困了梦见她

羽毛凌乱地裹起赤裸的身子
云在海上投下阴影
遗恨青春不能常在
她用翅膀扑打阳光
她用委婉的叫声把时辰弄弯
鸟儿徒劳无益地梦见了她

——江河《填海》

按照绝对性思维的方式来表达海与女娃的关系该说大海把她淹死了，但在“天人合一”的意识中，便是“她和海水玩得正开心时／海水把她收了去”。没有死亡的恐怖气息与悲剧气氛，人与自然是多么和谐。本来是女娃化为精卫鸟，但这里却是“鸟儿困了梦见她”，这是为了传达不知庄周之梦蝶，还是蝶梦庄周那样一种物我两忘的无意识境界。这种自然的泛我化和人的物化的统一产生了人和自然间亲昵和优美的诗意。

甚至，诗人还超越时空的距离，把神话人物与“我”亲昵地胶合在相对一致的时空中（似乎有点类似爱因斯坦的时空理论）：

那个人也许是我也许是吴刚
也许是月亮风清的遥远颂歌
他们夜守孤灯独自创新
他们不知不觉
溶解在青铜的镜子里

——《斫木》

对象的模糊表现了相对性思维那种主体客体浑然融合的感性特

征，深刻地表现了人类共同的精神生存状态。

杨炼一系列组诗像《半坡》《敦煌》等更充分地把相对性思维作为整个诗歌的结构支撑架，他所提出的“智力的空间”这诗的命题便是他们这一思维的结晶，因而在整体上更具有东方神秘主义的气韵。他的“智力的空间”，并不是证明一个拟定的主题，而在于发现新的层次，形成新的层次，层次越复杂，其内涵越丰富。这牵涉到结构美学方面的内容，下面还是从他的具体诗作来剖析他相对性思维的特性：

我不是鸟，当天空急速地向后崩溃
一片黑色的海，我不是鱼，
身影陷入某一瞬间、某一点
我飞翔，还是静止
超越，还是临终挣扎
升，或降（同样轻盈的姿势）
朝千年之下，千年之上？

——《飞天·敦煌》

这简直是一个失去了绝对判断尺度的世界，事物的相对性发展到了极致,“鸟”与“鱼”,“天空”与“海”,“瞬间”（时间）与“点”（空间）,“飞翔”与“静止”,“超越”与“挣扎”,“升”与“降”,“下”与“上”，他们浑然统一于一体，断然分不出他们具体的界定在哪里。与江河那种静穆和谐的境界不同的是，杨炼并不沉浸于这种“相对”的宁静之中，而是在揭示一种“相对”的过程中以“……还是……”这样的表达方式隐隐道出迷惑的疑问，实则是对生命存在状态的思索。杨炼诗中还常常出现这样一种特殊的思维表现形式：

他们走过河流，但是没有水
他们敲打岩石，但是没有火
他们彼此交谈，却互相听不见声音

——《半坡·穹庐》

这显然是在对抗着矛盾律，但由于相对性思维是一种非逻辑的认识方式，它的情感的直觉性和物象的组合性并不能直接进行演绎，但它同样表现的是人类那种孤独、寂寞、难以超越的精神状态。如果不循着杨炼的思维轨迹去把握，就会堕入云雾之中而不得要领。很多人在江河、杨炼的这一系列作品面前所表现出来的困惑与为难，实际上显露了思维结构的平面化、单一化，也表明绝对性思维在美学上的深远而顽强的影响。

相对性思维的出现无疑加重了诗的“模糊”性，实际上这时候的诗才是真正意义上的“朦胧诗”，因为诗人提供的并不是一个有序的审美系统，而是一个复杂的无序的审美空间，因而显得模糊、朦胧，令人难以捉摸。但“模糊”有时却有其独特的审美价值，别林斯基说过：“当人恋爱一个人的时候，不是把他当作观念，而是把他当作活的个性，爱他的整体，特别爱这个人身上的没法确定它、叫出它的名称来的东西”（转引自林兴宅《艺术魅力的探寻》第5页）。“模糊性”的魅力所在，全在于主体客体的“测不准”，测不准的关系表明：微观粒子的某些成对的物理量不可能同时具有确定的数值，例如位置和动量，方位角与动量矩等，其中一个量愈确定，则另一个量就愈不确定。机械地套用自然科学的原理来理解文学现象难免有些生硬勉强，但究其思维形态来看，相对思维与物理学的“测不准关系”有着很近的血缘关系，简单地概括一下似乎可以说，在相对性思维的诗的张力场中，审美已知量越是确定，审美的未知量就愈不确定。魅力与障力全在于此。

悲剧：人的失落与人的呼唤
——论朦胧诗的理性支柱

在没有英雄的年代里，我只想做一个人。

——北岛《宣告》

a. 动乱现实的映照

太阳升起来，
天空——这血淋淋的盾牌

——芒克《天空》

这触目惊心的鲜明意象，分明烙下了一个时代的印记。只要你经过那场动乱，你的视觉一接触这一束意象，你的身心就会被带到那血淋淋、火腾腾的岁月里——十年动乱。

十年动乱（1966—1976）是朦胧诗的一个巨大的起着决定性作用的深刻的历史背景，朦胧诗人们便是在这样一个广阔而独特的背景上开始他们的心灵的探索历程的。他们的诗大多写于那个荒唐的年代以及所延续的那一段时间内，即令以后他们不直接以此背景来探索心灵的历程，也总是隐隐地晃动着那个时代烙给他们心灵的阴影，这个无形的阴影时时飘浮在他们诗的上空。“我曾和一个无形的人／握手，一声惨叫／我的手被烫伤／留下了烙印／我不敢再和别人握手／总是把手藏在背后／可当我祈祷／上苍，双手合十／一声惨叫／在我的内心深处／留下烙印”。这是一种充分的变形和抽象，一种特定的象征，这个“无形的人”幽灵始终徘徊在朦胧诗人的意识空间。列宁曾经把俄国现实主义大作家托尔斯泰比作“俄国革命的一面镜子”，依据这一判断方式，我认为，朦胧诗是十年动乱的一面镜子。朦胧诗人们的心灵折射了那个时代的风云、暴雨、冰雹，真诚地记录了那个时代一代人的迷惘、苦恼、愤怒、沉沦、呐喊、反抗、崛起的情绪的历程，在中国当代文学史上具有独特的价值，有些价值可能要留等明天去进一步挖掘和理解。

朦胧诗人们以心灵的极大痛苦抒写了动乱时代的种种罪恶给善良的人们带来的种种灾难和不幸，他们饱蘸着血泪描画“史无前例”的恐怖而荒诞的社会景象。

一个阶级的血流尽了
一个阶级的箭手仍在发射
那空漠的没有灵感的天空
那阴魂萦绕的古旧的中国梦
当那枚灰色的变质的月亮
从荒漠的历史边际升起
在这座漆黑的空空的城市中
又传来红色恐怖急促的敲击声……

——多多《无题》

仿佛回到风雪飘摇的年代
仿佛寒冷和死寂没有尽头
人的腿是为站立和行走的
却被绳索和铁链牢牢捆住
被罪恶的手鞭笞着
拖进战争、流血和笨重的劳动
丧失了文明和尊严
丧失了生存的权利

——江河《葬礼》

在被遗忘的土地下
岁月，和马轭上的铃铛纠缠
彻夜作响，路也在摇晃
重负下的喘息改编成歌曲
被人们到处传唱

——北岛《十年之间》

多多、江河、北岛勾勒的这些历史的画面，堪称十年动乱浓缩了的微型胶卷。多多的诗虽然有些直露和单纯，但在一九七四年动乱仍在延续扩展的岁月里，便以一种灰冷阴暗的意象来表示对动乱的厌恶和反感乃至恐惧，是非常难得的。江河诗中的“回到”二字便高度概括了这场动乱的倒转历史的本质，是扼杀东方文明和人的尊严，人，难道还要回到不能直立和行走的蛮荒时代？“风雪”“寒冷”“死寂”“绳索”“锁链”“鞭笞”“流血”等一系列象征法西斯主义和封建主义的暴行的意象，便是这动乱的全部内容。江河从历史发展的纵深度剖现了十年动乱的荒唐、反动，北岛则以一幅独特的画面高度凝练地传达出十年动乱那特有的气息和氛围，“彻夜作响”的岂止是马轭上的“铃铛”，“摇晃”的仅仅是路？世界都在摇晃，都在彻夜作响，人们在重压下的喘息、呻吟居然像歌声一样到处流传，这是一个失去人性、失去自由、失去真理的年头。他们在对十年动乱“历史”地展现的同时，更着重地表现这场动乱对人的灵魂的戕害、毒化，对“自我”的扭曲、异化，对人性的抹杀、毁灭，这是一个“与孩子心／不能相容的世界”（北岛《结局或开始》），他们痛苦地唱道：“河水涂改着天空的颜色／也涂改着我／我在流动／我的影子站在岸边／像一棵被雷电烧焦的树”（北岛《界限》），不正常的环境“涂改”着人的自身与本性，践踏人的尊严，蔑视人的价值，人不能自由地呼吸，不能自由地歌吟，不能自由地生活，不能自由地流泪，一切都被按照某种强硬的非人性的强盗逻辑去执行，给整整一代人留下巨大的精神创伤和浓重的心灵阴影。

朦胧诗人在十年动乱这个巨大的背景上，还着重表现自己这一代人身影的活动，他们都曾经有过明媚的童年或少年，都曾在心中憧憬着美好的未来，但铺天盖地的浩劫掠走了这一切，继而是狂热的骚动，迷信的浪潮，欺骗的阴谋，充斥在生活的每一个角落。他们便被时代的浪潮颠着推着，从浪峰落向浪谷，青春被无端消耗，热情被可怜的幻象迷惑，理想被市侩的脏手出卖，以致一时之间他们眩晕痛楚。他们只能睁开被刺痛的眼睛，捂住被戳伤的心灵的创口，在黑暗中挣扎、求索。这一切，便构成了北岛的《履历》：

我曾正步走过广场
剃光脑袋
为了更好地寻找太阳
却在疯狂的季节

转了向，隔着栅栏
会见那些表情冷漠的山羊
直到从盐碱地似的
白纸上看见理想
我弓起了脊背
自以为找到表达真理的
唯一方式，如同
烘烤着的鱼梦见海洋
万岁！我只他妈喊了一声
胡子就长出来
纠缠着，像无数个世纪
我不得不和历史作战
并用刀子与偶像们
结成亲眷，倒不是为了应付
那从蝇眼中分裂的世界
在争吵不休的书堆里
我们安然平分了
倒卖每一颗星星的小钱
一夜之间，我赌输了
腰带，又赤条条地回到世上
点着无声的烟卷
是给这午夜致命的一枪
当天地翻转过来
我被倒挂在
一棵墩布似的老树上
眺望

这首诗以抽象变形的方式高度概括了整整一代人在十年动乱中的心灵历程，“万岁！我只他妈喊了一声／胡子就长出来”，漫长的十年时光只能干一件事，也只干了一件事，一声“万岁”，就消耗了一代人的青春年华，这委实是疯狂季节积淀在人们心灵上最深厚最难以忘却的影像。在这幅影像上，同代人可以窥见心灵的轨迹，而后代人亦可以从这幅心灵的影像上去感受过去时代的疯狂气息和悲剧氛围。

朦胧诗乃是十年动乱一面独特的心灵之镜。

b.“人”的旗帜

朦胧诗的旗帜上写着一个巨大的血字：人！

这是对一个蹂躏人、践踏人、扼杀人、毁灭人、把人不当作人的动乱时代的反抗。在那个灭绝人性、惨杀人道的法西斯主义和封建主义疯狂发酵的岁月里，正义和真理被任意宰割、阉杀，人的尊严、人的价值在痛苦的呻吟中濒临毁灭，人性混杂于兽性之中。特定的历史生活注定了朦胧诗必须具有强烈的战斗意识与批判意识，与《今天》关系密切同时活跃在北京青年艺术界的“星星”画派的王克平所说的“柯勒惠支是我的旗帜，毕加索是我们的先驱”，无疑道出了朦胧诗面对社会和接纳艺术的态度。因此，呼唤人的尊严、人的价值，对残酷屠戮人性、戕杀人道暴行的批判、仇恨，便构成了朦胧诗人道主义的主旋律。

朦胧诗人在诗中确实体现了柯勒惠支这位德国女画家在政治上的战斗性、严肃性和崇高感，他们是以一种叛逆者的姿态出现在当代诗坛的。“革命把血浸透的旗帜／留给自由的空气／那么／斗争就是我的主题／我把我的诗和生命／献给了／纪念碑”（江河《纪念碑》)，这种把诗和历史、人民紧密联系成一体的自觉意识，并庄重地宣告“斗争就是我的主题”，道出了朦胧诗人整体上的政治倾向。面对这个非正义非人性的世界，北岛自然不能顺从，也不能像托尔斯泰那样宽恕一切罪恶，他要叛逆、要呻吟、要抗争，“举起叛逆者的剑／又一次／风托起头发／像托起旗帜／迎风招展”（北岛《岛》)。在这种叛逆精神的驱使之下，也就难怪朦胧诗人要反复选择张志新、遇罗克这些叛逆者的形象作为自己的抒情主人公。杨炼初期诗中也常常出现战斗者的姿态：

就让我最终把这些铸造噩梦的牢笼摧毁吧
把历史的阴影、战争的姿势
像夜晚和黎明那样连接在一起
像一分钟一分钟增长的树木、绿荫、森林
我的青春将这样重新发芽

杨炼把“历史的阴影”与“战斗者的姿势”联系在一起的思考，表现出一种崇高的历史使命感和责任感，而且，在这种“战斗者的姿势”中枯萎的青春将会“重新发芽”，失去的时光将会得到补偿，可见诗人是深明“战斗”的意义与价值的。

最能代表朦胧诗的叛逆意识与战斗精神的诗章，是北岛的《回答》，这是一首写于十年动乱里的优秀诗篇，几乎成为那一代人心灵的绝唱。虽然我已断断续续引用过这首诗中的内容，但为了完整地理解它、把握它，还是将它全篇抄录于下：

卑鄙是卑鄙者的通行证，
高尚是高尚者的墓声铭。

看吧，在那镀金的天空中
飘满了死者弯曲的倒影。
冰川纪过去了，
为什么到处都是冰凌？
好望角发现了，
为什么死海里千帆相竞？
我来到这个世界上，
只带着纸、绳索和身影，
为了在审判之前，
宣读那些被判决的声音：
告诉你吧，世界
我——不——相——信！
纵使你脚下有一千名挑战者
那就把我算作第一千零一名。

我不相信天是蓝的；
我不相信雷的回声；
我不相信梦是假的；
我不相信死无报应。

如果海洋注定要决堤，
就让所有的苦水都注入我的心中；
如果陆地注定要上升，
就让人类重新选择生存的峰顶。

新的转机和闪闪星斗，

正在缀满没有遮拦的天空，
那是五千年的象征文字，
那是未来人们凝视的眼睛。

当时，人们在默默地沉思，默默地怀疑着一切，而北岛在“审判之前”，大胆而激烈地呐喊：“告诉你吧，世界，我——不——相——信！如果你脚下有一千名挑战者，就把我算作第一千零一名。”“我不相信”四字，在那氧气匮乏令人窒息的环境里，竟喊得那么费力，那么嘶哑，也那么坚定！这种勇敢叛逆和大胆怀疑，在民族面临生死存亡的非常时期无疑是惊雷闪电掠过黑暗漫漫的长空，昭示着更多的叛逆者举起抗争的剑面向邪恶。虽然“你”已将一千名叛逆者踏在脚下，但是“我”愿意做“第一千零一名”，这种勇敢战斗的精神建筑于为真理勇于牺牲勇于献身无所畏惧的基础上。“即使明天早上／枪口和血淋淋的太阳／让我交出自由、青春、笔／我也决不会交出你／让墙壁堵住我的嘴唇吧／让铁条分割我的天空吧”（北岛《雨夜》），“宁静的地平线／分开了生者和死者的行列／我只能选择天空／决不跪在地上，以显示出刽子手的高大／好阻挡那自由的风”（北岛《宣告》），正是诗人那种大无畏战斗精神的具体描述，不仅体现了一种男子汉的刚硬气质，更是一种为正义、为真理、为主义的不屈的信念，一种有意义的人生价值观的体现。

“我不相信”是朦胧诗人对十年动乱做出的最有力的回答和批判，它是写在朦胧诗潮扉页上的“箴言”。

朦胧诗人对十年动乱的深刻揭露和批判主要依据人道主义这样的思想参照系进行的。朦胧诗人敏锐认识到十年动乱的性质是“以太阳的名义／黑暗在公开掠夺”（北岛《结局或开始》），因此当非人的痛苦折磨得诗人无可抑制时，便汹涌为一股奔腾的岩浆：“我是人／我需要爱／我渴望在情人的眼睛里／度过每个宁静的黄昏／在摇篮的晃动中／等待着儿子第一声呼唤”（同上）。但是在一个扼杀人性、扼杀人道的年头里，做一个人远不如屠杀人那么容易，有时甚至会失去自由、失去青春、失去生命。北岛的《宣告》沉重地令人战栗地写出了做“人”的灾难：“也许最后的时刻到了／我没有留下遗嘱／只留下笔，给我的母亲／我并不是英雄／在没有英雄的年代里／我只想做一个人”。当人们在缅怀追认“文革”初期勇于抗争“血统论”的遇罗克这位“英雄”时，北岛却借遇罗克之口令人凄怆地告诉人们：“我只想做一个人”（着重号为笔者所加），但立志“做一个人”的极其正常、极其自然的要求，也被人们当作“英雄”的壮举，这就极为触目惊心地写出了“英雄”的贬值，“使所有的苟活者都失去重量”。然而，即令“做一个人”，也只能“选择天空”，选择死亡，十分冷酷地传达出那个动乱时代可怕恐惧、惨厉悲凉的地狱氛围。这是一个失落了“人”的时代！因此《宣告》中的这种宣告是异常沉郁、深重的，令人悸颤而不堪回首。人们在称赞这首诗歌时往往看重那种因果关系明显的尾巴（“从星星的弹孔中，将流出血红的黎明”），认为北岛是乐观的英雄主义，而很少去挖掘寻觅作者真正“宣告”的意义所在，不能凸现出诗人那种悲剧主义的痛苦灵魂。

无疑，北岛那种男子汉式的宣告是有力的也是坚强的，舒婷、顾城则是以母性的哀婉和孩童的稚真诉说这场动乱对灵魂的扭曲、戕伤。他们的批判也许不如北岛、江河那么金刚怒目、慷慨激昂，但情感深度与审美感染力却是同样的。

舒婷在写张志新临终的“嘱咐”时，满怀悲伤地写道：

是的，我还留下了悲伤

但你不要哭泣
夜半，你喊着“妈妈”
从梦中惊起，泪水在迷惘的小脸上
泻成清亮的小溪
孩子呵，抬头望望月亮吧

——舒婷《遗产》

顾城在重庆红卫兵墓前，写道：

我还没忘
小心地绕过墓台边
空蛋壳似的月亮
它将在那里等待
离去的幼鸟归来

——顾城《永别了，墓地》

曾经有人指责舒婷在《遗产》一诗中除了动人的爱和叮咛之外，就难再有深刻的思想了，这种指责面对顾城的《永别了，墓地》同样可以成立。但是，十年动乱在这样幽婉凄凉的意境里显得特别恐怖可恶，幼小的孩子失去了母爱，只能怅然地凝视那温柔而宁静的月亮，而温暖的母巢里，失落了生命的希望，幼小的雏鸟不幸被风雨迷离方向，永远沉睡在黑暗的坟墓之中。两人诗中不约而同出现的以“月亮”作为母性的象征，前者被孩子枉然期待，后者则枉然地期待孩子，都在动乱中失去了赖以生存的条件和希望。虽然从人性、人情的角度去揭露批判这场动乱的灾难性，不是最高层次的也不是最有力量的武器，但是对一个扼杀人性、扼杀人道的罪恶时代却显示了巨大的战斗性、杀伤力，因为法西斯主义和封建主义最畏惧人的旗帜。

c. 呼唤的艰难

朦胧诗人对十年动乱这种“人”的失落的批判主要依据的是文艺复兴的人文主义和十八世纪法国启蒙主义的内容，后来也受到近代现代西方人本主义哲学思潮的影响，呼唤健康的人性。尊重人的尊严，发挥人的价值，把人当作人便构成他们诗中肯定性的主题意向。这种意向后来因为内外原因，并没有能够在他们诗中完全地实现。但奠定了他们的情绪基调，以后的变异，也大多是这种基调的扩展、收缩、变奏。北岛说：“诗人应该通过作品建立一个自己的世界，这是一个真诚而独特的世界，真正的世界，正义和人性的世界。”舒婷说：“我从未想我是个诗人，我只是为人写诗而已”，“我通过我自己深深地意识到：今天，人们迫切需要尊重、信任和温暖。我愿意尽可能用诗来表现我对‘人’的一种关切”，并急切呼唤“人啊，理解我吧”。杨炼则热情地讴歌道：

> 我的兄弟们啊，让代表死亡的沉默永远消失吧
> 像覆盖大地的雪——我的歌声
> 将和排成“人”字的大雁并肩飞回
> 和所有的人一起，走向光明
>
> ——杨炼《大雁塔》

朦胧诗人力图用“人”作为制高点来建造他们的理想世界，在这个理想的世界里，“心灵不再躲到幕布后面／书打开窗户，让群鸟自由地飞翔／老树不再打鼾，不再用枯藤／缠住孩子那灵活的小

腿／少女们从沐浴中归来／拖曳着星星和辽阔的月亮／每个人都有自己的名字／自己的声音、爱情和愿望”（北岛《我们每天早晨的太阳》），这不是一种乌托邦式的空想，是一种对人解放的要求和期望，这是一个自由、活泼、个性充分解放、人与人之间不需要戴面罩生活的世界，这种“合乎自然”“合乎人性”的境地实际呈现出人文主义和启蒙思想的一般理想特征。这种泛人道主义的理想追求在江河那里覆盖面更为广阔：

让光划出影子和光明的界线
让影子渐渐透明在中午消失
我的那些苦闷沉默艰难的年代
消失在欢笑中
我，金黄皮肤的人
和世界上所有不同肤色的人连成一片
把光的颜色铺遍生活

祈求苦难消失、世界大同、人类共同富裕、幸福的良好愿望，虽然未必源于诗人内心的共产主义理想目标，但诗人已经不仅仅为了解救自我和表现自我，不仅仅为了一个“人”，而是把“我”的命运、灾难、幸福与全人类联系在一起，显示诗人那颗宽阔的人道的、深沉的、爱的大心。

这种呼唤人、尊重人的主体意向，并不能如期实现，有时现实的距离要大大超过他们的预料。朦胧诗人又必须在渴望建立理想世界时对异化人、遏制人的发展的外在环境进行理性的感情的批判。这时随着历史的大转折，整个民族普遍焕发出了理性思考的光辉，文学也进入了一个以反思为特征的历史新时期，朦胧诗人自会从更高的理性层次去思考人在过去为什么不成人，人怎么样才能成为人的问题。因此便出现了这样一些富有哲理意味的诗章：

马尾松恳求风，
还原它真实的形状。
风继续嘲笑它。
马尾松愤怒地——
却不能停止它的摇摆

——舒婷《黄昏剪辑》

人不能摆脱外界的干扰，人不能自由地按照自己的愿望、自己的面貌生活，因此诗人“恳求”“还原”。“风”在这里象征着一种遏制人、扭曲人的异化力量，而“还原”便是上面那种“呼唤”的具象化。

我走到街上
喧嚣被挡在红灯后面
影子扇形般打开
脚印歪歪斜斜
安全岛孤零零的
海很遥远

——北岛《和弦》

不用说性情孱弱的舒婷停止不了风的摇摆，倔强刚毅的北岛在生活的异化力量面前也无能为力，只能感慨地叹息“海很遥远”“海很遥远”。这种人与环境的对立，人被异化的悲剧感在朦胧诗人创作的晚期表现得尤为突出。顾城的组诗《颂歌世界》体现出一种向内缩的特征。诗的主人公在一个非常狭小、非常不自由的空间移动，像“我们居住的生命 / 有一个小小的瓶口 / 可以看看世界”(《内画》)，“她一直严肃地坐在人海中央 / 被风捉住手指 / 她不能随她的船儿去远航”(《硬币中的女王》)，以及《方舟》《灵魂有一个孤寂的住所》一类诗，从题目便可看出诗人与外在环境的疏远、隔离的倾向，一扫初期那种人与自然和谐共鸣的浪漫天真气息，而表现出现实是冷酷的，只有人的内心才是高尚美好的存在主义倾向，也表现出诗人一种独善其身、自我完善的宗教品格。这依然是对人呼唤的一种方式。但朦胧诗从江河那种广泛的人道精神收缩为顾城这种“内画”式的人的自我完善，既可看出朦胧诗人的分化与变异，也不难看出人的呼唤的艰难与异化力量的强大。

北岛也感到了环境的压抑，那种“单人房间”的狭小、窒息、沉闷，亦如顾城的“内画”，但北岛并未轻易地向环境让步，他要反抗，不管采用什么方式，“一个个仇恨的酒瓶排在墙角 / 瓶塞打开，不知和谁对饮 / 他拼命地往墙上钉钉子 / 让想象的瘸马跨越这些障碍，一只追赶臭虫的拖鞋践踏 / 天花板，留下理想带花纹的印迹 / 他渴望看到血 / 自己的血，霞光般飞溅”(北岛《单人房间》)，虽然这种反抗近乎寻找刺激，在毁灭“房间”时实际亦会将自我毁灭了，但它是一种向外发展的人的精神，以这种非人性的反抗方式对非人环境进行反抗必然会在毁灭的刹那闪出一丝主体骚动与力量来。

自然，由于朦胧诗人这种“人”的呼唤过于抽象、过于庞杂、过于宽泛，对人的价值的理解并不存在一个确定性的思想命题，不用说松散群体内部的不统一，即令一个诗人对“人”的理解也缺乏确定性的内涵，比如舒婷把独立人格(《致橡树》)、人道主义(《风暴过去之后》)、人的异化问题(《流水线》)一锅烩在自己的诗中，缺少一种整体的理性力量。有时在一首诗中，这种“人”的价值观念也游移不定：

> 不，我不是即兴创作
> 一个古罗马的悲剧
> 我请求人们和我一道深思
> 我爷爷的身价
> 曾是地主家的二升小米
> 我父亲为了一个大写的“人”字
> 用胸膛堵住了敌人的火力
> 难道我仅比爷爷幸运些
> 值两个铆钉，一架机器
>
> ——舒婷《风暴过去之后》

只是不满过去既有几种人的价值内涵，但她所呼唤的“人”到底有怎样的意义内涵，却不甚了了。因此，他们的呼唤有时震颤人心，有时苍白无力，也就很难持久一贯地保持那种呼唤的热情、真切和激动了。

朦胧诗人并不因此而放弃人的旗帜，他们有时低沉但并不妥协，有时沉默是为了积蓄新的力量，以呼唤更高层次更明确的人性内容。继北岛、舒婷之后，杨炼把这种人的自觉推向了生命的自觉，因此在他的诗中充满了生命的冲动、激越，生命构成了一个新的辉煌的空间。杨炼的组诗《诺日朗》里虽有原始祭仪仪式的再现，也有佛教哲理的沉思，虽有对人类性本原象征的开掘，但这一切都是基于生命的综合，生命是它的主旋律。这就把人的呼唤思考推进到另一个广阔的境界，开始从不确定性和抽象性中解脱出来，当然，杨炼这一“推进”，既强化了诗的生命意识，启迪、开拓了新一代的思维空间和艺术视野，也从本质上背叛了朦胧诗的内在精气、血质，将朦胧诗度入了一个最终解体的阶段，宣告朦胧诗的群体的瓦解，而一个新的更为多元更为广阔甚至更为混乱的诗歌时代正在来临。

悲剧：理想的痛苦与英雄的孤独

——论朦胧诗的心理机制

黑夜给了我黑色的眼睛
我却用它寻找光明

——顾城

a. 无可选择的“情绪结”

朦胧诗产生于一个悲剧的时代，它笼罩着无可名状而又无法回避的悲剧性气氛。朦胧诗的悲剧性底蕴不在于它所映射的是一个悲剧的历史社会现实，客观固然可以影响主体的情绪意象，但十年动乱以闹剧形式出现的悲剧特质似乎倒更合乎“黑色幽默”。朦胧诗人之所以在诗中浸透着那一股深沉的、严肃的、感伤的、愤懑的、悲怆的、思索的悲剧性情绪，还在于他们的阅历、气质、理想、人格精神、思维方式以及由此产生的内在心理机制决定了这种悲剧性的不可避免，同时也构成了他们特定时期的特定价值。

在阐释朦胧诗的悲剧性特征之前，有必要先将其悲剧性这一范畴的内在指向表述一下。悲剧是古希腊时期的产物，悲剧性是亚里士多德时期美学思想的结晶。这不免显得传统了些，似乎与朦胧诗的现代性超前性相背离。但需要注意的是，这里所使用的悲剧性这一范畴远不是古希腊的形式与内容，是在承认人类命运具有悲剧性一面的前提下，从一个更广泛的意义上，从人类精神生存形态的关系之间来看待朦胧诗的悲剧特质。

朦胧诗的全部悲剧性就在于：

> 黑夜给了我黑色的眼睛，
> 我却用它寻找光明。

这首题名《一代人》的两句诗是顾城的成名作和代表作，甚至成了顾城乃至朦胧诗潮的代名词。很多热情的评论者和读者都喜欢引用这两句诗，尽管理解的程度不同，但确实说明这一旨诗有着较为深厚的底蕴。这种悲剧性首先体现在环境的非历史性非正常性，“黑夜”，这一意象笼括了广阔而无定性的时空。隐喻一种不正常、不人道的年月与环境，这本身便是一种历史发展过程中的悲剧，“给了我黑色的眼睛”，正是这一悲剧性向前发展的结果，悲剧的承受者是“我”，因为在“黑夜”与“黑色的眼睛”（“黑夜”的派生意象）之间是由“我”来连接，而“我”则被动地成为这场灾难的受害者，“黑色的眼睛”实际上是一种“异化”的具象形式，这已是深入到人与环境的不可调和的悲剧性，尤其是人的被动受控而无力摆脱的困惑及人类生存形态的选择与超越之中。但更为深刻的悲剧意味在于“我却用它寻找光明”，乍看起来，似乎“我”处于主动地位，也无疑有着积极的人生态度，有着一种敢于向“黑夜”叛逆寻找光明的精神，可所使用的武器——“它”

依然是“黑夜”的派生物，这种寻找势必又会陷入一种新的悲剧，而“我”将永远处于一种不可解脱的循环往复的悲剧性之中。这一悲剧性实际上揭示了人能够实现自我，人不能够实现自我这种二律背反的规律，因为这几乎成为人类精神生活一个永恒的悲剧情绪所在。这种悲剧产生于一种独特的心理机制，也就是一种人类精神的“情绪结”，顾城的《一代人》完整地表现了这种心理机制的结构形态过程，用符号来表示便是：

$$S—I—S_I$$

$$I—S_I \rightarrow 非\ S$$

S 在这里表示环境或非人化的存在，I 表示“我”（亦即人），S_I，是 S 的派生出来的对 I 有异化效果的已经融化到 I 内部的一种精神性存在（外在形式当然是物质的），非 S 是指与 I 和谐的吻合的正在追求的境界，也许正是诗人的理想的天地。诗人正是以这样的理想境界作为参照，去表现那些与之相悖的事物异化人的特征，从而使这个理想境界更加可爱、美丽，并以此来慰藉焦渴的心灵。

当然机械地套用这一公式去检视所有朦胧诗不免会有矛盾之处，它作为一种总体的情绪意象与精神指向，却是客观存在的。尤其是作为一种独特的隐性的心理机制方式，它蕴含于朦胧诗的整体情绪之中。这种奇异的“情绪结”无形之中制约着朦胧诗人的情绪定式，不论在何种情景之下，他们都在顽强地寻找理想，对生活寄予理想的愿望。

虽然舒婷声称不控诉自己的苦难，仿佛情绪已平息，对造成灾难的外在因素已经宽恕，或者已经丧失了信心，但是这只是一种情绪欲扬先抑的表达方式，她并非对生活、对环境丧失了希望，她仍然呼吁“为了百年后天真的孩子，不用对我们留下的历史猜谜；为了祖国这份空白，为了民族的这段崎岖，为了天空的纯洁／和道路的正直／我要真理！”(《一代人的呼声》)这首诗可以看成是顾城“寻求光明”诗句的具体铺衍。在北岛的《船票》中，“海”并没有赐给“他”“船票”，但是“他”还是固执地吟唱海，向往海，而不因为“没有船票”而背离海。芒克的组诗《天空》同样表达出这样的情绪轨迹，他一方面强烈地要求“天空，天空！把你的疾病／从共和国的土地扫除干净”。甚至责问“天空，你要把我赶到哪里去？”同时又觉得“我属于天空”，并希冀天空“带着你的温暖，带着你的爱，再用你的船将我运载”，对同一环境产生如此相异的情绪，貌似突兀，但弄懂了前面那种悲剧性的连环程式就会发现它的内在统一性。

这种不可摆脱的“情绪结”像九连环似的，你解开一个环，实际又进入了另一个环中，环环相连，永无止境，永远在这样的圆圈中旋转运行。看似行进，又仿佛回到了原地，看似复回原处，又仿佛在行进。这一个“情绪结”是非常神奇的精灵，在朦胧诗中自由地跳跃着，朦胧诗人都有些恨它，但最终还是和它拥抱。

文学创作中表现出的一种情绪结，有点类似主题学中的母题，朦胧诗人所表现出来的这种悲剧情绪，也并非自朦胧诗出现始有，它实际是整个人类精神生存悲剧的一种表现形式。朦胧诗人之所以陷入这样一种圆圈之中，并不是历史上母题的简单翻版，这是由于朦胧诗人心理机制的构成中不同的力作用的结果。

b.“理想使痛苦光辉”

我常想
生活应该有一个支点

——江河《纪念碑》

以《今天》为中心的朦胧诗人，几乎都出生在五星红旗下，像北岛、舒婷、江河、林莽、芒克、多多等都是人民共和国的同龄人，他们的童年沐浴在和煦的阳光里，共和国初期健康而质朴的教育培养了他们单纯的理想主义精神和坚强的英雄主义气质，他们以此作为生活的支点，去理解生活，开始人生的跋涉。他们那纯洁和善良的心，对未来充满憧憬、希望和信心。像杨炼、顾城虽出生稍迟一点，但家庭气氛的渲染以及共和国初期余风的熏陶，也在心里积淀了这种积极而富有热情的人生态度。

十年动乱造成社会秩序的严重混乱，人们的心理一下子失去了原先的平衡，生活的准则一下子失去了原先的方位，“天变了颜色／变成了可怖的铁色”，“一切都在骚动／都将绝望、抛弃、争夺！”（顾城《北方的孤独者之歌》）朦胧诗人并没有因此放弃自己的“生活支点”，诗人愈发珍视自己的理想追求，更加顽强地去寻找去表现真善美；他们在诗中表现理想世界的信心，抒发理想不能实现的痛苦与悲哀。这种情绪互相补充互相撞击，一阴一阳构成了理想主义的正面与负面，较为典型地体现在北岛的《一切》和舒婷的《这也是一切》中。这本是不可分割的整体，由于理解的差异，人们往往称赞舒婷的《这也是一切》，而批评北岛的《一切》是“怀疑、迷惘、苦闷、颓丧”。

就诗的整体情绪而言，舒婷高昂明朗充满激情，北岛的深沉忧郁充满感伤；北岛是以一种否定性的态度来发泄昨天的理想破灭的愤懑，而舒婷则以一种肯定性的情绪来盛赞并预言明天理想一定能实现，“损失”可以补偿，“呼吁”能够得到回响。北岛并不是一个悲观主义者，而是顽强的理想主义战士，他有过“信仰”“希望”“欢乐”，但由于热爱理想到极致，而理想又在动乱的岁月被人愚弄、践踏、蹂躏，他忍受不了理想的毁灭的痛苦，便产生“一切都是命运”“烟云”的偏激之语，实际上《一切》是理想主义的悲歌和挽歌。一个真正颓唐、衰退、丧失理想的人根本不会如此忧郁、愤激的，就像不可自拔的情人才会写出“我恨你”这样极端的句子一样，只有理想主义者才会写出《一切》这种独特的诗篇来。舒婷的《这也是一切》中的“一切”并不是北岛过去所曾经相信过的“一切”的重复，这种“肯定”不是对北岛的《一切》简单的纠正，而是在更高的意义上，在承认北岛“一切”的合理性的基础上，重新升扬起理想的风帆。它比之北岛所否定的那一切（过去时）更有力量、更有深度，也许更经得起风暴的摧折，因为“一切的现在都孕育着未来／未来的一切都生长于它的昨天”。当然“未来”也可能出现新的失望，但他们仍然会进行新的否定和新的肯定，这正是理想主义者的循环轨迹，他们无法摆脱那种悲剧性“情绪结”的巨大引力，他们注定要承受痛苦和失望的煎熬。然而“理想使痛苦光辉”，人类的生存本身便是与痛苦做斗争的过程，虽然人生结局最后是悲剧性的，但一生过程却必须是光辉的有生气的，生命的意义也许全在于此。

朦胧诗人们深重的痛苦还在于他们的理想境地与现实世界的极度不和谐与对立。他们所冀望的是建立一个透明、纯洁、善美、自由、无私的世界，“有千万个小太阳悬挂桑葚／钓鱼竿弯弯绷住河面／云儿缠住风筝的尾巴／无数被摇撼的记忆／抖落岁月的泥沙／

以纯银一样的声音／和你的梦对话”（舒婷《童话诗人》）。如果说舒婷、顾城的理想尚带一些童话世界的浪漫情调，而北岛、江河的理想则更符合人的存在，“心灵不再躲到幕布后面／书打开窗户，让群鸟自由地飞翔／老树不再打鼾，不再用枯藤／缠住孩子那灵活的小腿／少女们从沐浴中归来／拖曳着星星和辽阔的月光／每个人都有自己的名字／自己的声音、爱情和愿望”（北岛《我们每天早晨的太阳》）。“让光划出影子和光明的界线／让影子渐渐透明在中午消失／让我的那些苦闷沉默艰难的年代／消失在欢笑中／我，金黄皮肤的人／和世界上所有不同肤色的人连成一片／把光的颜色铺满生活”（江河《从这里开始》）。这不是一般的乌托邦式的空想，而是一种对人的解放的希望，一种对个性自由、人类幸福的向往。但在动乱的现实里，这种理想无疑只会成为幻想的泡沫，甚至会成为一种罪过的附属物，朦胧诗人势必要陷于理想破灭的痛苦之中，而现实愈是背离正常的人性的理想目标，他们愈是用心灵去营建、幻想他们的精神的归宿地，便常常显出一种臆想型的完美、高尚、单纯、圣洁，有时宛如天堂或圣地，更反衬出动乱现实的可恶、可怕、可笑，继而固执地在理想幻景中满足心灵的饥渴，这就形成了一种奇异的循环，他们的诗便在这种理想与痛苦之间艰难地徘徊。

c. 悲壮的英雄主义

朦胧诗人这种痛苦的理想主义的基础是源于他们个体心理的英雄主义表现欲望。由于共和国是从战争的硝烟中走过来，张扬英雄主义便成为生活的主旋律，而这伙未经战争磨难的年轻人在其熏染下，心理深深积淀着英雄主义的元素，并常常在与外在生活碰撞时闪出火花。

一段时间内，有人曾经认为朦胧诗离开了时代，脱离了广大人民群众，对社会生活采取冷视漠然的态度，是一种狭隘的“自我”，这是一种普遍流行的误解。其实，朦胧诗的实际正与此相反，朦胧诗人们那种强烈的社会责任感、使命感和道德感可与五四时期那些最早的觉醒者相比（朦胧诗后期这一倾向有所淡化）：

他们在天上
原为一颗星
他们在地上
愿为一盏灯
不怕显得多么渺小
只要尽其可能

——舒婷《献给我们的同代人》

他们愿意发光发热，愿意成为“星”“灯”，成为光明的化身，成为普罗米修斯的继承人，他们自觉地把自己和祖国、人民的命运联系在一起，像人们经常列举的江河的《祖国啊祖国》、舒婷的《祖国啊，我亲爱的祖国》等都是与民族共命运、共思考的诗作。当然，如果单纯地以某首诗去概括朦胧诗人总体情绪则难以令人信服，亦是表象的东西。在朦胧诗中的那种使命感、责任感、道德感、正义感，是通过悲壮、雄浑的英雄主义气质，那种愿为真理，为光明，为自由，为理想而献身的热情来体现的。

朦胧诗人们这种悲壮的英雄主义气质表现在诗中抒情主人公的形象上。我们在朦胧诗中，老是觉得有一个坚强的或沉思的“战士”的身影，“他”不盲从，甚至有些桀骜不驯，因此他们几乎都以张志新、遇罗克这些悲剧色彩浓郁的英雄实体来作为自我情感的载体。舒婷在《遗产》中以“母亲”张志新的名义叮嘱孩子“爱给你肤色和语言的国土”，“爱给你信念使你向上的阶级”，要孩子继承她“空出来的岗位”，“让所有冲击过我的波涛，也冲击你的身体吧。我不后悔，你不要回避！”另一个气质较为纤细文弱的童话诗人顾城也有着刚强坚毅热爱真理的不屈精神，“虽然，我需要自由／就像一棵草／要移动身上的石块／就像向日葵／索取自己的王冠／我需要天空／一片被微风冲淡的蓝色／让诗句渐渐散开／像波浪／传递着果实”，然而面对敌人死亡的威胁，“我”坚定地宣告：“不要说了／我不会屈服”（顾城《不要说了，我不会屈服》）江河在《没有写完的诗》中则冷静地将“自我”置于那种“死亡”的情境上去思索、去表现英雄主义献身的无畏精神与悲壮气概。在体味张志新那股面对死亡的复杂情感时实际上已超越上烈士自身的实体，体现出作为江河个体的那种坚毅的孤独感与悲哀感。当我第一次读到“我也站在这群人中／看着自己被处决／看着我的血一涌一涌地流尽”时，我的灵魂战栗了，仿佛看见自己的灵魂在示众，血在流淌，它使我想起了鲁迅《药》中夏瑜牺牲的场景，虽然这“黑压压”是被“驱赶来的”，但这深重的悲哀与孤独使英雄的亡灵难以安宁，也使“所有的苟活者失去了重量”（韩瀚诗句）。

北岛悼念遇罗克的《结局或开始》《宣告》两首诗与江河的《没有写完的诗》互相补充，构成悲壮的英雄主义的完整篇章。北岛在“我”“牺牲”前刹那的勇敢无畏与江河一样充满了角斗士的气质，但“我”似乎更坚信未来，“我，站在这里／代替另一个被杀害的人没有别的选择／在我倒下的地方／将会有另一个站起／我的肩上是风／风上是闪烁的星群，也许有一天／太阳变成了萎缩的花环／垂放在／每个不屈的战士／森林般生长的墓碑前／乌鸦，这夜的碎片／纷纷扬扬”（《结局或开始》），这种为真理献身的行为便显示着庄严的理想主义光辉和一个战士的崇高感。

朦胧诗人还有一种愿意为人类承担灾难的拯世济民的博大胸怀，他们愿意为历史担负责任和使命，愿意为人类的进步与前行贡献自己。“我是岸／我是渔港／我伸展着手臂／等待穷孩子的小船／载回一盏盏灯光”（北岛《岸》)。“如果海洋注定要决堤，就让所有的苦水都注入我心中”，“我死了／不是为留下一片哭声、一片感动／不是为了花朵在坟墓上孤独地开放”（江河《没有写完的诗》)。这种愿为天下所有的人承受苦难，愿以自己的身体去遮蔽“穷孩子”，愿用血肉之躯去唤醒民族觉醒的拯世救国的精神，充分裸露出一颗坦荡无私的心，人们还能指责他们是卿卿我我的个人主义者吗?

在这种英雄主义内动力的驱使下，他们老是期望自己能为人类、为社会、为他人贡献些什么，做些什么，如果不能为人类和社会尽自己的努力，便会有一种罪过和虚度年华的感觉。北岛写于一九七二年的《日子》曾被视作荒诞感、幽默感较强的存在主义之作，但当读到最后“当窗帘隔绝了星海的喧嚣／灯下翻开褪色的照片和字迹”两句时，便会发现诗人那种“透着烟雾凝视着自己”的一系列举动里，深藏着那不能报国的痛苦和“英雄无用武之地”的悲哀。“长不大的孩子”顾城虽然缺乏北岛、江河那种男子汉遒劲的力感和粗犷的气势，但仍以他独特的情感方式表达济世的理想，那种真诚的渴望与祈求充满了强烈的悲剧性，为了“习惯黑暗的眼睛”能够“习惯光明”，为了抹去动乱年头留在人们心灵的阴影，为了弥补生活中窗口不开阔不光明的缺憾，顾城居然祈愿“画满窗子”，以拯救人们精神的创伤。顾城的这一天真的充满童稚的愿望，虽然是建造于沙滩之上，最终不可避免成为泡影而幻灭，但诗的底色却是悲剧性的英雄主义。冯骥才在短篇小说《临街的窗》中曾经叙述过类似的故事，虽然很难说冯便是受到了顾城的启发，但这种共同的“情绪结”却反映了一代人所共有的基本心理特征。

d. 孤独的精灵

理想主义的热情和英雄主义的悲壮成为朦胧诗人心理机制中两股动力，这两股力往往在急切地向外扩张时遭到现实的阻碍而不能充分地自由地发展。当他们用理想主义来建造生活时，由于现状背离“心灵的法则”，并不能实现他们所憧憬的理想生活，他们便陷于痛苦之中；英雄主义虽然可以回来改造现实，但又找不到自己的立足点（归宿），这样两股爆发力便产生了一种往回弹的力，向内心发展、向灵魂发展，理想的热情逐渐融为痛苦的忧郁，英雄的悲壮淡化为愤怒的沮丧，这两股回力在一定哲学倾向的影响下便合成一股新的心理内容：孤独。

> 红波浪
> 浸透孤独的桨
>
> ——北岛《青春》

北岛是朦胧诗人中最早表现孤独感的，也是表现得最好的，这首只有九字的诗是他组诗《太阳城札记》中的一首，它典型地概括了朦胧诗人对理想主义与英雄主义的一种惆怅，一种痛苦，浓缩了一代人的心灵历程。“从河流到河流／从山岗到山岗”（《云》），“孩子随意敲打着栏杆／栏杆随意敲打着夜晚”（《命运》），这种孤独之声回荡在北岛诗中。舒婷的《船》虽然是一首爱情诗，但诗中所浸透的那种怅然和孤独，已远非只是爱情悲剧的内涵，它象征着理想的衰落和心灵的孤独。江河在《没有写完的诗》中所抒写的张志新的孤独感，那种夏瑜式的悲哀亦是作者孤独灵魂的写照。

由于孤独感的滋生，加深了朦胧诗人对世界的陌生感，“同情的目光越来越淡／我失去了把你唤醒的语言”（顾城《那是冬天的黄土路》），不仅失去了唤醒别人的语言，甚至连自己也怀疑自己，“对于世界／我永远是个陌生人／我不懂它的语言／它不懂我的沉默”，“对于自己／我永远是个陌生人”（北岛《无题》），这种深重的孤独显然包含了西方存在主义哲学的内容，凄凉的孤独意识笼罩着忧郁的悲剧色彩，“我”得不到世界的呼应，世界也得不到“我”的回声，这是渴望理解、渴望交流、渴望对话而不能实现的孤独，理解比爱更具有人道的力量，不被理解的人永远痛苦而孤独。孤独感是源于人自身失去归宿之后的一种失落情绪，导致人向更高的形而上的层次去寻找生活的意义与价值。也就难怪顾城这样大声疾问：

我到哪里去啊
宇宙是这样的无边

——《生命幻想曲》

孤独感的出现，不是模仿西方现代派的结果。因为孤独感是现代社会正常的心理现象。作为一种全球意识，孤独正在世界各地蔓延，严格地说，正在被人们日益认识。孤独亦不是“颓唐”“消极”，更不是“没落”“反动”，而是人类情感中一个永恒的存在。因为孤独感是人类精神境界在认识自我之后才能出现，进入人类文化层次越高的人，孤独感愈会强烈，这是难以逾越而被人难以理解的痛苦，人类生存的悲剧性全在于此。伟人几乎都是孤独的，我国古代的哲人孔子哀叹过不被理解的痛苦，屈原亦有过“唯我独醒”的孤独。爱因斯坦在科学的隧道里发现孤独感。贝多芬的交响乐中流淌出一连串的孤独的音符。进入二十世纪的现代文学艺术几乎全是“孤独”的象征，鲁迅、凡·高、海明威、福克纳、马尔克斯、聂鲁达等人都摆脱不了孤独的困扰。当然，他们孤独的心理机制与朦胧诗人并不相同，价值也不相同。对孤独这一精神现象的系统研究，不是本文所能容纳的。这里只是简单触及，是为了力求全面描述朦胧诗的一些情绪特征，以免造成对朦胧诗的心理内容理解上的狭隘。

语言的变更：诗的符号化与陌生化
——论朦胧诗的语言选择

语言漫无目的地闪烁
像零乱破碎的瓷片
在我们之外

——杨炼《敦煌·命运》

a. 诗的符号与抽象

构成诗歌最重要的因素无疑是情感，传统的诗歌往往以情感的直接表露或间接宣泄为目的，情感的特征诸如热爱、痛恨、悲伤、喜悦、忧郁、苦闷之类往往以词汇色彩和句法意义表现得十分外露，人们也容易接受和欣赏。朦胧诗人无疑也要抒发感情，表达心灵的声音，但他们几乎全部摒弃了浪漫主义那种一览无余、直抒胸臆的方式，他们对情感进行全新的艺术抽象，往往舍弃了“事实”和外部的特征，而以心灵主体性的色彩融化一种超越现实状态的结构形式，这种抽象的结果就是使诗歌上升为一种艺术符号，因而“事实”与“情感”,“看到的”与“想到的”全部浓缩为一种幻想，诗歌造成的效果完全超出了其中的字面陈述所造成的效果。诗人并不单纯为了告诉人们一件事情，诗人的目的就是要让读者与他一起体味他自己对熟悉的事件或事物状态特殊的情感和主观经验方式。正像波利亚科夫在《艺术方法与艺术语义问题》中所说：“语言好像不存在了，它执行着联系读者与作品的功能和实现作品精神……内容的功能。作品中所包含的对于世界及其价值的态度好像是在自行消失的符号中，通过艺术中的语言和符号体系的这种自行溶化的本性实现的。所以艺术篇章不是指引我们去注意语言……而是去注意在作品的内部世界中紧密交融并相互灌注的对象含义与精神内容。”（转引自［苏］鲍列夫《美学》490 页）这种艺术抽象，在其构造形式上又往往体现为某种具体的意象，而不是像科学符号那样去指示和设计概念或命题，而是带有强烈主体性特征的描述性和形象性。它是抽象的，但是这种“符号性的表现形式”可以诉诸人的直觉，传达深刻的情感内容、主观经验。

在这种意义下，艺术作品是艺术文化的一种符号，更确切地说，是元符号，即比普通用来构成形象的符号含义更为丰富、对象意义更为宽泛的一种符号。两者不可混淆。

对于朦胧诗这种抽象的性质，敏锐的诗评家在剖析朦胧诗创作趋向时曾道出过类似的见解，只是还未作理论上的论述。谢冕在分析舒婷的《雨别》时说：“突出的抒情个性，模糊的事件时间，我是谁，你又是谁，都不清楚。题为《雨别》，并不写雨，也不知昏晨、冬春。我的痛苦是什么，我所不能忍受的又是什么，依然没有告知……总的趋向是感情的淡化，重心转向了内在情绪的动态刻画。”“当前新诗创作的基础已经从‘事实’转移到情绪与经验。”

朦胧诗人自己也表达过类似的见解，杨炼明确表白，“读懂一首诗就像进行一次破译”，并进一步指出：“一群群具有相同走向的意象渐渐靠拢，显示出同处结构内的不同层次。这些中间组合有时单独发展，有时彼此接近甚至交错汇合，在碰撞的刹那迸出火花，使我们隐约窥见了深藏的奥秘。于是，意象——诗的基本符号经过反复阅读的‘定位’最终获得了中间组合与结构赋予的全部含义。”（《智力的空间》）这种抽象的精神又促使朦胧诗人对诗的本质做出新的思考：“诗，在不断变形和发掘抽象定义中，通过背离自然（构思、秩序化）本质地接近了自然，是被创造的一个独立于作者主观和物质客观之外的‘第三种现实’”。（杨炼《智力的空间》）他们对诗做出的定义未必很准确，但他们对所进行的艺术抽象活动显然是一种理论上的自觉行为。

单凭在理论上把朦胧诗归结为一种抽象，一种艺术符号，还是不足以解决朦胧诗“朦胧”的症结所在。因为前面我已经说过，按照艺术符号的观点来看，任何艺术作品都是一种符号，一种“有意味的形式”或者“表现性的形式”“元符号”。这里还必须作深入的思考，从整体意义上来说，一首诗、一部作品无疑是艺术符号，但从微观的角度来看，一首诗是由若干艺术的组合，形成一种符号系统。艺术符号与艺术的符号虽然是两个不同的概念（苏珊·桑塔格在《艺术问题》中对此有严格的区别），但两者是有联系的，艺术符号是一种抽象、一种原则、一种精神，而艺术的符号则是具象的、丰富多样的。在一首诗中，意象便是最基本的符号，无数意象便构成了一个整体的符号系统。也就是说朦胧诗是由一系列意象符号所构成的艺术系统。而朦胧诗人对把诗作为艺术符号体系的观念似乎更具自觉意识，这与他们重视语言的造型功能、重视诗的视觉价值的美学追求有很大的关系，因为符号本身最初出现无语义意义而是以造型的方式出现，具有鲜明的视觉因素，朦胧诗便理所当然呈现出符号性的意义。当然，在艺术过程中既有符号因素，又有非符号因素，比如连接诗意象的语言手段就是非符号因素，诗毕竟不能像方程式和军事密码一样。北岛一首题为《关于传统》的诗这样写道：

野山羊站立在悬崖之上
拱桥自建成之日
就已经衰老
在箭猪般丛生的年代里
谁又能看清地平线
日日夜夜，风铃
如文身的男人那样
阴沉，听不到祖先的语言
长夜默默地进入石头
搬动石头的愿望是
山，在历史课本中起伏

在这个符号系统里，有“野山羊”“悬崖”“拱桥”“地平线”“风铃”“石头”“山”等意象符号，其中又以“拱桥”“地平线”“石头”为主体符号，“拱桥”象征传统的体系结构，“地平线”表示明天、希望，“石头”则隐喻一种僵化的陈旧的形式，其余似乎是辅助性的符号，“自建成之日”等非符号因素仍具有普通语言的语义，在诗中起着缀连关联的作用，并未丧失本来的语义因素和语法意义。一般说来，人们对朦胧诗感到“朦胧”的缘故，往往是对朦胧诗中的一些语码（独特的符号）缺少理解和破译的能力，从而影响到对诗的整体把握，像北岛的这首诗，如果理解“拱桥”“地平线”“石头”的所指意义，就会很快破译这个艺术符号系统。

b. 陌生化与造型性

朦胧诗之所以在诗坛上引起那么多的争论，不在于他们以符号来构成诗的本体。传统的诗歌按照艺术符号学的理论来看也是一种符号的集合体，比如中国的古典诗词便由一个很稳定的符号系统组成，松、竹、梅、兰这些意象已成为家喻户晓的通用符号。朦胧诗的“朦胧”在于他们背叛了传统的诗歌符号，而创建一套新的符号系统。这是因为艺术作品尤其是诗歌要不断发现新的角度、途径、方法、形式去创造新的艺术风格，建立新的美学价值。根据俄国形式主义学者什克洛夫斯基的“陌生化”理论，诗歌艺术的基本功能是对日常生活的感觉方式支持的习惯化过程起反作用。“诗歌的目的就是要颠倒习惯化的过程，使我们如此熟悉的东西‘陌生化’，‘创造性地损失’习以为常的、标准的东西，以便把一种新的、童稚的、生机盎然的前景灌输给我们。因此，诗人意在瓦解‘常态的反应’，创造一种升华了的意识，重新构造我们对‘现实’的普遍感觉，以及我们最终看到世界而不是糊里糊涂承认它；或者至少我们最终设计出新的现实以代替我们已经继承的而且习惯了的（并非不是虚构的）现实。”（《结构主义和符号学》第六十二页，特伦斯·霍克斯著）这与杨炼提出的“第三种现实”无疑是一致的。

可见诗的陌生化就是要选择与日常生活语言不符合的，破坏标准化的日常语言的规范、语法、词汇和句子。因为日常语言常常把我们丰富的生活经验和感受僵化、固定化和割裂化，而陌生化能唤起人们新鲜的感知和情感。就文学语言本身的价值而言，它与“普通”语言相比，它不仅“制造”陌生感，而且它本身就是陌生的。在这种意义之下，朦胧诗背离传统诗歌的符号系统，进行审美的独立创造，乃是对陌生化效果的一种追求。

虽然传统诗歌具有自己的艺术符号系统，有它自己的艺术抽象形式和意象组合方式，它们根深蒂固地渗透到社会审美意识深层，制约着人们创作、欣赏的习惯，但是诗歌的艺术符号系统需要不断变易、更新，这是文学艺术发展的必然规律。因为一种符号系统长期地反复地使用，便会失去审美的“陌生感”，读者的感觉就会钝化，阅读时就激不起热情和兴趣。朦胧诗人以一种全新的符号意象向在中国诗坛通行的符号系统发起了冲击。虽然他们营建自己符号系统时还带有一定的随意性，但那种触目耀眼的“陌生化”效果，一下子使传统的诗歌符号系统变得肤浅、陈旧。尤其是朦胧诗人不仅在整体上异于传统，而且相互之间也各标一帜，以鲜明的“陌生化”兀立在诗坛，迫使读者运用想象力、创造力综合地进行破译、还原。在这种情形之下，持惰性阅读方式的匮乏审美想象力与创造力的读者依照原有的参照系统去进行阅读就会觉得“不懂”，因此，所谓的“朦胧”，其实是对朦胧诗这种“陌生化”效果的不适应而产生的心理障碍。

朦胧诗人之所以苦心经营“陌生化”主要是对传统诗歌语言的苍白、疲乏和无以承载复杂情感的不满。换言之，作为诗的材料的语言，在构成诗的艺术形式、创造情感抽象的符号上，由于长期以来，实际上只要求诗歌作为传达某种政治甚至政策要求、“时代精神”的工具，忽视它在诗歌艺术中的“造型作用”（形成审美意象的作用），因而变得软弱无力，失去了作为诗歌语言特有的内涵。近几十年来，习惯上仅仅把诗歌语言看成是押韵、上口的大白话，并以此进而认为是一种民族化、大众化的表现，代表中国诗歌的发展方向（符合继承传统的要求）。

对这样近乎神话的诗歌观念，朦胧诗人以桀骜不驯的态度表示了公然的蔑视。他们要求诗歌语言，以“扩大情绪的宽度”（徐敬亚），要在“语言之外”延伸出“诗意”（林莽），“用一个词把生命从有限中释放出来，趋向无限”（顾城）。说到底，他们重视的不是语言本身。作为诗的材料，语言在完成了它的构造任务以后，即当一首诗已经以其完整的面貌呈现在读者面前以后，语言那种有限的作用几乎就消失了。这时候起作用的是意象本身，是经过艺术抽象以后的情感符号，审美是从这里开始的。表面上看起来，朦胧诗人并不反对诗歌语言的明白、晓畅，“一首诗，要想感染人，首先必须既让人明白字、词和句子的表面含义，然后才能进入逻辑、进入感情，才能达到美。（即使所谓的朦胧诗，优秀的语言也是明了、通畅的，往往细节处透明，而将主题隐在诗后。需要回味的，是诗的主旨，而不是语言文字本身。）”（徐敬亚）。事实上，朦胧诗的大部分也并不存在语义学上的隔阂和障碍，这些表象看起来似乎与传统的诗歌差不多，但语言只是一种载体，两者所“载”的体是不同的。传统的诗歌观念，以“诗言志”的时代开始，就偏重于诗歌的通讯传播作用，要求诗歌中语词传达的意义，也就是诗所要表达的意义，最多有一些比喻义、引申义而已。所谓的“诗言志”，也不过是“言”的诗人对现实世界的理性态度、认识意识，是一种概念的表述。故而“诗”才“可以观，可以兴，可以群，可以怨”。而朦胧诗人以正常、自然朴素的语词，简洁凝练的句式，构成诗歌外观形式，创造艺术抽象结构，追求诗歌语言的造型作用，而排斥语言通讯作用的过多干扰。“意象”的词义，连一般中学生都看得懂，但对诗歌高度抽象化的情感的理解并不起什么作用，意象背后有极其丰富复杂的情感内容、主观经验，需要人去感受、回味、沉思。为人们所熟悉的顾城的《弧线》，诗中那种朴素语言的字面意义能给予什么呢？你只能在诗的整体意象的刺激下，穿透语言表层，深潜下去寻找它的抽象化了的情感本质。从艺术符号学的意义看，朦胧诗人使作为一般符号的通讯语言，在诗歌创作中完全变成造型语言，真正地发挥它构造审美意象的作用，从而摆脱人们习惯的误解。现代西方文艺理论家认为，诗歌是用词语塑造的，而不是由“诗的”题材构成的，诗歌语言不只是关注传递信息或详细描述外在的知识，它的自我意识、自我认识非常强烈，它超越它含有的信息。所以，“语词在诗歌中具有的地位不只是作为表达思想的工具，而是实实在在的客体，是自主的、具体的实体。”（《结构主义和符号学》第 62 页）这种语言造型功能的强调，使朦胧诗人在创造艺术系统时更自觉地选择富有画面感表现因素的“符号”，既有视觉造型效果，又有象征隐喻意义。

c. 符号的阅解与注释

如果根据诗歌本身提供的信息，融合自己的直感、情绪触角去寻觅诗人的符号系统，虽然不能十分准确地了解诗的全部意蕴（因为诗留给读者的是一个无限广阔的空间），但仍然可以读懂，至少能领悟到诗所赋予你进行新的创造的种种触发点和框架。因为朦胧诗人在进行艺术抽象时，其意象组合总是体现出大致的定式。他们的艺术抽象方式是按照情感和主观经验的内在联系，在整体上约束所有具体意象，向一个相同的方向运动，形成一个动态的组合结构。要认识这种新的组合方式，必须改变固有的陈旧的思维方式（比如，太阳是光明的、温暖的抽象表现，在顾城的诗里，却是时间的符号：“太阳是我的纤夫／它拉着我／用强光的绳索”），才能找到探索朦胧诗的“密码”。在北岛的诗中，经常出现的“黎明”“海”“湖”“鸽子”“蒲公英”等，它们便是一种理想的抽象，是青春、希望、热情、未来的符号。为了说明问题，我们列举朦胧诗人常用的抽象符号略作分析。“海”在北岛的诗里多次出现，但每次出现都充满了郁勃的生气，骚动着生命的活力和青春的气息，诗人多次“梦见海洋”，要“走向海”，以至在诗人眼中“木纹展开了大海的形态”，又时常慨叹“海很遥远”，表现一种追求理想而理想难以实现的苦闷迷惘，“海”又时常与那孤独、坚硬的“岛”相映衬，更显出一种神秘而可爱的光景。同样，在北岛诗中，“乌云”“河水”代表一种邪恶势力和不正常的环境，“石头”则成为传统的化身，“云母”“土地”，则是历史的暗示和隐喻。而顾城则经常使用“小鸟”“孤线”“镍币”“太阳”“月亮”等意象符号，它们各自都是一定的情感、一定的主观经验的表现形式，尤其是“镍币”这一符号具有深刻的意义，它的形体、色泽足以增添诗的透明度和清晰度，而诗人把它抽象为“异化”的表现，显得非常巧妙、自然。舒婷诗中“船”“帆”等意象符号，也不是什么乘风破浪一往无前的象征，而是凄迷、惆怅等情绪的对应物，是一种美丽的忧伤的抽象的外壳。他们选用这些艺术的符号，都受到阅历、学识、环境、个人气质以及思维方式、艺术风格等主客观条件的制约。就从环境来说吧，舒婷身处厦门岛，运用“船”“帆”等意象属于“近水楼台”，而北岛出生于华北平原和京都，看惯了人工建造的庄严辉煌的宫殿建筑，对“海”有一种神秘感和新鲜感，把它抽象为理想的符号也同样能够理解。

朦胧诗中所出现的这些意象符号的抽象意义只是大致的定式，不是一种绝对的机械的对应和吻合，更不是谜面与谜底的关系，而是有很强的弹性和张力，它给予读者的创造空间也就在于此。读懂符号的基本含义是最初的层次，并不是欣赏的终极目标，读者能从诗中领悟并进入一种超乎诗歌之外的境界，才是诗人所要实现的。因此诗歌不能等同于简单的智力游戏，它提供的不是代数方程式，也不是几何证明题，而是进行审美创造的条件，一种情境，一种包含深刻情感内容和主观经验的外观形式。朦胧诗人在建造艺术符号系统时，体现了充分的灵活和弹性，没有局限于“能指”（符号）“所指”（意义）的机械对应关系，更没有把“符号”当成商标。他们诗中的符号有极大的宽容性和可塑性。“星星”在江河的诗中有一个大致定式，是一种以理想为主体意象的艺术的符号，但又有着丰富的内涵，《祖国祖国》中丝绸“温柔地织出星星”，这是古老文明的象征，《葬礼》里“劫走了所有的星啊星”，则是一种伟人之光的象征，而《星》里，那颗“又大又亮”的星，则是理想和事业的标志，至于《星星变奏曲》里的星星就更加超越本体，几乎是正义、善良、光明、忠诚、热情等人类美好事物、美好愿望、美好生活在诗人感情和主观经验中的汇聚融合。

当然，对一首诗，可以把它归结为一种符号，一种抽象的表现，但在落实诗中意象的具体意义时却并非那么容易，而大多情况下，分析、落实诗中每一个意象符号是根本不需要的，常常只需作总体上的体味和把握，并在整体意义上，做出对诗的抽象形式所表现的情感和主观经验的描述（这种描述是可以做到的，这一点与苏珊·桑塔格的“艺术符号”的抽象意义不可描述的见解是不同的）。否则，那将会把欣赏诗引入到烦琐考证的实证主义泥坑里。北岛《走吧》这样写道：

走吧，
落叶吹进深谷，
歌声却没有归宿。

走吧，

冰上的月光，
已从河床上溢出。

走吧，
眼睛望着同一块天空，
心敲击着暮色的鼓。

走吧，
我们没有失去记忆，
我们去寻找生命的湖。

走吧，
路啊路，
飘满红罂粟。

这首诗在北岛的诗中算不上是最复杂难懂的，意象的密度与组合的新奇也不如他的另一些诗，但阅解还是有一定难度的。它没有交代为什么要走，也没有说往哪儿走，这些客观性的东西都被主观经验省略了、代替了。用“艺术符号”的观点来看，它是“无路可走也要走”的抽象，它可能是从某种束缚解脱之后的困惑，也可能是觉醒以后的新窘迫，落实在“走吧”这个具体的中心意象符号上：但进入诗的内部结构分析就难以精确，“走吧”在各节里与其他意象符号组合时，就有不同层次的情感差异，第一节表现失落感（“落叶”“深谷”“归宿”），第二节表现凄凉感（“冰”“月光”“河床”），第三节表现迟暮感（“眼睛”“天空”“心”“鼓”），第四节表现追寻感（“记忆”“生命的湖”），第五节表现迷茫感（“路”“红罂粟”）。

如果对诗中每一个意象符号进行翻译，非但不能有助于诗的理解，反而是对诗意有所损害，这不是对待艺术应有的态度。因此，尽管朦胧诗人拥有自己的艺术符号和艺术的符号系统，但阅解他们的诗作时不必去作无端的揣测，只要抓住诗中关键性的几个意象符号，便可从整体上去把握，串通全诗的内在结构，把握诗人的情感内容和主观经验的特征所在，从而揭开覆盖在他们诗歌表层的帷幕，窥见其艺术抽象形式的本质。

在阅读理解朦胧诗人的“符号系统”时，还必须结合各人不同的风格个性、审美特点进行整体上的把握，找出这些符号之间的内在联系。如果孤立地去破译某一符号的象征实体，就会盲人摸“象”，不着要领。在阅读江河、杨炼尤其是杨炼近作时特别要注意。在朦胧诗人中，杨炼刻意寻求建立自己的语言体系，耐心地发现、创造富有独立价值的符号系统。为了与现代东方史诗的构想相适应，杨炼选择的一些符号富有浓郁的青铜色彩，成为东方智慧的依托物，因而“黄昏”“高原”“石头”“陶罐”“飞鸟”“鱼儿”等一系列语码意象以一种相对稳定的指向意义反复出现在诗中，与其他的意象相呼应、相撞击扩张出与主体意象相适应的审美群像来。这里只谈“鱼”“鸟”两个意象符号与诗人整体格局表现的关系。“鱼”与“鸟”本身是作为一种运动的实体出现的，在诗中显然是诗人主体精神的象征，早在杨炼初期的《神话的变奏：一个歌唱的精灵》中，诗人就自喻为“鸟”：“以焕发的欢欣，再次寻找那棵希望之树／太阳，灿烂的窝巢”，而近期诗人的主体精神往往呈现出二重组合的状态：

我飞如鸟，到视线之外聆听之外
我坠如鱼，张着嘴，无声无息

——《敦煌·飞天》

一方面要超出尘世，一方面又要进入人间，超越的明净与体验的痛苦缠绕着诗人，当他超越时，他便成了“飞鸟”，“俯瞰世界万变而始终如一”（《易经》、你及其他），俨然超出万物之上；当他进行具体人生体验时，“世界被一片幻影所覆盖，黑暗的哭泣搅扰你无法安息”（《半坡·陶罐》），又愿意为整个人类的痛苦而承担痛苦，因而这时便可以发现“鱼”与“鸟”这两个意象符号之间的内在必然联系，诗人所赋予的多层次的蕴涵存在着相互转化的关系：当“鱼”摆脱了世俗的困扰便升华为“鸟”，当“鸟”从天空降落时便化为“鱼”。而“鱼”“鸟”所生存、活动的空间在水里在空中，实际上暗喻诗人意识的超越，在这鸟飞行、鱼游动所不断转换的多向轨迹中展现了一个广阔的时空天地。人们会感到时间在向前向后延伸着，而空间在无限地延伸着，“自我”似乎不能超越空间而存在，因为你超越过去的空间实际上进入了更新的更大的空间，而诗人亦在这不断超越的过程中实现“自我”。原来杨炼是通过这一阴一阳来结构“我”的形象的。如果孤立地脱离杨炼诗歌的整体框架来析解“鱼”和“鸟”，其结果可想而知。

意象：艺术视知觉的复合空间

——论朦胧诗的审美特征

意象与意象派

最早把意与象组合成一个词，并构成美学概念的是刘勰。他在《文心雕龙·神思》中提出了“寻声律而定墨”，“窥意象而运斤”。虽然“意象”作为美学的概念最早被中国人提出，但使“意象”焕发出独特的艺术光彩并成为一种美学原则的却是现代英美诗人。西方意象派诗歌的重要领袖人物庞德，深受东方文化尤其是中国古典诗歌的影响，他干脆把唐代的几位诗人说成是世界上最早的“意象诗人”，翻译了我国古典诗歌中具有典型“意象”特征的作品，并说中国古诗对西方意象派的影响，将与古希腊文化于欧洲文艺复兴的影响相同。这无疑是对我们中华民族文学的一种富有世界性意义的评价。

纵观英美意象派的诗歌，便会发现，庞德所说的意象，即意象派的意象，与我国典籍里的“意象”并非具有共同的意义内涵。刘勰以及中国其他艺术家对“意象”的理解与阐释在整体的逻辑思维结构上没有突破“立象以尽意”的方式，他们都忽视语言形象存在的特点，忽视意象作为艺术单元的独立性。其实，意象作为一种语言形象在中外诗歌里早就出现。意象派运动的领袖在一九一四年通过对“意象主义”和“象征主义”的比较，实际上道出了意象的特质：“象征主义者运用联想，即一种幻想，几近乎一种寓言。他们把象征贬低到一个词的地位，他们把象征搞成一种节拍器的形式。举例来说，用十字架来意味苦难，诗人就能大体一上算作象征了。象征主义的象征有固定的价值。像算术中的数目，像一、二和七。意象主义的意象有着可变的意义，像代数中的符号 α、β、x……著者必须用他的意象，因为他看到或感到它，而不是因为他认为他能用意象来支撑某种信条或伦理体系或经济。”（裘小龙译著：《意象派诗选》第十七页）虽然庞德对象征主义所作的判断未必准确，但它无疑比较形象地阐释了“意象”在意象派诗中的内涵。庞德的一首短诗也可作为他这段话的注释：地铁车站／人群中这些脸庞的隐现，／湿漉漉、黑黝黝的树枝上的花瓣。这首诗典型地显示出意象诗的特点。当诗人走出地铁车站，恍然看到黑压压的人群中闪出一些美丽的面庞，诗人忽然想起一枝被雨淋湿的黑色桃树枝干上面鲜艳的花瓣朵朵。据说庞德为了捕捉这样一个意象进行了多次修改，在这个意象里，诗人所体味的大都市美的突然与易逝，地铁站暗淡光线，阴湿多雾以及田园生活、美丽面庞融为一体。虽然这里的意象同样讲的是“人面”和“桃花”，但与人面和桃花那样的比喻关系有着质的不同。花朵的意象是这首诗的灵和肉。它并不是可有可无的比喻，而是整个诗的凝聚点，抽去了这个意象也便失去了这首诗。可见，意象乃是诗人感性和理性的复合体，它自身像一个集成线路和元件，究其美学价值而言，它有点类似中国传统美学中的“意境”，它对诗的作用，犹如一个集成线路的元件之于电脑。

在初步明确意象的内涵之后，便可以由此去观照朦胧诗的艺术构成和艺术特性。朦胧诗可以称得上是中国意象派运动，朦胧诗区别于五四以来诗歌的一个显著特点，便是以意象作为诗的构成的最基本细胞，滋生繁衍意象群落，因此，意象既是朦胧诗的形式特征，也是朦胧诗的灵魂和血液，这是掌握朦胧诗艺术特征的最关键钥匙。继五四以后，浪漫主义、象征主义的诗风经郭沫若、徐志摩、艾青、戴望舒、李金发等诗人实践奠定了一定的基础，意象主义因为种种原因并没有得到发展。而朦胧诗人上承浪漫主义、象征主义诗风，充分发展意象派诗歌技巧，尽管朦胧诗运动现在已经平息，但毕竟开启了当代中国现代诗歌运动新航道，使中国现代诗歌与意象派诗歌潮流趋同步之势。在这个意义上，朦胧诗与意象派诗歌几乎有着同样的意义。有人在对意象派进行评价时曾说过：意象派诗歌运动虽然在短短几年没有写出很大的作品，但却像一个天体，本身虽然毁灭了，却放出了很大的能量，影响着诗的世界。这种估价同样适用于朦胧诗。虽然现在还不能做出具体的严密的正确无误的判断，但朦胧诗进行艺术创作所获得的价值却是客观存在的，影响是深远的。

朦胧诗的意象创造性

朦胧诗无疑也接受了意象派的理论，他们初期的诗歌创作表现了意象派的某些特征。由于意象派诗人片面强调“客观”和意象的绝对清晰、明确，使得很多丰富的诗情和朦胧的情景都被排除在外，既不能放手表达主观感情，又不能单独写客观，不允许任何叙述，因而缺少宏大气魄与丰富情感，在追求精致、唯美的过程中消耗了才华与智慧。朦胧诗不是简单的对英美意象派诗歌运动的重复，而是把意象作为诗的最基础的底部建筑，他们在接受早期意象派含蓄、集中、凝练和后期意象派（艾略特等）立体交叉、时空流动的审美特点的基础上，进行新的综合和新的创造，在意象的基础上去建构新的审美层次，这种创造性的实践大大丰富了意象的审美形式与审美艺术。

在意象派诗歌里，意象基本上是单元的、静止的，像庞德的《地铁车站》便只是一元意象构成的单线条结构，实际上包含着更多的理智因素。朦胧诗人由于受到克罗齐直觉主义美学、柏格森生命哲学以及西方心理学说的影响，特别注重感性因素在艺术构成时的作用，在建构组合意象时不再依照静止的、理性的原则，而以一种流动的、情感的审美方式去自由地跨时空地复合意象空间，克罗齐认为意象就是指经感觉在头脑中直接生成的形象。朱光潜解释说：“直觉是抒情的表现……直觉是最基层的认识活动，它所产生的是个别事物的意象，我们对此并无异议。不过我们说，心中红太阳的意象是现实的红太阳的反映，而克罗齐却说，这红太阳的意象就是红太阳的存在，是由直觉创造出来表现人的主观感情的。”（《西方美学史》下册第 288 页）这就直接涉及意象的形成是通过直观，而不是通过理性的理论的问题。柏格森认为，直觉能使我们对自己以外及离自己较远的事物有真正的知识，而理性只能分析我们接触到的事物，并不能使我们透过时间的障碍对人类的过去、未来有真正的知识。柏格森还强调时间的重要性，认为空间具有物质性，时间具有生命和心灵的特性，时间，又分数学时间与“实在的”时间，后者更为重要，它将过去、现在、未来合成一个有机体，因而记忆是将过去与现实、未来联系在一起的力量。这种强调时间、直觉的渗透作用，强调过去、未来融合在一起的观点，是朦胧诗的哲学基础。朦胧诗人势必打破意象派单意象、凝固意象的传统，而向多意象、流动的意象的方向发展，意象是不能停滞不前的，“因为意识之流一个知觉，永远、永远一个知觉必须、必须、必须立即向另一个知觉发展”（见唐纳·M. 艾伦编的《美国新诗》第 387—388 页）这样意象的重叠、交叉、渗透、错位、变形以及抽象也就成为朦胧诗人借以“流动”的常备武器，因此，诗的进展不遵守传统的时空概念和理性逻辑，而是依照诗人“想象力中的逻辑”和诗人自己的心理时空进行的。当然，在意象流动的过程中，朦胧诗人往往舍弃过渡环节，因而在不熟悉、不理解诗人情绪之流的情况下，便会产生一些阅读的隔阂与审美障碍，而必须运用“想象力中的逻辑”去进行阅读才能得到审美的契合与心灵的沟通。

庞德在谈到诗人运用意象时“看到或者感到它”，而不是用来“支撑某种信条或伦理体系或经济”。庞德所说的“看到”和“感到”，实际上道出了意象的根本特质，比他对意象所下的定义要准确、具体得多，“一个意象是在一刹那时间呈现理智和情感的复合物的东西”(裘小龙译:《 意象派诗选 》第 152 页)，虽然很难说有什么不对，而是过于宽泛与简单，这里他把知觉（ 包括感情与理性 ）与视觉结合起来作用意象的特征，是很有意义的。朦胧诗人是把知觉与视觉的复合作为诗的灵魂，他们诗中的感情与理性共生，融化为一体，构成了诗的“意”，在选择、组合意象时他们注重画面感、雕塑感等视觉功能，借此构成诗“象”，但他们诗中的“意”与“象”又不是截然可以分割的平面组合体，而是在一种意识过程（ 超物理时空的心理时空 ）中所复合的空间，是视觉与知觉的心理同构，这就从根本上变更了意象派诗中“意象”的内涵，使意象在新的范畴里获得新的体验、新的生命。

朦胧诗人注重诗的视觉意义，自有其独特的理论背景与美学背景。克罗齐在《 直觉和表现 》一文中指出：“对什么是艺术这个问题，我们可以用几个最简单的字来回答。艺术即视觉，或直觉。”（《 世界艺术与美学 》第一辑 ）由于他们受到克罗齐直觉主义美学的熏陶，不仅从表现内容上注重直觉的特性，在表现形式上也努力体现出直觉的意义，而视觉艺术、造型艺术正具备了这种直观、直觉的美学特征，强化诗的视觉造型感恰恰可以强化这种直觉效果。英美意象派诗人对中国古典诗词的推崇也启发了朦胧诗人对汉字特性的新的认识，庞德等人对中国古诗的喜爱是由于日本俳句中的象形汉字引起他们的兴趣，汉语文字、语法的视觉特性更能表现意象的审美特性，杨炼说：“每一首诗直接如一次原始的创造（ 绝不是在题材上‘描绘’开天辟地 ），这是中文给予诗人的最大启示：中国文字字形的视觉性、音调的断裂性、意象的包容性、塑造的明晰性、并列性，语法的任意性和思维的客观性——可省略人称、时态等等，显示出诗的外在时间被抽象（ 永远的现实 ）与内在空间被构造的同一进程，表意性表现性的同一追求。”（《 诗的自觉 》）杨炼对中文的特点概括几乎都是可以适用于视觉艺术，表明朦胧诗人对视觉特性的一种自觉，为了强化诗的视觉效果和保持视觉上的纯净，朦胧诗人还故意省略标点符号，以获得一种画面感。另一方面，朦胧诗人最初创办《今天》时便是与星星画派的画家并肩协同合作的，诗配画、画配诗，诗的因子与画的因子相互交配、相互渗透，这无疑强化了朦胧诗的视觉效应。他们极注重语言的造型意义，使语言成为一种造型符号。北岛“万岁！我只他妈的喊了一声，胡子就长出来”(《履历》)与王克平题为“万万岁”的雕塑异曲同工，王克平的《万万岁》巧妙地利用树根塑造了一个高呼口号的手长到了头上。

意象主义诗人一方面反对浪漫主义冗长的感情泛滥的诗风，一方面对象征主义也不满，认为象征好像寓言一样，是呆板的单调的。曾有人认为朦胧诗是象征主义的，这实在是一个误会。因为象征主义诗人（以韩波、魏尔伦为代表）注重诗的音乐性的程度要甚过象征性，他们对那种凄凉忧伤音律的追求大大掩盖了对诗的本体象征的挖掘。而朦胧诗人由于重视语言的视觉效应，恰恰忽视对语言音律的意义的表现，在他们的诗篇中，除了写于十年动乱的一些诗篇以外，都不押韵，排行断句都按照内心的情感逻辑任意放置，却很难在听觉上享受象征主义那种优雅、回旋的节奏美（舒婷除外），尤其是那些意象跳跃密度大而缺少过渡词句的诗篇，但是朦胧诗却充满了强烈的象征色彩，他们以象征作为连接意象的中轴，使象征成为一种内在的凝聚力，以便使那些零乱的视觉意象保持一种平衡的状态，而不因为感情的自由流动发生理性的倾斜，从而使得诗的内部生发出审美的扩张力。如果缺少了这根象征中轴，诗的意象就会变成一盘散沙，但如果将这根中轴强调到无所不在，无所不包的地步，就会削弱意象的张力与能量，使意象成为理念的附属物。

当然，朦胧诗人有时也有象征结构过于单调、过于直露的失误，有时则过于晦涩（运用象征不当或无象征中轴），丧失了意象的内聚力，这在他们每个人的作品里都有不同程度的表现。

朦胧诗的意象表现特征

由于朦胧诗对意象方式的运用是以一种全方位开放的姿势，多向接纳各种艺术的表现方式进行铸炼，便熔造出新的意象表现形式，这些表现方式突破了一般意象诗的表现规范，具有新的内凝力和扩张力，有力地促进了朦胧诗审美创造的完成。下面就几个意象的具体处理方式来窥见他们复合意象的一些特征。

抽象与具象。意象主义的领袖之一庞德在《意象主义者的几"不"》一文中曾要求意象派诗人"不要沾抽象的边""不要用像'充满和平的暗淡土地'这样的表达方法。它钝化意象。它将抽象与具体混在一起了"（《意象派诗选》第 153 页），抽象的概念容易压缩意象的内涵量和扩大力，概念对于诗委实是一件难以消化的奢侈品，这是因为客体对象构成概念时往往会把具体、生动的表象形象扬弃，而只剩下理念的框架。但朦胧诗人没有囿于意象派诗歌的规范，敢于向这块艺术的禁区进击。以强悍的艺术手段和审美力量对此进行尝试、锤炼，逐渐形成了一套新的意象组合方式，找到了抽象与具象的熔连点，将实体与虚体自然地转换，自然地进行合成，做到实中有虚，虚中有实，虚实互生，较好地传达出理性与感性渗透交融时所产生的艺术辐射力。"呵，母亲，我的甜柔深谧的怀念，不是激流，不是瀑布，是花木掩映中唱不出歌声的古井。”（舒婷《呵，母亲》）这是“怀念”的物象化，而“花木掩映中唱不出歌声”这一意象本身又扩张了那种怀念甜柔静谧的氛围。在江河的诗中，也时常见到这种点铁成金的意象方式，他不仅善于化抽象为具象，也善于化具象为抽象，虚实相映，顿生光辉，他的《纪念碑》可称为这种表现方式的代表作。诗中反复进行这种转换：我常常想／生活应该有一个支点／这支点／是一座纪念碑（这是抽象转化为具象）/天安门广场／混凝土筑成的坚固底座／建筑起中华民族的尊严（这是具象上升为抽象）纪念碑默默站在那里／像胜利者那样站着／像经历过许多次失败的英雄／在沉思（这是将实体的形象转化成虚体）。诗中还多次出现这种转换，“革命把用血浸透的旗帜／留给风，留给自由的空气／那么／斗争就是我的主题／我把我的诗和生命／献给了／纪念碑”，“革命”与“鲜血浸透的旗帜”，“自由”与“风”“空气”，已不是简单的隐喻，而成为一种独特的象征体。作为审美主体的诗人必须把只属于“形而上”领域的抽象概念“对象化”“物象化”，像对待有生命、有情感的客体一样去感受他们、解释他们。一方面可以使事物万象富有“人格化”的力量，另一方面又使一个个虚幻的抽象概念具备了生命的灵性，这个超越了一般以造境写意、寓象于意的审美方式，显出了人的主体的充分的精神的自由。

错觉与通感。其实，所有的通感都是错觉，但错觉却不仅仅是通感。通感是指人的感官内部，视听嗅触味觉等功能的互相沟通，互相转换，互相移借。而错觉既可以是人的五官的全面开放与沟通，也可以是指失去了平衡状态的心理真实，幻觉、梦境、变形、夸张、扭曲、错位、多项视角、变换透视、时空胶粘、浓缩空间、放大瞬间在常态的心理系数参照下都是一种不正常的感觉。这些并不都是朦胧诗人的首创，但他们高频率地使用通感手法用错觉来组合意象，则是他们的一个特点。一一举例，既浪费篇幅，也嫌琐碎，下面只是选择几类具有代表性的意象形式进行阐释。

等我阅读一扇扇明亮暗淡的窗口
与明亮或暗淡的灵魂说完话
等大道变成歌曲

——舒婷《？！》

这是一般的通感手法，视觉意象转化为声觉意象。

辽远的目光在早上醒来
晴朗的快感碧波万里

——江河《开天》

这是感觉化为视觉。

有许多时间，像烟
许多烟从艾草中出发
小红眼睛们胜利地亮着

——顾城《许多时间，像烟》

这是抽象与具象的转换，这是儿童视角的特殊表现方式。

我眼看着葡萄掉在地上
血在落叶中间流

——芒克《葡萄园》

这是一种幻觉，是一种意识的流动与视觉的错移与诗人所感受到动乱时代的气息极为吻合。

让墙壁堵住我的嘴唇吧
让铁条分割我的天空吧

——北岛《雨夜》

这是透视方位的改变。

但在朦胧诗中，诗人往往是将这一系列艺术手段糅合起来使用，并不是单一的不连贯的割裂。有时由于诗人遵循心理时空中的情绪发展轨迹，对客体采取一种错觉的观照态度，也就很难去具析它的形式特征。由于错觉与通感的全方位运用，使诗的结构方式、象征方式发生了嬗变，使人阅读时产生“朦胧”之感，甚至令人眩惑而不能接受。

跳跃与空白。朦胧诗人在组合意象时并不单纯表现事物的发展秩序，忽视意象与意象之间那种想象性的过渡程序，常常省略那种外在的连接链条，而以通过意象的大幅度跳跃来表现情绪与意识流动的迹象，并注重留下一部分空白地带，深化意象的结构层次感和审美空间感。

在我和世界之间
你是海湾，是帆
是缆绳忠实的两端
你是喷泉，是风
是童年清脆的呼喊
……

在我和世界之间
你是鸿沟，是池沼
是正在下陷的深渊
你是栅栏，是墙垣
是盾牌上永久的图案

——北岛《一束》

不少人对这些似乎是风马牛不相及的意象的堆砌感到莫名其妙，这是因为诗人以一种超常态的大幅度的意象跳跃，远远拉开了现实距离和心理距离，呈现超出现实的形象特征。在《一束》中，“你”对我来说是双重甚至多重的矛盾而又美好的存在，诗人不断变换视觉感受着这样一个复杂的形象，重建这样的形象，因此诗的意象高度跳跃，不断流动。而对诗人大幅度跳跃留下的空间，以保持审美创造的连贯性。这种跳跃既增强了意象的密度，又避免意象过于饱满而丧失了节奏感、韵律感的缺憾，同时意象跳跃时所留下的空白，实际上构成了一个新的审美空间。老子云：“三十辐共一毂，当其无，有车之用。”(《道德经》)朦胧诗人当然明白这种“有”与“无”的艺术辩证法，他们还将这种“飞白”的美学手段上升为一种结构的布局方式，运用到整体结构的营造之中，以造成审美的辉煌空间。

意象：结构的密度与空间
——论朦胧诗的整体效应

这角落
更换着转向天空的眼睛

——杨炼《半坡·穹庐》

a. 整体的追求

朦胧诗人们在经营意象的魔方时似乎在任意切割时空，任意剪辑画面，容易使人对那流动、闪烁、飘忽的意象组合产生“朦胧”之感，产生困惑与疑虑，其实，如果以一种整体的观照形式去复合这些破碎、零乱的意象，便反而会获得一种整体的审美感，一种比较清晰的阅读愉悦。

这是因为朦胧诗人在建构意象时从未想要弄聪明与消耗才气，而始终让你有一种整体的完整的内在的“旋律”或“磁场”的存在。杨炼说：“一首诗的总体结构就你一个‘磁场’，一组群雕，它存在着，暗示着什么，各部分之间抛弃了因果性，看似独立其实正以其空间感的均衡和稳定相关联。这是一个正在共振的场，每个部分和其他部分相呼应、相参与。”（《智力的空间》）这段话虽然是杨炼就自己诗歌创作的甘苦而言，但亦道出了整个朦胧诗人那种自觉不自觉的创造意识与创造行为。

在具析其艺术表现方式之前，不妨先对朦胧诗的主要诗人的整体特征略作述说。北岛无疑是对整体感最有自觉意识的诗人，他的那些关于“蒙太奇”引进的表述和诗作实践，都表明他具有较完整的美学构想与艺术设计。在所有的朦胧诗人中，北岛最善于通过一首诗来赋予那种深厚的流动的整体感，把这种手段运用到了几乎卓无伦比的地步。北岛在诗中主要是通过意象间的巧妙转化来表现这种整体效应的，他往往由一个主体意象枝生出新的分意象，分意象再滋生另外的意象，组合为一个复杂的整体。“无数次风暴／在坚硬的鱼鳞和贝壳上／在水母小小的伞上／留下了静止的图案／一个古老的故事／在浪花与浪花之间相传”，动态的喧嚣的意象被冷缩为静态的微型的气象，又演绎为一个抽象的形式，重新回到大海之中，多元意象的巡回转换，强化了诗的结构密度，构成了诗的整体结构。

江河也是较早有清醒的整体意识的朦胧诗人，不用说他的近作《太阳和它的反光》所饱孕的那种丰满的历史容量与审美容量，远在他写作《祖国啊祖国》《从我开始》时就具备了一种史诗型的整体格局。他不像北岛那样在有限的空间中浓缩了复杂的历史经验与人生经验，而是以一种流动的时间过程去表现那种历史的进程感与情感的回旋感。女诗人舒婷也是通过过程的流动来体现那种旋律因素的，她以浪漫主义后期那种哀婉忧伤美丽的曲谱填写了一首首人生的情歌与悲歌，当然，她的这种整体效应更易于被人把握和理解，也就最早被人们揭去了脸上的面纱。

在朦胧诗人中，童话诗人顾城似乎最不具有整体的孟子效应，他漫不经心地写，报刊也漫不经心地发，人们以为他是一个感性丰富的多情孩童，而很少去注重他诗的整体形象。其实，顾城也是一位富有整体感的诗人。你读他的一首诗两首诗也许看不出整体的特色来，但当你同时读过他的几十首诗或一本诗集时，你就会恍然发现他的诗中回荡着一股动人心弦的整体美学力量，你可以说是童话世界，也可以说透明天空，也可以说永恒状态，怎么说都可以，但你否认不了那股内在的相通的结构张力。虽然顾城在初期创作这些诗篇时尚处于一种不自觉的状态，而以后的创作有许多短章组成的《颂歌世界》便自觉地把这种整体感当作追求的内在目标，他说：让万物归于生命是我的工作，也是答案。

杨炼是朦胧诗人中后来最自觉追求诗的整体结构并把它扩展为整个诗的本性特征的一位，他的诗尤其是组诗整体感强，诗与诗之间往往保持着一种不可言状的联系，通过一种内在的默契来完成他深邃而辽远的空间感。后面将花不少篇幅来例举他诗的“空间感”营造的一些特征，这里故从略。

b. 套层结构与对应结构

前面曾涉及朦胧诗并不是纯粹的意象诗，它们只是以意象作为一个建筑基地更广泛地接纳现代诗派的其他技巧进行交流。在结构上，它们注重意象的密度与厚度，但更注重“空间”的营造，使一系列的意象能够按照一定的审美规则而存在于某种结构之中。

采用树枝状散发式的意象套层结构，是朦胧诗人常用的一种结构联想手法，它通过意象的派生、连接、收束与想象的流动，来表现“意象中的意象”，复合为一个富有整体感的意象群。顾城在谈到《我是一个任性的孩子》的意象特色时，说“‘画下一个永远不会流泪的眼睛’，由眼睛想到晴空——‘一片天空’，由眼睫想到天空边缘的合欢树、树上的鸟巢——‘一天属于天空的羽毛和树叶’，由鸟巢想到鸟群归来，天暗下来，在树林的浸泡下发绿，由绿想到青苹果。”（《关于诗的现代技巧》）顾城所描述的正是这种套层结构的心理过程，循着这样的心理轨迹便可以掌握朦胧诗意象方式的一些特征。北岛的《古寺》堪称这种套层结构的代表作。《古寺》的开头写道：

消失的钟声
结成蛛网，在裂缝的柱子里
扩散成一圈圈年轮

这里意象的始发点是“钟声”（时间的意象），主意是表示很多岁月过去了，一元的意象构成法是“钟声成为年轮”，但未免简化、实在、单薄，北岛由“钟声”扩展为蛛网“裂缝的柱子”，最后收束为“一圈圈年轮”。诗人用想象的链条联系起来复合一个复杂的套层结构，形象地展示了作为中国传统文化象征的古文特有的沉闷的陈旧的历史感，悠远的钟声并没有给这种“历史”以任何的撞击，反而更加加重了静止的封闭的时空的特有氛围，诗的空间大大拓展了，静止的平面的单一的画面被主体的动态的多元意象结构所取代，读者的审美想象力可以得到充分的发挥与驰骋。

构成这种套层结构的意象群体全文是依靠意象的相互转化连接来实现的。像上面这组意象里，便是听觉意象转化为视觉意象的过程。“记忆如不堪重负的小木桥／架在时间的河岸上”（舒婷《还乡》），这是抽象与具象的转化。“黑夜来了／我驶进银河的港湾／几千个星星对我看着／我抛下了／新月——黄金的锚”（顾城《生命幻想曲》）这几个意象并列出现，同样是一种套层结构方式。“谁不喜欢春天／鸟落满枝头／像星星落满天空／闪闪烁烁的声音从远方飘来／一团团白丁香朦朦胧胧”（江河《星星变奏曲》），这是一组比较典型的意象群，里面出现了一连串的颇不关联的意象单元，有的是感觉的，有的听觉，有的视觉，它们之间是一种有序的枝生状态，诗人从“春天”这一抽象意象转化成具在意象“鸟落满枝头”，继而又转化为“星星落满天空”这样一个诗的主体意象，但那样依然过于直奔中心和单面化，而将“星星落满天空”这一视觉意象进一步转化为一种听觉意象“闪闪烁烁的声音”，最终又将听觉意象化为嗅觉意象，那“闪闪烁烁”又与“白丁香朦朦胧胧”的幽香联系起来……

这种套层结构的意象方式并不是朦胧诗人的首创，我国古典诗词里所常用的“通感”“移情想象”等抒情手段便也是利用意象的套层来完成的。至于五四时期的诗人也喜欢转换意象的表现形态方式，以增加意象的密度与层次，但像朦胧诗人这样大幅度、高容量地运用意象的“套层”来结构诗篇的，应该说还是一个创举。

与套层结构不同，对应结构不呈现出一种枝生状态，它是一对或一组意象以平行的对应的方式出现，意象与意象之间没有派生关系。对应结构方式的出现，表明朦胧诗人突破单元——线性——因果联系的思维程式。北岛的《宣告》全篇便采用对应组合的结构方式，“最后的时刻”与“没有留下遗嘱”，“英雄”与“人”，“天空”与“地平线”，“生者”与“死者”，“选择互定”与“不跪在地上”，“重重的弹孔”与“血红的黎明”，都是相对的意象的组合。《结局或开始》也基本依照这样的结构来组织意象的，在舒婷、顾城、江河的诗中也经常发现意象段落这种自觉不自觉的对应组合，但像北岛这样把对应作为一首诗的结构的支撑框架，尚不多见。最能体现这种对应结构特征，并称之超越一般组合方式而与诗的内涵融连于一体的，是杨炼的一系列组诗。杨炼的初期创作在结构上并没有什么显著的特点，但从创作《诺日朗》开始，由于受到东方文化那种神秘主义与西方结构主义思想的影响，反在他的诗中出现新的审美气象。在杨炼的《诺日朗》《半坡》《敦煌》等组诗中，不难发现一种内在的对应关系，时间与空间对应，生存与死亡相对应，永恒与消逝相对应，肉体与灵魂相对应，“历史”与“现实”，“文化”与“自然”，张力与内聚力，创造力与承接力……都按照阴阳两极对质互相呼应。

“万物以时间为背景，这石碑高矗于时间之上。孑然一身，斑斑荒穴，无须解说的断章更美更抽象。”（《逝者》）空间因时间而存在，但空间又可摆脱时间，而时间只有在空间中才能获取永恒的价值。这种对称性的结构，几乎将时空复合于混沌。在《半坡》这一组诗中，《神话》《石斧》《陶罐》《穹庐》《墓地》《祭祀》互相独立，但又互相对应，以人类生存的关系来体验表现先民的生活状态与精神状态。这种结构的意义显然实现了全诗对运用结构方式的超越。

杨炼在进行意象群内部结构组合时，也不像朦胧诗人初期那种的简单的对立、对应的二元方式，而是在中国古老文化中寻找“源”。他常常按照“五行学说”理解世界的几大元素来结构他笔下的世界，“水”“火”“土”等成为杨炼构造世界的最基本材料。《半坡·陶罐》便是分别以“那么你，黄土，黑夜高原的严峻父亲，最广阔的梦的歌手”，“那么你，水，纯洁处女和我的情人”，“那么你，火，你的母亲，你的马群”为各节的开头，来重建“陶罐”的历史形象，最后将“水、火、土”又归结为一点，“那么这一切，将是太阳的一切”，又使对应多向发展的结构层次融为一体。在杨炼的诗中，这种对应常常可见。

茂盛而稀薄的泥土
喧嚣而珍贵的水流
明朗而脆弱的火焰

——《半坡·祭祀》

不仅“土”“水”“火”相互对应，而且它们的内部与阴阳虚实也相互对映着。

大地的未来：土，是祭品
海洋的未来：水，是祭品
太阳的未来：火，是祭品

——《半坡·祭祀》

不仅过去、现实是土、水、火，将来也是土、水、火，人类“一代代把自己献祭”，诗人在对世界对应关系的描述中，思考了历史的命运、人类的命运和整个宇宙的命运。即使单项意象的构成，诗人也依照对应的结构关系去合成。“他们从谷穗的黑暗早晨鱼鳞般剥落时就渴望着”（《半坡·穹庐》）、“人站成石头，石头站成人”（《敦煌·雕塑》）、“影子停在脚下，道路像树一样冥思”（《敦煌·颂歌》）、“月亮和大海同样盲目，陨落或升起”（《〈易经〉你及其他》），这些单项意象，也充满生生不息的阴阳之气。有了这种结构之间、意象群落之间的对应，诗的意象虽然是散居状态，但又不是一盘散沙，有着内质上的脉通，便容易产生“空间感”。

杨炼娴熟而富有创见地将对应结构的方式几乎运用到一个辉煌的极地，与诗人的诗歌观念、思维方式的转变有着密切的关系。上述意象、意象群的结构内部的特征典型地体现出东方古老的相对性思维特征。这是理解朦胧诗艺术构成时不可忽略的。

c. 有序转换与无序转换

意象与意象之间，意象群与意象群之间，在一种整体的内驱力的作用下，它们必须依据某种审美原则或条件进行直接地或间接地的联结，这种联结便形成了意象的转换。意象的转换在朦胧诗中有各种各样的表现方式，如果从逻辑顺序的角度去进行划分的话，可以划分为有序转换与无序转换两大类。

所谓有序转换便是意象依照某种外在的可感的顺序或联系进行有层次有步骤的更递与跳跃，有序转换并不排斥意象的跳跃、叠加、交叉，但这些意象跳跃、叠加、交叉的过程中总可以找出一道明确的轨迹来，总之有序转换是一种逻辑的转换。有序转换有各种各样的形式，因诗人的艺术追求和艺术风格不同，因不同的情感内容而不同。像舒婷诗中的意象便经常依据情感的流动进行有序的组合，“凤凰树突然倾斜／自行车的铃声悬浮在空间／地球飞速地倒转／回到十年前的那一夜”（《路遇》）这是诗人路遇故人所激起的意象流，但这一组意象的转换是有序进行的，先是瞬间的惊喜与慌乱，时间与空间不复存在，视觉与听觉发生倒转，但原因全因为“十年前的那一夜”所勾起的。

上面所说的套层结构的意象组合也是朦胧诗人常用来进行有序转换的一种方式。因为套层结构是依据一点向外发散、辐射而成为一种树枝形状的结构。舒婷的《馈赠》中的各个意象群便是这种树枝状的意象生长态，它往往以一个中心意象群为起点，然后向外扩散，全诗分别以“池塘”“阳光”“候鸟”三个中心意象为三股意象的源泉分别流出一系列的分意象来，像“池塘”的意象群，“我的梦想是池塘的梦想／生存不仅映照天空／让周围的垂柳和紫云英／把我吸取干净吧／缘着树根我走向叶脉／凋谢于我并非悲伤／我表达了自己／我获得了生命”（《馈赠》），在这组意象群中，很明显其他的一系列意象是由“池塘”枝生出来，整个意象群内部有着很严密的逻辑联系。

北岛和江河的不少诗篇中的意象转换是依据抽象与具象的相互转化来实现的。“东方，这块琥珀里／是一片苍苍的岸／芦苇从驶向战栗的黎明／渔夫舍弃了船，炊烟般离去／历史从岸边出发／砍伐了大片的竹林／在不朽的两册上写下／有限的文字”（北岛的《随想》）。“灵车载着英雄纯朴的遗愿／犁一样走过／冻结的土地松动了／埋葬了许多年的感情／在潮湿的土地上翻滚／仇恨、爱、信仰，合着血／庄严地哼着挽歌”（江河《葬礼》）。在这两组意象群中，北岛把复杂抽象的历史过程化为一幅具体的画面，而江河则把挖掘具体的历史场景所潜藏的情感意义上升为一种理性意义的抽象思考。无论化为抽象还是化为具象，意象的跳跃与连接都呈现为逻辑的有序的流向。

无序转换在组合意象时便是舍弃过程的连续性、因果性，以意象的自在生存方式摒绝时空的二维关系，以一种无序的流动切割时空使其自然的组合，由于朦胧诗人注重意象的视觉特性，每幅意象几乎都是一幅富有质感的油画，这就为无序的转换提供了一个自由运动的基础。当诗人把一系列富有质感的意象、意象群无序地置放在一个总体结构框架之中，颇似抽象主义画家康定斯基的一幅画，这位画家在一幅垂直长方位的作品中画了九个大小不等的小圆点，认为这些不同位置的点似有它自己的向心或离心方向，并显示出向一定的方向前进或后退的一种充满运动感的空间活动。完形心理学美学家鲁道夫·安德姆把这种现象称之为“方向性张力”（directed tensions）。朦胧诗人采用这种无序转换的结构方式也是企求一种审美的“方向性张力”，因为“对世界多角度的观察，对感想多层次的把握，超越了个人、社会集团、人类乃至地球的单一经验。却从这些经验的交叉综合中获得了对生活能动发现的能力”（杨炼《智力的空间》）。这种“方向性张力”与空间的整体感紧密相连，是无序转换过程中所获得的特殊效应。

依靠感觉性的转换是意象无序转换最为常见的一种方式。

他们从遥远的战争里回来了
他们从狩猎的血腥角逐里回来了
他们从田野和独木舟里回来了
落日
一个重复得太多的故事
像狗朝空空的双手无可奈何地呜咽
站成不像的女人，狂奔的孩子
生活，又一次
从黄昏开始

（杨炼《半坡·穹庐》）

这个意象群由五六个意象单元构成，但构成时相互之间并不依赖直接的逻辑意义上的联系，而是将时空切割之后自由地组合在“穹庐”这样一个整体结构之中，这里为时间的顺序、空间的顺序都是非常态的，而是以一种内在的感觉性的顺序来组合意象的，有着较强的张力与延伸力，好像都要突出诗歌格局之外似的。

这种无序转换方式的特点是依赖于一个定点（比如“穹庐”）向四周扩散，而散发式的无序转换比之更加自由、突出，它借鉴中国画散文透视的方式来寻找意象组织意象。这在顾城的一些诗中表现得尤为突出，他的诗深受中国山水画那种简约、婉转、散发的文化精神的熏陶，他并不刻意追求表现意象的密度与层次，而以几个单纯的相互孤立的意象来组合成异常空灵的境界，诗的空间反而显得开阔、深邃，“计黑守白”，传递出中国文化所特有的审美底蕴。《港口写生》几乎不加透视地描摹了港口“黎明的船队”“弯曲的锚链”“水鸟”“大鹅”“帆樯”等景观，相互之间的转换没有什么直接的关联，极似淡墨的空白很大的山水画，淡泊自然，情趣如水，但这些淡淡的意象之间却隐藏着“在这休息的灵魂／总缺失眠的痛苦”这种体验人生、体验生活的入世的内心衷曲。虽然“散合转换”的艺术构造方式是中国传统的技法，但由于人们刚从浅性思维与单一模式摆脱出来，对这种新的组合还会产生阅读的阻隔和审美的晕眩。比如，一度被人们争论不休而列为“晦涩诗”的《弧线》，正是这种无序转换的代表作：

鸟儿在疾风中
迅速转向
少年去捡拾
一枚分币
葡萄因幻想
而延伸的触丝
海浪因退缩
而耸起的背脊

——顾城《弧线》

这首诗不讲究比例，不追求层次，不问逆光还是正光，纯粹是中国山水画的构画方式，空灵而有韵致，亦不过是“枯树老藤昏鸦”另一种变形方式而已，但由于贯注了现代人在社会和自然面前的异化感、失落感以及自然在人和社会作用下的异化与失落这样一种双向同构的复杂的悲剧情态，便使人有些难以捉摸和理解。另一方面，由于诗人用这样无定点的无序转换来组织这一系列透明的富有童话色彩的意象，也给读者增加了理解困惑。

另一种无序转换的方式是指几个意象群同时复合在一首结构之中，尽管这几个意象群内部的转换是有序的，但意象群之间是毫无联系的，它们之间是无先后顺序，这有点类似音乐上的“和弦”，几个音同时发声为和弦了，不妨称为“和弦式”转换。北岛的《和弦》可作为这种“和弦式”的代表作。

和弦

树林和我
紧紧围住了小湖
手伸进水里
搅乱雨燕深沉的睡眠
风孤零零的
海很遥远
我走到街上
喧嚣被挡在红灯后面
影子扇形般打开
脚印歪歪斜斜的
安全岛孤零零的
海很遥远
一扇蓝色的窗户亮了

楼下，几个小孩
拨动着吉他吟唱
烟头忽明忽暗
野猫孤零零的
海很遥远
沙滩上，你睡着了
风停在你的嘴边
波浪悄悄溜来
汇成柔和的曲线
梦孤零零的
海很遥远

这在结构上是典型的“七和弦”形式，它由四个意象群叠置而成。每个意象群的转换是有序进行的，都是一幅定点透视的画面，“孤零零的”“海很遥远”是它整体的内在流动的旋律，但画面与画面之间毫无逻辑上的联系，呈现出无序转换的状态。当然，意象群之间的转换连接是复杂的，有时是很难划分得清楚的，有序中包含着无序，无序中又内含着有序，不可机械地理解和套用。

d. 寻求诗外“空间”

西方公认的结构主义领袖列维 · 斯特劳斯被人们称为诗人，虽然他未曾发表过诗，但是“他对语言成分的声调、意义、组合和置换的全部态度，表现了他的诗人性格”（埃德蒙利奇《列维 · 斯特劳斯》）。朦胧诗人尤其是杨炼在创作中受到了结构主义的影响，不仅强化扩展了诗的空间，而且对诗的本体认识有了新的体验。“结构，就是诗的组合关系的总体。”“一首成熟的诗，一个智力的空间，是通过人为努力建起来的一个自足的实体。”“诗，在不断变形和发掘抽象意义中，通过背离自然（构成、秩序化），本质地接近了自然，是被创造的一个独立于作者主观和物质客观之外的‘第三种现实’”（杨炼《智力的空间》）。由于在寻求诗外“空间”的道路上，杨炼比其他朦胧诗人走入更加辉煌也更加沉寂的世界，将朦胧诗的意象的密度与空间组合推到一个令人惊讶的极地，从而宣告朦胧诗最高潮与末日的同时来临，下面将主要阐述杨炼晚近诗作的一些特点，以展现朦胧诗发展的最终轨迹。

就诗歌运用的手法而言，早期的杨炼与北岛、舒婷、顾城、江河等朦胧诗人都注重意象的剪接、组合、跳跃、转换、变形，并没有什么特别之处。但后来由于杨炼受到艾略特、埃斯蒂莉、斯特劳斯等人的影响，注重意象与意象跨度之间的张力，开始获得了新的面貌。虽然江河意象的明净程度更洗练凝洁，但意象整体的气势稍逊杨炼的雄浑寥阔。杨炼是按照“结构—空间”的审美艺术原则去精心寻找、组合意象的最佳建构方式，使之具备一种“史诗质”。这种“史诗质”颇似“格式塔质”，是一种总体的感觉，体现在杨炼的一系列组诗中，是一种超越时空的“空间感”。

杨炼是以整体性的思维方式（即东方的相对性思维）来驾驭、操纵、组合这种结构层次繁复的意象群落的。“一个完美结构的能量不是其中各部分的和，而是它们的乘积”（杨炼《智力的空间》）。杨炼的诗是以意象为基本构成单位，以一个意象群构成一个段落，又以无数意象群复合的意象群落。每首诗是独立的整体，每首诗与每首诗之间也分不出时间流动的顺序，可以置前也可以置后，合成为独特的组诗；而这些相互独立而又相互依存的组诗又构成一座雄伟壮观的建筑群，这便是杨炼的总体结构：现代东方史诗。这就使得杨炼的组诗十分突出地显示出“格式塔特质”来，因为在完形心理学美学家看来：

"部分相加不等于全部","艺术品不仅是一个各部门互相依存的整体,而且是一个具有要求性的整体。"(M· 李普曼《当代美学》)。杨炼最新的力作是以东方古老文明的巨著《易经》为结构的大型组诗,几乎进入了一个超空间的状态,杨炼的总体结构为"自然、历史、现实、文化"四大部分,四个部分各有十六首诗,共六十四首诗,与《易经》的六十四卦吻合,其中以"自然"结构"气",对应"天、风"(即乾、巽二卦);以"历史"结构"土",对应地、山(即坤、艮二卦);以"现实"结构"水",对应"水、泽"(即坎、兑二卦);以"文化"结构"火",对应"火、雷"(即离、震二卦),每个部分有两个单元结构组成,每个单元结构由八首诗组成。比如第二部分《与死亡对称》"山"与"地"的两个单元结构便是按照"地地地山山地山山山山地山山地地地"的方式排列,组成一个对称性空间。这种恢宏的结构极似大型集成电路,虽然受到艾略特《四个四重奏》的影响,但已经充实了中国文化的内涵,扩展、突破艾略特的模式,表明当代中国诗歌正以一种超史诗的力量向世界挺进,向未来宣告。

当然,结构形式的庞大只是史诗的外观,如果能包容同样质的内涵同样质的生命汁液,将会度入一个辉煌而空前的境界。

如果把杨炼所惨淡经营的鸿篇巨制与朦胧诗初期那些简捷明快的意象短章相比,便有一种恍然隔世的感觉。虽然杨炼的经营过于艰辛,过于疲乏,但他把现代东方史诗这样一个令人瞩目也令人激动的旗帜树立起来,并付之以创作实践,本身就是价值。他的价值不在于他为建造现代东方史诗创作做的努力,而在于唤醒了人们对一个看似陈旧和传统的美学价值体系的重新发现与认识。尤其是继屈原之后,中国的史诗传统发生了两千年的断裂,杨炼以及江河等人的出现,就更加令人鼓舞,他们为诗坛更加辉煌壮观的"历史"的到来揭开了一道帷幕。这也正是朦胧诗难以抹去的贡献。

时空的切合：意象的蒙太奇与瞬间隐寓

——论朦胧诗的内在构造

一张张窗口像碰出响声的晶莹酒杯
像闪着光的书籍一页一页地翻动
——江河《祖国啊祖国》

a. 心理时空

心理时空与物理时空是两种不同的时空表现形态，物理空间是客观存在的现实世界，而心理空间作为真实的具在的实体原是不存在的，只在人物的想象、幻觉、梦境中才会出现。心理时间是一种意识流动的内在轨迹，它与物理时间截然不同。早在一千五百年以前，陆机在《文赋》中就涉及艺术家创作突破物理时空的界限进行自由驰骋："精骛八极，心游万仞……观古今于须臾，抚四海于一瞬。"宋代理学家朱熹也谈到思维活动的纵向联系与横向联系的相通，"如古初去今是几万年，若此念才发，便到那里"，"虽千万里之远，千万世之上，一念才发，便到那里"。(《朱子语类十八》）当然，这些都说的是创作过程中的时空状态，而至于表现在作品中的这种心理状态论述倒尚不多得。

朦胧诗人的诗作往往不受传统时空观念的约束，他们有时近乎任意地编排意象的时间顺序与空间顺序，有时将完整的时空先进行切割，然后根据审美表达的需要再重新组合为新的时空。这是因为他们从意象派诗歌那里接受了柏格森对于时间空间的特殊理解。因为意象派诗人认为：“正是这样一个‘复合物’（即意象）的呈现同时给予一种突然解放的感觉：那种从时间局限和空间局限中摆脱出来的自由感觉，那种当我们在阅读伟大的艺术作品时经历到的突然成长的感觉。”（庞德《意象主义者的几“不”》裘小龙译著《意象派诗选》第 152 页）按照柏格森的理论，生命生存在真正的时间里（duration），这种时间能将过去未来融成一个有机整体。记忆贯穿这个整体。其实，这也就是所谓的意识流。但这种意识的流动不是依靠小说中的心理独白与下意识的无序流动来实现，而是依靠意象这一特殊的形式进行的。因此，朦胧诗意象的进展不遵守传统的时空概念和理性逻辑，而是按照诗人自己的心理时空进行的。这也是朦胧诗难读的一个重要原因。

江河的《没有写完的诗》便是充分显示了这种心理时空组织意象的一些特点。《没有写完的诗》是以张志新作为诗的抒情主体，一开首便是“我被钉在监狱的墙上／黑色的时间聚拢，一群群乌鸦／从世界的每个角落／从历史的每个夜晚”，这在正常的时空观念里是不可能的，然而在心理时空中却是正常的合理的。全诗都以“我”——张志新的心理时空为抒情视角，但在第二节《受难》突然变换了“我”的本体，让“母亲”成为抒情视角，“我的女儿就要被处决／枪口向我走来，一只黑色的太阳”，一下子开辟了新的心理时空。最后一节《没有写完的诗》，“我”则干脆脱离时空之外：

我死了
子弹在身上留下弹坑像空空的眼窝
我被钉死在墙上
衣襟缓缓飘动
像一面正在升起的旗帜

“我”仿佛还有另外的灵魂，另外的眼睛在观看“自己被处决／看着我的血一涌一涌地流尽”，这在生活中是非常荒诞的，但在这种非物理的时空表现中，却获得一种震颤灵魂的心理真实与心理深度。

从主客观的关系来说，朦胧诗人最初追求的主客观在意象中的统一和交融。心理时空的跨度与张力不那么强烈突出。北岛的《太阳城札记》便基本上做到了这种统一。比如：

亿万个辉煌的太阳
显现在打碎的镜子上

——《艺术》

月亮被撕成闪光的麦粒
播在诚实的天空和土地

——《人民》

在这两首诗里，基本上保持了主客观的平衡，诗中的意象的组合流动在正常的生活时空中也是可以存在的。但朦胧诗发展到后来，就大都去追求主观的全面表现，不过与十九世纪浪漫主义表现主客有所不同，他们不直接申诉自己的情怀，而是透过主观心理时空来表现意象，因而往往出现意象的变形、抽象、夸张等现象，有点近乎毕加索那种超现实主义的绘画。

塔影在草坪移动，指向你
或我，在不同的时刻
我们仅相隔一步
分手或重逢
这是个反复出现的
主题：恨仅相隔一步
天空摇荡，在恐惧的地基上
楼房把窗户开向四方
我们生活在其中
或其外：死亡仅相隔一步
孩子学会了和墙说话
这城市的历史被老人封存在
心里：衰老仅相隔一步

——北岛《这一步》

同样是北岛的诗作，但这首诗里所展现的时空与《太阳城札记》的时空则迥然不同，它是纯粹按照心理时空来组合意象的，很难用一种正常的透视关系去理解这些意象，诗人的主观色彩极大笼罩了这些纷纭的意象。诗人所要表现的城市生活那种失落感、孤独感、没落感、陌生感、荒诞感在“塔影”“草坪”“楼房”“窗户”“墙”这些彼此突兀地放在一起的过程中得到暗示和隐现。从外观上看，这些意象仍然是现实生活存在的事物，但却涂上了一层超现实的色彩，仿佛梦境一样。

顾城说过的一段话也许正是朦胧诗人关于心理时空的一种解释："可以说，我们所惯指的世界，只是人们所感知的世界。而艺术世界是通过人相联系的，诗的世界是通过诗人的心相联系的。诗人总是通过灵感——彻悟的方式去发现世界和人前所未有的、新的、前所未知的联系。诗人不仅在发现那些最具象和最抽象的、最宏观和最微观的、最易知和最未知的联系，而且，他还不断地燃起愿望的电火，来熔化和改变这种联系。有时，他几乎把这种火焰布满人间，直到他所改造的世界呈现出天国或地狱的本相。"(《关于诗的现代技巧》) 顾城在这里所说的"心""火"其实都与心理时空有着内涵上的等质，也就是说诗人无须恪守客观时空而必须"思接千载""视通万里"(刘勰《文心雕龙·神至》)。

当然，心理时空并不是技巧本身，它是朦胧诗切割意象的时空进行各种表现的一种心理基础，也是一种艺术哲学基础。

b. 意象"蒙太奇"

北岛 1980 年为《上海父子》"百家诗会"写的一篇小序中说过："诗歌面临着形式的危机，许多陈旧的表现手段已经远不够用了，隐喻、象征、通感，改变视角和透视关系、打破时空秩序等手法为我们提供了新的前景。我试图把电影蒙太奇的手法引入自己的诗中，造成意象的撞击和迅速转换，激发人们的想象力来填补大幅度跳跃留下的空白。"引入蒙太奇手法用来组接意象并非只是北岛艺术构成的特色，而是整个朦胧诗人结构意象普遍采用的一种艺术手段。

蒙太奇 (montage)，原是法语的建筑学上的一个术语，原意是装配、构成的意思。后来将这个术语借用到电影上来，就是按照一定的目的和程度剪辑、组接镜头的意思。蒙太奇是移动摄影和可剪辑胶片的产儿，这是电影所特有的叙述方法，它是“借助于电影技术而发展到极完善形式的分割和组合方法”(《普多夫金论文集》第 151 页)，朦胧诗人将蒙太奇手法运用到创作上，目的在于“分割和组合”，更好地剪辑、连接意象，以强化诗的张力与密度，使之产生审美多层次与多空间，以取代那种平面的、机械的“单镜头”手法。

朦胧诗人将电影的蒙太奇嫁接到诗歌之树上，并非是出于一种新奇，也不是故意标新立异，玩弄形式把戏，蒙太奇能够进入朦胧诗有特定的审美基础和文化因素。由于朦胧诗人将意象作为诗的基础材料，而意象除了本身所具有的视觉特性与画面感还可以独立存在，与电影的“镜头”在审美形态上有着内质的相通，这就为“蒙太奇”的运用提供了材料基础。另外由于汉字这种特殊的象形结构，文字也饱含着一定的蒙太奇因素，世界著名的电影大师苏联的爱泼斯坦为电影蒙太奇理论做出杰出的贡献，他在他的著作曾谈到中国象形文字具有蒙太奇因素，比如：

口 + 犬 = 吠

口 + 鸟 = 鸣

一度时间爱泼斯坦对日本的象形文字很着迷，追溯它们的中国字根。譬如一个“马”字，仍然保持着马的形象，“泪”就是一幅约定俗成的表示水的图画加上一个眼睛；“听”就是一只耳朵靠着一扇门的图画；“忍”就是一把刀下面加一颗心，即刃 + 心 = 忍。爱泼斯坦并不精通汉语，更不是汉学家，他是从日语中发现中国象形文字的这一特点，说明中国汉字结构本身直观上便有一种“蒙太奇”因素。杨炼从结构主义的原则出发，也领悟到汉字组合时这一特殊的审美因素，“每个字，字与字，词与词，像天空和最后一抹阳光，黄河与一无所有的黄土，强烈点染勾画出高原上的黄昏。既各自孤独又结为一体，既偶然又必然，零乱而严整”（《诗的自答》,《当代文艺探索》一九八七年第一期）。这在某种意义上，也是对“蒙太奇”的深刻理解。

蒙太奇是电影语言，它进入诗歌之后，必定使诗的语言发生新异，一是强化诗的直观性，使诗的空间感凸出，这是因为“蒙太奇”是视觉的语言艺术；二是诗的画面增添了流动感，不再是静止的孤立的，创造了新的时间，诗的跳跃、空白、张力在一种“新时空”滋生。北岛《结局或开始》几乎全由“蒙太奇”构成，这里仅摘一节来看看意象“蒙太奇”的一些特性：

必须承认
在死亡的白色的寒光中
我，战栗了
谁愿意做陨石
或受难者冰冷的塑像
看着不熄的青春之火
在别人的手中传递
即使鸽子落在肩上
也感不到体温和呼吸
它们梳理一番羽毛
又匆匆飞去

如果将这个意象群进行蒙太奇的分镜头，便可大致分成：

1.（空）白光

2.（远）陨石

3.（特）塑像

4.（中）人群传递火炬

5.（全推近）鸽子落在塑像的肩上

6.（中）鸽子梳理羽毛

7.（远）鸽子远远飞去

整个意象群是表现“我”面临死亡的那种复杂的心境，“白色的寒光”这是一个纯主观性的镜头，“白色”转化“陨石”，是从色彩的通感进行联系的，而“陨石”又转化为“塑像”（以石为材料）……诗人把富有典型意义的生活画面剪辑在一起，较好地摹画出“我”那一刹那间难言的痛楚，虽“我”最终克服了死亡的恐惧，但这种对生的留恋，对生的渴望映衬出“我”为真理献身、为正义牺牲而在所不惜的英雄主义品格，加重了全诗的悲剧氛围。

朦胧诗人意象转化的结构模式与蒙太奇有非常相似的特点。电影蒙太奇的一般模式是：镜头——场面——整体，朦胧诗人切割时空、组合意象也大致可分为三个段落层次：意象——意象群——意象群落（亦即整体结构）。当然，由于风格、个性与感觉积累的不同，朦胧诗人在运用蒙太奇时不可能固守一种模式，而融合多种的表现形态以适应艺术构想。下面例举朦胧诗中常用几种主要的蒙太奇来进一步理解朦胧诗人切割时空重新组织时空的特点。

对比式。在诗中通过相互对立直接构成独立的画面，是比较常见的，像杜甫的“朱门酒肉臭，路有冻死骨”（《自京赴奉先县咏怀五百字》）、高适的“战士军前半死生，美人帐下犹歌舞”（《燕歌行》）、刘禹锡“沉舟侧畔千帆过，病树前头万木春”（《酬乐天扬州初逢席上见赠》）都是对比蒙太奇，起着互相衬托、互相强调的作用。朦胧诗人也常常通过对比式蒙太奇来强调意象的反差、距离、矛盾，“夜，藏进了你的身影像坟墓也像摇篮风，淹没了你的足迹像送丧也像吹号”（舒婷《心愿》），“也许藏有一个重洋，但流出来，只是两颗泪珠”（舒婷《思念》），这是同一的事物的二重对立意象的组合。“卑鄙是卑鄙者的通行证，高尚是高尚者的墓志铭”（北岛《日落》），“烘烤着的鱼梦见海洋”（北岛《履历》），这是两类水火不相容意象的对立。

联想式。这也是比较常见的一种意象联接手法。像刚才例举的北岛的《结局或开始》中的一节便是典型的联想式蒙太奇。联想式蒙太奇往往以情绪的流动来组合画面、再现诗人的直觉、自觉、潜意识，往往具有很深的心理内容。“土地的每一道裂痕渐渐地／梦延到我的脸上，皱纹在额头上掀起苦闷的波浪／我的眼睛沉入黑暗／霞光落下／城市和乡村关紧窗户／天边无际的原野被搁置着／像民族的智慧和感情一样荒凉／寒冷的气流把我吞没／颅头深处／一层层乌黑的煤慢慢形成”（江河《从这里开始》）。这一连串跳跃的镜头所组合的蒙太奇，实际是表现在动乱的年月和封闭的封建社会人不能够思想的苦闷感。这一个复杂的意象群其实是由“思想的原野荒芜了”这样的中心意象联想出来的。

并列式。并列式蒙太奇是将同类内容的镜头集中起来，并列起来，能起到一种渲染气氛、深化情绪的艺术效果，在朦胧诗人，江河最擅长运用并列式蒙太奇来组合意象，在他的诗中俯首可拾。

我们结识了。岩石
用大海翡翠的语言交谈
用坦白得像沙滩一样的语言
雪花似的水鸟栖息在我们的肩头
飞去又回来，我们就这样和天空对话

我们结识了。江河
蔚蓝地在黑土地上流过
太阳和星星睡在我们的怀里
闪闪发光，颤动着金碧辉煌的梦
点点白帆像纯洁的姑娘们伴随着我们

——江河《让我们一块儿走吧》

这两组意象群在内容上、情绪上甚至在句段上是一致的，江河把它们并列在一起，传递出那种人与自然和谐相通的意向，有着一种逐步交融反复交融的氛围，同时在视觉上有一种韵律，让作者感受到内在的情绪脉搏。

复现式。电影上的复现式蒙太奇往往通过具有象征主义的细节反复映现，或“旧景重现”，让观众品味。如《乡村女教师》中地球仪的反复出现；《红色娘子军》中的四枚银毫子反复再现；《一江春水向东流》的月亮反复重现；《天云山传奇》中冯晴岚死后一系列旧景的复现——小桥、水车、小路、背心……都是围绕人物命运设计的。朦胧诗中运用复现蒙太奇不像故事片那么注重细节特征、人物命运，它往往通过一个意象的重现或简单变形来实现。北岛的“走向冬天”便像音乐中的主旋律一样，成为诗的中心意象枢纽，连接网状布散的单元意象。杨炼的《敦煌 · 命运》便是“在我们之外”和“在……之外”这样的旋律反复映现，来表现超越自我、超越现实、超越自然的心态。舒婷诗中的那种反复吟唱虽然浸透浪漫主义的气息，但她以意象来表现这种情绪时，实际也构成了复现式蒙太奇。而江河在《斫木》中几次出现的“远在家乡的门于风中一开一合”则是典型的复现式蒙太奇。

错位式。错位式蒙太奇是指镜头连接时的方位错乱和声画矛盾，它有意识地造成剪接的不和谐，增加画面的寓意性和深刻性。朦胧诗人主要利用意象连接时的错位、倒置、混乱来表现内心的苦闷、孤独、失落、荒诞。北岛后来的一些诗中意象剪辑组合几乎全以错位式蒙太奇进行，“生下来就老了 / 尽管雄心照旧沉着 / 秃顶的边缘生长 / 摘下假牙，你 / 更像个孩子”“救生车发疯似呼啸 / 提醒你赞美 / 交过保险费的月亮 / 死者赞美没交保险费的 / 板斧，沉甸甸的 / 比起思想来更有力量”（《青年诗人的肖像》）。“只有山羊在夜深人静 / 成群地涌进城市 / 被霓虹染得花花绿绿”（《地铁东站》），“海水爬上台阶 / 砰然涌进了门窗 / 追逐着梦见海的人”（《诱惑》），自然这种错乱不堪的意象随意性很强的组合，不再单只是一个蒙太奇手段的问题，还根源于诗人那种理性的意识活动和荒诞的、悲剧的存在主义哲学心理。

c. 瞬间与隐寓

如果说把运用心理时空和蒙太奇这些艺术原则与艺术手段当作朦胧诗人的贡献是不正确的，至少是不全面的，因为引进或“拿来”一种新的审美原则和艺术方式只是“拿来”而已，而不能创立自己的价值体系，虽然对后来者有启迪作用，但引进者自身便无创造性的价值。而朦胧诗人就在于能够在艺术荒芜的年代结束不久，勇敢地借鉴中外艺术的一些精华，在诗歌的荒废的园林里开拓出一条新的道路，建立自己的独特的审美范畴，推动了诗歌的多元发展。朦胧诗人在自由的心理时空中，以蒙太奇的原则来组织意象，凝聚成新的艺术结晶与审美范畴：瞬间。

瞬间，存在朦胧诗之中，已不单是一个时间的标记，它是时间与空间高度浓缩的艺术境界。在瞬间，外在的时间消失或隐到诗的幕后，没有来势，也没有去向，只停留在这片刻，诗人依照心理时间的流逝去组合那繁复意象空间，因而时空异常饱满膨胀，充满了密度与张力。另一方面，瞬间包含了主客观两方面的内容，它是自然和生活表象在一刹那间注给人的印象以及由此引起的感触、意绪、情愫、直觉、潜意识的复合体，是生活、经历、记忆的心理片段经过某种触击之后由主观情绪反应作用的一种艺术画面的剪辑组合。瞬间艺术的特征是：力求在对被感知对象的瞬间印象中获得一种整体效果，也就是用最凝练的笔墨勾勒最鲜明最凸出的印象、情绪，因此，它必须省略一些枝枝蔓蔓，无意去表现意象的逻辑因果关系，而着力表现情绪感觉内在流动的曲线。北岛、舒婷、顾成、江河、杨炼、芒克、多多都非常重视挖掘、表现瞬间的感受与情绪，杨炼曾从哲学感悟的高度，把对瞬间的理解上升为理性的境界：

千度沧桑无奈石窟一动不动的寂寞
庞大的实体，还是精致的虚无
生，还是死——我像一只摆停在天地之间
舞蹈的灵魂，锤成薄片
在这一点，在这片刻，在到处，在永恒

——杨炼《敦煌·飞天》

一切都停留在这刹那，片刻就是千年
每个人的现在怀抱着宇宙的完美
岁月之水，在你内部流动，和你融为一体
世界，袒露最初的神圣

——杨炼《西藏·甘月寺随想》

杨炼从时空的一体化、宇宙世界的和谐来理解瞬间的意义，“这一点”“这片刻”便是“永恒”的景观。杨炼用这种从佛教、道家等东方文化哲学中所提炼出来的生存意识来观照瞬间的价值，显然已经超越了作为艺术本体的内容，有助于人们从更高的范畴去把握它。

瞬间的感受往往是诗人对生活的高度忠实，它是一种心灵化之后的真实，它可以充分表现人的复杂情感世界，折射社会生活复杂纷纭的情状，还可以升华深刻的人生感悟和对世界的认识。朦胧诗人们通过蒙太奇高容量地饱孕着诗人瞬间的感受，多元意象的转换、重叠、交汇、剪接、勾接、通感、错位，放大诗人瞬间的感受，语言的超强密度和超强张力几乎生发出一个全新的世界。江河的《没有写完的诗》便是对烈士张志新走上断头台前这一特定瞬间的心理内容的表现，“为了嫩绿的心／黎明时开放／我把青春纯洁的骚动献给了革命／手臂洁白的桥／寻找太阳／不再怕星星在水中颤抖／书脊的林子，夜的摸索／我变成一颗星星／不再颤抖”“欺骗的风蒙住窗子／屠杀在进行／我不能躲在屋子里／我的血不让我这样做／早晨的孩子不让我这样做”，在这短短一瞬间的感受中，包容了广阔的历史内涵和现实的气氛，在那坦荡的心灵之泉流出痛楚的声音、觉醒的苦难、牺牲的坚毅和胜利的冀望，深重地击撼着人心。

芒克、多多也非常注重瞬间感受的捕捉，虽然他们的理性色彩不如北岛、江河强烈、凝练，但在感性的天地中显得非常自如、真切。芒克的《天空》便由一系列瞬间感受组合而成，“太阳升起来，天空血淋淋的，犹如一块盾牌”，在短短的诗句中，包容非常浑厚的历史内容和心理内容，色彩刺目，印象深刻。多多的《陈述》《感情的时间》由若干抒情短章构成，这些短章都是诗人瞬间感受、情绪的表现，“它曾在一个悲惨的地点停留／曾为记忆留下昏迷的费解的黑斑／它像诗人那样失眠、辗转／出没梦的古老的房间……”(《夜》)，在对“象”这一个抽象物体的感受中赋予了一种隐喻和象征意义。

艺术瞬间由于包含独特的视觉效果与心理内涵，往往会生成出一种隐寓。诗的隐寓是指意象形体内的潜在内涵，它涵有意念、精神、感想、原则的象征性和唤起性，它是意象内部相互作用所产生的“力”，是意象与意象的空间感共同作用而出现的“新的空间”，它是难以用语言进行表述、传达的一种会意，这本是诗特具的艺术内动力，但朦胧诗人通过瞬间的艺术熔铸使之得到高容量、大幅度的充实与发展。北岛的《十年之间》是描绘动乱岁月的力作，但那“重负下的喘息被改编成歌曲”的时代气氛袭人心肺，那些非政治性的意象中，浸透了社会性隐喻。诗人在诗的最后出人意料地将一个“瞬间”进行特写处理：

而昨天那盏被打碎了的灯
在盲人的心中却如此辉煌
直到被射杀的时刻
在突然睁开的眼睛里
留下凶手最后的肖像

诗人近乎残酷地把这样容易忘记也不容易忘记的历史镜头以定格处理的方法突出这一“瞬间”“灯”“盲人”“眼睛”“凶手”“肖像”一系列意象形成类似雕塑的特定艺术空间，隐寓性非常凸出，使人感受到昨天的可怕，也使凶手感到历史的可怕和无情，谁也不会忘记这样的历史镜头。

隐寓是意象内部关系产生的张力，它不可能成为明确的简单化的意念的代言物、依附物，它会因时代和读者心理的不同产生不同的感染力和促发力，它的不明确性和多义性有时就是它的永恒性。读者可以感受到在隐寓什么，也可以觉得好像在暗示什么又说不出来。也许这是真正的“朦胧”所在。顾城的两首诗《小巷》《感应》是被人们几乎公认的“不懂之作”，不妨抄录于下：

小巷
小巷
又弯又长

没有门
没有窗

你拿把旧钥匙
敲着厚厚的墙

感觉
天是灰色的
路是灰色的
楼是灰色的
雨是灰色的

在一片死灰之中
走过两个孩子
一个鲜红
一个淡绿

这是典型的瞬间感受的意象塑造，但由于诗的隐寓支柱没有被固定在一个坚硬的框子里，所以隐寓有着游移的特性。在《小巷》中，可以说是隐喻环境的闭塞，也可以说人类生存状态的寂寞与孤独，也可以说失落感与错乱感的共生，总之是隐寓一种心态，一种不被理解的情绪。而《感受》则近乎一幅静物写生，它的隐寓可归纳为两个字：对比，至于到底在对比什么，那也是不确定的，游移的，不必硬性强迫读者接纳什么，读者自有想象创造的自由。隐寓本身就带着一定神秘性，“那是一种诱惑／亘古不变／使多少水手丧生／石堤在阻挡倾斜的陆地滑向海底”（北岛《诱惑》），正如很难说清这种诱惑到底是指什么，会有各种不同的阐释与理解，隐寓的测不准本身对富有创造力的读者也是一种审美的“诱惑”。

这种瞬间隐寓的测不准是一种弹性效果，由于意象蒙太奇是在一种相对性的心理时空中展开的，所释的范围相对宽泛，隐寓的层次也较丰富，有一定的活动性和可变性，在过滤了故弄玄虚的模糊性和浅薄的任意性之后，往往在内涵中渗透深厚的哲学意识和人生观念，呈现出一种超越时空的境界。切割时空——组合时空——超越时空，朦胧诗人便是循着这样的艺术构成轨迹去进行创造的。虽然名人所达到的层次不同，但他们委实留下不少具有传世意义的超时空之作。

孩子随意敲打着栏杆
栏杆随意敲打着夜晚

——北岛《太阳城札记·命运》

北岛的这首题为《命运》的诗只有短短两句，十八个字，但内蕴丰富浑厚，它是由“孩子”“栏杆”“夜晚”三元意象经“敲打”这一中间环套起来的意象链，诗人在孤独之中饱含着共鸣的热情，嘲讽世界而又被世界嘲讽，企图摆脱尘世而又堕入尘世，妄图操纵自我而又摆脱不了宿命的安排。这是一个神奇的空间，它洞开了人与世界神秘的不可抗拒的悲剧性的一面，具有正常深邃的情感内涵和理性内涵。在瞬间隐寓的弹性扩张的过程中，诗由有限走向无限。

开放与综合：多向“引进”与纵横渗透

——论朦胧诗的艺术态度

也许由于不可抗拒的召唤我们没有其他选择

——舒婷《也许》

任何一种文艺思潮，一种新的文学样式的出现，都有其独特的审美态度与艺术态度。这种态度影响着、制约着作家、诗人在寻找艺术参照系统的意向，而很多艺术参照系统的确立，也会引导作家、诗人艺术态度、审美态度的嬗变与更新，这是互相制约、互相补充的双向运动。朦胧诗的五彩缤纷、色泽斑斓，令人晕眩，决非可以用西方现代派诗歌的帽子来概而括之，即令一个诗人，也不是单一的晶体。朦胧诗的丰富多彩有其特异的文学基础、艺术基础和非文学、艺术东西的浸入，它是复杂的变化的多元综合体。只有理解这些复杂因素的来龙去脉，才有可能进行理论上的把握与描述。

今天，诗歌的危机来自读者的挑战。随着社会的进步和时代的前行，随着其他文学、艺术门类的充分发展，人们审美意识结构内部发生了一系列的变化，审美指向由单一趋向多元，由平白趋向立体交义，要求诗歌能有一种有别于其他艺术的审美内涵，具有一种更高容量、更高强度的审美值。因而，那种浅性思维的、内涵单薄的诗歌艺术开始受到冷落，审美的多样化正在取代非此即彼的绝对的单一的选择。因为审美要求的多样化势必迫使诗歌的艺术手法、艺术风格、艺术形式更新和发展，去获取更丰富更新鲜的诗美。朦胧诗人为了实现“沟通心灵”的宗旨，艺术主张理所当然会表现出宏阔开放精神，必然要求突破形成已久、封闭已久、日渐硬化与板块化的艺术体系，冲破传统诗歌艺术的超稳结构形态。他们的艺术主张呈现多扇形的开放，不是一个扇面而是多层次多结构多走向的扇面，或横向借鉴，或纵向“寻根”，或纵横交错，而且，突破原有的艺术国境线，进行了更富广泛意义、更富开放精神的寻找，以熔铸崭新的充满生气和力度的诗美，去调整、充实、丰富、强化诗歌的审美容量。

a. 循着“五四”的道路

朦胧诗人艺术的目光首先投向中国新诗的开拓创造者——五四新诗人，他们要从这群旧体诗的叛逆战士身上获得大胆破坏传统的叛逆精神，来对旧的诗风和诗艺进行轰击，创造出新的诗美、诗风。因而他们尊奉郭沫若、戴望舒、徐志摩、李金发、何其芳、艾青等具有现代倾向的诗人，并努力从他们那里吸取富有现代气息的艺术养分，也就难怪朦胧诗人们的诗作刚刚露面时，便有人惊呼“李金发又来了”。事实上，在这些青年诗人创作初期，都曾沐浴过五四新诗先行者的光辉，最初时还受到贺敬之、郭小川等当代诗人诗风的影响。他们从何其芳的《预言》里得到缠绵、惆怅的神韵，他们从艾青的《透明的夜》里获取了意象组合的透明度与层次感，他们从戴望舒的《雨巷》里移来了凄楚的音节美与象征的多义性，他们从李金发的“怪腔怪调”中呼吸到“巴黎”的“空气”，感受“域外”的“氛围”……我在这里不妨摘录两节不同时代的诗来看待这种承继关系。何其芳在《预言·脚步》里这样写道：

你的脚步常低响在我的记忆中，
在我深思的心上踏起甜蜜的凄动，
有如虚阁悬琴，久失去了亲切的手指，
黄昏风过，弦弦犹颤着昔日的声息，
又如白杨的落叶飘在无言的荒郊，
片片互递的叹息犹似树上的萧萧。
呵，那是江南的秋夜！
深秋正梦得酣熟，
而又清澈，脆薄，如不胜你低抑之脚步

舒婷有一首《落叶》，第一节是这样的：

残月像一片薄冰
漂在心凉的夜色里
你送我回家，一路
轻轻叹着气
既不因为惆怅
也不仅仅是忧郁
我们怎么也不能解释
那落叶在风的撺掇下
所传达给我们的
那一种情绪
只是，分手之后

你听到你的足音
和落叶混在了一起

秋夜，落叶、足音、相思，情绪和情境是何其的相似，假如我们把它们分别错位一下，把舒诗安在何诗集中，或把何诗安在舒诗集中，一般情况下需要很高艺术造诣的人才能加以甄别（两人毕竟有区别，何诗比舒诗更为缠绵、纤细，舒诗则较为爽洁一些）。这种在艺术上的相通之处，正表明朦胧诗人是以一个较为开放的艺术体系来作为自己的参照系统的。朦胧诗人新表现出来的开放精神与气魄实际是五四新诗开放的艺术风度在中断多年之后在新时期的接续与扩展，诗歌艺术开始回到了自身，回到了正常发展的轨道。

需要提出的是，一些作者在谈论朦胧诗时往往称之为回归到五四时期，似乎这便是朦胧诗的最大成就。五四时期至三十年代无疑是中国新诗的辉煌年代，但作为后来者的任务不仅仅是继承这份家业，还必须创造新的财富，有时候还必须藐视这份家当，甚至要砸碎家当的束缚，重新建构新的艺术世界。民主德国诗人温舍在《抒情主体与诗的概括》一文中曾说："一个作家如果在平坦的公路上按照事先树立的路标和安全的陪伴之下到熟悉的地方去旅行，并且只能按照真理发现者的语调重复早已尽人皆会的东西，这难道不意味着一个作家的死亡吗？"朦胧诗人以五四新诗艺术为起点，循着他们的足迹向前走，但不是去重蹈他们的脚印，而是要比五四走得更深，更远。在他们已经开辟的道路上继续向前开辟，在他们已经建造的大厦上继续建筑新的层次。朦胧诗人把五四作为"宽厚的肌体"（徐敬亚语）和丰沃的培养基，五四，是他们起步的台阶，不是目标，更不是终极理想。他们继承的五四的开放的艺术风度，而不是已经凝聚成型的几种艺术模式和艺术风格。

b. 横向“移植”

与五四诗人的“盗火”精神相一致，朦胧诗人艺术探索的触角主动伸向欧美现代派诗歌艺术，大胆借鉴现代派诗歌的技巧，化入自己的诗里，熔铸新的诗美。这种横向的移植是符合中国新诗发展进程的基本规律的。新诗的诞生，很大程度上便是外国诗歌形式冲击的结果。起步较迟的中国新诗如果闭关自守，隔绝与外界的联系，脱离整个世界诗歌发展的潮流，必然会误入羊肠小道，必然会回复到古典诗词的旧有程式中去。而新时期改革、开放的自由氛围给诗歌的多元选择与创造提供了一个非常适宜的气候和环境。诗歌艺术从狭窄的胡同里走出来，开始步入通往成熟和丰富的道路。

朦胧诗人则在不同程度、不同侧面、不同范围、不同层次、不同深度地吸取现代诗歌（不仅仅是现代派）艺术的养分，扳取不同的“树枝”嫁接在自己的树上来培植新的果实。舒婷在读完了雨果、巴尔扎克、托尔斯泰、马克・吐温、普希金之后，便在朋友们的建议下，“几乎是强迫我读了聂鲁达、波特莱尔的诗”；而顾城对泰戈尔、惠特曼、埃斯蒂莉、洛尔迦倾注了十二分热情，并反复地体验，以至“读惠特曼的诗很早，感应却很晚”。他说，“一直到八三年的一个早上，痛苦的电流才溶化了那些铅皮，我才感到了那个更为巨大的本体——惠特曼。他的声音垂直从空中落下，敲击着我，敲击我的每时每刻。一百年是不存在的，太平洋是不存在的，只有他——那个可望而不可即的我，只有他——那个临近的清晰的永恒。我被震倒了，几乎想丢开自己，丢开那个在意象玻璃上磨花的工作。” 顾城的感悟可以用来代表整个一代朦胧诗人对外国现代诗人（不仅仅是惠特曼）一种情感上和沉思中的一种洞彻，他们对波德莱尔、庞德、艾略特、埃斯蒂莉、聂鲁达、洛尔迦、叶芝等欧美诗人进行过透骨铭心的彻悟，因而在写作时便自然融合了这些现代诗歌大师的种种技巧。那种大幅度、大面积地运用象征、隐喻、通感、变形的做法；那种改变视角和透视关系，打破时空秩序，捕捉瞬间感受的方式；那种把诗歌作为“智力的空间”而建造诗的“整体结构”的诗歌观念……远非能用“中国土特产”进行概括，有些在五四诗歌中也绝对找不到先例，显然是融合了现代派诗歌技巧之后所进行的创造。朦胧诗人所呈现的五彩缤纷的多元风格，又很难具体判定它到底受了某家、某派的影响，即使他们当中的单个诗人也不囿于任何一家一派，而是汇众家之长，铸炼自己的诗体和诗风。

当然，对朦胧诗人影响最大的还是本世纪初英美意象派诗歌，朦胧诗人深受后期意象派的影响，脱离了对大理石般纯洁和凝固型塑像美的追求，而向多意象、流动意象的方向发展，实际上打破了早期意象派专写短小、简洁、凝固的单意象或多意象的樊篱。他们不是简单地机械地对外国诗歌进行移植，而是进行了审美的创造性的转化与接纳。

在艺术网络向外扩张的同时，朦胧诗人并不排斥本民族处于不同政治背景之下的诗歌艺术，只要是有益的，他们都拿来化为自己的养料。因为台湾现代诗歌运动比大陆明显要早三十年的时光，台岛诗人们的成功得失，与朦胧诗人的创作最为贴近，最容易借鉴。共同的民族文化背景支配着诗人们选择的意向，我们在阅读朦胧诗时便会发现两者一脉贯通之处。我们不妨略举两首进行比较分析。舒婷有一首《致大海》开头是这样写的：

大海的日出

引起多少英雄由衷的赞叹；
大海的夕阳
招惹多少诗人温柔的怀想

而被称为台湾现代诗坛“三老”之一的覃子豪在一首《追求》中开头也取大致的格局：

大海中的落日
悲壮得像英雄的感叹

台湾现代诗同样有“寻根”之作，余光中的《飞将军》中有一节是这样写历史人物李广：

杀，匈奴的射雕手
杀，匈奴的追兵
杀，无礼的亭尉你无礼
杀，投降的羌人
杀，白发的将军，大小七十余战
悲哀的长臂，垂下去

而江河在《太阳和它的反光》里这样写神话人物吴刚：

那被砍伐的就是他自己
他和树像两面镜子对视
只有一去一回的斧声
真实地哐哐作响

断了又接砍了又生长
伤势在万籁俱寂的萌萌之夜
悠然愈合

很难说舒婷、江河就是直接受到了覃子豪、余光中的影响，但台湾现代诗风刮进大陆时，朦胧诗人自觉不自觉地总感受到一些启发与顿悟。在这组诗中，我们会感受到有一种文化思维定式在影响着诗人，覃子豪、舒婷在抒写日出、日落时都烙上了“落日心犹壮”（杜甫《江日》）的影子；而余光中抒写的悲剧性结局与江河的悲剧性进程在本质上都未能超越“天人感应”心理场磁力的牵引。这也可以理解一些朦胧诗人在经历强刺激的现代风之后为什么会转向古老的历史文化了。

c. 纵向追寻

朦胧诗人艺术目光进行横向扫瞄时，另一个扇面则要求纵向的深入。一般地说，朦胧诗人不是民族虚无主义者，并不提倡完全摒弃中国诗歌传统，他们要破坏的只是陈腐的僵化的美学观念，借以建立新的诗歌美学体系。他们尊重积淀几千年的深厚的中国民族文化，但并不迷信，而要对传统的文化进行创造性的转化。他们当中曾有人否定古典诗词是“佶屈聱牙的古调子”，反对“古典诗歌 + 民歌”的发展道路，认为这是一种自我封闭。如果结合朦胧诗歌创作的整体来看，避开某些偏激之词公允地看待这种主张，就会觉得他们反对的主要是古典诗歌的外在形式，反对传统诗歌尤其是古典诗词形式对现代诗歌的束缚与控制，并没有否定古典诗词在中国文学发展史上的地位和作用。顾城明确表示：“我喜欢古诗、刻满花纹的古建筑、殷商时代的铜器；我喜欢屈原、李白、李贺、李煜；喜欢《庄子》的气度、《三国》的恢宏之情、《红楼梦》中恍若隔世的泪水人生。”“学习古诗，历来就有两种方法。一种是悟其神，一种是摹其形。我以为前者是大道，穿越物象才能到达本体，忘其形才能得其魂。”(《讨论录》)顾城还把那种迷恋左律左声、迷恋平仄对仗的诗人叫作诗匠，认为“他们喜欢研究服装上的纽扣，把外衣当贵宾”。

从顾城的表白与整个朦胧诗创作的实际可以看出，朦胧诗人恰恰是“悟”得了中国古典诗词的“神”(因为英美意象派诗人恰恰是受到中国古典诗词启发的)，获取了中国诗人所固有的反传统精神。因而，朦胧诗的艺术创新与探求，既是五四时期那些诗人探索精神的继续，也是屈原、李白、李贺、李商隐、吴梦窗等人开创新风精神在广泛意义的延伸。他们更多是继承了中国古代文化那股坚韧的雄浑的精神和气质，而舍弃陈旧的思维方式与僵化的外在形式。自然，“悟其神”也不是对古典诗词意境的简单的演绎，而是灌输了鲜明的当代精神和现代气息。他们几乎摆脱了古典诗词的习气，而不像戴望舒、何其芳在白话诗中总夹着晚唐那种哀春伤时的忧郁症状，完全表现着现代中国人的情感、情绪、直觉。也许正是这种当代意识和现代精神过于凸出和显明，才使得某些人觉得“朦胧”“晦涩”。

在朦胧诗发展的前期，这种对古典诗词的承继与吸收仍显得比较隐秘而无形迹可寻，他们的言辞表述之中也不甚明朗。一九八三年以后，在杨炼、江河为首的一批诗人当中对中国传统文化的兴趣大为增强，表现出一种少有的热情，中国的古典诗歌固然不能使他们满意，而跟着外国现代派诗歌亦步亦趋的移动亦使他们感到困惑，模仿外国诗再好终觉得缺少一种内在的气韵和自信力。他们在一种自省的过程中认识到：“仅仅依靠横的移植，向外的借鉴和吸取是无法打破这种令人窒息的封闭的，它必须依靠内部的推进，改进其中的基本构成，破坏它的和谐状态，才能重新获得巨大的创造力。”（石光华）这种向历史纵深推进的目的是“获得巨大的创造力”——新的诗美。杨炼这样设立自己的诗歌坐标系：“以诗人所作的文化传统为纵轴，以诗人所处的时代的人类文明（哲学、文学、艺术、宗教等）为横轴”，“两个领域互相渗透，使它同时成为‘中国的’和‘现代的’。”他的《大雁塔》《半坡》《敦煌》《屈原》《诺日朗》等都是设立在这种独特的坐标诗上的史诗，以其纵深的历史感和强烈的现代感开拓诗的新地，寻找新的富有世界意义的诗美。

这种从整个民族文化的大背景去获取一种本民族的内在艺术气韵，尤其把东方文化内质作为中国诗歌迈向世界的一种潜在能量，表现为一种宏观的历史视野与超前目光。后来兴起的“寻根”小说派及“文化”小说派都不能不说受到这一批朦胧诗人的影响和促动，说明朦胧诗派以一种更恢宏的开放精神反对整个人类文明，反对整个世界。

d. 非诗“语言”的渗透

然而，中国灿烂的古代文化的气韵毕竟具有广泛性的意义，在切入到具体诗的艺术构成时，它终不能直接演绎为具体形态，它必须通过“语言”来实现。诗的语言不应只具有语义学上的意义，在更高的范畴上乃是一种艺术符号。而传统诗歌固有的“语言”系统和外来的“语言”系统都不能满足朦胧诗人的审美创造和审美理想，可是，他们艺术探索的触角越过原有的艺术国境线，进入到邻国的花园里去采摘新的诗美，融合其他艺术形式的“语言”，催动新的“语言”的产生。这些非诗“语言”的渗透使原先近乎贫血的诗歌语言充满了新鲜的血液，诗歌获得了审美的张力和弹性，尤其是一些非文学“语言”的浸入，从根本上改变了诗歌语言的面貌，声律特征被视觉特征所代替，语言的通讯性被雕塑性取代，构成了一个新的艺术世界。这里就简略地阐述一下非诗语言艺术构成的“块石”，具体分析语言的特色将有专章论述。

一般说来，朦胧诗人的艺术准备都比较充分，他们并不是只限在诗歌这块园地里耕耘，他们兴趣广泛，爱好多样，有的会写很漂亮的小说、散文，有的精通音乐、舞蹈，有的是丹青能手，尤其是《今天》这一拨诗人与当年“星星”画派的先锋派画家们关系甚密，美学主张也较为接近，星星派的一些先锋画家像曲磊磊等人便时常为《今天》插图，有的还掌握一两门外语，能够直接翻译外国诗歌，这些艺术实践和艺术鉴赏素养帮助他们去更新诗的“语言”，创造新的“语言”。所谓融合非诗“语言”也不是一概而论，也有不同的程度、不同的层次。一是运用其他文学样式的“语言”，比如舒婷、北岛都尝试运用小说的意识流技巧，情绪意象波动性强，节奏闪跳，制造新的心理时空，顾城则总是长长地凝望“童话”世界，执着地寻找童话那种“纯净的美，新生的美”，这是很正常的。一是综合吸收音乐、舞蹈、绘画、雕塑、书法等艺术的语言，融汇了这些艺术“语言”的审美特质，来改变诗歌固有的结构形态，来刷新诗的语言面貌。北岛的诗体现一种画面感和流动感，有些像莫奈，又有些像毕加索，舒婷便体现一种抒情小夜曲的旋律感、节奏感，顾城有一种飞动的美和空灵的美，而江河、杨炼则颇具雕塑石刻坚硬的力感与气势，有一种浑然天成的整体美感，王小妮深得印象派的神韵，自我的内心感觉总能恰如其分附到一定的外观上，闪闪烁烁，飘忽不定……在运用这两种“语言”时尚未越出文学、艺术的界限，其他的一些诗人比如李瑛、流沙河、邵燕祥、雷抒雁也常常运用这些艺术手法，但覆盖面不如朦胧诗大，只是局部的运用，而没有进行整体的布局。

也有步履迈得更远一些的，迈进了更新的领域，像北岛便要“把电影蒙太奇的手法引入自己的诗中，造成意象的撞击和迅速转换，激发人们的想象力来填补大幅度跳跃留下的空白”(《青年诗人谈诗》)，这就进一步扩开了诗美采摘的新天地和新空间。“蒙太奇”无疑是电影语言，北岛将蒙太奇引进诗中便使诗的语言发生了两个质的变化，第一，由于蒙太奇是视觉艺术的手段，视觉是以直观为其基本特征的，而诗歌语言原是以音义为特征的，蒙太奇的运用便使诗的意象有了一种可观性、可感性；第二，诗的画面（意象）不再是静止的孤立的，而是开始脱离理性的规则按情绪的流动而流动，有时甚至是无序的，逼迫读者审美阅读时必须按照动态的情境进行。显然，原有的诗的“语言”构造便会发生变异，从而蒸腾出一种新的诗美。诗的语言虽然通讯传播意义并未消失，但意象的密度、张力、空间便出现一种新的构造，北岛的《宣告》最后两句这样写道：

从星星的弹孔中
流出了血红的黎明

句法结构并不残缺，但蕴含的却是非单一的浅性的内涵。这是动态性的画面，是剪辑后的蒙太奇镜头，它由四个鲜明而富有质感的基本意象（星星、弹孔、鲜血、黎明）汇合而成，具备相当的密度，又有一种韧性的张力，使人联想到很多已经消逝了的历史场景，黑暗笼罩的夜空，漆黑的枪口，烈士的鲜血，朝霞点点的黎明。诗人在强化密度和张力时，没有毫无节制地铺陈更多的意象，而是戛然止笔，留下了比画面更广阔的艺术空间，给读诗者想象的翅膀以翱翔的天地。这种诉诸视觉的语言方式在其他诗人诗中也经常见到。

还有人从哲学、宗教等异域中去捕捉理性的深邃和感悟，以求得诗歌语言的智慧与睿哲，也十分强烈地冲击诗歌原生的本体语言。杨炼发现《易经》与“诗的先天联系”，每个卦“具有充分的视觉性和审美快感”，并从中得到了启发。他还从《奥义书》等经书中“拿来”“语言”，《诺日朗》里有一节便直接运用佛经的体裁“偈子”，当然更多地渗透在结构之中，力图以史诗的辉煌和壮阔去观照历史现实，来获得一种“永恒”的“语言”。这都表明他们从一个非常广阔的文化领域里企求丰富诗歌审美内涵、建立新的“语言”策略和方式。契合了时代的审美思潮与动向，呼应着艺术向未来进展的律动。

e. 综合的趋势

诗歌采取一种开放的格局面向世界是寻求诗美的前提，并不是说开放本身就是诗美，开放也不是目的，开放究其实终是一种动态性的艺术风度、美学视野和发展策略，开放的意义在于打破原有的封闭形态，进入了较为自由的世界。多种美学因素、艺术材料进入诗歌，不是简单的移植，而必须进行新的综合，以坚强的艺术手腕和高超的艺术方式按照自己艺术个性和追求理想进行熔铸、锻造，才能产生崭新的诗美。那么诗歌不会因为其他因素的侵入而造成诗美的混乱和本体的消失，反而因为其他美学成分的参与和渗透，使诗美发生裂变，焕发出从未有过新鲜的、陌生的、神奇的诗美，出现新的艺术天地。不可忽视，这种综合势必冲击、改变原有的诗歌观念，使诗歌世界发生改观。像杨炼提出了“智力的空间”这一新型的定义，使诗歌在其质上发生了巨大的变动，虽然今天尚未被人们完全接受，但影响将会是深远的。当然，“新的综合”在其难度上要超过“开放”，诗人们在进行“新的综合”时极有可能出现混乱、失调乃至失控的现象，但不必苛求前进中的幼稚和挫折，要允许他们试验，允许成功，也允许失败。

世界文艺发展的潮流表明，同类相近或相异的艺术的相互渗透、相互影响、相互消长，各自重新组合，以求得存在发展，已成为文学艺术（包括自然科学、社会科学）发展的大趋势，墨守固有的审美形式和内涵将会失去观众和读者，只有以一种开放的精神不断吸收融化消化各种艺术形式的审美方法，审美“语言”改变自身的圆形的封闭型艺术结构进行新的“综合”，熔铸新的“语言”，才可能免于被沦落和淘汰的命运。封闭是没有出路的，在文学的生物界里，同样不允许品种的单一和母本的老化，同样需要进行嫁接和杂交，同样是适者生存，劣者被淘汰，自然界铁的法则与文学发展的规律同样铁面无私。

诗歌作为一门古老的艺术，也是融合了音乐、舞蹈的基础上发展起来的，它曾经有过令人兴奋的辉煌业绩，但后来其他文学样式的迅速发展，使诗歌从皇后的地位下降为普通臣民。诗歌给予人审美的涵量日益显得单薄、浅泛和贫困。这并不是说“诗”已经古老，“诗”已经升华为一种美学意义的概念，“诗”几乎是各种艺术追求的结穴。小说家、艺术家乃至哲学家、社会学家都不会拒绝诗意的美。他们便采取不是“诗化”而是“化诗”去拿来诗的一些手法和技巧。诗歌的灵性几乎全被嫁接到其他生命之树上结出了更为动人的新鲜的果实，诗之美被蚕食以至被鲸吞。诗化小说的大量出现，以丰富多彩的艺术格调将叙事诗打入冷宫，也威胁着抒情诗；抒情散文几乎掠夺了诗歌的所有的审美特性和方式，在表现人的情绪和意趣方面，绘画和音乐也以其色彩、色调和节奏、旋律发出非常强劲的挑战；更不用说电影、电视融化各种艺术手法，运用人们的种种感觉功能主体地流动地表现诗意了。原有的诗美，在一定意义上，成为其他文学样式追求表现的一种美学理想。诗，已经成为一种评判文学的标准，“像诗”是一种更高意义的褒奖，无论是小说，还是电影。也许，这正是“危机”的症结所在。

诗歌，处于这样一种艺术背景里，如果依然囿于已经凝固成形的审美结构、形态、方式，就会削弱美的魅力。因为人的审美观念不会永远停留在一个水平面上，随着社会结构的变革和移动，随着艺术结构的转换变异，人们的心理结构将会发生变异，审美观念也随之产生嬗变。原先具有审美意义的也就会变得苍白无力，陈旧的审美因素必然失去读者。主体的变化势必要触及催动客体的变化，客体的变化必然影响主体的变化，这不是一般的换位关系，而是艺术向前发展的对立统一的辩证规则。诗歌为了求得生存和发展，充实在新的历史条件下的新的审美内容，势必要开拓新的领地。九百年前陆游在《示儿》诗中以“功夫在诗外”的警句实际概括了诗歌发展的动向。新潮诗人采取反“蚕食”的方法，以一种宏阔开放胸怀，大幅度地在其他艺术疆土上掘取、索求新的美感，新的技艺，并汲取其他文化因素进行新的综合，新的融合，从而铸造出崭新的诗美，以补充传统的空白地带和缺憾，更替已经老化和板结的诗美和诗艺，给古老的艺术注射了新的审美血液，使之恢复青春的光泽和魅力。当然，现在还不能说新潮诗歌已经成熟和完美，但已经为读者提供了新的审美信息和内涵，尤其这种开放的艺术态度和新的综合的途径，为诗歌的发展在一片荆棘之中开辟了一条道路，正如他们当中的一位诗人所写的：“留下歪歪斜斜的脚印给后来者签署通行证。”从文学发展的角度和接受美学的原理来看，诗歌，要始终立于文学之林不败之地，就需要不断灌输新时代的审美元素，不断吸取其他艺术的养料发展自己。开放，是诗歌艺术发展的动力，停滞就是僵化，就是封闭，就是死亡。

新的转机

——第五代—新生代—后崛起的一代

引　言

0

现在需要重新开始。

1

据地质学家说，距今约六七千万年前的新生代时期，地球上冰川冲积，洪水席卷，地震频繁，火山迸发，强烈的自然力既是毁灭性的灾难又是客观性的创造，中生代的爬行动物淘汰绝迹，哺乳动物在呐喊中繁衍昌盛。新生代后期出现了人类，没有新生代的巨大磨难，便没有现代文明历史。

2

把北岛之后的一大群诗人比作新生代纯粹是一种气势上的相似，不是简单的类比，更不是一种历史的评判与估价，那是后人的事情。

我喜欢把他们称作第五代（实际是袭用电影界和评论界的既有概念），也有人把他们称作第二次浪潮，或称第三代的，他们亦自称“后崛起的一代”，反正，叫什么都行，只要大家意识到他们的存在。

3

中国当代诗歌到了第四代诗人手里才复活了五四的色彩和气象。北岛、舒婷、顾城、江河、杨炼等一批新潮诗人以迥异于流行几十年之久的诗歌格局出现，那种战斗的叛逆的姿态至今为人们所怀念和称道，他们以《今天》为阵地向被视为正宗的诗坛做出了强硬的坚决不容回避的挑战，“朦胧”成为巨型的炸弹爆破着板块一片的诗坛，强烈的冲击波迅速引起了连锁的反应，诗坛地震似的发生错位、移动，诗在重新组合之中逐渐走向自身。

然而，当这股震波尚未平息，第四代诗人亦未从创作的巅峰向下滑行，有的刚进入创作高峰期不久，理论界对他们的阐释与认可刚刚显出一些端倪，一股更大的新的诗歌洪流便开始席卷大地，他们认为北岛们已经“传统”，已经“古老”，反北岛几乎成为这些诗歌群体的共同口号。而这一次人数之多、势头之大远远超过北岛们，亦成为现代中国诗坛最空前的壮观之一，诗歌的繁荣与兴旺是历史上任何时期都没有的。《诗歌报》《深圳青年报》在去年十月曾以《中国诗坛 1986 现代诗群体大展》为题共时性推出六十余家诗歌群体以及个性的宣言和诗作，促成第五代诗人一次聚会，展现了第五代诗人雄壮深厚庞大的力量。

4

第四代与第五代之间的时间距离这么短暂，实在是出人意料的。

5

他们都是吮吸北岛、舒婷、顾城、江河、杨炼等人乳汁长大的，他们在北岛们的天地里流连的时间太长了，仿佛一个世纪，他们对北岛们太熟悉了，熟悉他们的每一个关节、每一根神经，熟悉他们每一步的姿势，熟悉他们的章法、句法、语法，就像熟悉恋人的电话号码一样，他们在心里默默供奉着这一尊尊“神”。然而，“神”太强大了，他们老是逾越不出北岛们的范式，他们老是在重复北岛们。这时不知谁喊了一声：“上帝死了！”一股反北岛的情绪在共鸣中油然产生，他们开始挣脱北岛们赋予他们的程式，寻找新的情绪世界的审美范畴，并时时以北岛们作为传统的参照，开辟新的疆土。因而我的文章必须把第五代与第四代不时作些比较，更能看出第五代的一些特性来。

并不是要贬斥北岛们，贬斥是多余的、无效的，北岛们的意义和价值历史自会安排。

6

还有一点要申明的，我所论述的是我看到的这一代，与这一代虽是共时性的群体和个体，但内质不合的，我将在悖论部分涉及，以示区别。

A. 诗的本性：生命意识的强化

在北岛、舒婷那里，诗仍是一种桥梁，一种手段，成为“通往心灵的道路”，“让美好的一切深入人心”，他们的愿望善良而真诚，他们突破“号角说”“匕首说”的樊篱，把诗从外部的错位中纠正过来，让诗还原到本体，让变形多年的诗歌艺术承接到五四时期，他们虽然不具备创世纪的意义，却有划时代的价值。

第五代诗人在延续北岛们诗歌主张的同时，又向前进行扩张，强烈的生命意识被他们顽固地摄入诗中，他们热情地、执拗地、浓厚地寻找生命、表现生命到了虔诚的宗教徒的地步。他们把诗作为生命的具体体现，作为生命价值的实现，以致把写诗作为整个人存在的重大部分，好像没有诗、不写诗他们的生命就无法生存似的。“以外部折射心灵、深藏内在力量”的南方诗派被看作“缺少现代诗的内在精气”，他们认为只有从生命出发才是真的诗。“诗是纯粹的生命体验”，“诗的最高极限是生命形式本身”（“超前意识”宣言），“诗从属于生命过程，是对生命内涵的体验和深刻内省”。只有潜入内在的心灵世界与人生对话的灵魂，才能获得诗美的升华。（“情绪流”表白），“我们把诗歌当作宗教来对待，我们真诚地用生命对待生命。”（华海庆）在这样情绪的支使下，诗人们更关注生命本体自身，更加潜入到生命的深层天地中去窥探生命存在的奥秘，揭示生命的真正内涵与生命的真正构成。他们从人生存的本能出发，从人性的最基本的层次，去充分体味生命所应有的爱、恨、生、死、病、老、痛、苦、乐、食、性，在他们诗中，生命只属于生命，不再成为其他外在事物的牺牲品与装饰。

情感并不像理性那样被第五代驱逐出诗的园地，情感在第五代手里得到充实与丰富，情感不再等质于感情，而与情绪、感觉、直觉、情欲趋于一致。传统诗歌也非常强调感情，但他们抒发的往往是情感的一般层次，属于“泛”情感、“类情感”，大多是对生活的热爱、对山水田园的眷念，对爱情、友情的追忆，倘若感伤、惆怅、迷惘一点也只是基于上述美好事物的消逝、毁灭，停留于对灵魂的“正面”的表现，而忽视“背面”的深层意识与强大张力。而第五代诗人则全方位地表现情感的多维与无序，“极端主义”者认为：“诗歌是一门宣泄的艺术。”邵进这样具体地表达对诗的本性的认识：“诗所要传达的，就是人的原初意识或超前意识，人对外界的恐惧感和神秘感，人在现实社会所体验到的命运感，就是我在一首诗里写的：你总是在墙上敲敲打打／结果那钉子拔不出来就怎么也拔不出来。”而呼吸派则较清醒地从理性的角度予以概括：“诗是呼与吸的双向运动，是灵魂正面与背面的二重组合，是情感的张力与负荷的同构”，于是“坟墓与乳房，天空与酒刺，历史与烟圈……都在吞吐中确定自己的时空域与张力场”。人类的情感也犹如呼吸一样，在吐纳氧气与废气的过程中获得平衡，如果只抒发人的那些健康的、理性的、明朗的一面，而不宣泄人的非理性的、模糊的、隐现的一面，怎能显示出真正的生命。因而孤独感、失落感、焦灼感被第五代反复轮流以各种方式进行体验与表现，平稳的清晰的情绪被不安的、骚动的以至一些莫名其妙的情绪所更代。

这一瞬间改变了什么／这模样古怪的混血儿突然失踪／
借助烟雾浓浓的掩护／天空中晴朗以后天空中闪闪亮亮／

布满骨肉碎骨铝片尖锐的声音／没消化的早餐三明治／天空中闪闪亮亮

——王小龙《纪念航天飞机挑战者号》

我们可以看得出来，他们对生命的器重并不在乎把生命放在某种理性的意念的天平上去衡量其价值与意义如何，他们更关心生命的组成与转化，关心生命的本体如何。航天飞机爆炸以后，按照传统诗歌的思维定式，一定会想象为海底多了七枚贝壳，天空多了七颗星星，并称颂这群以宇宙为坟墓的勇士们如何莫名不朽（以意象比拟），决不会让“没消化的早餐三明治”这些日常平庸的生活事物进入诗这样的“圣境”。而第五代正是从这些生命的最基本层次出发去感受诗、创作诗的，他们的意义就是舍弃了笼罩生命之上的一些外在胶粘因素，直接切进生命的本体，这是不是符合诗的本性，或者是不是诗的最佳抉择，现在还难以决断。

B.“人”的重构与新生

“人”作为诗的旗帜被第五代继续高举。

北岛们便是以人的旗帜向非人的动乱时代发出抗争和呐喊的：“我是人！”“人啊，理解我吧！”他们的诗中鲜明流露出人道主义的倾向。第五代依然把人作为诗的主体，但与北岛们已有着质的分歧。

北岛们注重的是“社会的人”，由于他们的诗和情绪生长在那个动乱的时代，他们的诗表现不正常的社会对人的种种折射、抽象、异变，宣泄被戕害、被窒息、被变形的苦痛与愤懑，“河水涂改着天空的颜色／也涂改着我／我在流动／我的影子站在岸边／像一棵被雷电烧焦的树”（北岛）。而第五代则力图构建“人的社会”，以自身的人去感应社会、理解社会，建造诗的世界。这好像是简单的换位关系，但实质是诗人能动与被动两种审视观念的背异。第五代诗人成长在一个开放的时代，开放的意识教会他们不要像第四代诗人那样去经受痛苦、灾难，生活要求他们去主动地驾驭历史、驾驭人生，他们亦有理由挥霍时代所赋予他们的自由。他们能够对社会和时代任意撒娇：“我确实想脱光衣服／做一个黑奴／我想我的模样不会太差／最重要的是要有理由看不懂”（胖山）。这在北岛他们那严峻坚毅的意象里是绝对不可能出现的。

北岛们是力图恢复人的尊严与价值，因为那个不正常的岁月把人不当作人，以兽道对待人道，以法西斯对待人性，人失落了。北岛们就是要拯救这种失落，呼唤人性的复归与再生。因而，在十年动乱平息初期，他们的呼声是非常突兀而又非常及时的。但是，当北岛们痛恨的那种对人的迫害与压制力量消失之后，人是不是变成真正意义上的人呢？而且，北岛们本身所呼唤的就带有一种古典人文主义理想的意味，并不是真正的自由人，真正的现代人。第五代诗人适时以诗的方式砸碎那种古典的理想的“人”的模式进行重构，以新生出更现代、更自由的人，并且在动态的进行过程中发展人，健全人，更充分地张扬人的主体意识，这显然要比北岛们更具现代性。

淡化历史意识和社会意识，强化人的本体意识的能动性，便开始成为第五代有别前一代人的一个鲜明标志。因而历史的流向与社会的背景在他们诗中不是被省略就是被异化成为人的真实的幻觉。自然，在重构“人”的过程中，他们也容易走向极端，他们提出“真人”的目标：“所谓真人就是本真意义上的自然人。他与人类历史生活阉割掉了的文明社会有着本质的区别。这至少表现在，文明社会人，究其实，就是一群被骗了的骡子……就在他们残害他人的同时也残害了他们自己。”

“真人文学”的宣言最鲜明地表明了第五代诗重构“人”的强烈欲望。但是，“自然人”显然也不是第五代诗人的共同理想。

C. 反讽：一种与崇高相对的美感

在第五代诗潮中，那种顶天立地、拯救百姓的理想主义的“英雄”形象被一些凡夫俗子所取代，那种奋不顾身、正义凛然的“英雄感”也大大地淡化为平静的卑琐的平民意识，以“反讽”为其特征的美感正在更替传统诗歌中光彩照人的“崇高”感，非贵族化的日常生活的情绪天地的支离破碎冲击着那种精细的非自然的人工的“优美”，一种似乎玩世不恭、似乎一切满不在乎的“黑色幽默”的情绪在第五代诗人中蔓延、流行，渐趋汹涌为一股莫大的情绪洪流。

理想主义者的理想在他们那里，成为被嘲讽的靶子，他们任意地嘲弄、讽刺、挖苦，好像有“理想”是什么罪过似的，好像有“理想”便太“古典”了。这与北岛们显然是对立的。北岛、舒婷等人也是反对传统美学的，但他们都是痛苦的理想主义者，他们的诗总是闪烁着理想主义的光晕，他们的诗作几乎全是理想的悲歌、颂歌与挽歌，舒婷歌吟理想不能实现的忧伤，北岛在贬斥动乱景况时总以一种古典的人道的理想进行观照，而顾城那些透明的诗章总将人性的净化与脉脉的田园风光当作最高境界，江河、杨炼则全心倾注于历史与生命的共同实现。北岛们老是念叨着“生活应该怎么样”，而第五代却高呼“生活不应该怎么样”，北岛们对生活的满足在于生活违背了他们理想的希冀，而第五代的不满足在于生活过于理想化、程式化。很多的诗歌群体把反崇高当作自己的美学主张，尚仲敏起草的《大学生诗派宣言》把“反崇高”当作艺术主张的首款：“a. 反崇高。它着眼于人的奴性意识，它把凡人——那些流落街头、卖苦力、被勒令退学、无所作为的小人物一股脑儿地用一杆笔抓住，狠狠地抹在纸上，唱他们的赞歌或打击他们。”而被徐敬亚称为第五代诗潮有代表性的“非非主义”甚至认为反崇高是诗的最基本的层次，“非常崇高化——反讽是非非诗歌的一般特点”。“地平线实验小组”则直截了当地宣称：“谁也别吓唬谁，英雄主义的东西应该成为中学生的课本。”他们都从不同的角度折射出非优美化非贵族化的平民意识。“日常琐事、虚幻怪诞的胡思乱想、门外一个人的叹息、阴天里蚂蚁搬家”等等为古典诗所鄙弃的现象，大批量涌进了诗中，“日常主义”也便应运而生：“那些偶然、无谓、不确定的等等琐事，成为我们人类日常性最为得心应手的契机。”甚至“无聊，也是艺术的一个生命要素”（郭力家）。一些重大的政治事件，一些被寻根派认为好得没命的历史掌故、一些颤动着时代神经或远离城市的新的景观（包括新田园山水风光）被他们冷漠地遗忘，或成为反讽的依据物，他们关心的是日常性、生活性、反讽性。平民意识的强化使得他们即使选择重大历史题材或历史人物作为诗的主体，也更多地浸入他们那种非崇高的美学观念，诗的亲切感被推向了极致。尚仲敏这样写卡尔·马克思：

犹太人卡尔 · 马克思／叼着雪茄／用鹅毛笔写字／字

迹非常潦草／他太忙／满脸的大胡子／刮也不刮／犹太人卡尔 · 马克思／他写诗／燕妮读了他的诗／感动得哭了／而后便成为／全世界最多情的女人／犹太人卡尔·马克思／没有职业／到处流浪／西伯利亚的寒流／弄得他摇晃了一下／但很快就站稳了犹太人卡尔 · 马克思／穿行在欧洲人之间／显得很矮小／他指指点点／他拥有整个欧洲／乃至东方大陆。

除了最后两句还略略显示一下微弱的崇高的色彩以外，全诗几乎是以记叙（这以往是抒情的大忌）的方式展现马克思极其平常的生活片断，"神"的光晕和伟人的风采在这些平淡的场景中被融化为一种平民姿态，我们很难说这不是马克思的形象，也许起那种颂歌之中的马克思还要更人化一些、更真实一些、更亲切一些。至于那些以自身形象为底照的诗篇，更是突破了平常感的范畴，进入了卑琐、世俗甚至低劣的层次，有时是自虐的，有时是自我鄙视、自我戕害。

对这种以反讽为特征的美学主张，有人认为是"冷态"，就其表象而言，他们着实缺乏浪漫诗人那股灼热的感情，也缺乏北岛和舒婷的愤怒意识和忧伤情怀，他们的冷漠有时近乎"冷酷"，然而"冷得使人浑身发烫"。《大学生诗派宣言》中这一句算是道出了"反讽"的内在真谛。现实生活中种种错综复杂难以辨清令人啼笑皆非看似不正常实属正常的现象，迫使第五代诗人难以采用赞美、歌颂、痛斥、愤怒、批判的情感方式去体味他们，他们选用了类似黑色幽默这样一种自我解嘲的方式去嘲讽不合理的现象。在冷漠的情绪表象深处，隐伏着赤热的焦灼的不安的心灵。他们的反"理想"并非不要理想，他们在破坏传统的过程中企图建构自己的理想世界，这个世界是以“人”的充分扩展与张扬为支撑点，也许这个世界是建造在沙滩上，也许因为过分高蹈而遭到飓风袭击破灭为幻影，但他们着实在建造过程中。

D. 超越文化的限制

文化无疑是人类文明最辉煌的结晶，但另一方面人类创造的文化在一定的时期在一定的环境又阻碍人类的发展与前进。尤其是中国的儒家文化在汉代取得独尊的地位以后，与封建主义的专制主义相结合，经千百年的保存、积累、叠加、传递，逐渐形成湮灭一切的强大传统，成为人们在各种精神活动中的思维定式与意向。而个体在中国文化传统中的地位是极其卑微与渺小的，只能在一种严格的群体原则中活动，这是中国农业社会培养的结果。反对传统文化便成为一切具有现代精神的文艺思潮的重要特征。

第五代是以其反文化的姿态出现的，“捣乱、破坏以炸毁封闭式的传统的文化心理结构”（莽汉宣言），提倡“真人文学”的则号称这种自然真人，完全摆脱了人类科学文化的真理性的桎梏。其实各个民族、各个时代科学文化的本质特征就是它的非真理性。自然真人根本不承认历史文化的逻辑指向性。呼吸派在一首诗中写道：

妙悟的烟雾太浓重了／学究的枯枝太脆弱了／栖身哪能像鸟雀／金碧辉煌那是佛像

鲜明地表示对传统文化的反感与淡漠，而“地平线实验小组”

的张锋则无情地嘲讽中国传统文化：

杨贵妃深红醉花／剧毒不可服／梁山伯祝英台是两只蝴蝶／可治千年中国的／相思病／一两马致远的枯藤老树昏鸦／三钱李商隐家的苦蝉／半勺李煜的一江春水煎煮／所有的春天喝下／都传染上中国忧郁症

——《本草纲目》

以近乎俏皮、近乎猜谜的语句对中国古典文学的扼杀性爱、自我伤感一面进行了无情的、砭骨的讽刺与嘲弄，实质是对中国文化中那种缺乏刚性、血性、男性的雄气的一面表示了极大的愤慨与不满。

在荡涤中国传统文化的同时，第五代诗人对外国的古典文化也表示出一种冷漠与蔑视，对维多利亚时代文化的嘲讽也成为他们的共同性联系中枢。那些优美的、高贵的情感被当作贵妇人，谁也不愿接近。舒婷诗中的那种忧伤的气息，那种自尊自高的贵族意识，以及骑士风度、游侠精神，以及贝多芬、达·芬奇、巴赫、普希金、雨果、拜伦、雪莱等，都可能成为嘲讽的对象。他们不是贵族，何必要追逐贵族、扭捏着嗓子装出一副贵族腔呢？因而他们觉得金斯堡更亲近一点，更可爱一些。于是塞林格《麦田里的守望者》中的霍尔顿便不断变换姿势、变换腔调出现在他们诗中，自嘲自慰，骂骂咧咧，哭哭笑笑，因为他们觉得“这是一个怀疑的时代”。施本格勒在《西方的没落》一书中认为西方传统文化经历着一个缓慢的衰落期，人们感到城市化的环境中一切属于人的冲动和情感受到了压抑，人沦为利润、工资、商品世界和自身功利性欲望的奴隶，丧失了自己作为人的本质存在，因而主张冲出既有文化的氛围。第五代在现代化进程刚刚开始时，便产生了这种超前意识，与“寻根”论者完全采取一种逆向的审美态度，显然不满于江河、杨炼那种对东方文化气韵的执着的追求，他们不屑于古老神话、老庄哲学，他们只注意他们自己，他们认为，只有他们才是有生命气息的文化，才是活人的文化，古典的传统的文化都是死去的、都是扼制人性发展的锁链。

显然，这种反文化的言行有着某种情绪上的偏差，他们的这种虚无主义态度是令人难以接受与认可的，也会导致审美的倾斜与内涵的虚泛，而被情绪的洪水泛滥。需要指出的是，他们并非不懂文化，不是浅薄，不是无知，不是心血来潮，而是一种新的价值意向。他们正是在古典的优雅的文化之中浸泡得太久后产生这种反文化情绪的。他们反对的是文化对人性异化的负效应，而决非取消文化、抹杀文化。只有在这样意义的基础上，我们才能认识第五代“反文化”的价值，而不去计较他们行文的模糊与语词的不当。他们抵触历史、文化，实际出于重构“人”、完善“人”的意愿。

这本身就是一个独特的文化现象。因为这几年来“文化热”的温度越升越高，但第五代从出现那一天起，便开始抨击“文化”、拒绝“文化”、声讨“文化”，成为整个人文科学文化热潮的一股逆流，成为非常醒目难解的现象。

> 也许他们是非文化的。
> 也许他们代表一种新文化。

E. 语言的自觉

任何艺术革命最终要落实到语言革命上，失去语言变革的文学运动将是价值性虚弱的，不能成为真正推动艺术发展的喧闹。诗歌革命的外在标志便是语言的新异与“怪诞”，以一种新颖的不合常规的富有弹性的语言去取代那些已经程式化的有些硬化的传统句式与语法。郭沫若、徐志摩、戴望舒、李金发如此，北岛、舒婷、顾城、江河、杨炼亦如此，而新近出现的这一代自然也是如此。第五代诗人采用与他们审美理想与审美观念相吻合的语言手段，以语言自生的形态泛示内在的心态，忽视语言的逻辑意义，而强调语言的语感、句感、语势。超越派宣言之一便是“利用诗歌振荡圈的力量，改造汉语约定俗成的旧格局”，充分体现了一种语言的自觉意识。只有树立了语言自觉意识的诗人，才开始进入诗歌艺术的真谛与内质。法国著名的现象学派美学家杜夫海纳认定：艺术的语言并不真正是语言，它不断地发明自己的句法。它是自由的，因为它对自身说来就是它自己的必然性，一个存在的必然性的表现（详见《美学与哲学》）。这样的前提之下，我们才可能理解这一代人对诗歌语言“语态—心态”，而不会去从语义学、语法学、词汇学、逻辑学、修辞学等角度去衡量检测他们。

a. 意象淡化与口语化

在北岛、舒婷他们那里，庞德、艾略特被稔熟化为中国的诗体，在阅读时，我们会时时承受着因意象高密度的组合与瞬间变异所带来的一种聚力的冲击，骚扰着、调动着我们的视觉、嗅觉、听觉、触觉、味觉，我们不得不以身心感应他们用意象编织的“万花筒”。甚至可以这样说，意象诗自五四发端到北岛们手里已经成熟，已进入高峰。

第五代必须寻找新的路径，才能超越北岛们，才能超越意象诗。于是，口语成为一种反意象的锐利武器。

口语化是诗歌发展过程中经常碰到的老问题，从白居易倡导“新乐府运动”到黄遵宪提出“我手写我口”，一直到胡适《文学改良刍议》中的“八事”，都反复提出口语入诗的问题，但真正口语到什么程度，并没有什么清晰的分界线，以至“口语”过一段时间又被“书面”语挤跑。王小龙指出：“新诗必须是白话文的新诗。再也不能容忍那些标签似的术语，褐色的成语，堆砌铺张的形象和充满书卷气、脂粉气的诗。我们希望用地道的中国口语写作，朴素、有力，有一点孩子气的口语，强调自发的形象和幽默，但不过分强调自动作用，赋予日常生活以奇妙的不可思议的色彩。”由于反历史、反文化倾向的支配，第五代诗人开始从舒婷、北岛那意象的华丽构筑中走出来，而以一种纯口语、纯世俗的语言方式参入诗中。以“新口语派”作为群体的名称，以口语的纯净、冗杂、简实当作审美的标尺，他们这样写人生：

很多年屁股上拴串钥匙裤袋里装枚图章／很多年记着市内的公共厕所把钟拨到七点／很多年在街上吃一碗一角二的冬菜面／很多年一个人靠着栏杆认得不少上海货／很多年在广场遇着某某说声“来玩”／很多年从十八号门前经过门上挂着一把锁／很多年参加同事的婚

礼吃糖嚼花生……

——于坚《作品第 52 号》

那种朗朗上口、铿锵有力的韵律感、节奏感消逝了，那种优雅的华美的字眼消失了，紧密、跳跃、蒙太奇镜头式的意象淡化为一件件生活细节的叙述，哲理式的故作高深的警句融化在一片平实、平淡的语态之中，然而，从这“态”中我们可以看出自己的影子来，好像在叙述自己经历的事情一样，不仅观照出作者的心态，也可以观照出自己的心态。

这种“语态——心态”的语言结构方法，舍弃意象叠加、闪烁、蒙太奇剪接、变形的手法，而追求表现语言的语感、语调、语势，以一种特异的语态，体现作者特定情境下的心态，因而散文化的笔法便开始浸入到诗的语言组织手段中。

b. 冷抒情与叙事性

在北岛、江河、杨炼、顾城那里，热情的抒情被称作为古典的浪漫主义，直接赞美、直接讽刺、直接愤怒、直接悲伤、直接欢乐被讥为“口号”“标语”“大白话”，他们要把情感掩埋在意象的繁复的结构之中，在朦胧、闪烁、飘忽、晃荡的意象之中蓄贮着情绪的热流。而到了这一代手里，“抒情”开始又得到了运用，但不是那种热烈、明朗、单纯的抒情，而是以“冷抒情”的手法，把很热烈很激动的情感用一种极为平淡、极为冷静的口气叙述出来，避免抒情诗那种常见的、有气势的句式，叙述性的因素大为增加。贝贝这样写道：

有一个默许总展示不了 / 于是一个人病了 / 又有一个

人病了／然而窗子总不见亮光／四季没有病／终于有蝙蝠扑着翅膀／总算捎上点星光了／没有目的笑最纯真／而默许就是阴谋／于是病毒开始流行了

这是一首题为《默许》的诗，全诗除了“没有目的笑最纯真”一句尚有一些哲理点题之外，全部用平淡的叙事性的句式表示，“冷抒情”的手法用得纯熟自然干净。“默许”，作为诗人内心渴望、期待、呼唤的寄寓，理应是充满热情与焦灼，由于以这样一种冷抒情的方式抒写出来，反而具有测不准的抽象意义，获得更深邃的感情空间。为了说明冷抒情与一般抒情的区别，下面引舒婷一首比较著名诗中的一段来比较一下，就更容易把握一些：

也许有一个约会／至今尚未如期／也许有一次熟悉／永不能相许／要哭泣你就哭泣吧，让泪水／流呵、流呵，默默地

情感似乎有些类似，但作为抒情方式显然是不同的。

冷抒情的外在特征便是诗的叙事性得到了加强，他们用口语去叙述事情的一个横断面发生过程，而不注意事情的前因后果。由于叙述性失去音韵、平仄、节奏，这些外在语言特征失去了，他们便特别注重语音的语感、语调、语势、语态，总是耐心寻找语感，有了“感觉”，语言便气韵通畅，心态潸然生发出来。而语态的获得似乎需要更为敏锐、更为灵捷的艺术感觉。

c. 模糊性

北岛、舒婷他们最初出现，被称为“朦胧诗人”，朦胧即模糊。

北岛、舒婷的“模糊”往往不在于语言本身，而在于他们意象叠加之后变得多元，形象变得丛生了，给单向审美尺度的把握增加了难度。近来随着审美视野的开阔，审美尺度从单向转为多向的综合，“朦胧诗”的朦胧度在减小，在消失。可见“模糊”在审美过程中也会发生变化，也会变得清晰起来。第五代的模糊在于句式本身，有时是出于他们的主观意愿，他们当中有人主张“反规范的张力语言”，他们放任想象，他们“崇尚大自然的生长方式”。“坐在地面上，有炎热干燥的感觉／我在东方的草坪上读书／我发现前后二十个世纪不论证／他不论证。”（余刚：《夏天的感觉或冥想》）这种模糊是因为语言的视角变换太为频繁，有点前言不搭后语，也许正是“感觉”与“冥想”组合的本态。“你和我各人各拿各人的杯子我们各人各喝各的茶我们微笑相互点头高雅我们很卫生各人说各人的事情各人数各人的手指各人发表意见各人带走意见最后各人走各人的路”（梁晓明《各人》），每个句子都很明白，句与句之间也能连贯承接，但整体上把握时我们便会出现模糊的感觉：说的什么呀，不就那么一回事么？好像是，好像不是。作者正是故意模糊各人的特性，体现出一种集体无意识的心态，“模糊”在这里有着一种特异的效应。

关于“模糊”在审美价值上的意义与作用，已有人作了较为详尽的论述，我不想重复了。毋庸讳言，第五代语言的“模糊性”都是内心态势模糊的折射，他们迷惘、不解、迷乱、多变全都体现到语体上，表现出他们把握世界的一种重要方式，人类认识史是确定、精确思维的线性的积累过程，模糊性是人类智力由低级向高级向无限发展的必经阶段。而语言的模糊性正是认识的模糊与不精确所决定的。而诗歌由于本身是非精确化，许许多多的优秀诗篇因为语言模糊而给人无限想象的空间。我们既不苛求古人，既不责怪李商隐的模糊，何必用精确这把非诗歌标准的尺子去衡量这一群青年人呢？

F. 悖论：组合的不规则与规则的不组合

对第五代的描述是非常困难的事情，它的无序进展，它的宗旨混杂，它的千奇百怪，给研究带来一片眩惑与动荡，即令最严密最高明的理论家也无法十分精确地把握正在动态发展的这股文学潮流。我所见到的，只是我见到的感觉到的“第五代”，并不涵盖第五代的全部，也不涵盖其他研究的视角。既然批评是一种选择，我上面所描述的现象也就选择了我。但由于第五代这个庞大的诗歌群体并没有按照一个既定的模式组合，它内部就非常混乱，而由于各自宣言主张的相异、相背、相对、相反，整体地看就更不规则，与上述的概括相背离。我也就不妨择其较有代表性、针对性的几点录于下面，以便有一种整体感。

a. 对东方文化的寻究

这一群人数很不少，南京的“东方人”群体宣称“基于东方艺术直觉的自我感知与深层抽象，体现万物整体冲动的宇宙意识和神秘飘逸及复归自然的艺术表现，以东方特有的悟性，去发掘东方人的人生意识、伦理意识、审美意识和东方气质”。与之宣言相似的有湖南的“东方整体思维空间”诗歌群体，也要求“东方感”。比他们走得更远的有“求道诗”“卦诗”，较有影响是岛子的“太极诗”：“杂于‘一’而纯于‘一’”。他们都刻意寻求东方神秘文化的底蕴，对传统文化有着浓厚的兴趣。

这一批人都是江河、杨炼那种史诗风格繁衍出来的，他们当中有些人的诗篇明显在模仿江河、杨炼的诗风，他们对第四代诗人并不抱十分反对的态度，而想在江河、杨炼的气韵之后并注意摆脱影响建立新的诗风，有的则因袭江河、杨炼诗中那种玄妙、虚空的成分走得更远、更艰深、丧失了情感的热烈，变得有些冰冷（里外皆冷），理性的色彩、文化的色彩代替情感的运动，陷入宗教与哲学形式的深潭之中。

他们愿望良好，宏图远大，冀望中国诗歌早点进入世界，而忽略进入世界并不是进入历史、进入文化、进入传统，他们过多注重东方文化的形式，而忽略内质，在古老的外壳之中仍然灌输古老的感情，只能在自我封闭之中走向消亡。他们有些人已经开始反思，廖亦武这样说："我们否定旧传统和现代'辫子军'强加给我们的一切，我们反对把艺术情感导向任何宗教和伦理。诗人矛盾交织的肉体就应该是一部独特的艺术史，一个特殊的传统。因为他在揭示自己的同时，揭示了时代的共同困惑与必然归宿。"

廖亦武对"寻根"诗派的批判虽然激烈但并没有力量，事实上也不必将这些追求"东方感"的诗歌全部消除，也许在涅槃之后，他们更容易走向世界。

b. 对哲学形式的兴趣

随着生命意识的强化，对生命的兴趣和奥秘的探寻已不满足于既有表象的、感觉的层次，而企图进行理性的升华，企图升华到哲学的境界。这应是文学发展的良好兆头。缺乏哲学意识观照的文学思潮，很难取得有突破性的进展。我们也不必去统一他们各自的哲学背景，而任其选择、淘汰、发展，东方的，西方的，古老的，现代的，都可能成为核辐射的能源。

我们必须反对那种对哲学形式的盲目寻求，哲学意识之于诗，应该是河水，是血液，是气韵，而不应是河岸，不应是血管，不应是框。那种把哲学意识与哲学形式混同于一体的做法，实是把诗等同哲学。在这些诗作中，感性被形式吮吸干净，理念的载体大量涌入诗的河床，在一些玄而又玄，虚而又虚，不可捉摸的哲学概念堆砌的迷宫中，读者感性的触角萎缩了，仿佛在训诂，仿佛在读枯燥乏味的经书。

这在一些“寻根”诗中尤为突出。

c. 宣言与创作的落差

这一现象，简直是哲学上的二律背反。一些诗人的宣言写得漂亮、精彩，富有独创的个性，但他们的诗作与宣言的距离都十分突出，有的宣言与创作正好相反；有的诗作与宣言距离相差甚远；有的宣言反对的正是诗中所称赞的；有的反对别人也等于反对自己，因为他树立的旗号等质于所要推翻的旗号；有的宣言写得模棱两可、词不达意，而诗作十分出色；有的则几乎没有什么特色，却故意哗众取宠，打出什么旗号，反而令人失望。即令较为突出的叫“非非主义”群体，他们的理论主张与诗作亦有着明显“级差”，这是共同存在的流行的弊端。因为一些诗人理论上的准备不足，一些人诗作的平庸，一些人气质上的一般，这是因为本身都是松散的组合，便出现了这么混乱、热闹的局面。我们也未必苛求，想当年，“文学研究会”“创造社”的宣言也不用来衡量每个作家诗人。

只要写出好诗，宣言是次要的。

那更应是理论家的事情。宣言的严密精确、系统反而会成为一种束缚，一种自制的锁链。

还是要写出好诗。还是要“创造迄今中西方诗坛都同样陌生的美”（超越派宣言）。

倘若没有超越北岛们的好诗，他们依然是过渡的一代。

并非结语

1

这是一个寻找形体而又失落形体的季节，这是一个回归自身而又走向群体的年头，这是一个归根而又失根的时代。

2

现在需要重新开始。

透明的红萝卜

——顾城诗歌的悲剧性

莫言生于一九五六年，顾城亦生于一九五六年。他们之间并没有多少联系。莫言的成名作《透明的红萝卜》里有这样一段描写：

> 黑孩的眼睛原本大而亮，这时更变得如同电光源。他看到了一幅奇特美丽的图画：光滑的铁钻子，泛着青幽幽蓝幽幽的光。泛着青蓝幽幽光的铁钻子上，有一个金色的红萝卜。红萝卜的形状和大小像一个大个莱阳梨，还拖着一条长尾巴，尾巴上的根根须须像金色的羊毛。红萝卜晶莹透明、玲珑剔透。透明的、金色的外壳里苞孕着活泼的银色液体。红萝卜的线条流畅优美，从美丽的弧线上泛出一圈金色的光芒。光芒有长有短，长的如麦芒，短的如睫毛，全是金色……

这一意象，众说纷纭，莫衷一是。其实，这是一种悲剧性的象征。也许，乍看起来，似乎关联不大，但当你阅读过顾城的诗集《黑眼睛》之后，就会对那悲剧性的特征有比较深切的理解，甚至觉得顾城就是小说中的黑孩，两者竟是那么的默契，黑孩的所有视觉、感觉、触觉、嗅觉、幻觉……都在顾城的诗中得到了具体的简洁的演绎与表现。

在阐释顾城诗歌的悲剧特征之前，有必要先将其悲剧性这一范畴的内在指向表述一下。悲剧是古希腊时期的产物，悲剧性是亚里士多德时期美学思想的结晶。这不免显得传统而原始，似乎与顾城诗歌的现代性超前性相背离。本文在这里所使用的悲剧这一范畴，已不是古希腊的形式与内容了，它的悲剧性表现为在承认人类命运具有悲剧性一面的前提下，从一个更广泛的意义上、从人类精神生存形态的关系之间来探索的诗歌美学特质，通过这种特质在现代悲剧性发展过程中的价值，可以察看现代悲剧性的存在的某些特征。

正如黑孩奇特的目光一般，顾城诗歌的悲剧性也在于：

黑夜给了我黑色的眼睛，
我却用它寻找光明。

这首题名《一代人》的两句诗是顾城的成名作和代表作，甚至成了顾城乃至成为朦胧诗潮的代名词。很多热情的评论者和读者都喜欢引用这两句话，尽管理解的程度不同，但确实说明这两句诗有着较为深厚的底蕴。在我看来这两句诗的悲剧性意蕴首先体现在环境的非历史性非正常性上，“黑夜”，这一意象笼括了广阔而无定性的时空，隐喻一种不正常、不人道的年月与环境，这本身便是一种历史发展过程中的悲剧，“给了我黑色的眼睛”，正是这一悲剧性向前发展的结果，悲剧的承受者是“我”，因为在“黑夜”与“黑色的眼睛”（“黑夜”的派生意象）之间是由“我”来连接，而“我”

则被动地成为这场灾难的承受者，“黑色的眼睛”实际上是一种“异化”的具象形式，这已经深入到人与环境的不可调和的悲剧之中。尤其是人的被动受控而无力摆脱的困惑，涉及人类生存形态的选择与超越。但更为深刻的悲剧意味在于“我却用它寻找光明”，乍看起来，有着一种敢于向“黑夜”叛逆、寻找光明的精神，可是，所使用的武器——“它”依然是“黑夜”的派生物，这似乎预示了这种寻找势必会陷入一种新的悲剧之中，而“我”将永远这样处在一种不可解脱的循环往复的悲剧性之中。这一悲剧性的循环揭示了人能够实现自我，人不能够实现自我这种二律背反，这几乎已成为人类精神生活一个永恒的悲剧情结所在。这实际构成了顾城悲剧最主要的形式结构，作为一种总体的情绪意象和精神指向，却是客观存在的。十年动乱的阴影是顾城诗歌悲剧产生的重要因素之一，在那些非常的岁月里，环境扼制人性的正常健康发展，“黑夜”粗暴地鞭挞童心，“天变了颜色／变成可怖的铁色”“一切都在绝望、抛弃、争夺！”（《北方的孤独者之歌》），少年时代的顾城本应活在充满色彩、充满温馨、充满歌声的世界，本应该享受童年所应有的欢欣与愉悦，但是，当时尖厉的口号早已代替了温柔的童话，疯狂失态的排笔（那时是排笔使用率高的时期）早已挤走了瘦弱的蜡笔：“我没有领到蜡笔／没有得到过一个彩色的时刻／我只有我／我的手指和创痛”，出生在顾城前后的人们都经历过这一苍白的童年生活，这是整个时代的悲剧与痛楚。在这样的特定情景之下，顾城渴望：

我想在大地上
画满窗子
让所有习惯黑暗的眼睛

都习惯光明

这种善良的祈求充满了强烈的悲剧性，表面看来对异化人主体的社会条件与环境的反抗虽然不那么有力，却异常深刻和震撼人心。“让所有习惯黑暗的眼睛／都习惯光明”，但在不去简单谴责外在环境的同时，却表现了一种对自身自审与自责的愿望，这些“习惯黑暗的眼睛”为什么会“习惯黑暗”而不能“习惯光明”呢？这种追问把对十年动乱悲剧性的谴责与探讨推向了更高的层次。

对于邪恶、丑陋、黑暗，顾城似乎不像北岛那样以斗牛士的风采高喊“我不相信”去进行抗争，舒婷称这位童话诗人“你的眼睛省略过／病树、颓墙／锈崩的铁栅”。顾城自有自己的理想世界，这个世界是以童心为准则，以童话为中心的天地，是由星星、紫云英、蝈蝈、风筝、钓鱼竿、露珠、雨滴等组成的“净土”，有点类似法布尔所营造的昆虫世界，也有点像安徒生笔下的童话天地，总之充满温暖的人性和柔情，绝不允许暴力和邪恶的存在。因此，顾城总期望用这些纯净的诗情与善良的愿望去洗涤丑恶，去感化、净化邪恶者本身和环境，有时则近乎偏颇与执拗，他认为：“一个真正艺术家的武器，主要的不是剑，而是玫瑰，用美去战胜丑，用高尚战胜庸俗，从而变革我们的民族精神。”(《给（音乐生活）编辑部的信》）即令如此，有时也不免愤怒和失望，因而笔下也便出现一时颇为人们诟病的“戴孝的帆船，缓缓走过，展开／暗黄的尸布”(《结束》）之类词句，其实联系顾城诗歌审美特性来看，顾城实际上是一种对扼杀人性的环境的批判与谴责，“尸布”在这里暗示一种腐朽的衰败的旧势力，隐喻几千年中国封建文化传统。而不必去把它与“长江——母亲”或中华民族的象征这样一个习惯性的象征联系起来，因为山水草木本身并无什么政治意义在那里，倘把“江”比作“尸布”便是对祖国山河的丑化，那么诗人又何敢因自己的喜怒哀乐而将山水拟人化呢？应该看到，顾城在这里依然展现的是一种人与环境的悲剧，人不能摆脱又难以改变环境而必须受制于环境，“我将被世界决定／却从不曾决定世界”（《也许，我不该写信》），便构成了顾城一系列以十年动乱为背景的诗篇的悲剧性的真正内蕴。

顾城老是想回避现实生活的矛盾与冲突，而企图回归到大自然的明朗与亲切之中，但人与自然也并不是能够全部和谐地相处，人与自然之间时时发生着悲剧，当顾城把整个交付给自然的过程中，自然也以另一种内在的强大力量制约着人。“我把我的足迹／像图章印遍大地／世界也就溶进了／我的生命”（《生命幻想曲》），自然与人是亲切的、和谐的，更是充满诗意与温情的，但另一方面人又受控于自然：

太阳是我的纤夫
它拉着我
用强光的绳索
一步步
走完十二小时的绳索
我被风推着
向东向西
太阳消失在暮色里（《生命幻想曲》）

人不得不又陷入另外一种悲哀之中，“太阳”和“风”这些自然的派生物竟“拉着我”，而“我”也居然毫无抵抗被“推着”，“我”丧失了主体独立的自由，生命的灵性为自然的灵性所代替、湮没，人与自然关系的悲剧性在这里得到了展现。

但自然在顾城的诗中有时还是带有一层理想光晕，尤其在与不合理的社会存在对比时，自然与人的亲切和谐，便可显出可爱与迷人之处。顾城的诗歌更多是通过在那些年代里人际关系的隔膜、冷淡、误解来表现人们精神的悲剧性。《远和近》便显示出人与人之间相互陌生的情感经验："你／一会看我／一会看云／我觉得／你看我时很远／你看云时很近"。这首诗里有两个视角存在，一是"你"的视觉，一是"我"的视角，以"云"这一个自然的象征物来作为两个视点的交接点，从而深刻揭示了人类作为独立存在的个体之间一种难以沟通与理解的痛苦，由于两个人的视角（实际是情感经验）的存在，"你"亦感到不被理解而觉得"我"很远，"我"亦感到"你"离"我"很远而离"云"很近，这使诗歌超出了那种单向的心灵的痛苦的流露方式，把人类情感的悲剧性推向一种更广泛的范围。《山影》可以作为《远与近》的补充与丰富："两个自由的水泡，从梦海深处升起……朦朦胧胧的银雾，在微风中散去。"这种境界与《远与近》极为相似，只不过后面两节写得明朗一些："我像孩子一样，紧拉住渐渐模糊的你。徒劳地要把泡影／带回现实的陆地"，这实际上是《远与近》情感悲剧的演绎。一些描写自然景物的诗篇，也深深隐含着对人难以理解的悲哀与伤感：

山影里，
现出远古的武士；
挽着骏马
路在周围消失。

他变成了浮雕，

变成了纷纭的故事，
今天像恶魔，
明天又是天使。

“山影”的整个复杂性一方面不单源于视觉的差异，而在于本身就是“纷纭的故事”，“恶魔”与“天使”的对立性和不相容性出现在“山影”这一“武士”身上之后，便冷酷地展现了人类情感的复杂性悲剧性。由于“恶魔”与“天使”的模棱两可，顾城终不能永远沉浸在童话的幻景里，他忧郁地感叹“我失去了把你唤醒的语言”(《那是冬天的黄土路》)，在这种情形之下，诗人甚至认为那些武斗中牺牲的红卫兵“是幸福的”，“因为大地不会流动／那骄傲的微笑／不会从红粘土中／浮起，从而消失十一月的雾雨／在渗透／也会滤去／生命的疑惑／永恒的梦／比生活更纯”，显然这种“幸福”不是红卫兵的行动与结局本身，而是那种纯真的情感，“永恒的梦”。顾城诗歌的情感深度就在于此，貌似逃避人类社会的种种灾难与不幸，而沉浸到大自然中去，实际上或以自然为表象隐喻这种悲剧意义，或以与自然的融洽和睦来反衬人类深层情感的痛楚。笼罩着顾城诗歌的有一个更为巨大的悲剧之灵，这便是顾城对整个人类生存状态感性的思考，他把整个人类的生存状态置于时空尤其是时间之中表现，以寻求其存在的位置。顾城的时间感特别强烈，在《黑眼睛》中直接以时间为题旨的诗篇便有《十二岁的孩子》《白夜》《生日》《等待黎明》《老人》《暮年》《倾听时间》《许多时间，像烟》等，成为诗人情感的敏感区域。“钟滴滴答答地响着”“这些时间／像吐出树胶，充满晶莹的痛苦”(《倾听时间》)，四季的循环重复与早晨与夜晚的更替变换，都会引起诗人的灵性与冲动，“日蚀后／嗡嗡逃走的光线／使人想到／一个注满了蜜的蜂巢”，从而产生对生命的依恋与怅惘，“在每天都越过的时刻前／你停住了／永远停住／白发在烟雾里飘向永恒／飘向孩子们晴朗的梦境”，生命不论如何顽强，人不论如何的英勇与智慧，但最终终究摆脱了时间的销蚀，最后融化到广阔的无限之中。面对这种不可解脱的人类生存的格局，顾城曾问道：“我到哪里去呵／宇宙是这样的无边”（《生命幻想曲》），但是，“太阳去追赶黑夜／又被另一群黑夜／追赶”（《案件》），人类注定在这样一个悲剧性的圆圈中行进。但是顾城并不是一个悲观主义者，他在清醒地认识了动乱年代人们生存状态的悲剧性之后，没有消极，而是似乎更加珍惜生命的价值，“让我们一路上叽叽喳喳／像小鸟那样去热爱生命”，“我要唱／一支人类的歌曲／千百年后／在宇宙中共鸣”。可见，顾城是一个积极的入世的乐观主义者，他通过人与自然、社会、时代以至整个宇宙的悲剧性的关系的思考后，实际上提出了“人在怎样的意义上才是实现了自我？”这样一个令人困惑的问题。顾城在诗歌中更加执着于对人的灵魂探索与表现上，他认为“大诗人首先要具备的条件是灵魂，一个注视着酒杯、万物的反光和自身的灵魂，一个在河岸上注视着血液、思想、情感的灵魂，一片为爱驱动、光的灵魂，在一层又一层物象的幻影中前进”，“他无所知，他无所求又尽求，他全知所以微笑，他尽求所以痛苦”。顾城诗歌的深刻就在于表现了人能够实现自我和不能实现自我二律背反的灵魂的悲剧时，以其情感的深度显示出厚实的哲学意蕴，从而反射出了现代精神与当代意识的光泽来。乃至于在某种意义上会促使悲剧这一美学价值在一个新的范畴之中活动，当然这还有待于时间的检视，像今天所有作家、诗人的作品一样。

顾城的诗歌是晶莹的世界，泛现出一种迷人的艺术光彩，给人以淡雅无瑕的透明感。诗人自己把这种诱人的艺术风度称为“光辉感”，并声称孜孜以求这种“光辉感”。“透明感”也好，“光辉感”也好，都是一种纯粹的美。这种纯粹美的表现因其风格鲜明独特而成为当代诗坛的奇葩异树。

顾城诗歌独特的艺术风貌和美感内涵首先体现在他所依赖的艺术视角上。每个作家、艺术家都应有自己的独特的艺术视角，用这样独特的视角去观照生活和表现情感经验才有可能获取新鲜的艺术美感，才能建立富有个性的艺术天地。当然，富有独特性的生活经验与情感经验也在一定程度上帮助作家寻找到合适的艺术视角，在一个合适的视野里，作家才会发现自己、表现自己、得到自己。由于童年和少年时代的特殊的生活经验与情感定式，顾城选择（准确地说不是选择，而是自然出现，因为顾城起初写诗是以直感的把握和表现，并未进行某种方式的挑选）童心的视角，以孩童那种天真单纯的目光去感受世界、表现世界的。于是，顾城的笔下常常出现那些成人所难以看到的童话世界：“树枝想去撕裂天空，却只能戳了几个微小的窟窿，它透出了天外的光亮，人们把它叫作月亮和星星”(《星月的来由》)，这种大胆的联想明显流现出童趣的稚拙，很容易使人想起安徒生笔下的某一画面。但顾城在这貌似童话的诗篇中隐寓着光明终将战胜黑暗的内涵，当然顾城的“光明”毕竟来得单纯而迅速，不像北岛那样以血淋淋的笔墨去展现现实的苦难与理想实现的艰难：“从星星般的弹孔中流出血红的黎明。”北岛是从一个坚毅的英雄主义者的视野去看待生活，顾城更多的是展现给人们温暖、希望、光明，而把血腥、黑暗、丑恶，淡化为一个背景来映衬理想的高尚、明亮。因为他是“一个长不大的孩子”。

童年时代的精神经历，影响着诗人整个诗歌创作的情绪谱系的构成。因为最初的情绪记忆都是由此而来，没有形成某种情绪趋向，而童年的精神经历往往积淀为一种“心理定式”，并构成记忆的河床，制约后来的情绪记忆与贮存。具体阐释顾城诗歌童年视角的形成将涉及更多的内容，亦不是本文所能完成的，这里只想引一段顾城在《剪裁的自传》中有一段话说明了童年精神经历对诗人的影响：“就是这本幸存的《昆虫记》，使我一夜之间，变成了狂热的昆虫爱好者。上百万昆虫，构成了一个无限神奇的世界——金龟子身上黄金的光辉，知了背上黑陶的色泽，瓢虫和蝴蝶身上怪诞的图案，每夜都在我的梦中浮动……”难怪顾城的笔下会出现竹节虫、树熊、蚂蚁、蜜蜂、蝴蝶、食蚁兽这些细小的生灵——也就难怪一九八六年冬笔者与他见面不久，他便拿出他那翻阅无数遍但仍然保藏得很好的小册子：法布尔的科普读物《昆虫记》，不是诗，不是散文，不是音乐，也不是美术，然而，却是童心的世界，艺术的世界，顾城便是由此而启航的。

童年视角更多意义上是属于一种抒情技巧与叙事技巧的范畴，并不是采取童年视角都可以获取顾城那种童心的透明与纯净。与顾城同龄的小说家莫言在借助童年视角叙述小说时实是以历史老人的眼光来描写生活本身的，便获得了另一种境界，这显然与各人的心理状态与艺术感觉有着十分密切的关系。顾城艺术感触异常灵敏，灵敏得几乎有些神经质，他的纤细和敏锐的感觉委实是一个早熟孩子而不能走向更成熟的心理异常症状，虽然笔者未曾对顾城做过心理调查，但至少他的诗浮现了这么一种心理状态。而这种特殊的艺术感觉正由于他充分建造他的“童话世界”“梦幻世界”。这样一首诗可以用来概括顾城的艺术感觉特征：“天是灰色的／路是灰色的／楼是灰色的／雨是灰色的／在一片死灰之中／走过两个孩子／一个鲜红／一个淡绿”（《感觉》）。“孩子”的“鲜红”与“淡绿”

便是活跃在顾城诗歌中的不安宁的精灵，“鲜红”是那种敏锐瑰丽的艺术感觉，“淡绿”是那种透明的美丽的童话境界。因而顾城诗歌的联想往往奇突而给人一种清晰感和亲切感。像《我是一个任性的孩子》：“画下一个永远不会流泪的眼睛”；由眼睛联想无云的晴空——“一片天空”，由眼睫联想到天空边缘的合欢树、树上的鸟巢——“一片属于天空的羽毛和树叶”，再由鸟巢想到鸟群归来，天暗下来，在树林的浸泡下发绿，由绿想到绿苹果，“一个淡绿的夜晚和苹果”。像写红卫兵之墓的《永别了，墓地》里的“空蛋壳似的月亮／它将在那里等待／离去的幼鸟归来”之类的诗句都在于诗人以童话的思维方式去表现自己独特的情感世界。顾城以一种近乎偏执的天真充分表现他眼中的心中的梦幻的世界，他丝毫也不顾及这种梦幻境界在生活中不能存在，丝毫也不理会他的童话天地早已随年月的消逝而消逝，但正因为这种执拗与认真，也正因为这种思维的“不成熟”，这种艺术感觉的“病态”，才会出现这么一个风光绮丽，色彩透明的艺术晶体。

作为朦胧诗的代表人物之一，顾城最初写诗便是从自我的艺术感觉出发，并不追求理性的意义，纯粹是表现感性价值。后来又接触了现代诗歌理论，追求艺术的“全息通感”，从中获取不少的启迪，但他不单纯学习外国现代派诗歌的技巧，而是纵深地吸取中国文化、中国艺术的养料，以获取民族的精神、东方的气质。他在诗集《黑眼睛》的代后记《诗话录》中明确表白，“我喜欢古诗，刻满花纹的古建筑，殷商时代的铜器；我喜欢屈原、李白、李贺、李煜，喜欢《庄子》的气度、《三国》的恢宏无情、《红楼梦》中恍若隔世的泪水人生”，从这段话可能看出，顾城对中国文化、中国艺术、中国诗歌的理解与鉴赏，不是囿于既有的外在的形式的外壳，而是感悟到一种境界、一种精神、一种气度，并融化到诗歌创作的实践中加以发挥、张扬、具现。他的《远和近》《泡影》《小巷》《祭》《感觉》《弧线》《再见》《规避》等短章隐约可以窥视出中国古诗绝句听持有的风韵，那种简洁、明朗的语态与含义颇为深厚的内蕴的结构方式，使我们品尝到唐人绝句的余音。有的意旨也似乎由唐诗触发起来的，像《祭》：

我把你的誓言
把爱
刻在蜡烛上

看它怎样
被泪水淹没
被心火烧完

看那最后一念
怎样灭绝
怎样被风吹散

诗的情感内蕴显然是受到李商隐“蜡烛有心还惜别”诗句的影响，但顾城以“反弹琵琶”的方式来展现爱情悲剧的幻灭与消逝，更深刻地表现人生悲剧的彻底性。“蜡烛”是我们中国古典诗词中常见的意象，在顾城的审美观与悲剧观的映照下，生发出新的光辉和气象。

顾城诗歌还渗透着中国山水画那种简约、婉转、散发的文化精神。他和北岛都注重瞬间感受的把握与表现，但北岛在组织意象时往往找准一个历史的横断面作为背景然后将意象按照情绪的秩序组织起来，以生出多层次的审美空间来，获得电影蒙太奇的剪接与流动的效果。而顾城对瞬间的敏锐程度有时比北岛还要纤细，但他却采取中国画“散点透视”的方法来寻找意象，布置意象，他并不刻意营造意象的密度与层次。而以几个单纯的相互孤立的意象来组合成异常空灵的境界，因而诗的空间非常广阔，“计黑守白”，深得中国文化所特有的审美底蕴。《港口写生》里几乎平面地描摹港口“黎明的船队”“弯曲的锚链”“水鸟”“大鹅”“帆樯”等海上景象，相互之间似乎并无多少联系，极似淡墨的空白很大的山水画，淡泊自然，情趣如水，但诗人淡淡的笔墨下面却隐藏着“在这休息的灵魂／总缺失眠的痛苦”这种体验人生、体验生活的入世的内心衷曲。被人们争论不休而列为晦涩诗之一的《弧线》，也是这种散点透视的代表作：

鸟儿在疾风中
迅速转向

少年去捡拾
一枚分币

葡萄因幻想
而延伸的触丝

海浪因退缩
而耸起的背脊

它不讲究比例，不追求层次，不问逆光还是正光，纯粹是中国山水画的构图方式，空灵而富有韵致，亦不过是“枯藤老树昏鸦”另一种变形方式而已，但由于灌注了特定时代中人在社会和自然面前的异化感、失落感以及自然在人和社会的作用下的异化和失落这种双向同构的复杂的悲剧情态，便使人有些难以捉摸和理解。另一方面，由于诗人以童话的透明和优美来组织这一系列意象，也影响了读者对“异化感”的理解（因为“异化”一般来说该是比较可憎、可厌的），而诗人越是将其写得美丽多姿，愈能增强其悲剧的力度和强度。“以悲景写乐，以乐景写哀，倍增其哀乐”（工夫之语），乃中国诗歌之惯技也。

但顾城毕竟是一位现代诗人，他往往在中国诗歌情感框架之中倾注现代社会生活中所具有的感觉，在童话这一片明朗的天地里包裹着现代人在社会生活中产生的某种荒诞感、孤独感，由于那种抽象、变形的幅度并未影响到整体上的透明度与晶莹感，反而加深了诗歌的悲剧感的力度。像《自然》《灵魂有一个孤寂的住所》《硬币中的女工》等近作都以一种抽象、变形的艺术方式来表现生存的孤独与荒诞。“我喜欢一根投出的长矛／一棵树上的十万片叶子／大地密集的军队／他们在狭长的路上露出脸来／沉甸甸地晃动着鸟巢的旗帜／这就是生命失败的微妙之处”（《自然》），使用的具象依然是透明的充满童话色彩的，但进行审美的总体把握时便发现这是极其荒诞的超现实的非理想的境界，颇类似毕加索笔下的画面。

因此，一方面钟情于安徒生，另一方面毕加索又以一种潜力支配着他的情绪。近来的毕加索式的荒诞与孤独更多地困扰着他，不让他再唱天真的牧歌和童谣，而早期那种安徒生、法布尔式的思维定式又限制他表现深层的人类感觉，决定他成不了诗歌的毕加索与卡夫卡，所以顾城成了矛盾的载体，陷入了一片深厚的苦恼之中。

鱼肉与熊掌不可兼得，熊掌与鱼肉亦不可兼得。失去了透明的红萝卜便成了普通的蔬菜，失去了灵性的诗歌便唤不起读者的灵性，莫非顾城已经走到了艺术的极致？

辉煌的生命空间

——论杨炼的组诗

七十年代末、八十年代初耸然崛起的那一伙“朦胧诗人”，正一个接一个被人们温柔地、强硬地揭去朦胧的神奇的“面纱”，诗作也被人们进行各式各样的合理的不合理的“破译”，他们当初那股骚动、汹涌的创作激情也似有萎缩，新一代的勃兴向他们提出了严峻的挑战。而在当初并不起眼的杨炼，近几年来却不断上升，诗的话题几度环绕着他，他以一组又一组集束的诗章不断推出新的力作，其创作的气势超过了最初共同“起事”的同代人，成为当代中国诗坛、文坛的较为奇异的现象之一。

杨炼以《大雁塔》《半坡》《敦煌》《西藏》《逝者》《自在者说》等一系列组诗，力图建造现代东方史诗的辉煌宫殿。在“自然、历史、现实、文化”这四度经纬所构成的宏阔空间之中，人们会感到世界的寥廓与深邃，会感到生命无限的伸延。断裂了两千年的东方“史诗”景观得到了延续，屈原的后代们又开始了新的跋涉。

美文不可译。诗更是如此。而杨炼的组诗又是以空间的整体性为构筑的支撑点，拆散本身就意味着一种破坏，这就给阐释提出了挑战。好在批评亦是创造，拆散组合的过程亦是重新创造的过程，倘若因组合的偏差造成的缺憾或又获得了“新的空间”，功过皆归于作者。

“一切，仅仅是启示”

就这样，钢水
深红的血液
沸腾着，注入我的胸中。
金黄的花束和星星
组成一个婴儿最初的笑容
生命开始了——
钟声嘹亮、清澈
像悬挂着露珠的黎明；
早霞在迸溅，
——我站起来
美丽、灼热、年轻……

——《铸》

这是1980年的杨炼：美丽、灼热、年轻，一副毛头小伙子的样子。不久，他变得“古老”了，在“半坡”前停留，面向“敦煌”，到《易经》之中寻找智慧的源泉与思维的动向，体验远古先民的情感的波动，与冥冥之中的神祇对话，创造一个神奇迷茫的艺术世界。

我们对杨炼这一系列组诗进行整体考察与剖析时，就会发现它显现出一条鲜明的“生命—哲学”的思维轨迹来。这条“生命——

哲学”的结构方式使杨炼的组诗充满了浓郁的苍凉的人生体味，显示出深邃的洪荒的宇宙观念，“天似穹庐，笼盖四野，天苍苍，野茫茫，风吹草低见牛羊”，一扫起初那种浪漫的抒情的感伤气息。

哲学意识浸入诗歌创作之中，标明理性的自觉和感性的深入。杨炼直言宣称：“每个诗人都有自己的哲学观。”（《智力的空间》）另一方面又由于诗是活活泼泼的生机盎然的情感的精灵，寻找两者的水乳交融便成了诗人们的长期不息的努力。杨炼则把两者巧妙地建筑在“生命”这个伟大而永恒的载体上，让理性与感性在这个载体碰撞生成出灿烂的情感的火花、智慧的光辉。因而，在陌生的世界里我们找到了熟悉的心灵，在熟悉的世界里又窥见了陌生的心灵，生命带领我们走向自身，我们的自身又溶化在生命的澄净之中。

杨炼的《诺日朗》是一组众说纷纭令人眩目的诗篇。就表象而言，似乎是展现人类情感生活的隐秘内容，颇为一些线性思维的评论者所诟病，但诗人恰恰是超越具象之后获取更大、更广阔的象征意义。有人以“力”的冲突、构成来解释《诺日朗》的总体结构，认为“男神是创造的力”，“女神是承接的力”。这种阐释显然开始超越表象，进入了创作者所建造的艺术结构之中。但仍不能令人满足，这种阐释虽然进入了诗的内部结构，但又未能走出结构本身站在结构之外进行总体的把握。“诺日朗”是九寨沟的一座雪山及瀑布的名称，藏语“诺日朗”译为汉语即“男神”。杨炼选择“诺日朗”作为诗的本体表象，是“诺日朗”为杨炼选择情感的寓象提供了一次良好契机。《诺日朗》充满生命力的骚动，充满对生命奥秘的追寻与探究，对生命的起源、宇宙的起源、人类的起源的兴趣构成了诗的主旋律。《诺日朗》具备现代史诗的格局与气韵，是表现人类生命史、生存史的辉煌篇章。作为“史”的外在结构标志体现在时间的移动，第一章《日潮》里“落日浑圆地向你们泛滥，大地悬挂在空中”，第二章《黄金树》里出现了“夜”“星辰”等具有时间特性的意象，第五章是“午夜”，诗的结尾则以“鸟儿啼叫着”暗示黎明的到来。把人类漫长的、黑暗的、曲折的生命诞生的历程浓缩在一个夜里，是一种艺术的抽象与变形。而对生命诞生的赞美与吟诵则充满了抒情的喜悦：

尊严和性格从死亡里站起。铃兰花吹奏我的神圣
我的光，即使陨落着也照亮着你们
那个金黄的召唤，把苦涩交给海，海永不宁静
在黑夜之上，在遗忘之上，在梦呓的呢喃和微微呼喊之上
此刻，在世界中央。我说：活下去——人们
天地开创了。鸟儿啼叫着。一切，仅仅是启示

诗人让“诺日朗”对人们宣布“活下去”，天地才得到了开创，也就是说，生命开始了。很显然，杨炼在抒写人类生命的史诗时，把生命的创造归结于“男神”并要让“真正的男人”统治世界，潜伏着男性的自尊与自大。这是探索生命进程之外的另一层模糊的思想观念。诗的主体是生命的骚动与存在。

在《诺日期》中，杨炼对生命的体验是依附于自然的客观存在与生理能量的释放，借此对生命的勃发、诞生、出现进行描述与称颂，而《大雁塔》则以深厚悠久的历史、文化为背景，去呈现积淀深厚的民族文化心理结构，作者把大雁塔进行拟人化的处理，赋以生命的意义，并且使之成为文化心理结构的一个具象，一个象征的本体：“我被固定在这里／已经千年／在中国／古老的都城”。

《大雁塔》第二章《遥远的故事》是展现中华民族盛唐时代的

美好的记忆，“紫色的葡萄，像夜晚，从西方飘来／垂落在喧闹的大街上，每滴汁液是一颗星”，“驼铃、壁画似的帆从我身边出发/到遥远的地方，叩响金币似的太阳”。第三章《痛苦》表现的是专制岁月里生命的被戕害、被扭曲。“人”的贬值，“人”的失落，“我的动作被剥夺了／我的声音被剥夺了”，“连影子都不属于自己”。这段灾难的历史既是十年动乱的微型胶卷，又是整个封建时代人的心态的写照。诗人在第四章里继而深思这一民族的悲剧，历史的悲剧：“我被贩卖，我被欺骗，我被夸耀和隔绝着／与民族的灾难一起，与贫穷、麻木一起，／固定在这里/陷入沉思”。浓郁的历史感与悲剧感沉重地融合在一起，怵目动心！对民族文化的负作用力的批判和解剖沉重有力，诗人热情渴望。坚信“我的歌声／将和排成‘人’字的大雁并肩飞回／和所有的人一起，走向光明”，这种对“人”的呼唤，对“人”的重构，实是对生命又一次辉煌的发现，这种价值甚至可能超越《诺日朗》里生命诞生的意义。“人”的出现，实是新的生命的出现！

在《大雁塔》中，杨炼以民族文化的代表物（大雁塔）作为诗歌情绪的载体，倾注了强烈的现代意识和当代精神，这种对“人”的呼唤与重建的主体观念显然是对传统文化的有力反拨与校正。

杨炼并不满足于既有诗作对生命的发现与表现，他要挖掘生命更辉煌、更广阔的空间，他从深邃的东方哲学意识和东方文化艺术之中去重新认识生命真正的存在价值。这便是产生于《大雁塔》《诺日朗》之后的《半坡》《敦煌》《西藏》《逝者》以及巨型组诗《自在者说》，它们都逐渐淡化《大雁塔》《诺日朗》那种骚动不安的力感和强悍之气，归缩于一片宁静淡泊的世界之中。因此开天辟地的盘古，驾着六龙巡天的羲和、补天的女娲，以及蓍草、太极、十二生肖等具有中国文学文化特质的意象开始进入杨炼的诗中。一个在格局上有点神似《荒原》的陌生世界开始出现，屈原那种上穷碧落、下极黄泉的精神又开始游荡，我们被迫随着诗人去体验生命的深远的奥秘，去寻找生命意义的真正所在。

杨炼在寻找生命价值的过程中，一步一步地踏向深邃，一步一步地走向空灵，最终走入了一个空寂无人（不仅无人，而且无物）的境界：无。倘若《大雁塔》仍在历史文化之中去寻找生命的建构，《诺日朗》把生命建立在力的冲突、男性的力量上，《半坡》则把生命的考察推到远古蛮荒的年代，在对先民们生活的种种体验与想象之中，一种复归自然、复归原始的意向黯然滋生。仿佛生命只有在那种没有文化没有历史没有记忆的时代才能得到最充分最理想的张扬与发挥。中国传统文化中的“天人感应”得到意象化的感性的表现，中国古老哲学——阴阳学说、五行学说又开始散发新的生命气息。而《敦煌》《西藏》等组诗把生命当成生命来思考，在生命的内部寻找生命，在探入中国文化深层结构的同时，又将笔端探入另一个理性强烈更为抽象的领域——宗教，从宗教教义中去发现去升华生命的意义与价值。《西藏》与西藏的文化融为一体。而《敦煌》在融合佛教文化的同时又渗入了老庄的道家哲学思想，读起来似乎更亲切一些。《敦煌·飞天》巧妙地寓激情、思考于飞天的意象上，用“上下”“昏醒”“生死”“有无”几组对应的意象描绘飞天形象，把飞天赋以生命的情感，实际上是对“人”的地位、精神、价值的思考，寓意隐含在一片意象的整体之中。杨炼的诗还经常把生命的表现置于一定的“关系”之中进行，他的诗中经常出现自然与人生，历史与现实，个人与社会，文化与人性……这些关系的对应。在《西藏》组诗中，则分别以“我”“你”“他”三相人称关系构成新的抒情视角，而在《逝者》中则以时间与空间的关系作为对生命认识的中介。

哲学是杨炼观照生命的主要方式。就其境界而言，他与唐代诗人王维有些相似，但又有区别，王维是空虚，杨炼是宁静；王维是淡泊如水，杨炼却水火相融于一体。杨炼虽不如王维纯净、淡泊，但比王维更辽阔、更动荡、更浑融，有其独特之处。

在《半坡》《敦煌》《藏西》一系列组诗中，反复出现“永恒”和“宁静”的意象，《半坡·祭祀》中的“歌声不能登临的高处，永恒苏醒／东方呵，我要求你无边的宁静”，《敦煌》的每首诗都表现“神圣从来是安宁的”（《朝圣》）这样一个陈旧而又新鲜的哲学命题，“也许有一天，那最高的爱／恰自深渊而来，将拢一切——跟随我吧／静静分享那投入死亡的冲动中豁然辽阔的幸福”，那么杨炼所说的“安宁”“宁静”“永恒”是什么呢，《敦煌·飞天》里有这样一节：

千度沧桑无奈石窟一动不动的寂寞
庞大的实体，还是精致的虚无
生，还是死——我像一只摆停在天地之间
舞蹈的灵魂，锤成薄片
在这一点，在这片刻，在到处，在永恒

在《西藏·甘丹寺随想》里又写道：

一切都停留在这刹那，片刻就是千年
每个人的现在怀抱着宇宙的完美
岁月之水在你内部滚动，和你融为一体
世界，袒露最初的神圣

这便是“永恒”的所在，杨炼从时空的紧密融合来展现“永恒”的景观，“这一点”“这刹那”“片刻就是千年”这一特定的时空实体是“无”。“一切目标在一切追求之处”,“一切内涵在表达之外”(《敦煌·命运》)。“无”一直是哲学、宗教的范畴，在老庄那里，“无”是最高的境界，对佛教而言,“无”亦是本质的理想的归宿。老子的《道德经》曰：“道常无名”‘“故常无，欲以观其妙，常有，欲以观其微。此两者出而异名。”但杨炼对“无”的追求又超越了老庄和佛教的范畴，如果等质于东方传统，杨炼也就称不上一个具有“现代”桂冠的东方诗人，他对“无”的理解与虚无主义有着本质的区别。在杨炼诗中，“无”是“在到处”，而且，杨炼领悟到：“无言而灿烂，活着而比所有毁灭更永恒”(《玄武岩台地》)，这就把生命推向现实世界之中，让个体通过把自由的有限性投入到宇宙的无限过程中来获得自我超越，实现永恒。“一次还原——我成为万物／万物栖息于我的躯体之中”，这实际上是与海德格尔的实存哲学有着质的同一，因为实存哲学认为“无并不是用逐渐消灭要达到现存的意志而把生命从无意义的世界中解放出来的最后的避难所；相反，无是把人推回到世界中去，并驱使人最积极地投入到世界之中的东西”。(施太格缪勒：《当代哲学主流》)可以看出，杨炼自觉不自觉受到了海德格尔哲学的影响，或许杨炼并未直接受到海德格尔的影响，但由于以现代意识去观照东方的传统文化，因而取得一种富有全球色彩的东方意识与思想内涵。杨炼这样确定自己诗歌的位置：“以诗人所属的文化传统为纵轴，以诗人所处时代的人类文明(哲学、文学、艺术、宗教等)为横轴，诗人不断以自己所处时代中人类文明的最新成就‘反观’自己的传统，于是看到了许多过去由于认识水平而未被看到的东西，这就是‘重新发现’。”这几乎是理解杨炼组诗的一把钥匙，也是杨炼组诗的灵魂所在。杨炼正是立足于这样一个纵横交错的坐标上去构造现代东方史诗巨大建筑群落的。当然，在杨炼的组诗中，纵轴与横轴有时还发生一定程度的倾斜，还不能完全保持审美的平衡，他引进哲学意识的过程中，由于对哲学形式的过分热情与讲究，削弱了生命主体的活力与张力，灵性的光彩与现代气息往往被抽象的深奥的枯涩的哲学形式所掩盖。尽管诗人所表达的哲理颇为精辟、独到，但作为审美的艺术的领地便会出现荒芜与沙化的现象，表现智慧与表现情感成为杨炼组诗的突出的矛盾。这对杨炼的一些跟随者的消极作用就更大，有些人已将诗写得如同谶语、谒词、禅谜一样，丧失了诗的本性。最值得注意的是，在杨炼的这一系列组诗中，情感对象都不是以个体出现，即令以“我”出现的，也都是群体意义的，是作为一种“类”的形式存在的，因而在实现“自我”的超越性的过程中却失去了“自我”体验的丰富性，这与中国文化重群体轻个体的特性有着内在的血肉的联系，而与张扬个性、发挥主体效能的现代精神相背离，这也不全然是传统文化心理机制的负效应所致。还与史诗本身固有的传统有关，因为经典的史诗观念认为，史诗展现的是民族的生活和民族的命运，不表现人的个性和命运，不表现人的个性化的独立存在（详见别林斯基关于史诗的论述）。因此，在建造现代东方史诗的过程中，如何准确地寻找纵横坐标点的最佳对应，如何在表现智慧与表现情感这样二律背反的矛盾之中确立诗的本体，避免审美的偏离与诗情的沉沦，并在充分发挥传统文化心理机制正效应以容纳、消化外来形式因素的基础上如何摆脱传统史诗观念潜在机制的干扰，从而奠定具有东方色彩、民族气派的现代史诗的基础，将是一项艰巨的长期的任务。

尽管如此，杨炼毕竟为我们建造现代东方史诗从荆棘中开辟了一条可以通达理想的道路。姑且不论中国缺乏史诗传统之说是否正确（《离骚》依然是目前世界上最伟大的史诗之一，比但丁的《神曲》早了一千多年），但平心而论，当代中国文学委实是缺少这种史诗质，尤其是诗歌领域。杨炼的出现应该使人感到振奋，使人们正视“史诗”的地位，并树立新的史诗观念。杨炼把屈原与艾略特如此融合的创作实践，这种“生命——文化——哲学”的思维方式，至少为现代东方史诗的建造提供了一种模式。当然，“一切，仅仅是启示”。

“这角落更换着转向天空的眼睛”

西方公认的结构主义领袖列维·斯特劳斯被人们称为诗人，虽然他未曾发表过诗，但是“他对语言成分的声调、意义、组合和置换的全部态度，表现了他的诗人性格”（埃德蒙利奇:《列维·斯特劳斯》）。杨炼作为一个诗人，在创作中受到结构主义原则的影响，获得了一个神奇的空间，而且，对诗的本体认识有了新的体验。“结构，就是诗的组合关系的总体”，“一首成熟的诗，一个智力的空间，是通过人为努力建起来的一个自足的实体。”“诗，在不断变形和发掘抽象意义中，通过背离自然（构思、秩序化）本质地接近了自然，是被创造的一个独立于作者主观和物质客观之外的‘第三种现实’”（《智力的空间》）。

就诗歌运用的手法而言，杨炼和北岛、舒婷、顾城、江河等朦胧诗人都大幅度地运用了意象手法，他们都注重意象的剪接、组合、跳跃、转换、变形，并且按照自己的审美态度陶铸了富有个性的艺术风格。杨炼在早期运用意象手法似乎与北岛他们没有什么特别之处，但后来由于受了艾略特、埃利蒂斯等人的影响，注重意象与意象跨度之间的张力，开始获得新的面貌。虽然江河在意象的明净程度上比杨炼更洗练凝结，但意象整体上的气势稍逊杨炼的雄浑寥阔。杨炼是按照“结构——空间”的审美艺术原则去精心寻找组合意象的最佳方式，使之具备了一种“史诗质”。这种“史诗质”颇似“格式塔质”，是一种总体的感觉，体现在杨炼一系列组诗中，是一种超越时空的“空间感”。神秘而又迷人的“空间感”，是颇令人难以捉摸的，但实际上是诗人的艺术处理的结果。我们不妨按照“结构——空间”的审美原则，去审视诗人在意象组合与结构上的一些特性。

整体感是“空间感”的灵魂。因为空间感的获得首先依赖于意象之间的跳跃来实现，因为跳动就容易造成时间、空间的断裂感，就可以改变意象线性流动所带来的平面感，产生立体交叉而复合的状态。但一个意象群与意象群之间就更需要一个内在的关联，至于一组诗，诗与诗之间关系就应有一种共同的意向，一组诗与一组诗之间也应有某种理性逻辑自然的契合，才能显示出史诗的风貌与精神来。杨炼巧妙地把整体感作为联结诗歌内部结构的一个支撑框架。在杨炼的组诗中，每首诗是独立的整体，诗中的意象与意象之间并无一个清晰的线性思维程式来贯穿始终，颇有点类似中国画的散点透视，而每首诗与每首诗之间也分不出时间流动的顺序，可以置前也可以置后，合成为独特的组诗；而这些相互独立又相互依存的组诗，又构成了一座雄伟壮观的建筑群，这就是杨炼组诗的总体结构：现代东方史诗。杨炼是以一种整体性的思维方式（即东方的相对性思维）来驾驭、操纵、组合这种繁多的结构层次“组诗群”的。“一个完美结构的能量不是其中各部分的和，而是它们的乘积。”（《智力的空间》）杨炼的诗以意象为最基本单位，以一个意象群构成一个段落，又以无数意象群复合为意象群落。这些意象群落又复合为一种组诗的“框架”。这就使得杨炼的组诗十分突出显示出“格式塔特质”来，因为在完形心理学（即格式塔心理学）美学家看来，“部分相加不等于全部”，“艺术品不仅是一个各部分互相依存的整体，而且是一个具有要求性的整体”（M·李普曼《当代美学》)。值得注意的是杨炼的近作是以古老东方的文明巨著《易经》为结构的大型组诗，几乎进入了一个超空间的状态。杨炼构思的总体结构为“自然、历史、现实、文化”四大部分。四个部分各有十六首诗，共六十四首诗，与《易经》的六十四卦吻合。即以“自然”结构“气”，对应“天、风”（即乾、巽二卦）；以“历史”结构“土”，对应“地、山”（即坤、艮二卦）：以“现实”结构“水”，对应“水、泽”（即坎、兑二卦）；以“文化”结构“火”，对应“火、雪”（即离、震二卦）。每个部分有两个单元结构组成，每个单元结构由八首诗组成，比如第二部分《与死亡对称》的两个单元“山”与“地”便是按照“地地地山山地山山山山地山山地地地”的方式排列，组成一个对称性的空间。这种恢宏的结构极似大型集成电路，虽然受到艾略特《四个四重奏》的影响，但显然充实了中国文化的丰富内涵，扩展、突破艾略特模式，表明当代中国诗歌正以一种超史诗的力量向世界挺进，向未来宣告。当然，结构形式的庞大只是史诗的外观，如果能包容同样质的内涵同样质的生命汁液，将会度入一个辉煌而空前的境界。

采用复合性的时空结构强化整体感，具现整体感，是杨炼诗歌“空间感”的又一支柱。复合性的时空结构是现代史诗的重要特征，艾略特的《荒原》，福克纳的《喧哗与骚动》，马尔克斯的《百年孤独》都是采用时空切割的复合结构。杨炼在运用这一结构时既保留其“现代性”，又融合古老东方哲学中那种相对性思维的成分，使之蕴含着神秘的“东方感”。“一首诗的总体结构就像一个‘磁场’，一组群雕，它存在、暗示着什么，各部分之间抛弃了因果性，看似独立其实正以其空间感的均衡和稳定相互关联。这是一个正在共振的场，每个部分都和其他部分相呼应、相参与。”杨炼在把握这种复合结构的过程中是以对应性来替代事物的因果性，以无序的转换性来替代过程的连续性，以本体的意象来取消内涵的理念化，以其高容量多层次的共振，组成了一个审美的核反应堆，从而辐射出更多的智慧的光芒与审美的能量。

在杨炼的诗中，我们不难发现一种内在对应的关系，时间与空间对应，生存与死亡相对应，永恒与消逝相对应，肉体与灵魂相对应，“历史”与“现实”，“文化”与“自然”，张力与内聚力，创造力与承接力……都按阴阳两极对值互相呼应。“万物以时间为背景，这石碑高矗于时间之上。孑然一身，斑斑荒穴，无须解说的断章更美更抽象。”空间因时间而存在，但空间又可摆脱时间，而时间只有在空间中才能获取永恒的价值。这种对称性的思维结构，几乎将时空复合于混沌。在《半坡》这一组诗中，《神话》《石斧》《陶罐》《穹庐》《墓地》《祭祀》互相独立，但又相互对应，以人类生存的关系来体验表现先民的生活状态与精神状态。诗人在进行意象内部结构组合时，也按照“五行学说”理解世界的几大元素来结构他笔下的世界，“水”“火”“土”等成为杨炼建构世界的最基本材料。《半坡·陶罐》便是分别以“那么你，黄土，黑夜、高原的严峻父亲，最广阔的梦的歌手”，“那么你，水，纯洁处女和我的情人”，“那么你，火，你的风暴，你的马群”为各节的开头，来重建“陶罐”的历史形象，最后将“水、火、土”又归结为一点：“那么这一切，将是太阳的一切”，使多向对应发展的结构层次融为一体。在诗中这一种对应颇多。

茂盛而稀薄的泥土／喧嚣而珍贵的水流／明朗而脆弱的火

——《半坡·祭祀》

不仅“土”“水”“火”相互对应，而且“水”的内部也阴阳虚实对映着。

> 大地的未来：土，是祭品
> 海洋的未来：水，是祭品
> 太阳的未来：火，是祭品
>
> ——《半坡·祭祀》

不仅过去，现在是土、火、水，将来也是土、水、火，人类“一代代把自己献祭”，诗人在对世界对应关系的描述中，思考了历史的命运、人类的命运和整个宇宙的命运：

> 他们走过河流，但是没有水
> 他们敲打岩石，但是没有火
> 他们彼此交谈，却互相听不见声音

这也是按照一种对应关系建立起来的意象套层结构，“水”“火”之间相对应，而“水”“火”又合成一股人对自然的冲突来对应人与社会的冲突（彼此交谈），从而把人与自然、与社会三项胶粘在一起。

对应组合只是一种静态的结构方式，而复合结构需要一种动态性的流动感，才能产生一种深邃辽阔的空间感。杨炼在组合时舍弃了过程的连续性，以一种无序的转换方式切割时空使其自然地组合。由于杨炼注重意象的视觉特性，每幅意象几乎都是一幅质感很强的油画，为无序的转换提供了先决的条件。当杨炼把这一系列富有质感的意象、意象群无序地置放在一个总体结构的框架之中，颇似抽象主义画家康定斯基的一幅画，这位画家的一幅垂直长方形的作品画了九个大小不等的小圆点，认为这些不同位置的点似有它自己的向心或离心方向，并显示出向一定的方向前进或后退的一种充满运动感的空间活动（完形心理学美学家鲁道夫·安海姆把这种现象称之为“方向性张力”）。杨炼采用这种无序转换的结构方式也是企求一种审美的“方向性张力”，因为“对世界多角度的观察，对思想多层次的把握，超越了个人、社会集团、人类乃至地球的单一经验，都从这些经验的交叉综合中获得了对生活能动发现的能力”。（《智力的空间》）这种“方向性张力”与空间的整体感紧密相关，从下面一个小结构的无序转换便可以看出它的特性来。

他们从遥远的战争里回来了
他们从狩猎的血腥角逐里回来了
他们从田野和独木舟里回来了
落日
一个重复得太多的故事
像狗朝空空的双手无可奈何地呜咽
站成不像的女人，狂奔的孩子
生活，又一次
从黄昏开始

——《半坡·穹庐》

这个意象群由五六个意象构成，但构成时并没有多少直接的逻辑意义上的联系，而是将时空切割之后自由地组合在“穹庐”这样一个整体结构之中，这里面时间的顺序、空间的顺序都是非常态的，而是以一种感觉性顺序来组织意象的，有着较强的张力与延伸力，好像都凸出诗歌格局之外似的。

在杨炼营造多重结构来体现辉煌的空间感时，还依赖汉语言本身所固有的特性去充分表现一种视觉功能来强化这种诗的整体感受力。任何民族的史诗，都是用自己本民族的语言写成或说出的，在史诗中把民族语言发挥到极致，这是无可替代的，杨炼是深知“语言”对于史诗创作的意义的，他较好地把握住汉语言的特性，使之成为建造“复合空间”的有机构成。因为汉语言有其鲜明的特性，它的字形的视觉性，音调的独立性，本身就显现出一种自然的空间感，能显示“诗的外在时间被抽象（永远的现在）与内在空间被构造的同一进程”，从而达到表意性与表现性同一追求的共时实现。杨炼已经悟到“每个字，字与字，词与词，像天空和最后一抹阳光，黄河与一无所有的黄土，强烈点染勾画出高原上的黄昏。既各自孤独又结为一体，既偶然又必然，零乱而严整”。(《诗的自觉》) 因而在《逝者》这一因苏州南宋石刻天文图而触发的诗篇中，诗人一反往常那种分行排列的语言方式，以浑融的语句段落来抹平外在的结构空间形式，与诗歌所要表现的时空混沌一体的意象极为吻合。

在整体把握汉语言的特性的过程中，杨炼还刻意寻求建立富有杨炼式意味的语言体系，创造有独立价值的符号系统。杨炼这些符号的选择大都依据于力感的强弱、力感的厚薄，因而往往烙上浓郁的青铜色彩，成为东方智慧的依托物，因而“黄昏”“高原”“石头”“陶罐”“太阳”“飞鸟”“鱼儿”等一系列语码意象以一种相对稳定的指向意义反复出现在诗中，与其他的意象相互呼应，撞击、扩张出与主体意象相适应的审美群象来。这些意象符号的选择和运用依照“结构——空间”的整体审美原则，使之各含有一定层次的指向意义。这里不想去一一阐释这些意象符号背后具体所指意义，只就“鱼”“鸟”两个意象符号在杨炼整个生命空间的地位谈一谈。

“鱼”和“鸟”本身是作为一种运动的实体出现的，在诗中显然是诗人主体精神的象征，在杨炼初期的诗作《神话的变奏：一个歌唱的精灵》中，诗人就自喻为“鸟”：“以焕发的欢欣／再次寻找／那棵希望之树／太阳，灿烂的窝巢”。而近期，诗人的主体精神往往呈现出二重组合的状态，“我飞如鸟，到视线之外聆听之外／我坠如鱼，张着嘴，无声无息”（《敦煌・飞天》），一方面要超出尘世，一方面又要进入人间，超越的明净与体验的痛苦缠绕着诗人，当他超越时，他便成了“飞鸟”，“俯瞰世界万变而始终如一”（《〈易经〉你及其他》），俨然超出万物之上；当他进行具体人生体验时，“世界被一片幻影所覆盖，黑暗的哭泣搅扰你无法安息”（《半坡·陶罐》），又愿意为整个人类的痛苦而承担痛苦。因而我们发现“鱼”“鸟”这两个意象符号之间一种内在的必然联系，诗人所赋予多层次的蕴含存在于相互转化的关系，当“鱼”摆脱了世俗的困扰便升华为“鸟”，当“鸟”从天空降落下来便化为“鱼”。但这“符号”显然是有出处的，它使我们想起了庄子《逍遥游》中的“鲲”与“鹏”，但庄子笔下的寓言故事获得了现代意义上的新生。“鱼”“鸟”所生存、活动的空间从水里到空中，实际暗喻由客观具在到精神意识的超越，在鸟儿飞行、鱼儿运动所不断转换的多向轨迹中敞现出一个广阔的时空的天地。我们会感到时间在向前向后延伸着，而空间在被无限地延伸着，“自我”似乎不能超越空间而存在，因为超越过去的空间实际是又进入了新的更大的空间，而诗人亦在这不断超越的过程中实现“自我”。原来杨炼是以“鸟”“鱼”这一阴一阳来结构“我”的形象，“我”在结构之中来实现这种“空间”的领悟的，从而踏入一个深邃的哲学境界，在更高的层次上实现了“自我”的价值。

杨炼精心营造的“这一个”生命空间无疑是成功的，但亦不能不指出：杨炼在创造空间时片面强调空间的密度，有时堆砌、罗列意象、意象群乃至意象群落，忽视对空灵、空白这些中国文化所特有的美学境界的转化与运用，不注重象外之象，境外之境的创造，有些诗作就不免显得整体感很强却缺乏空间感，结构宏大有时难免失去自然之态。因为在分寸感掌握欠火候的基础上过分讲究结构而往往容易失去结构，过分营造空间恰偏偏失去“空间感”。老子云：“凿户牖以为室，当其无，有室之用。”（《道德经》）虚生实，实亦生虚，虚实相生相长也。这个道理，杨炼当然比我更清楚。

新时期文学在其发展过程之中，一再有人呼唤史诗，但由于对“史诗”本身理解的局限，有时当史诗的萌芽已经出现并开始迅捷成长时，并不能意识到，不能从审美的把握上去标示、张扬，以至于造成一些人对“史诗”价值产生怀疑，认为“史诗”已经过时了，在一定程度上影响当代中国文学向更高的层次发展、跃进。作为荷马时代的史诗，不论是体裁形式还是所体现出来的美学原则，在今天无疑已经是过时了。我们所呼唤的“史诗”，是一种现代意义的史诗。所谓现代史诗，它是融叙事性、抒情性于一体，熔崇高与荒唐于一炉，化历史、现实、未来于同一空间，既表现群体，又表现个体，是民族的，也是世界的。因而，艾略特的《荒原》《四首四重奏》，埃利蒂斯的《理所当然》是史诗，福克纳的《喧嚣与骚动》也是史诗，马尔克斯的《百年孤独》也是史诗……那种以现代意识统摄社会生活全场景与心灵全场景的，具有内在史诗质的能够表现人类文化结晶的作品，都可以称为现代史诗。既不限于诗歌领域，也不限于小说领域。因此，杨炼的价值不在于他为建造现代东方史诗已经取得的实绩，而在于他的不懈努力与探索唤醒了人们对一个看似陈旧和传统的美学价值体系的重新发现与认识。

北岛：孤独的岛，真诚的岛

赵振开为我们展现了一个独特的艺术世界。这个世界的名字叫：北岛。北岛作为一个新的意象创造本身就充满了深邃而透骨的孤独感，而用作一个艺术天地外在的抽象符号，就使人更容易感受到这个天地内部所特有的氛围和韵致。

你在雾海中航行
没有帆
你在月夜下停泊
没有锚
夜从这里开始
路从这里消失

诗人在用生命写诗，诗也用形象塑造了诗人自我。作为一种印象的品评，《岛》开头的这几句诗也许正是北岛自身形象的写照。在茫茫的雾海中，似在前行，在晴朗的月色里，又在滞留，诗的结穴点不在“航行”“开始”，而在“停泊”“消失”。这种独立不倚的精神品格，显然已经超越这个“岛”可感的具象。

孤独感作为一种整体的情绪意识充满浸透北岛的诗里，“岛”只是一种总体的象征物象，它是对众多意象组合体的高度概括之后的一种存在方式，它是由一系列相关联的具体意象构成的。那些“岛”“帆”“云”“星”之类的意象都是一系列的语码。而作为一以贯之的情绪内核，从时间的衍行过程犹可以见其前行的轨迹。我们不妨进入到这个世界里，从纵的方面去剖析这种整体美学效应的发展及构成。这种孤独彷徨的情绪自始至终萦绕在北岛的心头，只是在不同的季节发出不同的变奏而已。《云呵，云》显然是初期的未成熟的作品，但已充分显露出那种从沙流到河流、从山岗到山岗的孤独感识。而到了《走吧》里，这种孤独意识已从简单的彷徨情绪上升为一种思考的动力，“没有归宿”却要“走吧”，眼睛望着同一块天空，心敲击着暮色的鼓，从而催使怀疑意识的诞生，使北岛从比较狭窄的情绪的天地里上升到一种理性的自觉。《回答》便是这种怀疑精神的产物，“我不相信”，明显带着更多理性的成分；随之而来的《一切》则是孤独、思索、怀疑诸多情绪滋生出来的否定精神，彻底的否定，其气势足以与当年郭沫若在《女神》里的呐喊相抗衡，情绪的偏激又是 1977 年那个年头的必然产物。我们可以求全而责备《一切》的消极乃至虚无，但只要回顾一下当时的气氛、人们压抑在内心深处的激愤，便会觉得《一切》具有怎样的意义了。以后，北岛在经过激烈的动荡之后，孤独感更加深厚、隐蔽、沉着，与男性的坚毅和刚勇融汇成为成熟的“北岛体”。

对于世界
我永远是个陌生人
我不懂它的语言

它不懂我的沉默

……

对于自己

我永远是个陌生人

这显然包含存在主义的内容，凄凉的孤独意识笼罩着忧郁的悲剧色彩,“我永远是个陌生人”,“我”得不到世界的呼应，渴望理解，渴望对话，渴望交流而不得实现，孤独感更加深化了。理解比爱更具有人道的力量，不被理解的人永远是痛苦而孤独的。孤独感的出现，不是偶然的，是现代社会的心理现象。孤独感作为一种全球意识，正在全人类迅速蔓延。严格地说，正在被人们日益挑明。一部《百年孤独》不仅在于对其地域文化的丰富表现，而是对孤独感的纵深表现超出了其他国家的作家，难怪会风靡一时。孤独感的增强，某种程度上是人对自身认识的觉醒，是需求更高的精神安慰。孤独感的产生，实际上是一种不被理解的痛苦，进入精神境界的层次越高，孤独感就愈会强烈。这是一种“智慧的痛苦”，伟人几乎都是孤独的。我国古代的哲人孔子就哀叹过，而之后的屈原“唯我独醒”，就鲜明地体现了强烈的孤独，爱因斯坦在科学的隧道里发现了孤独感，贝多芬的交响乐曲中总是流露出一连串孤独的音符。进入二十世纪的文学艺术几乎都是“孤独”的象征。凡·高、海明威、马尔克斯、略萨、聂鲁达等，都摆脱不了孤独的困扰。这样说并非想宣扬孤独感，而是略略说明其存在的合理性，免得有人简单地把“孤独”与“颓唐”“消极”联系在一起。至于对孤独感的特性、价值、形态的整体研究，将是另一个大题目。

有人对北岛孤独感的产生觉得不可思议，认为是模仿西方“现代派”的结果。其实，孤独感早就存在于人们的心理结构深层之中，它是特定的社会条件和历史发展的必然结果，只不过北岛稍稍早慧一些罢了，他的诗实际上交代了孤独感生存的独特土壤：

红波浪
浸透孤独的桨

这是《太阳城札记》里一首题为“青春”的诗。九个字几乎勾勒了一代人的情绪的图像，那个时代疯狂的气氛，梦醒之后的苦痛，以及对青春无端逝去的伤感，凝练地蕴含其中。也许这几句太浓缩了，诗人在《履历》中展现了这一代的苦难历程：“我曾正步走过广场／剃光脑袋／为了更好寻找太阳／却在疯狂的季节转了向／隔着栅栏／会见那些表情冷漠的山羊／直到从盐碱地似／白纸上看见理想”，然后的“日子”便是：“风中打量着行人／毫无顾忌留意着霓虹灯闪烁的橱窗／电话间里投进一枚硬币／向桥下钓鱼的老头要支香烟”。回忆那种“红波浪”的生活，诗人恍然感觉到自己被出卖了，一种被蒙骗的省悟：

我被倒挂在
一棵墩布似的老树上
眺望

这种“倒挂”“眺望”便是北岛所特有的思维定式，这种逆向思维方式自然不为人们普遍接受。他感到自己不被理解，他认为自己省悟了众人没有醒悟，所以他孤独，他既要表现那颗心灵在经受蹂躏之后的苦痛，又为这种痛苦所煎熬而感到孤独，“在这小小的世界里／难道唤醒的只是痛苦”。自然，这种逆向思维既有助于他发现许多荒谬背后的真理，许多堂而皇之的真理的实质乃是荒谬，另一方面也导致对一些不该否定或者否定不了的事物采取过于坚决的态度，很有一些存在正义的气息。这不仅表现用烟头去“烫伤黑暗”的习惯动作，还体现他眼里的处处是“可疑之处”，乃至“自由”“胜利”“时间”“历史”，与“贫困”“失望”“背叛”“厌恶”一样，都是一片可怕的“空白”。有人曾把这种否定特性归之于与“现实世界的龃龉”，其实“龃龉”只是一种现象，根源在于那种特有的逆向思维方式。逆向思维与孤独感相辅相成，相互生发，破除传统诗歌情绪的一维性与平面感，以全新的景象面向读者。另一方面，北岛的孤独情绪与其他同时代的诗人相比，又有其不同之处。他不像柔弱女子舒婷哀切地呼唤：“人啊，理解我吧！”他不需要人同情，他的孤独情绪中往往骚动着一种男子汉的坚毅和刚直。这就使孤独感变成一种更加难以捉摸和理喻的情绪流，使得某些人感到“朦胧”“晦涩”，也有的产生误解，以测字的方式来解诗。

北岛的理想似乎是孤立在一个僻静的不受尘世干扰的天地里，因此他的眼睛常常凝视着“没有遮拦的天空”，寻找“新的转机”，当自由遭到遏制时，他含着血泪凄痛地呼唤：“有了无罪的天空就够了 / 有了天空就够了”，并愿意把自己的剪影献给天空。由此可见，北岛的孤独并非是执意要脱离现实，隔绝生活，并非要建造封闭型的自我形象，而是要求更广阔、更自由、更舒畅的生活空间，为了实现这一理想，甚至愿意献出青春和生命。在这种意义上，孤独的北岛并非冷漠的，而是真诚的。他要“建立一个真诚而独特的世界，正直的世界”。因此，北岛虽受存在主义思想的影响，但萨特的哲学却不是北岛最终的停泊地，他诗的立足点没有离开深厚的人道精神。

这首先在于他的诗歌态度。他并不像有些人所说要钻进“自我”

的蜗壳，他不是那种锁闭式自我欣赏的诗歌观念，而是以一种开放的态度来写诗。他认为人“正从事着艰苦而有意义的创作，让美好的一切深入人心”。“让我走进你的心里，带着沉甸甸的爱”，这就远远超出了“为艺术而艺术”的唯美主义创作模式。诗从自我心灵流出，但这只是出发点，而不是终极，诗要深入读者的心里，沟通二者的心灵，要“以心发现心”（何其芳诗句），是把诗当作通往心灵的道路，成为连接起两颗心的桥梁。这种真诚的愿望充满温暖的人情味，诗人那坦荡和不加掩饰的襟怀便展现在读者面前。写诗，就是需要这样一颗袒露的赤子之心。北岛和其他同时期的诗人保持极为和谐的默契，他们都把诗歌当作“通往心灵的道路”（舒婷语），这正表明诗歌的本质在新时期已经开始发生了扩展、延伸、衍变。显然，传统的诗歌观念也是注重读者的，那是我写你读，我唱你听，我传达你接受的被动关系。而北岛们是在用诗来交流感情，通过诗来相互感应，寻求感情对应与交汇，从而产生心灵的共鸣，读者与作者都处于一种主动的地位，尤其是读者也有审美发挥的自由空间。

作为一个真诚的人道主义者，北岛的一个重要主题便是：爱。这也正是所有人道主义作家所共同拥有的母题。在七十年代初期，北岛抒写了一曲曲爱的诗歌，真挚而热诚地思念流动着青春时节的感伤，“拾起遗忘的手绢，托付给早来的风霜。朝你消失的方向，我牵去了一盏星光”。对美好爱情消失的深深眷念，感伤而不消沉，悲哀而不失望，高尚纯净的意境乃诗心的写照。狭义的爱远不是北岛最拿手的，吟唱那个时代的爱情，北岛虽然可与舒婷媲美，但他的“爱”覆盖面积更广、更大，他“渴望在情人的眼睛里／度过每个宁静的黄昏”，又渴望“在摇篮的晃动中／等待着儿子第一声呼唤”。从他的诗中，一个博大的胸怀的背影：“我是岸／我是渔港／我伸展着手臂等待穷孩子的小船 / 载回一盏盏灯光”“追随着街上瘦瘦的孩子 / 飘远无数个洁白晶莹的幻想”。诗人企图用“爱”来建造一种理想的生活，这便是童心的世界：“最后的疆界，是每颗孩子的心”，以“孩子的心”作为一种标准来衡量、判断事物。这是一个透明、纯洁、善良、自由、无私的世界：“老树不再打鼾 / 不再用枯藤 / 缠住孩子那灵活的小腿”，“气球抱起摇篮 / 飞向高高的蓝天”。就这意义上说，北岛的理想与雨果等具有强烈人道精神的浪漫主义诗人，表现了某种一致性。

然而，“爱”是北岛情感的一极，“恨”则是情感的另一极，一阴一阳组成了这个“真诚而独特而又充满人性的世界”。他所信奉的理想犹如他诗中的“红帆船”碰上了“残垣断壁”，在十年动乱遭到了无情的玷污、损害、凌辱，“那与孩子的心 / 不能相容的世界 / 再也没有饶恕过我”，面对这个非正义、非人性的世界，北岛自然没有像托尔斯泰那样宽恕一切，他不能饶恕，他要反抗，他要发出被异化，被扭曲的呻吟。“我的影子站在岸边 / 像一颗被雷电烧焦的树”“举起叛逆者的剑 / 又一次 / 风托起头发 / 像托起旗帜迎风招展”，他反抗时所选用的武器也许不那么适当，但依然能感受到那个时代令人骇惧的气氛，“让思想省略成一串雨滴”“狠狠踩着自己的影子”“表演着被虐待狂的欢乐”。在愤疾的、类似自虐的诗中，我们依然透过这些变了形的外在表象，聆听到被蹂躏的痛切凄厉的呼喊。当痛苦压抑成无可控制的岩浆，诗人愤懑地宣告：“我是人！”并再三宣称“我只想做一个人”。这种“人”的主体意识的省悟，与对非人道的憎恨伴生，并坚信“即使有重重阴影 / 阳光也会同时落入 / 他们每个人心中”。

北岛在把愤怒的剑戟指向邪恶、黑暗的同时，另一方面又把解剖的刀无情地捅向自己的灵魂世界。造成十年动乱这一巨大的民族灾难，决非某个人、某个决策的错误便可酿成，而有着深刻复杂的社会原因、文化原因。控诉、指责、批判这场灾难是每个人都容易做到的事情。这种“反思”多半是历史的反思，对客观社会的追究，是一种“审他”的心理状态，但他将这场动乱勇敢地与自己联系起来，并自觉检查自己不自觉地参与这场灾难的言行，从而审视自己并非完美、纯洁的灵魂，把作家自己立体地放入巨大的历史背景中进行反思，以一种自审的姿态出现，便更能显示出深厚的历史意识与庄严的人格力量。他的《同谋》是其自审意识的代表作，诗末冷静而严酷地写道：

我们不是无辜的
早已和镜子中的历史成为
同谋，等待那一天
在火山岩浆里沉积下来
化作一股冷泉
重见黑暗

诗人真诚的“忏悔”，主动为历史肩负责任，为民族承担痛苦和罪责，显示了一个优秀诗人必具的伟大精神气度。但诗人不只止于“忏悔”，他又在告诫历史，告诫民族：如果我们看不到或者不承认自己是“灾难”的“同谋”，认为自己是清白无过的，那么明天将是非常可怕的，“重见黑暗”的悲剧将会重演。这不是危言耸听，因为“文革”本身已经作为一种特定的文化慢慢积淀在我们每个人的身上，与身上原有的那些参与并助长动乱的心理劣性混合在一起，很容易发酵为一种孕育新的动乱的心理动力。如果不正视这种劣质的心理文化因素，不能审视这种隐蔽或浅层深层的“罪恶”意识，虽然产生动乱的社会环境已经不复存在，但这种缺乏自审的心理意识，会影响提高整个民族的文化心理素质，也会影响我们民族心理现代化的进程，甚至会导致新的灾难，真诚的诗人往往能够在剖示自己灵魂的同时，展现整个民族心理的折光。北岛作为一个真诚的诗人，不仅仅在于自我感情的真诚（这是诗的最基本的也是最重要的层次），还应表现出对历史的真诚，对社会、民族的真诚，这不是简单的“使命感”便能概括得了的，而是诗人灵魂所辐射出来的与时代精神同质的庄严的力量。

当“孤独意识”与“真诚情感”相互投射到北岛创作过程时，便出现了异常复杂的诗歌语言形态。他一方面要真诚地倾诉自己的情感、理想与发现，一方面为掩盖这种情感所带来的孤独、寂寞而寻求模糊性的符号；既注意诗歌语言的直觉式的隐寓，又力图赋予更丰富的想象弹性；既刻意建造诗歌意象套层结构，又远远拉开时空的距离，以求得一种间隔效果。复杂的情态之下产生出独特的北岛式语言，反而更具一种神奇的艺术张力与艺术气象。北岛极其注重语言的视觉效果，因为他把蒙太奇引进到诗歌中来，便使得诗的语言发生了裂变，传统的音乐美、节奏美因此而削弱淡化，图画美尤其建筑美或称造型美显然凸出，视觉的审美效应被强化了。我们在听人朗读北岛的诗时会不以为然，不像舒婷的诗通过朗读那么容易引起人的共鸣，但只要我们的眼睛一接触北岛用汉字组合的各种“阵形”，意象的激流便会冲击我们的视觉，冲击我们的全身感觉，冲击我们的思维，我们虽不能武断地说，现代诗歌并不重视音律的流畅与愉悦，但北岛却是舍弃语言的音律化之后走向语言的造型化的。这多多少少在启示：恪守韵律、音节的诗歌终难超越精美之至的古典诗歌（中国的近体诗、欧洲的十四行），音律作为诗歌审美的中心地位受到削弱，而语言的造型性与画面感的融合正开始成为新的审美因素。

长期以来，我们总是重视诗歌语言的语义内涵，而忽视语言作为一种艺术符号在诗歌审美创造的造型功能。在诗中，语言也是一种造型基本材料在相互之间的作用下显示出一种整体的艺术效应。北岛娴熟运用“套层结构”的方式组织意象，使造型语言的单一性走向丰富。“套层结构”本是电影艺术中一种手段，意大利导演费里尼的名作《8½》由于采用了复调式的二元层次的结构，被人们称之为“套层结构”。这里所说的“套层结构”，不是指北岛诗歌结构上的特点，而是用来概括他组合意象、运用语言的特点。北岛通过“意象中的意象”来完成这种“套层结构”，但他不只是二元的套构，而是多元的套构，一个主体意象枝生出新的分意象，分意象再滋生另外的意象，便组合为一个复杂的意象的群体。《古寺》的开头：

消失的钟声
结成蛛网，在裂缝的柱子里
扩散成一圈圈年轮

这节诗的意象的始发点是“钟声”（时间的意象），是表示很多岁月过去了，一元的意象构成法便是“钟声成了年轮”，但未免太简化、突兀、单薄。北岛由“钟声”扩展的“蛛网”“裂缝的柱子里”最后结穴到“一圈圈年轮”，用想象的链条把这些意象联系起来复合成一个复杂的套层结构，形象地展示了作为中国传统文化象征的古寺所具有的那种沉闷的陈旧的历史感。悠远的钟声并没有给这种“历史”以任何的撞击，反而更加重静止、封闭、时空的特有氛围。意象是流动的，有一种“蒙太奇”移动的视觉审美过程在其中，诗的空间被大大地拓展了，静止的平面的单一的画面被立体的动态的多元的意象结构所取代，读者的审美力和想象力可以得到充分的发挥与驰骋。构成这种套层结构的意象群体是依靠意象的相互转化来实现的。像上面这组意象里，便是听觉意象转化为视觉意象的一个过程。“当我们占据了某套公寓如同占据了真理”这是具象意象的转化，“无数次风暴／在坚硬的鱼鳞和贝壳上／在水母小小的伞上／留下了静态的图案／一个古老的故事／在浪花与浪花之间相传”，动态的喧嚣的意象被浓缩为静态的微型的意象，又演绎一个抽象的形式，重新回到大海之中，多元意象的巡回转换，强化了诗的密度，成为一种复杂多元的套层结构空间。这种意象的套层结构成为北岛诗歌语言的显著标志，以其繁复多元的重叠、交汇剪接、勾连、通感，放大诗人瞬间的感受，语言的超强密度和超强张力几乎生发出一个全新的世界；也难怪某些以线性思维作为阅读规范的人们读了北岛的创作后，感到眼花缭乱为之困扰，大喊“朦胧”“晦涩”“不懂”。语言的革命，实质上也是思维的革命。

采用“套层结构”的意象方式并非是一种魔术般地摆弄一下意象的技巧而已。如果恣意地挥霍意象为了卖弄一下才气，诗歌的历史感、现代感就会被销蚀为一场文学游戏。“套层”后的多元意象，相互撞击，会生成出一层隐喻。隐喻的深浅往往检验套层意象复合时审美把握的高低。诗的隐喻是指意象形体的潜在内涵，它包括意念、精神、思想、原则的象征性和唤起性。它是意象内部的相互作用所产生的“力”，是意象与意象的空间感的共同作用而出现的“新的空间”，它是难以用语言进行表述传达的一种会意，是诗特具的艺术的内力。《十年之间》是北岛描绘动乱年月的力作，全诗不过二十行，但那“重负下的喘息被编成歌曲”的时代气氛袭人心腑，那些貌似非政治性的意象里，我们处处感到非常强烈的社会性隐喻：

而昨天那盏被打碎的灯
在盲人的心中却如此辉煌
直到被射杀的时刻
在突然睁开的眼睛里
留下凶手最后的肖像

诗人近乎残酷地把这样一个容易也不容易的历史场景进行定格处理，“灯”“盲人”“眼睛”“凶手”“肖像”，一系列的意象形成类似雕塑的特定艺术空间，隐喻性非常突出，使人们感到昨天的可怕，也会使凶手感到历史的可怕，谁也不会忘记这样的历史镜头！隐喻是意象内部关系的张力，它不可能成为明确的简单化的意念的代言物、依托物，会因时间和读者心理的不同产生不同的感染力和促发力，它的不明确性也就是它的永恒性，也是真正的“朦胧”所在。隐寓本身就带着一定的神秘性，正如《诱惑》：“那是一种诱惑／亘古不变／使多少水手丧生／石堤在阻挡倾倒的陆地滑向海底”，正如我们很难说这种诱惑到底是指什么一样，会有各种不同的阐释与理解，隐喻的测不准也是一种审美的“诱惑”。

我们可以把这种“测不准”称之为弹性效果，由于意象套层结构可释范围相对宽泛，隐喻的层次也较丰富，有一定的张力，内涵也往往渗透深厚的哲学意识和人生观念，呈现出一种超越时空的境界。北岛有一首诗题为《命运》：

孩子随意敲打着栏杆
栏杆随意敲打着夜晚

这是由“孩子”“栏杆”“夜晚”二元意象经“敲打”组织起

来的意象链，孤独之中暗含着共鸣的热望，嘲讽世界而又被世界嘲讽，企图摆脱尘世而又堕入尘世，妄图操纵自我而又摆脱不了宿命的安排。这是一个神奇的空间，它洞开了人与世界神秘的不可抗拒的一面，是情感、深邃、绝望的呼声。

当我们回过头来重新审视北岛时，就发现他原来是一个孩子，他用自己孤独的灵魂真诚地撞击夜空，撞击世界，他的声音不被人们理解，但他依然敲击着。

因为他孤独，也因为他真诚。

历史·瞬间·人
——论北岛的诗

那片晾在沙滩上的阳光
多么令人晕眩

——《船票》

也许有些令人眼花缭乱，也许有些朦胧晦暗，那闪烁不定的意象似一只不安的小鹿，从都市的安全岛跳向海边港口，从单人房间又跳向雨夜山谷，有点像毕加索，又有点像莫奈，像积木玩具任意组合，又像魔方变幻莫测，神奇而有些紊乱，坚硬而有些干燥，意蕴深厚而又难以把握，然而，“这是一个真诚而独特的世界”。北岛的出现与存在，表明诗歌不那么容易驾驭了？读者和评论家的视线再也不能一目十行了，必须时时皱起眉头进行思索。

时代和读者把北岛推到了一个非常的地位，他既可是新潮诗歌的领袖人物之一，但同时“北岛”二字又可成为“朦胧”的代名词。简单的痛斥和视而不见的沉默都表明诗歌理论界的软弱，深入到这个五光十色“令人晕眩”的世界里去寻觅能够洞开的“钥匙”，将是义不容辞的使命。他的优劣得失都代表性地标示了新潮诗人的重要特质，剖析并认识他将会深化我们对新潮诗歌这种文艺现象的理解和把握。

在没有英雄的年代里
我只想做一个人

——《宣告》

北岛诗歌的旗帜上写着：人。

就我们目前所见的北岛诗作，大多写于那个荒唐的年头以及所延续的那一段时间内。那是个灭绝人性、惨无人道的法西斯主义和封建主义疯狂发酵的岁月，“以太阳的名义／黑暗在公开地掠夺”，正义和真理被任意蹂躏、践踏，人的尊严，人的价值在痛苦的呻吟中濒临毁灭，人与人之间变得冷酷敌对，连“马厩里的咀嚼声”也“充满了威胁”面对这种戕害人性的时代，北岛和战友坚毅而沉着地宣告：“我是人／我需要爱／我渴望在情人的眼睛里／度过每个宁静的黄昏／在摇篮的晃动中／等待着儿子第一声呼唤”。因此：呼唤人的尊严、人的价值，对杀戮、阉割人性、人道的暴行的愤懑、仇恨、沉痛，构成了北岛诗歌人道主义的主旋律。

新时期的文学从噩梦中苏醒以后，便是运用人道主义的锋利武器，向“四人帮”的法西斯主义和封建主义宣战的。《伤痕》《班主任》就是以控诉人性被扭曲被毁灭的暴行而一举奠定了新时期文学的基础。此后，整个文学都在深化人道主义的主题，并逐渐从广义的人道主义升华为社会主义人道主义。这种思潮近来虽然没有轰轰烈烈的发展，但已深深地潜入到作家、诗人的追求之中，在向更高更新的层次进展。

在这种背景之下我们来考察北岛的诗，就能够理解北岛那种冷酷、愤激、玩世不恭了。他的诗有一个凝聚点，那就是十年动乱的惨痛历史。“十年”的阴影难以从他的心灵的天地里消失，时时出现在他诗的上空，构成了他所有诗作的一个共同巨大的背景。“我曾和一个无形的人／握手，一声惨叫／我的手被烫伤／留下了烙印／当我和那些有形的人／握手，一声惨叫／他们的手被烫伤／留下了烙印／我不敢再和别人握手／总是把手藏在背后／可当我祈祷／上苍，双手合十／一声惨叫／在我的内心深处／留下了烙印”。这是一种充分的变形和抽象，一种特定的象征，这个“无形的人”的幽灵始终徘徊在北岛的字里行间。

作为一个人道主义的诗人，北岛似乎不以“爱”的深沉和激烈为基调，他不像有的作家把爱推向每一片绿叶，也很少去称赞表现那富有古典美的人性。也许是爱得太深了，他的主要基调是“恨”，憎恨、仇恨、痛恨那些蔑视人道、践踏人性的暴行，他这样写道：“河水涂改着天空的颜色／也涂改着我／我在流动／我的影子站在岸边／像一棵被雷电烧焦的树”，不正常的环境“涂改”着人的色彩，使人产生异化，这是一个“与孩子心／不能相容的世界”。在这种情形下，北岛难以按正常的传统的思维方式和艺术方式去进行抗争，他选择了一种以恶对恶的方法，这仍是环境的作用。作者在小说《波动》里曾借主人公说过这样的活：“我，喜欢诗，过去喜欢它美丽的一面。现在却喜欢它鞭挞生活和刺人心肠的一面。”以一种变态的刺激对变态的时代进行反抗，是北岛诗的情绪的一个基本特征。“一个个仇恨的酒瓶排在墙角／瓶塞打开，不知和谁对饮／他拼命地往墙上钉钉／让想象的腐马跨越这些障碍／一只追赶臭虫的拖鞋践踏／天花板，留下理想带花纹的印迹／他渴望看到血／自己的血，霞光般飞溅”，这不仅是单人房间的写照，也是一种心态的具象。在他的眼里，所谓自由，充其量“不过是猎人与猎物之间的距离”。

如果北岛仅仅以此为出发点，并作为归宿点，那当然会给愤怒毁灭了，说得准确些，只是人道主义者被毁灭的挣扎而已。北岛的价值在于，他是以一个战斗的人道主义勇士出现于当代诗坛的。当时，恐怖的气氛笼罩全国，人们在默默地沉思，默默地怀疑着一切，而北岛在“审判之前”，大胆而激烈地喊出：“告诉你吧，世界，我——不——相——信！如果你脚下有一千名挑战者，就把我算作第一千零一名。”“我不相信”，在那种令人窒息氧气匮乏的氛围里，竟喊得那么费力，那么嘶哑。但这种叛逆和怀疑，在民族面临生死存亡的非常时期可谓道出了一代人的心声，是极其可贵的。这种勇敢战斗的精神建筑在勇于牺牲的基础上，这也是人道主义者的一个重要特点。“如果海洋注定要决堤，就让所有海水都注入我心中”，“让墙壁堵住我的嘴唇吧／让铁条分割我的天空吧”，这不仅是一种男子汉的刚硬气质，更是一种为正义，为真理，为主义的不屈的信念，一种有意义的人生价值观。在《宣告》里他借遇罗克之口令人悲怆地告诉人们，“我并不是英雄／在没有英雄的年代里／我只想做一个人”，这就极为触目惊心地写出了“英雄”的贬值，为了做“一个人”，不惜付出自由，青春，笔和生命，这是时代的悲哀，但立志“做一个人”的举动也足以成为英雄，不仅使“所有的苟活者都失去重量”，也使那个时代蒙上了一层令人可怕恐惧的色彩。这种宣告是非常沉重的，令人悸颤而不敢回首。人们在称赞这首诗时往往看重那种因果关系明显的“光明尾巴”，而很少去挖掘寻觅真正的“宣告”的特质何在。

人道主义的色彩还体现在北岛所冀望和表现的理想世界，他对现实丑恶的不满和反抗正是因为有一个美好的世界作为参照系统。他明确表示："诗人应该通过作品建立一个自己的世界，这是一个真诚而独特的世界，正义和人性的世界。"他在诗里这样描绘："心灵不再躲到幕后面／书打开窗户，让群鸟自由地飞翔／老树不再打鼾，不再用枯藤缠住孩子那灵活的小腿／果子像宝刀在少女的手中闪光／每个人都有了自己的名字／自己的声音、爱情和愿望"。这不是一种乌托邦的空想，是一种要求对人解放的希望，这是一个自由、活泼、个性，不需戴面罩生活的世界，呈现出人道主义的一般理想。北岛诗中尽管"到处都是残垣断壁"的意象，但一出现与"岛"相对应的"海"，永远那么充满郁勃的生气，洋溢青春的光泽和生命的活力，永远澎湃，永远进击，永远歌唱，永远生存。"海"这一意象高频率地活跃在北岛各类诗中，成为一种与丑恶映衬的理想美。《红帆航》中，诗人要"面对着海"，"走向海"，《履历》《诱惑》常常梦见海洋，《船票》《港口的梦》表现出对海的惊人的敏感和向往，当理想不能很快变成现实时，他又时时感叹"海很遥远""海很遥远"。"海"在这里，是一个具象，又是一种象征，它是一个孤独、自由、奔放的精灵，把握这一意象的内涵特性，似乎容易洞开那团团迷雾，去认识那颗真诚的心。

由此初见，北岛对一个黑暗的时代所使用的武器基本是早期人文主义的理想，也掺和其他的一些如存在主义、老庄思想等成分，有改造世界的决心和理想，却没有改造世界的能力和方法，它的反抗有时很有力，有时很轻微，有时连自己也给毁了（一种自戕，一种麻醉），没有能够上升到社会主义人道主义，更没有到达马克思主义者的高度。北岛这种倾向更多代表着新潮诗人的思想特点，他们（包括部分小说家）都有不同层次的流露和表现，现在他们亦或弱化亦或转化了，不像北岛如此凸出和顽强（戴厚英的理念大大掩盖了感性）。分析评论这种带有"回返"意味的思潮，不是本文的任务，但倘要论述北岛的诗，我们切不可离开这一重要前提，否则难免胶柱鼓瑟。

卑鄙是卑鄙者的通行证，
高尚是高尚者的墓志铭。
看吧，在那镀金的天空中，
飘满了死者弯曲的倒影。

——《回答》

乍看，北岛的诗似乎缺乏深沉的历史感。诗人在诗中也偏激地说“历史是一片空白”，表现出对历史的无兴趣，但只是表象而已。历史感始终以一种深沉的气韵形态贯注于北岛诗中，泛现出深邃的历史思考和当代意识。

在新潮诗人中，北岛与顾城都善于捕捉瞬间的情绪感觉，但顾城的诗始终具有一种透明感，似乎历史积淀的影响显得不足。江河、杨炼的诗拥有很强烈的历史纵深感，他们深入到绵延几千年的文化中去，故诗的民族的精神和气质，因时间差的距离显得很昭著，呈现出史诗型的格局。北岛似乎介于他们二者之中，他并未从纵深的历史长度落笔，而是切取一角表象，经过感情的煮沸以后，在现实的图景中辐射历史的阴影，泛示出一种深刻的历史意识。在他那纷纭复杂的时空交错的意象画面之中，你会感到历史在以它的强大力量存在着、支配着。

如前所述，北岛的诗往往以十年动乱这段悲愤历史作为凝聚点，他常常对这段历史进行表现和反思。《履历》是一首浓缩的历史胶卷，它浓缩了一代人的理想、希望、失望和悲愤，为了寻找太阳，恰逢上了“疯狂的季节”，“如同烘烤着的鱼梦见海洋”，一切都破灭了，美好的感情受到了欺骗、愚弄，当这段荒唐的历史结束时，诗人恍然觉得：

> 万岁！我只他妈的喊了一声
> 胡子就长出来

漫长的十年时光只喊了一声“万岁”，胡子就长出来了，这显然是一瞬间感受的夸张抽象，但在对历史的反思中蕴藏着丰富深刻的内容，青春年华无端消逝的愤慨，被欺骗被愚弄之后的醒悟和懊悔，都得到了形象而简洁的表现。《同藻》也是对这一历史的思考，寻找深刻的令人惊痛的原因：我们“早已和镜子中的历史成为／同谋”，这种剖析是深刻的，已不是泛泛地揭露动乱可怕的表象，而是冷静地去探究思考这段荒诞历史形成的根源。他没有把动乱的原因归结于几个人或某种机构，而深入到历史的构成的两方面去审检，饱含着历史感。《结局或开始》在同类诗中显出了高度和阔度，表现出强烈的历史意识，对历史的认识超出了一般的意义。

当然，北岛也不仅停留于昨天这短暂的历史瞬间，他的思绪和情感也会触及漫长的历史长河（前天）之中，对“五千年的象形文字”进行思考探求，去透视现实。《随想》《关于传统》等便是这种思索的结晶，“黄昏从烽火台上升起／在这界河的岛屿上／一个种族栖息／又蔓延／土地改变了颜色”，“历史从岸边出发／砍伐了大片的竹林／在不朽的简册上写下／有限的文字”，“目睹了青铜或黄金的死亡”，都试图从深厚的历史积淀之中去剖析民族精神心理形成的原因，以及它的劣根性。这类诗在北岛诗中数量不很多，基本都达到炉火纯青的地步。《古寺》是一首杰作，“消失的钟声／结成蛛网，在裂缝的柱子里／扩散成一圈圈年轮”，“乌龟在泥土中复活／驮着沉重秘密，爬出门槛”，它的价值不仅在于诗歌在融合诸方面艺术、更新语言方面几乎到达一个高峰，而在于它率先暗示了历史的久远。麻木、冷漠，从而深入到民族文化心理结构，揭露了一种封闭的心理结构、精神状态，对“古寺”（历史的象征）的描绘表现出鲜明的现代意识，这是不可忽视的。

构成北岛诗历史感的另一大因素，是深沉的哲学意识。北岛在美学上是个直觉主义者，但这并不妨碍他的理性色彩，他对历史（无论是昨天还是前天）的思考和表现，总是融合主观意识和情绪，有时能够升华或熔炼为一种哲理。任何时代的任何流派的优秀诗人都不拒绝哲理，几乎优秀的诗人无不具有浓郁的哲学色彩。哲学体现之中不是理念的阐述，而是大于理念的“形象”（姑且借用这一名词）。“卑鄙是卑鄙者的通行证，高尚是高尚者的墓志铭”，这无疑是讲哲学，有人认为这是现实主义的胜利，是血与泪的总结。其实，这又正是几千年来历史和几十年来个人经历的血泪的总结，是对历史所作的鉴定。“看吧，在那镀金的天空中，飘满了死者弯曲的身影”，这是一种悲哀，是对环境的抨击和控诉。这种人生的哲理产生于一个畸形的时代，又超越了时空，将成为不朽的座右铭，永远闪烁着光芒。《语言》也带着浓郁的哲理色彩，“许多种语言／在这世界上飞行／语言的产生／并不能增加或减轻／人类沉默的痛苦”，由语言思索到“人类沉默的痛苦”，寓意深蕴于简单的叙述之中，由对语言的认识上升到对人类社会的理解。

北岛终究不是哲学家，他所使用的武器比较复杂。一般说来，他的一些诗篇表现出浓厚的存在主义色彩，认为现实是丑恶而冷酷的，只有人的内心才是高尚美好的，尤其那些写于十年动乱里的诗和反映这段生活的诗，“世界小得像一条街的布景”，“那从蝇眼中分裂的世界”，表现对客观世界的敌视，对人的不信任。那首《可疑之处》对一切几乎都怀疑，表现出失望的情绪。但只要我们弄清这种存在主义意识产生于那个畸形时代，我们就不会一味责备，而加深对诗人人性理想的理解。况且，存在主义哲学也并非一无是处，别的不谈，北岛的一些优秀诗篇亦是它哺育的结晶，像我们前面提到的“卑鄙是卑鄙者的通行证，高尚是高尚者的墓志铭”，难道不包含存在主义的成分在内？另外，北岛还带有浓郁的老庄哲学思想，像《空白》就是一种对历史虚无主义的态度，构成了另一种层次和境界，佛教因果报应思想在北岛诗中也有表现。这种纷纭的思想意识的组合，有时显得丰富深厚，有时则难免庞杂迷乱。

时间不再从草叶上滑过
太阳的钟摆停在云层后面
不再摇落晚霞和黎明

——《睡吧，山谷》

北岛诗是瞬间的艺术。

在北岛的诗中，很难感到时间的流逝与前行，时间凝固了，亦或是消失在诗的幕后去了。时间，在北岛手里，被他截去来势，斩断方向，他舍弃了因时间流逝而构成的某种因果关系，但它那繁复意象构成的饱满膨胀的空间中，恰又那么真切地感触到时间的存在，他获得表现的是一个时间与空间高度浓缩的艺术境界——瞬间。

瞬间，存于艺术之中，已不单是一个时间的标记，它包含了主客观两方面的内容，它是自然和生活表象在一刹那间给人的印象以及由此引起的感触、意绪和情愫。它是时间和空间融合的结晶，是生活、经历、记忆的片段经过某种触击之后由主观情绪反应作用的一种艺术画面的剪接、组合。瞬间艺术的特征是：力求在对被描绘对象的瞬间印象中获得一种整体效果，也就是用最凝练的笔墨勾勒最鲜明最突出的印象、情绪，因此，它往往省略了一些枝枝蔓蔓，不注重某种逻辑的因果关联，而着力表现情绪（感觉、直觉、潜意识）内在流动的曲线。在北岛那一首一字诗“网”（《生活》）中，就典型地凸现出这种特质，传统的诗歌观念论者会问，这也算诗么？政治的道德的批评家便质疑：生活怎么会是网呢？如是，什么网？法网？渔网？如此等等，都忽略诗的特性，忽略诗人的出发点。这显然出于瞬间的感受和直觉，几乎排斥了理性的侵入，因此一般的理性的判断难免有失公允和精当。

那么表现这种瞬间的情绪有什么意义？我们认为，瞬间的感受往往是诗人对生活的高度忠实，是一种心灵化之后的真实，它可以充分表现人的复杂情感，折射社会生活的复杂情状，还可以升华出深刻的人生感悟和对世界的认识。《宣告》是表现遇罗克烈士在生命陨落前的最后的思索：“宁静的地平线／分开了生者和死者的行列／我只能选择天空／绝不跪在地上／以显得刽子手们的高大／好阻挡那自由的风从星星般的弹孔中／流出了血红的黎明”，这短短一瞬间的感受中，包容了广阔的历史内涵和现实的气氛，在那坦荡的心灵之泉流出了痛楚的声音，它凝练地抽象出一种觉醒之后的苦难与冀望。这首诗为什么那么深重地击撼人心？因为整整一代人的苦闷、悲愤、沉思在这瞬间得到了显现。其他的如《回答》《一束》《习惯》《结局或开始》《迷途》等都是瞬间情绪的充分扩大与强化。

与这种瞬间艺术相适应，北岛在诗歌形式方面作了勇敢无畏的探索，他除了像一般新潮诗人运用隐喻、象征、通感手法改变视角和透视关系外，还“试图把电影蒙太奇的手法引入自己的诗中，造成意象的撞击和迅速转换”，这不仅打破了一般的时空秩序，这种艺术的引进，甚至带有革命性的意义，为诗歌灌输了新的审美元素，革新了程式化了的诗歌面孔。电影属于视觉艺术，蒙太奇手法进入诗歌以后就使诗歌具有一种画面的流动感，促进了意象的跳跃、转换，削弱了一般的平面的线性关系，表现了一瞬间的感受，可以高速调度贮存已久的印象、意象、情景，进行多侧面、多视点、多层次的立体表现，深化诗歌的内涵的密度和纵深感，使之具有一种画面的张力和影像的深邃感，从而激发读者的想象力，使这一瞬间变得辉煌而深远。为了节省篇幅，这里仅摘取《结局或开始》的最后两节来说明：“我，站在这里／代替另一个被杀害的人／没有别的选择／在我倒下的地方／将会有另一个人站起／我们肩上是风／风上是闪烁的星群／也许有一天／太阳变成了萎缩的花环／重放在／每一个不屈的战士／森林般生长的墓碑前／乌鸦，这夜的碎片／纷纷扬扬”，这是一种对胜利的自信和对牺牲价值的认识，但简单地道来就显得平淡，诗人运用了剪接的手法，将“镜头”从“风”“星群”“肩”转向“太阳”，继而又跳出“花环”这一特写镜头。画面接着变成了远景，出现了中心性画面，“森林”和“墓碑”，“乌鸦”和“夜”的出现使得画面变得更为深邃、广阔。由于引进了新的手法，诗歌就取得一种奇异的效果，使得诗歌语言也产生了某种变异，这就是不按照语法的顺序来组织句子和排行标点，而是依照情绪和画面来组织句子（严格讲诗没有句子，只有画面或意象），这就有力地冲击了传统的固定的语言结构，拓展了诗歌语言的表现力和强度，这是一种很有意义的突破。把它简单归结为欧化难免以偏概全，这与我国宋代吴文英等人在词的语言上的创新在某种意义上倒是一脉相承的。在文学创作和研究中，不少人重视思维方式、人物塑造、艺术技巧的更新，而很少有人注意到语言的更新。文学终究是语言的艺术，老化了的语言便丧失了生命力和美学魅力，五四新文学运动便是以语言革新为旗帜和突破口的，文学革命的意义不仅在于内容，也在于形式。北岛等新潮诗人对诗歌语言的革命，重新焕发了诗歌的表现力和色彩（不仅仅运用蒙太奇一种艺术手法），也许暂时得不到权威的承认，但时间将证明他们是正确的。这种“语言”的“隔阂”也许是造成“懂”与“不懂”的根本焦点吧？

表现瞬间，北岛的语言有一个大致的定式和弹性。每个诗人都应该拥有自己的语言系统，自己独特的“符号”。北岛诗中经常出现一系列意象，像“黎明”“海”“鸽子”“蒲公英”等，似乎是一种理想、期望、热情、青春的象征，总有一种透明感或淡淡的光晕，而“乌云”“河水”则代表了反动或卑鄙的势力，“石头”似乎是传统的化身，“云母”“土地”好像又是一种历史的抽象，它们组成了一定的系统，往往渗透了作者的主观情绪，是一种心灵的感应物象。当然，这种定式只能是大致的，它拥有一定的弹性，作为艺术符号，它也不是十分准确的，一个意象，往往包含了多层抽象的意义。只有这样，诗人在运用它们时才会那么得心应手。

尽管不知道北岛有没有接触过克罗齐的美学理论，但从他的片言只语的表述和诗作中可以看出，在美学上，北岛表现了直觉主义美学特征，他对瞬间感受和潜意识的注重与表现，是与克罗齐的思想一致的。

而夜里发生的故事

就让它在夜里结束吧

——《明天，不》

在对北岛进行多侧面的透视之后，我想在极其有限的范围（非常狭隘的时空）对北岛作一个简单的评价和结论，这不意味着判断和肯定，而是一种带有未来色彩的揣测，这种预测将和北岛的诗一样留待未来的岁月做出公正的评判。人道主义、存在主义、直觉主义成为北岛诗的三大支柱，又是三原色。它们多层次的多元组合和变幻，构成一个神奇而不同凡俗的艺术世界，它的绰约多姿、摇曳莫测将不会轻易从诗坛、从人们的记忆中消逝，也许几年乃至数十年后人们还会提起。但它终究是那个时代的产物，北岛记录了一个时代，那个时代也记录了他。一个时代有一个时代的文学，每个时代都有自己的代表诗人，战国有屈原，唐代有李杜，五四有郭沫若，北岛现在还不能与他们等同视之，但他乃是属于一个独特的时代，他是十年动乱“造就”出来的，应了“国家不兴诗人兴”这句老话，正像安史之乱中涌现出一批诗人一样，北岛的诗也是“动乱”中的特定产物。它将有助于人们认识体味这个荒唐的年代。但人们对“历史”的回味反刍之后，生活也开始恢复平稳的常态，人们需要开拓新的生活，诗也无疑要直面新的生活，而仍用产生于不正常年头的艺术思维方式、结构形态乃至语言格局去驾驭正常的生活总会显得力不从心，自觉不自觉地袭用已有的模式，就会表现出与现实生活的不协调。这已经引起了人们的注意。

因此，尽管我对北岛的诗偏爱，但我要说，北岛时代已经结束了，他完成了历史使命（这应该值得庆幸。倘若他诗中的时代继续蔓延，民族的灾难将会重新出现），而江河、杨炼的时代即将来临

（今天是创造史诗的时代）。这并不妨碍北岛今后继续写诗，正如郭沫若五四以后仍然不停地写诗一样，但已经失去了往日的热情和光泽，总不会像初期那样震颤心灵了，个中的原因很多，这里不作探讨。从这个意义上说，诗人仍然是属于时代的。当然，也不排斥北岛能继续领导新潮流，写出新的优秀诗篇，像艾青一生曾几次站在时代前列一样，这正是人们的厚望。

1985 年 10 月稿

世纪末的突围

序

王　蒙

王干很年轻也很用功，近几年发表了不少评论文章，既谈小说，也谈诗歌，既有综论，也有具体的作品和作家评说，并引起了文坛与读者的注意。

年轻人富有锐气，这种锐气自然要在文章中流露出来。王干很喜欢写批评性质的文章，批评一些正在被看好的作家，批评这个误区那个误区，有点哪壶不开提哪壶的味道。文章虽然尖锐，用词也颇花哨，但还是力图进行带学究气味的文学学术探讨，主旨不在褒贬，更没有个人的亲疏恩怨利害，他盯着的是文学不是“人学”（借用此词，不是高尔基的原意）。所以即使被他批评得不无恼火的人，即使对这些文学问题与他持不同观点的人，也还不至于在他文学观点文学探讨之外发现什么其他令人不快的东西。

语言（术语和名词）优美，批评尖锐，许多意见倒未必有什么“爆炸性”，他不怎么赶时髦，毋宁说他的某些文学见解还是相当平实的。就是说，他的文章并不怎么吓人，他的那些道理，还是好理解的。

1988 年秋冬之际，我们有机会进行一些对谈，使我有机会当面听到比较年轻的文学评论工作者的见解，谈起文学来当然就忘了年龄了。我只是发现，他读了不少书，他读过的一些书，我没有读过，当然，也有些我们那一代 50 年代“青年作者”家喻户晓的书，他没有读过，每一代人生长的文化环境读书环境不大相同，所以要多交流，“互补”一番。

他的一本书要出版了，令人高兴，便写了上述的话，祝福他今后获得更大的丰收。

1990 年 7 月

绪　言

一 “新时期”“‘文革’后”“世纪末”

这三个概念排列在一起，其实是在说明同一个时间，这就是自1976年10月以后至今的十年来的日子。所谓“新时期文学”“‘文革’后文学”“世纪末文学”，都由此而派生出来的。

“新时期文学”无疑是从政治上进行界定的。1976年10月的历史性转折，无疑是结束了一个旧的政治时期，从而开始一个新的政治纪元，尽管有人坚持要把新时期的起点从1978年冬天的十一届三中全会算起，而把这中间的两年称为过渡阶段，然而人们心理上的习惯还是以“四人帮”被粉碎之日作为一个新的历史时期的开始，把这一时期的文学称之为“新时期文学”可以说是出于一种政治的因素，但不必为此而感到文学价值的失落，事实上这十年来的文学尤其是1985年以后的文学始终是与中国的政治潮汐相呼应，无论是揭批“四人帮”，否定“文革”，还是反思历史，呼唤改革、呼唤开放，文学总是敏锐地与社会政治的敏感神经一起跳动，因而文学有那么持续的“轰动效应”，是与社会的政治热情分不开的。只是文学的发展，尤其是 1985 年以后的文学愈来愈失去“轰动效应”，愈来愈令人找不着主旋律，它的脉动已与社会政治的节律不和谐了，“新时期”显然已不能概括它的全部内涵和特征了。

“‘文革’后文学”的提出，则是最近几年的事情，好像最先提出这一说法的并不是中国人，而是一位外国汉学家。这也是很正常的，因为近四十年来的中国人习惯从阶级斗争或政治的视野去观察事物，而很少从文化的角度去研究问题正视现实。近几年来“文化热”的兴起，人们已经开始注重从文化视野思考问题，因而“‘文革’后文学”很快为国内的一些评论家、研究者所接受，一些论述“‘文革’后文学”的文章也开始出现。自然，“‘文革’后”这种构词的方法完全是一种欧化的产物，它与“新时期”正好相对应，表现出不同的思维逻辑和结构方式。“新”表现出一种对旧时期结束的喜悦之情，而“后”则反映出对历史的悲剧的难忘以及反思之意。从字面上看，“‘文革’后文学”似乎比“新时期文学”更具政治色彩，但其实不然，“‘文革’后文学”主要是把“文革”——十年动乱这一独特的历史当作一种文化现象来考察，目的在于以文化心理的底蕴为出发点来看待这十年来的文学。我是倾向于“‘文革’后文学”这一说法的，但我并不想把它局限在文化的范畴之中，事实上无论是“文革”本身还是“‘文革’后文学”都远远不是一个文化范畴内所能容纳得了的，也不是由文化心理所能决定了的。我赞成并提倡“‘文革’后文学”的说法，除了文化的因素外，更主要的是与文学本身相关的两个原因。其一，近十年来活跃在文坛上的作家、诗人、理论家都经过“文革”的“洗礼”，他们有的成为“革命动力”，有的成为“革命对象”，有的是先“动力”后“对象”，有的是先“对象”后“动力”，总之“文革”已经深深烙进他们的灵魂里，或者成为一块疤痕或者成为一道屏障或者成为一条鞭子或者成为一根杠杆，虽然不能说他们是为“文革”而写作（不要误解为替“文革”翻案、鼓吹之类，这里的“为”应理解为“因为”或“因此”），但“文革”给他们的写作生涯所带来的特殊色彩乃至特殊作用却是不可否认的。其二，纵览这十年的文学作品尤其是 1985 年以前的文学作品无不是以“文革”作为最重要的题材，虽然直接描写“文革”的作品至今未出现史诗巨著，但这些年来的一些优秀作品，都始终在不同程度上表现对“文革”阴影的描写、鞭笞、控诉和批判。可以这样说，这十年来的文学就是在不断否定“文革”、批判“文革”，而又不断摆脱“文革”影响的过程中发展的。这十年来的文学繁荣与轰动是因为“文革”，近年来文学发展的萎缩尤其是日渐不景气也是因为“文革”。因而，把粉碎“四人帮”以后的文学称为“‘文革’后文学”是目前最合适的选择。

“世纪末”虽然不是一个新的提法，但用来形容今日中国的文学却不失为一个新的创举。这不单是一个时间上的吻合，更主要的是它较为妥帖地概括了这一个时期文学思潮、文学运动、文学作品和作家心态所呈现出的那种焦灼、浮躁、骚动与喧嚣，那种极度渴望而又极度失望、那种极度热烈而又极度冷漠、那种极度疯狂而又极度空虚的情绪。别的姑且不论，如果把这十年来作家们的创新举动历数一番，便足可见中国文学的“世纪末”情结。这十年来，由于国门大开，西方的多种思潮源源涌来，中国作家便开始轮番上演西方的各种“主义”，从象征主义到黑色幽默，从存在主义到意识流，从魔幻现实主义到荒诞派，从立体主义到新小说派……一百年来在西方出现的多种文学流派和艺术形式十年内几乎在中国文坛上重映了一遍，福克纳、海明威、萨特、乔伊斯、海勒、马尔克斯、西蒙、昆德拉先后成为中国作家最崇拜的明星，但很快便又“过时”了，成为匆匆过客。“各领风骚”“三五年”者有之，“三五月”者有之，甚至“三五天”者亦有之。当有人咬牙切齿诅咒“创新这条狗”时，虽然仍然是一种浮躁心理在起作用，但已表明作家已开始意识到并警惕浮躁情绪的消极作用，事实上，这种世纪末情绪不仅浮动在文学作品和作家的创作过程当中，整个社会心态的焦躁、盲目、麻木也与之相似。因此，从这个意义上提出“世纪末文学”是有价值的，它体现了文学创作的多种可能性。当然，这种说法也容易失之于空泛，本身也会堕入浮躁的心理泥淖之中。但如果仅仅把“世纪末”规定在社会心理的范围内，由此去审视这十年的文学发展的贡献与局限，那将是非常有意义的。

我在导言中分别阐述上述概念，一方面是为了释题，另一方面也是说明本书观察文学现象从事文化批判所采用的视角和方式，也就是说我是力图综合社会、文化、心理的研究方式来揭示新时期文学（用此概念也因为约定俗成，并不意味着我对它的完全首肯，以下行文皆如此，特此说明）的误区，并予以一定程度的批判。

一 危机的病灶

“新时期文学”或“‘文革’后文学”本如此繁荣如此兴旺，为什么会出现危机？危机的症结到底何在？危机何时才能过去，也就是说中国当代文学何时才能走出低谷？怎样走出这一低谷？

对此，人们已经做出了各种各样的解释与回答。

或曰：事物有兴有衰，久盛必衰，新时期的作家经过长时间的倾射喷吐之后，势必要进入一个调整充实的阶段，期望作家保持长盛不衰的势头是不切实际的。

或曰：中国作家创作前的准备并不充分，思想准备、文化准备、心理准备、艺术准备都未臻成熟的最佳状态便因当时社会的刺激与鼓动而匆匆挥笔上阵，短时间内虽然可以尽情发挥表现一番，但时间一长便要露馅了。

或曰：这主要由于商业化经济浪潮的冲击，文学失去了社会的轰动效应，不少作家已开始弃文从商，转向了更有实惠的经济工作，其他作家虽然未“下海”但亦心神不宁东张西望难以安下心来专心致志地进行小说创作。

或曰：现在的刊物太多，而刊物又趋名逐利，一些名作家的约稿应接不暇，写作的随意性和作品的水分日益加大，如果精简一部分刊物，小说创作的质量自然会上去。

或曰：中国当代作家的外语水平太低，对中国古代文学亦知之甚少，跟五四时期那些学贯中西的作家相比，非学者化的情况太严重，出现这种危机与低谷是非常正常的。

或曰：现在文学创作的冷落景象是由于作家严重脱离广大读者造成的，一些作家迷恋个人的实验探索，严重脱离社会脱离人民，要强调作家的社会责任感、使命感，加强作家的人格力量。

……

上述意见从不同的角度分析了新时期文学的不足，自有其正确之处。我也承认这些说法有一定的合理性，但即使将它们整合起来解释“危机”的根由，不能仍令人满意。我认为新时期文学今日出现的疲软、滑坡和危机是一种先天性的病患，它的出现就注定它要进入一种“误区”，它的价值与“误区”分不开，它在“误区”中的突围和搏斗都有一种独特的文化价值和文学价值。

由于新时期文学是一种"'文革'后"的产物，而"文革"带来的灾劫和病灶绝不会因"文革"的外在形式结束而结束。它给中国的政治、经济、文化、伦理所带来的巨大影响是极其深重的，要消除这种影响远比它所进行的时间要长得多。这就注定了中国新时期文学的作家是在一种阴影之下的写作，也就是说他们必须时时剔除"文革"思潮的种种潜在的或显在的腐蚀，而在剔除过程中他们又自觉不自觉地运用起"文革"的思维和方式来，因而整个新时期文学实际上便成为一种剥离"文革"思想、剥离"文革"思维的过程。这种剥离和剔除最初是激动人心、淋漓尽致的，因而文学在很大的范围引起了轰动与反响，比如当初的"伤痕小说"和"反思小说"。但当文学将这些外在的表层的因素剥离之后，本当继续深入到文化、文化心理层次和灵魂的结构之中进行更为深刻也更为残酷的剥离，但这种剥离遇到了作家本能的抵触与社会的普遍忽视。文学在这个时候便出现了一种空转的状态，一方面它既不能在原有的轨道上继续运行，事实上已不可能进行这种运转，由于政治的逐渐明朗和公开，也由于历史问题澄清殆尽，文学已没有多少新鲜的货色提供给社会和读者；另一方面人们又不愿意承担在过去的历史中所应肩负的责任，也不愿意从自身的文化传统中去寻找"文革"产生的动因，而只认为"文革"的出现完全是政治上的一次失误，回避中国文化尤其是整个国民的文化心理与"文革"的内在联系。而这种回避又是一种无意识行为，这便影响了整个新时期文学的深度，使之缺乏更广阔丰富的历史内容和人性内容。因此，当新时期文学失去了对"文革"的剥离意识和对文化的批判意识之后，它就失去它所特有的力度和锐势，从而陷入一片疲软与贫乏状态。这也就是新时期文学出现危机的"病灶"。因为存在这样一种"病灶"，所以受到各方面主客观的因素的刺激之后，它便开始发作，从而影响到整体的面貌。

㊁ 从“世纪末”到“世纪初”

仅仅指出误区的病灶所在，并不能够从更开阔的文化视野中去俯视新时期文学的种种矛盾和冲突，更不能帮助它走出误区走出低谷以进入新的境界。当人们用“世纪末文学”来概括中国这一时期的文学创作系统时，我自然而然地想到了中国的“世纪初”文学——五四新文学。说实在的，我们在今天讨论新时期文学的时候切不可忘记发生在本世纪之初的以五四精神为特征的 20 年代文学和 30 年代文学，它既是新时期文学的一个参照系，又是新时期文学的源头，不论从纵的方面考察还是从横的方面进行比较，都有着深刻的意义和独特的价值。

今天的时代和今天的文学与五四的时代和五四的文学确实有惊人的相似之处。我们今天文学所面临的困惑、危机与尴尬，五四时期就曾经出现过。因此，“‘文革’后文学”也就是新时期文学所面临的历史界面和文学界面并不是第一次出现的，它实际是五四新文学、新文化传统断裂之后的延续。改革开放的提出，首先是文化意义上的一次革命。像五四初期一样，文学在这个时候意气风发充满生气，但很快就出现了新的危机，从轰动走向疲软，由“呐喊”而“彷徨”。文化选择的艰难并没有因“世纪初”移到“世纪末”这一时间的推移而得到丝毫的改变，反而因为现代文化的高速旋转发展变得令人晕眩，更加无所适从。其实这种晕眩与困惑在其他领域也有不同程度的表现，但文学的敏感性使之表现得更为突出，更为严重。

从五四到今天，也就是从世纪初至世纪末，影响中国人从容进行文化选择的重要因素就是心态的失衡，由于以往帝国意识的幻灭，所以国人心理一下子失去平衡，失衡后便产生一种浮躁情绪。于是恨不能一日赶超西方发达国家，拼命搬用西方各种方式，却很少去改造自己的文化传统。五四运动高举的“民主”“科学”的旗帜无疑是现代文化的精魂，而中国的封建传统文化恰恰是与这种文化水火不相容的。尽管五四运动唤醒一批有识之士，也给中国社会带来了生机，但由于五四运动所特有的浮躁情绪、焦灼心理使这场新文化启蒙运动不可能对中国传统文化的痼疾进行彻底的清除，只是注重于形式的变换（这在今天依然如故），实际上并没有能够解决中西文化冲突的矛盾，因而给后来的进一步发展埋下了隐患。虽然不能把我们今天面临的种种困惑完全归之于世纪初的那场文化冲突，但作为那次不理想选择的困顿的持续恰是显而易见的。

事实上，五四那种独特的思维模式和情绪至今仍在支配着一些有识之士，包括一些作家。他们仍然是以五四作为理想的参照系，因而他们的热情、他们的方式、他们的目标与五四的先驱们别无二致。这种带有悲剧性的文化行为有其可贵的一面，这就是他们能够在文化的困谷中挺身而出，担负传播新文化、新思想、新知识的使命，但另一面亦不容忽视，这就是他们的焦灼情绪浮躁心理比之五四先驱有过之而无不及。应该说，五四的浮躁心理在五四之后始终存在于我们民族心理之中。即使是“文革”这种反文化反文明的方式也多多少少渗透着一种浮躁焦灼的情绪。我这样说丝毫也不是否定五四运动的意义，五四新文化运动的历史功勋自不可埋没。但仅仅靠一次五四运动就想完成对中国文化的转换和改造是绝对不可能的。中国文化的新生，中华民族的崛起，需要很长的时期。因此，在面对新的文化困惑，在新的文化启蒙开始的时候必须以新的思维、新的思路来面对现实，而不能简单搬用中国历史上已有的方式和西方已有的模式。

如果用一种历史的眼光来看，世纪初的那场新文化运动实际早已成为历史。在世纪末进行文化批判时不应回避这一段历史，对那种持续已久的浮躁心理焦灼情绪进行冷处理，剔除影响民族文化新生的消极因素，尤其要正视并调整那种躁动不安、急于求成、焦灼不已的世纪末情绪，以适应建设新文化的需要。新时期文学所面临的困谷实际上是如何转化世纪末情绪，以在更高的层次上剥离五四的思维和结构，开启出新的精神、新的境界，这说起来比较容易，但真正地实现其理想，远非这么简单这么快捷。

四 误区的价值

当我进行上述分析时，似乎是一副悲观主义的面孔，其实不然。我在从事这种批判性的工作时已超越绝望，也就是说已经从简单的乐观态度和悲观态度中走了出来。中国当代文学所面临的困谷，正像杨炼一首诗中描述的情景：

我不是鸟，当天空急速地向后崩溃
一片黑色的海，我不是鱼
身影陷入某一瞬间、某一点
我飞翔，还是静止
超越，还是临终挣扎

升，或者降（同样轻盈的姿势）
朝千年之下，千年之上？

——《敦煌·飞天》

中国当代文学在今日陷入低谷当中，但应该说中国文化低谷与之同时出现，并没有一定的必然联系。文化低谷的出现是社会思潮影响的结果，尤其是各种旧的、新的，中国的、外国的、传统的、现代的文化思潮相冲撞而终没有得到解决的结果。因为前几年的文化热，主要热在西方文化的涌来。因为新鲜，也因为着实有新的内容刺激我们的文化结构。但现状表明西方现代文明对我们传统文化的一两次轻微的刺激远远不能改变中国文化结构的内部组织，需要漫长的过程才能完成，更何况西方文化当中本身就包含着矛盾、弊端与不合理的成分呢？因此在这段时期内出现种种误区状态，出现种种是非难辨孰新孰旧的困惑状态，出现颠覆与反颠覆、启蒙与反启蒙的文化格局，出现极端复古的浪潮和极端洋化的思潮不相上下的局面，以致人们六神无主大有失落家园的感觉。这丝毫也不奇怪。当然，作为要求宁静安逸生活的人们可能会不习惯这种变动所带来的纠扰和迷茫，而杰出的作家和伟大的作品往往在此时诞生。因为这个时候社会生活和人们情感的种种震荡、失落、起伏、变化、发展，往往为文学充分展示身手提供了一次契机。再一个就是由于文化冲突导致了价值标准的模糊，作家可以依照原有的价值体系进行创作，也可以不依据某种精神尺度来制定自己作品的坐标，而实实在在地写实，写出多种价值冲突的真实状态，建立自己的文学世界。总之在这样一个文化失范的误区，作家不必迷误，就能走出误区，超出误区。今日作家所出现的种种困惑与木然，实际上是由于他们过去所参照的价值体系渐渐崩塌，那种确定性的逻辑性严密的思想观念正被一种不确定的非逻辑的价值观念所取代，多元化的结果使选择者处于两难境地，这些作家实际上也是丧失了选择的能力，在各种观念的“爆炸”面前，无所适从。其实，一个优秀的作家在文化冲突纷纭复杂的时代不必去趋时媚俗，而必须以艺术审美的理想精神挣脱流行的价值规范的压迫与同化，独立地张扬自我的艺术个性、艺术禀赋。我在前面强调文化优化、强调文化新生，实际亦是为人类个性的充分张扬和发展提供良好的人文环境。只不过是天才型的大作家可以超越环境限制而超拔群众，而一般的人则需要在环境变化中逐步发展成为对文学有贡献的作家。

我这样说似乎把当今文学出现的不景气的责任全部归之于作家，这也许有些不公平。不论多少客观理由，文学既然是一项个体性的创造活动，文化的迷误，环境的限制，并不能真正影响创作主体的充分发挥。事实上，已经有不少的例证说明“误区”中仍然会产生走向世界的作家和作品。拉美“爆炸文学”也许是最有力的例证。当然文学的发展是最富特殊性的，并不存在一个铁的规律和定理。但中国作家的主体建设却是一项走出误区摆脱困境的重要手段。新时期文学所暴露出来的种种弊端无不与作家主体有着密切的关系。强化、健全中国作家的文化意识、个性意识、创新意识和内省意识，是中国文学走向生机的一条有效途径。只是整个社会人文环境要与这种主体性的建设相和谐协调，而整个社会人文环境的良化离不开民族文化的优化处理，而这种文化的改变又需要人的思维的改变、观念的改变、文化心理的改变，总之人的精神的强化。这样一种链环形的怪圈成为沼泽地似的误区，处于之中的作家能不浮躁，能不焦虑?

这委实是一场世纪末的突围，谁能够突出来，谁就不会为误区所淹没。

在现代社会里，诗歌在文学中的皇冠位置已渐渐失去，取而代之则是以往在中国被称之为“俗文学”的小说。小说成为现代生活中人们最重要的读物，在新时期文学的发展过程中，它起着举足轻重的作用。尽管诗歌一度以其独特的敏锐和灵捷率先感觉到时代和艺术嬗变的气息，但因其传播方式的限制和信息量的有限，并没有激起足够的反响。而小说则弥补了诗歌的不足，由于它适应现代社会读者的阅读需要，尤其是 1980 年以后出现了中篇小说创作的热潮，更能满足读者的要求。而且近十年小说花样品种的繁富与多元，也从各个层次上丰富着新时期文学的面貌。虽然不能说文学的繁荣就是小说的繁荣，但小说的疲软则无疑是文学陷入低谷的最重要的因素。在这一部分里，我将从小说创作的各个方面来描述、分析这种困顿的情景以及产生这一困顿的原因和转机的可能。

第一章 超越的艰难

一 超越意识的提出

对创作个体和新时期文学整体发展的共时性要求与超时性支配相对于一个文学的废墟时代，新时期文学的成绩无疑是巨大的。而且，在不足十年的时间内新时期文学几乎浓缩了西方近百年文学发展的过程，这应该大唱颂歌，并且应该写进历史。但我们不应沉浸在热烈的赞歌之中，而忘记考察“成绩”的参照系统是怎样一个低水准，必须冷静地估价新时期文学的现实以及未来。由于当代中国作家的努力，使中国文学缩短了与世界的距离，但中国文学尚未进入一个辉煌的“爆炸”的时代，目前既有的多元化的文学格局几乎是国外或中国五四已有文学思潮的横移与翻版，一些被称为“先锋性”的作品也大多是国外最新文学潮流的模仿与演绎，中国作家还没有能够发动真正震撼全球的“文学革命”。在多元化的文学表象下面实际隐伏着一场价值的危机。

多元化的文学发展为中国文学的更大发展奠定了良好的坚实的基础，但新时期文学不能满足于按照已有的艺术方式继续向前发展，不能满足于这样貌似多元实际缺乏个性的文学表象。在这样的文学情势之下，中国文学必须具备超越历史和现实的勇气，向纵深和广阔的领地进军，真正地走向世界，世界文学也向中国文学发出超越的呼唤。因而，超越作为新时期文学发展的共同意识已在暗暗滋发和生长，成为创作界和理论界意识到的一个存在。

对创作个性而言，超越意识即充分张扬个性，充分发挥主观的灵动性与自由性，表现为艺术表现手段的不断蜕变不断更新，不断地寻找新的审美视角，不断地寻找新的文学语言，不断地寻找新的艺术结构，不断地寻找新的生活内涵，不断地发现自己，打破自己，重新组合自己，这就是超越意识的具体内核，与人们常说的“突破”“蜕变”“裂变”等质。在当今文坛上，一些有成就、有影响的作家，他们都不满足于自己已经占有的那一片领地，他们不断变换自己的色调、笔法，以获取新的天地。王蒙、高晓声、谌容、刘心武、冯骥才、韩少功、张承志等中青年作家都在不断变更自己的小说“模式”，不断超越自己已经达到了的水平线，向新的高峰冲击，为当代中国文学增添了新的气势与色彩。但从整个小说创作的态势来看，一些中年作家仍在既有的模式中捉迷藏，而一些青年作家也缺乏初登文坛时那种灼灼逼人的主动进取气势和无所顾忌的蜕变精神。虽然大家都知道大画家毕加索一生经历众多的“色彩”时期，但有人老是留恋自己那一点点的“小鸡蛋”，不肯进行孵化以获取新的生命，唯恐被砸碎被失落，缺乏一种焦灼的危机感，缺乏一种自我否定的自觉意识。这不能不引起人们的焦虑。

需要指出的是，提倡作家“超越”的意识，并非反对作家“打一口深井”，那种赶潮流的肤浅的平庸的作品，并不能称之为“超越”，那与时装表演队差不多。而执着于生活与艺术追求的作家，虽然只打一口井，但只要有深度有创造，依然是一种超越意识。关键在于找到“自己”，而不是平行移动。强化作家的超越意识，无疑，对于推动作家艺术风格的自由发展，使作家们艺术个性的更充盈伸展与扩张，势必促进整个文学思潮的发展，促进整个文学在不断突破旧有模式中产生新的审美效应。倘若我们把一个作家充分的变化发展比作一个原子内部的不断裂变，那么无数个作家的裂变就会产生核反应，使中国文学像原子弹爆炸那样，辐射出巨大无比的艺术能量。这样看来，超越意识是一种共时性的要求，它是把文学整体发展的需要通过这样一个过程来要求创作个体实现。

当然，作为超越意识的提出，还是一种对文学发展超时性的支配。因为今后文学的发展，不可能按照其既定的蓝图去实施，这种动态的无序的变化无端的艺术运动从来不会依照人们的意志去规矩地发展，今天在隔着一截时间的差距的前提下对未来发号施令，本身就是带有一种支配性的。但未来学的意义并不在于指示人们具体怎样做，而在于暗示启发、提醒、触发人们去创造、去建设。因而，我在这里提出超越意识这样一个命题，并无约束作家与未来文学发展趋势之意，而是试图把文学的现状与未来、创作个体与文学整体结合起来进行对应的考察，为今后文学的发展提供一些参考系数而已。

二 外在的超越

摆脱“×× 文学”自我锁闭的态势，寻求新的价值取向。

关于题材问题，经过几十年的反复讨论之后，现在好像趋于平静了，“写工农兵”“写十三年”那种生产队长派工式的指令理论也成了博物馆的古董，题材禁区的“国境线”也被冲击得可以不带护照而自由进出了，随着描写“性”小说的热闹，最后一道“宫门”也开启了。“杂花生树，群莺乱飞”的文学景象也确实出现了。按理说，题材彻底解放不该成为问题了。

问题远非这么简单。

十年之后，我们发现一些作家、评论家在反对、清除“一元专制”时采取与其对立面相似的思维方式。他们打出“伤痕文学”“乡土文学”“反思文学”“改革文学”“知青文学”“大墙文学”“城市文学”以及“寻根文学”旗号，本意就希望以自己的一元去笼罩别人，即令承认别人的存在，也坦然地认为自己是正统的、唯一最佳的。这就重新陷入了一种封闭的狭隘的文学系统之中，并不是真正意义上的题材解放，只是由题材的个人分派简单变为题材的众人分配，是一种异构同质的关系，并没有实现题材的超越。

题材的超越，首先必须摆脱那种人为设置的“×× 文学”的封锁型的樊篱，进入到一个更为广阔的天地之中。人为设置某种文学的模式，并以此来约束自己、规范别人，这是新时期文学向前逾越的人为的障碍。这种障碍来自于作家和批评家的双向运动。一部小说作品或一些小说获得成功，引起一定范围的反响，于是便有好心的理论家去加封一个头衔，称之谓“×× 文学”，极加称赞与宣扬，把它变相作为一种“样板”去要求其他作家，结果导致一些小说在思想艺术上的平面游移，而不能向纵深掘进。“‘改革’文学”的提出很大程度便是基于蒋子龙的《乔厂长上任记》的巨大影响，但后来描写工厂改革的小说未能突破“乔厂长”既有的模式，并未产生真正有重大历史价值和审美意义的杰作。“×× 文学”的产生还有作家自身的责任。刘绍棠的中篇小说《蒲柳人家》以其浓郁的风俗民情、秀丽的运河风光以及童心的纯诚质朴奠定了他在新时期文学的应有地位，他也有理由沿着这条成功之路继续拓展，但他举起了“乡土文学”这样一个内容不甚明确的旗帜，企图囊括更多的中青年作家以形成一大“流派”，可是响应者并非云集，人们不愿沿着他的路子走，因而“乡土文学”并没有在真正意义上形成。刘绍棠在自己划定的圈子内越走越窄，窒息了自己的才华和艺术能量。这实在是“乡土文学”的悲剧。

机械地以某种地域或某种主题或某种时间距离去提出“×× 文学”实是一种画地为牢的线型思维的反映，对创作容易产生消极的影响。这些口号和概念大多模糊不清难以捉摸，比如“知青文学”，是指创作主体而言（知青写的）还是指创作客体（描写知青生活）而言，都难以说清楚，因而便出现归纳的混乱，常常是周延无限度扩大。比如有人把阿城的《棋王》等小说（包括张承志、王安忆的一些小说）也称之为“知青文学”，不知是因为阿城小说出现了“知青”还是阿城本人曾经做过“知青”。“知青”在阿城的这一系列小说中只作为一个外在的符号，它与背景一样都处于淡化的形态，至于棋王一生是不是知青，对小说几乎没有半点关系，这种硬贴标签的方法都说明“知青文学”这一口号的过于宽泛与笼统，即令口号或命题是十分的严密和准确，也是背离文学艺术创作的规律的。生活是丰富复杂的整体，构成生活的各种因素之间处于一种胶粘渗透的状态，历史与现实，城市与农村，光明与黑暗，美好与丑恶，风俗与伦理，政治与经济……都和谐地融为一体，作家可以用自己的历史观与审美观去观照生活、剪裁生活，却不能割断生活内在的联系，那种“×× 文学”容易迫使作家把复杂的生活按照某种理念的模式程式化简单化。就创作主体而言，作家不能满足于一种创作套路，一种小说模式。成功即限制，成熟即死亡，作家只有不断突破自己，超越自我已经达到的高度才能取得艺术上更卓越的成就。囿限于“×× 文学”实是自我封闭，是一种艺术的自戕，最终成为题材的奴隶，是很难获得创作上更广阔的思想空间和审美空间的。

从现象学的角度来看，“×× 文学”由于存在一种绝对的、明晰的被给予性，实际上便把水灵灵、毛茸茸的生活进行了一番碱化处理，使得小说的容量相应缩小，严重的便是被抽象的理念僵化，失去了审美的弹性和审美的张力。小说的内容是处于一种僵硬的实在了，而不是一种“实在的内在”，[参见（德）埃德蒙德·胡塞尔《现象学的观念》] 是一种“实在的实体”，这种“实体”构造以“事物的被给予”为基础，因而自然不能从中生发辐射出超时性的旨外之趣，言外之意。而古今中外的文学杰作几乎都不能简单地纳入哪一种“文学”之中，它们都超越了题材的局限，进入到人类共同的精神生活，以一种全新的思维向度去感知世界，以获得超越时空、超越文学的永恒生命价值。很难把莎士比亚、巴尔扎克、雨果、托尔斯泰、肖洛霍夫、乔伊斯、福克纳、马尔克斯的作品归纳到某个“×× 文学”的范式之中，也很难说屈原的《离骚》是“乡土文学”，曹雪芹的《红楼梦》是“反思”文学，更不能说鲁迅的小说是“伤痕文学”。这些文学巨匠超越文学模式的局限，超乎题材之上，得到远比题材本身包含的更广泛的内蕴，是一种“实在的内在”。

新时期文学小说创作中还是显露出超越题材的端倪，以一些青年作家为发端的“寻根”文学的浪潮，便以一种逆向选择的方式力图摆脱现存题材规范的束缚，从而获取一种崭新的审美气象。“文化小说”的提出，也是用新的粘接剂横向联系各种类型生活，打破原有的“××文学”的相互之间闭锁孤立的格局，以求得一种新的扩展。但现在看来，“文化”小说虽然将“改革文学”“乡土文学”之类的樊篱进行了破坏，但与生活这样宏大的参照系统相比，“文化”（广义的）涵盖面仍然嫌狭窄，仍缺乏“天苍苍野茫茫”的恢宏混沌气势，因而也会成为人为的樊篱，阻碍文学向更深更广阔的生活层面发展，这也许是当前文化小说陷入窘境的症结所在。

新时期小说发展的难度在于：社会历史型小说在原先的轨道继续滑行，平行移动，未能纵深突出，而文化审美型小说以惊人的速度向前跳跃之后，突然步履艰难起来。新时期文学到了爬坡的阶段，“没有方向，也似乎有一切方向”，往哪里去才能实现真正意义上的超越，成为当前文学的困惑，迫切需要寻求新的价值取向。有人感于此提出“第三种范畴”，愿望是良好的，但可惜的是未能找出真正的所在，把“政治”与“艺术”简单结合未免落入俗套，把它归之于“现代幽默”又失之于偏狭。倒是一些小说家的作品隐约透露出进行超越的一些前兆，朱苏进的《第三只限》《轻轻地说》，莫言的《爆炸》《红高粱》，张承志的《黄泥小屋》《辉煌的波马》，高行健的《我给老爷买鱼竿》，李锐的《厚土》，以及刘索拉、徐星们的一些小说，开始进行题材的超越，这些作品就不能简单地贴上“军事文学”“民族文学”“知青文学”“城市文学”之类的标签，他们视文学为“生命的流程”（张承志语），以“生命”作为小说的出发点，也以“生命”作为小说的结穴点，生命连接了历史、文化、自然、社会、人，而“人”又成为他们小说俯瞰世界的制高点，人性的完善，人的价值实现，构成了小说的内在气象，这是一种“实在的内在”，是超越生命之后的辉煌世界。张贤亮的《男人的一半是女人》从生命本体出发，这在中年作家中尚属于最早的觉醒者和跋涉者，但他却把生命的表现简单地依附于政治因素，便呈现出某种不和谐的审美的离异倾向，因而它的社会战斗力量可能是强的，但审美力却是非常脆弱的。自然，朱苏进、张承志、莫言等人的作品并未实现真正的彻底的超越，而且他们当中也有人缺乏勇敢地走出的信心与意念，像莫言写于《红高粱》之后的系列小说，“生命”意识似有弱化之势。当然，更高的层次的逾越将更加困难，更加艰苦，更加残酷，甚至有时前行半步，都需要一代人的努力。

我们应该乐观。

二 内在的超越

突破现存的冲突模式、情感模式、时空模式，不规范地扩展小说文体。

模式并不是文学的敌人，任何伟大的作家都需要模式，没有模式的文学是不可想象的。模式是一个作家把握生活表现灵魂的内在秩序，它是作家艺术态度、艺术品格、艺术风格的一种具象。大作家老是在改变自己的模式，创造新的模式。今天的小说创作并不是模式泛滥，而是模式太单调了。传统的模式和几位作家新创的模式被反复地套用，即使注入一些新鲜的内容也被固定的模式所弱化、硬化。也许是文化性格的缘故，中国作家似乎缺少独创模式的气魄，总喜欢在既有的模式里塞进一些新的内容和思想，稍稍注意内结构的作家也只是把原先的模式整治得更加熨帖、精美罢了，“换汤不换药”，因袭的负荷沉重地抑制作家艺术个性充分自由地发挥与扩张，处于封闭圈之中的作家很难越轨地开辟自己的文学疆土，那些个性充盈的作家为了表现自己也自觉不自觉地向这种模式妥协、让步，因而很难生发激越出全新的审美气象与文学景观。

当然，还要看到，模式有各种各样的类型，模式有各种各样的层次，作家们选用的模式也会呈现出复杂的情状，有的在一定历史环境之中仍然属于是高层次的，有的虽然陈旧但生命力却非常旺盛，因为传统并不等于死亡。如果为了分析方便的话，似可分为冲突模式、情感模式、时空模式这样几个层次。这三个模式并非互相排斥，有的甚至互相包含、互相补充。

小说最初的雏形是故事，而冲突往往是推动故事情节发展、变化、走向高潮最有效的手段，因而矛盾冲突的设置便沿着人们的审美惯性形成了大致相似的格局。最早的小说观念也便是对这种格局的首先认可而进行严密的修补，使之更趋完善精美而设立的人为的框架，去规范制约新的小说。这种冲突模式往往是真善美与假恶丑的双方的斗争。这种模式在我国古代小说已经达到了艺术高峰。其生命力旺盛，至今依然不衰。改革小说很大程度上堕入这种模式之中，也许当初蒋子龙最先描写改革运用这种模式尚可谅解，然而今天，一样有影响有潜力的青年作家竟也挣不脱这种冲突模式，《新星》中的李向南与顾荣，中间人物是胡晓扬，冲突愈是激烈，愈是精彩，愈是让人联想到当年的《火红的年代》《艳阳天》。即令被文学界和评论界看好的张炜的中篇小说《秋天的愤怒》，避开小说的节奏沉闷和滞顿不谈，那种铺设冲突的程式与推进冲突的手段，总隐约显现出当年“红卫兵”斗“走资派”的内在联系，或者就其价值而言，也没有超过50年代秦兆阳的《在田野上，前进！》。虽然作者对生活的熟悉和理解是相当深刻的，但由于模式的陈旧使得丰富的生活内涵简单化、表象化，未能进入到更深层次的境界。

很多作家都避开描写现实冲突的模式而把它冷落到一边，去展示人物的情感内部的冲突与流程。这到底是文学选择的进步还是退化，这里不必下结论，但就情感模式而言，虽然外部世界的场面浓缩式淡化了，但从灵魂所感应出来的世界却要比外部世界要充实、复杂，甚至难以言状。情节淡化于一个生活场景，一段心理片断，人物模糊为一个背景，一片心态，语言也开始难以捉摸，像乐曲似的有些飘动。于是我们以王蒙的《夜的眼》伴随着《春之声》的节奏，看到《杂色》的《蝴蝶》在飞翔，看到《冬天里的春天》时令在颠倒反复，看到了《立体交叉桥》下的《透明的红萝卜》……张贤亮在“绿化树”下抖落灵魂深处的黑色蛀虫，何立伟在“无故事”的小城重温昨日的梦境……成为中国文学的独特的艺术景象，然而，这种情感模式也潜伏着危机，一些作家在表面摒弃了那外在冲突的程式，却把那些理念的外在冲突转换为心态化，以现代的艺术形式外壳去灌输一些并不现代的政治观念、道德观念、伦理观念、艺术观念，缺乏强烈的当代精神与现代意识。“新瓶装陈酒”的思维惯性在操纵着这些作家。王润滋的《小说三题》据说是沉默（沉思）多时的力作，然而双重因袭的负担非常突出，并没有真正获得魔幻现实主义的精髓。当然，作者在情节的构置、人物的出场的设计上比过去有所突破，我们也不能苛求作者一下子便创造出全新的艺术世界来，要承认艺术上的进步，关键在于小说的情感模式依然没有摆脱《鲁班的子孙》的格局，呼唤传统的美好道德，鄙弃罪恶的金钱，呼唤人与人之间不必竞争和睦相处，是小说最基本的思想内涵。这无疑是正确的，但与作家所选择的形式是不相协调的。而绝对的形式是不存在的，形式本身就影响、制约着内容。

真正能够具有一种自觉的时空意识的小说作家并不很多，这些作家大多超越了冲突模式和情感模式的樊篱，进入到一个较廓大的天地中，他们一般有较深厚的哲学意识（或者生存意识），也能够从时间与空间的转移变化去观察人生，去透视生活，因而都有自己的境界（或悟境，或净界，或人境，或神境，或史境，或诗境），他们也许是中国文学走向世界的最主要的动力，但他们的步履也格外沉重，向前一步要比尚未省悟的作家艰难得多。他们的成功在于他们拥有独到的时空模式，他们的模式也成为他们超越的沉重负荷，他们今后的日子，也许要比那些现在尚未成熟的作家难过得多。摆脱现有的时空模式，跃入更广阔的空间是他们的趋向，但这远比起初建造一种模式艰难困苦，比一个新生儿挣出母腹的阵痛要剧烈得多。陆文夫在当代小说家中的地位自有公论，他有自己的一路写法，他是一位创新意识非常强烈的作家，他声称不愿踩着别人的脚印走，也不愿踩着自己的脚印走，这是极其可贵的艺术品格。结合他的小说实践，就各篇小说单独考察，他是做到了，但作为一种整体的研究，便可归纳出他结构小说的特定的时空模式，往往以政治风云为纵坐标，以人物命运为横坐标，纵横坐标相交于一个空间，这个点或是古井，或是围墙，或是夜校，或是法庭，或是饭店，或是门铃，或是小巷深处，或是临街的窗……政治风云操纵人的命运，人的命运随着风云起伏而浮动，悲剧、喜剧、悲喜剧相互交织混为一体，具有很深沉的历史感与当代感，加之所造空间本身具有一种寓意的色彩，便容易透出一种象征的意味，言外之意，旨外之趣，颇引起人们的咀嚼。非常精巧别致的苏州园林结构成为当代小说的奇葩。这种以静态的定点观照天地的园林结构的思维方式是中国文化和美学的重要特征，然而小说的历史感容易冲淡人物主体的能动意识，生命创造的张力得不到充分的发挥，在反思历史时淡化对人物本体的反思。王蒙小说的时空模式有三元至四元，既有陆文夫式的《布礼》《蝴蝶》，也有《在伊犁》这样遵循生活流向的纪实模式，还有纯粹的心理空间与心理时间集合的以《杂色》为代表的心理模式，还有在真实的空间注入不真实时间（事情的过程）的荒诞模式（现实环境）。王蒙现在正寻找一种更强大的凝聚力将这些模式一体化，以生成蕴含更丰富多彩时空更开阔深邃具有史诗质的现代小说。

已经具备向前跨越一步便可获得更辉煌的生命的作家不止王蒙、陆文夫一两个人，他们同样面临着模式的自我束缚、自我牵制的困惑，这实是一个普遍性的现象。当前的寻根文学的一些小说，至今也未能洗脱马尔克斯的痕迹。在这样情形之下，强化小说的文体意识，便成为小说发展一种内在的要求。小说的文体意识，为建造新的模式提供一种契机。因文体由语言符号、结构形态、气象气韵这些艺术本体构成，而小说模式实际也便是对这内在结构的组合方式。找到新的组合方式，也就有可能发现新的模式。在王蒙、高晓声、汪曾祺、林斤澜、张承志、韩少功、贾平凹、王安忆、莫言、何立伟等作家身上都显露出扩张文体的倾向，他们开始把小说写得不像小说，力图建造新的文学语汇结构。但当他们摒弃原有的模式又未找到新的最佳模式时便陷入新的困境。高晓声复出不久的《李顺大造屋》便是采用了那种历史与人物命运纵横交错的模式（王蒙、陆文夫、茹志鹃、李国文等几乎同时使用），有点编年史的味道，以后他又采用陈奂生式，让人物生存的空间错位，便发生一系列悲剧性喜剧性的效果，但又太像鲁迅，他又舍弃了，继续寻找新的不属于别人的文体，因而他写得很苦涩，也很孤独寂寞，好像还没有找到。但正像有人预言的，如果找到了，高晓声便会发生新的爆炸。近年新出现的笔记体小说也是文体意识走向自觉的标示，虽然尚不够开阔廓大，有的甚至被传统笔记小说的封闭形态所融化，但寻找本身就有价值。至于贾平凹运用中国独特的方志体写长篇《商州》，冯骥才企图救活章回体，何立伟以中国诗词的"绝句式"的空灵来写新小说，都是超越模式的实验和尝试，在一定范围已经引起人们的瞩目。扩展小说的文体是以一种建设性的态度来构造新的模式，在今后一段时间内将可能成为一股促进文学内部革命的潮流，将会带来小说语汇结构、语言程式、艺术形态等一连串的反变，但这种"革命"与外在"革命"的轰轰烈烈不同，它是在宽容现存的小说模式前提之下悄悄进行的，因为在新的模式出现之前，谁也把不准"新来的年轻人"是什么样子，有时还不得不因袭原有的模式。

四 超越的可能

文学观念的再度更新，哲学意识的强化深化。

新时期文学必须寻求超越的途径，充分利用实现超越的可能因素，卸去超越过程中的负荷，爆破在通向新前景道路上的障碍。根据这十年文学的历史经验，以及目前显露出来的一些文学迹象，实现突破，完成超越，在强化文学自身建设与努力的同时，更应注意文学之外的建设，更应强化一些观念性的建构与完善，在与世界文学对话的过程中创造真正中国的为世界认可的文学时代。

文学观念的再度更新还没有成为作家和理论家的共同意识，认为文学观念已经开放、多元已经成为一些人沾沾自喜的根据。植根于数百年之久的那种“文化载道”的儒家文学观念，深深潜藏在我们的文化之中，这种反审美的文学观念决非经过一两次的荡击便可以崩溃瓦解，有时经过一两次冲击之后复归得反而更加凶猛、更加强大。我们在过去的十年期间，主要是对那种走向极端的“左”的文学观念的反拨，即使引进一些西方文学的潮流，也只是强化对这种“左”的思想的冲击力量，而我们过去所理解的现实主义也更多烙上了苏联模式的印记，况且苏联文学也开始从既定的模式蜕变出来。严格意义上说，“再度更新”并不十分准确，因为那种以阶级斗争为主体的观念并不是真正的文学观念。新时期前十年一些作家在文学观念上刚刚实现了一个转换的过程，刚刚从非文学非本体的观念换为文学的本体观念，刚刚恢复到文学的自身。“更新”，应从本体内部进行。而且，目前小说的“题材的心灵化、语言的情绪化、主题的繁复化、情节的淡化、描述的意象化、结构的音乐化”虽具有目前文学的当代性色彩，但很难说是“更新”的结果，因为这些本身在五四时期就曾经得到比较有力的开拓与充分的发展。自然，这样的比较容易造成作家的压抑感，在承认前十年亦是更新的前提下提出“再度更新”易刺激作家的创作欲望和蜕变能力。

文学观念的陈旧抑制作家创作更宏大更辉煌的作品的情绪。比如由于对“史诗”的理解基本停留在荷马时代，因而便出现了两种意向性的倾向，一种认为过时了（荷马史诗是过时了，但作为美学意义上的史诗永远不会过时），一种认为要全景地展现社会场景（这是荷马史诗的殉道者）。两种看法实际都由于对“史诗”观念缺乏一种更新的意识。现在提出“史诗”实际要求小说具备一种史诗质，而不是按照传统史诗的模式去写作。这是文学发展的必然要求。现在史诗的建立才是文学走向辉煌的标志。

文学观念的更新是一项整体性的工程，它涉及文学的本质、价值、内涵、文学的叙述方式、结构间架、语言符号一系列有序的调整与组合，但作为更新的实现却需要局部的、零散的、无序的运动过程。理论的先导引航，会促使作家明确地自觉地走向通途，而省去许多探索的曲折，而作家的超前探索，更能激起理论的倾斜而发展成为新的体系构筑的直接诱发因素。这是逆转的顺转的双向运动。现在虽未能很明朗规划出一条发展的线路来，但更新需要在中国文学传统与世界文学两个参照系统之间寻找新的契合方式，寻求新的价值体系，这一发展趋向还是比较清晰的。我们也隐约感觉到有些小说似乎企图向这方面过渡的端倪。

历史上伟大的文学运动，总伴随相应的哲学思潮，如果没有哲学意识的发动，不论哪种文艺思潮充其量是一场艺术技巧的竞赛与发展。16 世纪文艺复兴运动正是人文主义思潮冲击下所诞生的宁馨儿。新时期文学十年所显示出来的哲学意识，已经被评论界注视，进而认为是文学和哲学“结盟的时代”，这种超前的概括实是对今后文学发展的预测和启示。十年的文学实践标明作家的哲学意识刚刚觉醒，他们在反思历史、反思人性、反思文学的过程中必须掌握强有力的能够攻坚的思想武器，因而“人”开始作为一面旗帜唤醒了作家沉睡已久的新的意识和新的观念，新时期文学才开始显得有些丰厚与沉实。对社会历史的反思中人的本质的思考，反映人性、呼唤人道主义成为一些具有先锋色彩的作家、理论家的自觉意识，也随着西方哲学思潮的涌进，萨特的存在主义一度成为作家的热门话题，打破了原先的那种封闭性思维模式，一些作家开始调整自己的思维结构，以新的观照方式去透视心灵，透视生活，一些具有哲学意识的小说开始登上文坛，王蒙的《杂色》、张承志的《黑骏马》、孔捷生的《大林莽》、阿城的《棋王》等，各以其不同的哲学参照获取新的气象。

如果说过去的十年作家的哲学意识是从不自觉走向自觉，是从混沌走向觉醒的话，那么今后一段时期，要实现文学的巨大超越，将是作家哲学意识强化、深化的过程。人的个体独立性和精神创造性将在作家身上逐渐转化为艺术创造的灵动性与自由性。而开放的时代又为作家哲学的选择提供更阔绰的余地，在琳琅满目多元的世界哲学潮流中作家自可以沉着“拿来”，冷静地转化为审美创造的新动力。作家哲学意识的强化不能偏离这样两个指向发展：生命意识的深化与时空意识的强化。生命意识侧重向人的内宇宙深入探索寻求，而时空意识则从人的本体出发去探索外在的世界。生命意识包括对人、人性、人道的思考与表现，但不停留于过去对扭曲人性的不正常生活的揭露、控诉、批判的层次上，而有力拓展人性意识的深度和宽度，寻求生命能源的巨大潜在的“黑洞”。

时空意识在一些作家身上表现得极为薄弱，但一些优秀作家像王蒙、陆文夫等小说家往往是由于选择特定的时空模式而获取了程度不同的哲学观照。不少作家还严重缺乏时空意识的观照，显得视野狭窄、拘泥于实体本身，采取一种平视的方式面对生活，而不能从更高更远的时空点去俯视生活，这在一些描写改革的小说当中表现得更为突出。近年来崛起的寻根小说虽然在纵向的延伸上取得了突破的进展，但还应摆脱文化的封闭性限制获得更大的时空天地。时空意识是宇宙意识在小说中的具体体现，宏阔的宇宙意识能够生成小说内在的廓大气象，增强小说的认识人类的历史意识。20 世纪的文学名作《喧嚣与骚动》《百年孤独》《绿房子》《佛兰德公路》都充具着一种超时空的时空味，并不广阔的地域因时空意识的催化而产生一种深不可测的魅力。现时的中国正在走向世界，而世界正在走向宇宙，航天事业迅速发展不仅使地球越来越小了，连太阳系、银河系也会变得小起来，所以，光有“全球意识”是不够的，还必须有未来意识和大宇宙意识。强化作家的哲学意识，其内部本身就有若干层次需要逾越，而且哲学也在以飞快的速度向前运转，当代中国作家要实现超越的宏图大略，将是一件艰巨异常的工作。

第二章　方法的新生

现实主义作为一种创作方法和理论范畴产生于人们对具体文学现象的研究和概括，而不是先有什么宣言和纲领，然后才形成这一文学流派的。正像贝·韦勒克指出的那样，"'现实主义'这个术语早存在于哲学中，并且具有和我们今天完全不同的意义，在哲学中它意味着一种与唯名论相对立的对于观念的现实性信仰"（《批评的诸种观念》），而文学中现实主义这一称谓的出现则比较晚，是在19世纪50年代以后。这是当时的人们根据司汤达、巴尔扎克、福楼拜、莫泊桑、左拉、龚古尔兄弟以及果戈理、托尔斯泰、屠格涅夫等优秀小说家创作上的审美特点和表现手段概括出来的。这些文学大师的杰作反过来又为现实主义赢得了极大的声誉，争取了很高的地位。就像当年的浪漫主义逐渐取代古典主义的中心地位一样，现实主义吸引了更多的作家和读者，最终瓦解了浪漫主义的势力，成为那个文学世界的主角。毫不夸张地说，19世纪下半叶是现实主义的时代，是现实主义大师和杰作迭出的辉煌时代。我把它称现实主义发展的第一阶段，是现实主义确立自身位置、完成自我形象最重要的时期。虽然后来高尔基出于阐释那个社会主义现实主义的需要，把这一阶段作家的创作称为批判现实主义，但我认为这一时期上述作家的创作是非常严格正统的现实主义，他们建构了现实主义文学的规范，后来所有的现实主义理论和创作几乎都是以此作为蓝本进行操作的。

进入20世纪以后，现实主义的优越地位便遭到了另一股文学思潮的强劲挑战，这便是从19世纪末日渐发展起来的现代主义文学。20世纪实际上便是现实主义与现代主义对弈搏斗的时代。近一个世纪的“作战史”表明，现实主义并没有被现代主义消灭，现代主义也没有为现实主义吞没，它们相互消长、相互腐蚀、相互剥离，导致了各自家族的繁衍和本体的最终瓦解。现代主义为了攻破现实主义的堡垒，不断制造新式武器，不断变换新的花招，意象主义、象征主义、意识流、荒诞派、黑色幽默、存在主义、新小说派等文学运动和文学形式的接连出现，委实丰富了20世纪文学的武器库和色彩，但最终结果却导致了后现代主义对它的反动和背离。而现实主义为了抵御现代主义的攻击，也去汲取新的艺术方式和手段来重新武装自己，现实主义的家族便日见兴旺，新的品种因不同的政治、不同的民族、不同的环境而不断滋生，“心理现实主义”“结构现实主义”“魔幻现实主义”，以及“理想的现实主义”“社会主义现实主义”“革命现实主义”等各色花样的理论和创作竞相登场，并在不同范围内、不同层次上取得了成功。现实主义这一段的历史可称为繁荣与分化的阶段，在这个时期内，它一方面发挥了现实主义的巨大潜能和张力，以其顽强的生命力抵抗住了非现实主义和反现实主义力量的冲击，极大可能地增加了现实主义的色彩和内容，使现实主义由单一走向多元，由封闭走向开放。另一方面它又不断补充与自身艺术机制相悖的艺术表现方式，从而逐渐改变了现实主义的内结构和内调节，一些“品种”便开始脱离母体走向独立，现实主义在繁花似锦的表象下面正进行着剧烈的分化与瓦解。

在这种情形之下，后现实主义悄悄诞生。后现实主义是现实主义与现代主义在本世纪长期交锋的产物，它不是所谓的开放的现实主义，它恰恰是对现实主义的改造和调整，也不是与现实主义长期对垒的现代主义，它是对现代主义的批判、逃避和调整。后现实主义实际超越了现实主义和现代主义的既有范畴，而拥有一种新的价值取向和文学空间。虽然在福楼拜、左拉的作品可以隐约窥见后现实主义的一些萌芽，但作为一种整体的、富于理论意义和完整的文学创作现象，则是在近几年的小说创作中才开始出现的，比如王安忆的《小鲍庄》，李锐的《厚土》，刘恒的《伏羲伏羲》《虚证》，奈华的《河边的错误》《现实一种》，朱晓平的《桑树坪纪事》《私刑》，周梅森的《军歌》，方方的《风景》，刘震云的《新兵连》《塔铺》，朱苏进的《第三只眼》《欲飞》，叶兆言的《悬挂的绿苹果》《枣树的故事》，池莉的《烦恼人生》这些具有后现实主义倾向的小说。因此，我对后现实主义的阐释将与这些作品发生极其密切的联系。

一 还原：诉诸生活本身

现实主义和后现实主义都强调表现生活的真实性，但所采取的态度和方式却完全相异。现实主义主要是依据“典型”的塑造，来对生活现象进行筛选和概括，即通过“再现典型环境中的典型人物”来表现生活的真实面貌。而后现实主义反对这种理念的概括与归纳，要求极大可能地逃避作家的主观意念和思想，最大限度地还原生活现象的原始面貌和原发生态。

“典型”理论是现实主义最有力的支柱。“典型”理论的出现与完善，对巴尔扎克、托尔斯泰这些现实主义作家的阐释有了一个切实可行的理论框架，健全了现实主义的理论体系，为现实主义文学的正常发展拓开比较坚固的河床。在“典型”理论的支配下，出现了一些优秀的小说家，像高尔基、鲁迅、茅盾等人都为现实主义文学的发展做出了贡献。但由于典型理论要求作品显示出一种对社会关系和它的未来发展的深刻洞察，而这种“深刻洞察”又势必要以一种思想理念作为根据和手段。也就是说，它要求作家根据某种思想观念去塑造人物，不是让人物存在生活里，而是让人物存在于观念里。其结果便是人物成了某种观念的化身（亦即典型），作家裁剪所需的生活材料，让这些零星的生活片断拼凑在人物身上，由人物去显示生活的面貌和本质。这也可以算是一种真实，因为它符合作家和时代需要的某种理念真实和感觉真实，但它却损害了生活的原生形态，过滤了生活中那可感的事实，这种现实并不是完整的真实的现实，而只是作家理念中的现实生活。在很长一段时间内，有人对把现实主义当作宣传工具而愤愤不平，去责怪某种文艺政策，这是片面的。

这是因为典型理论认为生活总存在某种本质的意义，作家表现出来的生活自然也必须有某种主题。因此，在现实主义的小说中常会出现这样两类主题，一是悲剧性的，一是喜剧性的，前者主要是昭扬某种进步的历史观念（作品中转化为某英雄人物的思想），而后者更多是批判某种陈旧的腐朽的生活现象。尽管其审美方式和审美效果并不相同，但在思维形态上却是同一的，遵循着同一种逻辑顺序。它们都是按照一种既成的理念或原则来截取生活，都是让人物去负载某种历史的哲学的使命。悲剧人物所产生的那种崇高、悲壮、震颤心灵的力量，往往并不是来自生活本体，而是作者把一种理想赋予人物，让人物与不可能实现理想的现实发生剧烈的冲突，最终走向毁灭。实际上人物的命运早被安排好了，而缺少一种来自生活的声音和行为。喜剧人物也是作家意念的产物，尽管他像悲剧人物去改造现实反抗现实，但现实却时时在嘲弄他，讽刺他，作家批判的锋芒也一直对准他。无论是喜剧模式，还是悲剧模式，它们都忽略生活的本相去完成表达抽象观念。对于这种真实性，人们自然可以怀疑和批判。

现代主义虽然很多方面出现了对现实主义的反动，但在关于生活存有本质这一点上，却是一致的。只不过现代主义认为现实主义的本质不是生活的本质，而它的理解才是对生活唯一正确的理解。实际上，它们只是在“真”与“假”“善”与“恶”“美”与“丑”这些本质内容上的差异，是贴哪种标签的问题。现实主义更多的是以一种历史的眼光来看待生活现象，而现代主义则用个体的内视角来看取生活组合生活涂抹生活。它们都是在一种理性（反理性也是一种理性）的支配下来演绎诠释生活的本质，都没有表现出生活的全部真实性内涵，更多是个人获得的有限的经验和意念。

因此后现实主义便要求作家消解对生活的种种主观臆想和理念构造，以纯粹客观对生活本然形态进行还原。在还原的过程中，作家要逃避自己的意识判断、理性侵犯。作家在写作的过程中，叙述只是被动接受生活给予的种种现象，生活现象才是现实的本体，叙述只是努力回到这个本体。作家是一片透明、一片真空，不带丝毫偏见，不掺入半点属于自己的杂质，只原原本本地把生活的本相复制出来，就像胡塞尔把现实事物“加上括号”“终止判断”那样，以最饱满地呈现出生活现象的真实状态。

虽然后现实主义不像现实主义那样去分析生活、剖解生活，但它并不否认生活现象的价值，但这种价值是阅读者通过阅读而实现的。价值作为事物意义的一部分，不是事物本身的性质，而是理解活动的产物。作家在叙述时封闭所有的价值通道，是为了只提供事实本身，能最忠诚地呈现生活现象的客观存在。还原的目的意在消解“典型”对生活的肢解和歪曲，消除捆缚在生活现象之上种种理性的绳索，让以往被肢解被掩饰被扭曲的生活还其本来面目，不再遭受观念的粗暴蹂躏。为了躲避理性的制约与异化而还原生活的本来面貌，意识流小说便企图通过人的意识活动（包括潜意识无意识）达到成效。只是这种还原带着很强的个体体验和情绪独白，并不能够对生活现象进行完整还原。而后现实主义则让生活本然形态来替代自我的视野和体验。

当代具有后现实主义倾向的小说创作，对生活进行“还原”时主要表现为两个特点，第一，从对个体形象的精心刻画转为对生态群落、生态群体的描写，通过“类”的表现，来还原生活的整体面貌。王安忆的中篇小说《小鲍庄》可称得上这种“还原”的力作。在这部小说里，王安忆一改以往那种主观意向明显的小说叙述方式，而以一种客观的貌似无序的结构主义写法叙述小鲍庄的风物、人情，将小鲍庄这样一个淮北小村庄的生活原生状态进行了还原，因而，以往现实主义小说所含有的崇高感与卑劣感的二元对立消失了，小鲍庄的人们，像捞渣，像鲍仁天，像大姑，既不崇高，也不卑贱，他们只是生活本色一样活着，存在着。如果说《小鲍庄》是以一种块面状的结构方式来展现生活原生形态的本相，那么李锐的《厚土》则巧妙切取生活的一角，通过这一生活横断面的叙述还原，较为深切地呈现出吕梁山区那种封闭文化格局之中的土地面貌和山民面貌。《厚土》虽然比《小鲍庄》要多一点情节性，但那种混沌未开的叙述本色却使生活的事实原原本本地还原在读者面前，《小鲍庄》《厚土》都摒弃了那种典型概括的做法，而通过对生态群落的整体描写来呈现生活的“共相”状态，让那些意义全部下沉到事实的背后去，而让生活的本来面貌浮现出来。

另一个特点便是这些小说开始直面正视生活的丑恶乃至龌龊的阴暗面，正视人性中那些动物性的因素。由于后现实主义不依照某种理论逻辑，尤其不依照某种观念来选取生活现象，也就无须回避什么，掩饰什么，突出什么，必须面对一个完整的生活的混沌状态，因此在《风景》《军歌》《现实一种》《桑树坪纪事》《私刑》《第三只眼》等小说中便出现了“丑”和“恶”的生活事实，与其他生活现象一起构成了复杂的内涵，从而开始迫近真正的生活本色。虽然“丑”和“恶”在现代主义的文学中早已出现，但那主要是作为一种主题（对生活本质的一种理解）出现的，而后现实主义对这些现象的描述并不采取某种肯定或否定的态度，它只是把它们作为生活的组成部分，并不赋予它们以某种意义。因为后现实主义小说不应具备某种明晰的审美色调和情绪类型，用“悲剧”或“喜剧”这样单纯的字眼是不可能进行概括的，它也不交给读者某种明确的阅读秩序。说上述小说是“审丑”，实际是从阅读角度而言的。

总之，后现实主义小说是通过对意义（主题观念）的消解，从而对生活现象进行客观描写，以最大程度接近生活的真实性。后现实主义并不是要取消生活的意义，而是要获得生活涵蕴的所有意义，用一种意义作为框架去套取生活就不可能圆满地呈现生活的全部内涵。而以一种反意义或无意义的非判断的方式来面对生活，倒可能还原出生活的最大信息量。由于非判断的叙述方式是以不肯定的态度出现的，这就对现实主义那种确定性的真实（作家逻辑理念上的真实）提出了最有力的挑战。在巴尔扎克、托尔斯泰的叙述态度中，现实世界已经完成，已经可以解释，真实也已经存在，生活自然也有了意义。而在后现实主义的小说中，真实性则是一种游移的、偶发的、散发的生活现象，世界正在不断形成，意义存在于每一个事实的还原过程中。因此，真实性只能诉诸生活本身，真实性在作家叙述和读者阅读的过程中不断增殖和衍生。

二 从情感的零度开始写作

文学，无论是现实主义的，还是现代主义的，始终浸透着作家的主体精神和情绪。作家势必要在创作过程中投注更多的主体精神和主体情绪。近十年的文学创作中，主体的价值受到了人们的重视，这是对长期以来扼杀人性、扼杀个性的“左”的思潮的反拨。这是一种时代的进步。

但是，在强调主体性的过程中也出现了一些混乱的现象，这便是人本主体与文本主体的混淆。不少人往往把作家（社会生活中的活动者）的主体性与叙述者（作品中的语言操作者）的主体性等同于一体，其实二者存在于两个迥然不同的范围中，前者作为一种哲学的理论的精神建设，实际也是一种人的建设，无疑是要强化、鼓吹、发展的，而后者的主体性则必须加以节制和消解，因为作品中叙述主体的高度发展和极度膨胀，已经给中国新文学的发展带来过灾难。

在现代主义的文学作品中，那种个人主体情绪的膨胀与表现是显而易见的，那种个人对世界秩序的反抗和重构的主体意识是相当强烈的。但是，在现实主义的作品中，这种建构世界控制世界的主体意识也同样顽强而有力。人们一直以为现实主义文学缺少作家的主体性，这实在是一个极大的误解，假如作家在生活中缺少主体的思考力和行动力，并不等于他在作品中也丧失了这一主体能力，只不过他在作品中所表现的并不是他在生活中独立完成的思想和命题，但即令他所传达的哪怕是别人的原话或原封不动抄袭某文件、某社论，对小说文本而言，这毕竟是主体精神的体现。因为现实主义基于“典型理论”这样一个前提，作家势必要始终处于主导的“上帝”地位，有着充分的主观能动性和自由支配力。因此，在我们以往所司空见惯的现实主义作品中，无论是巴尔扎克这些大师的经典作品，还是中国一些作家的改良品种，甚至那些概念化、公式化的小说中，作家的主体性始终没有消失，始终制约着人物性格和故事情节的发展。作家在小说中体现了极大的主体能动性，有着强悍的主体力量，人物的命运和世界的构成全部按照作家的主体逻辑进行。只不过巴尔扎克等人的那种主体观念含有更多的个人色彩和个体性，而我国某些作家的主观精神里满溢着“党性”、宣传性乃至政策性。但他们在作品中控制人物和事实的主观操作方式完全是一致的。作家在小说之外匮乏或者没有主体的存在和价值，但在小说之中，他们作为作者的主体地位和意义却是异常突出、鲜明、牢固的。而正是这种主体地位是造成我国现实主义文学不景气的内在因素之一。

后现实主义的意义就在于逃避作家的主体情绪和主体意向，消解作家主体对作品文本进行干扰、控制的种种可能，以保持生活形态的真正还原。“从情感的零度开始写作”，便成为后现实主义最著名的写作原则和写作态度。因此，后现实主义必须反对作家人格对小说的侵犯，如果作家的情感愈是真诚，愈是热烈，愈是在作品倾泻并灌输其主体情绪和思想观念，而这种人格的真诚倾泻和灌输恰恰破坏了生活本相还原的所有可能性。在这种“真诚”孵化下生活就会变质而丧失原生的存在形态。只有将主体人格的思想、观念、情绪、意识冷冻处理，进入一种透明无瑕的真空状态，才能保持生活本然形态在小说中的客观呈现。所以称后现实主义为客观主义并非贬义，骂它的小说叙述者是冷血动物也许正是褒词。

也许有人认为这种绝对冷静和还原是不可能的，因为文学作品一经叙述（文字的组合），势必要染上作家的主观情调。这种指责从作品发生的哲学意义而言是成立的。但我所言的冷静与“零度”，是只局限在文本内部结构，是就一种叙述态度而言。因为后现实主义要求的是叙述者在进行小说操作时要进入一种透明的空白状态，而不是要求作家成为生活中的“冷血动物”。

这样也不妨将现实主义称为主观的现实主义，而把后现实主义称为客观的现实主义。这种客观还原的要求，自然需要作家冷却感情的热度进行一种无调性无色彩的冷面叙述。余华和刘恒可能是近年来把握这种叙述方式最好的两位。余华的《现实一种》和《河边的错误》都写到了人类自相杀戮或疯子杀人的情形，洞现出人性中所隐藏着的那种残忍凶恶的情感的阴暗面。对这种负面无疑要采取一种批判态度，这正是现实主义的最普遍的叙事态度。但余华不是一位现实主义作家。因此我们看到小说的叙述者的态度更为残忍，他在叙述上述人间惨状的过程中始终铁着面孔，决不显现出勃然大怒和痛苦不堪的表情来，他若无其事甚至还有点兴趣地仔细详述杀人过程的每个动作、每个细节，像复述一场并不精彩的球赛一样，公允得让人可怕，冷静得令人战栗。刘恒的《伏羲伏羲》虽不如余华来得那么残忍，但亦是无调性叙述的范例。这部小说中的叙述主体可谓消失了，小说每出现的任何一处场景，都像一架机器人所操作的摄影机提供出来的，洗净了作家的主观色彩，叙述主体进入了真正的透明状态。《伏羲伏羲》呈现的是一出畸形的爱情婚姻悲剧，杨天青与王菊豆这种非伦理非道德非理性的结合过程中，本可以向很多作家提供进行“煽情”的机会，因为这出悲剧中，人性的生命冲动与文化伦理的遏制构成了不可调和的冲突，但作家那种无声无色的叙述方式将它冷处理了。因此，在余华和刘恒的小说中，以往那种随作者而来的主观好恶、价值判断、情感评价在叙述过程中被完全消解了，呈现出来的是不受作家“精神污染”的生活现象和生活事实的原始面貌、原始发生状态，从而达到了一种客观的真实。

当然，要保证这种纯粹客观，作家和人物都不能以自我的名义去侵犯客观世界的自由与和谐。在这样的小说中，人物与人物是平等的，叙述者与被叙述者没有一种主雇关系，人与物也是平等的。总之，人与世界构成一种平等的对话关系。就像作家不能用他的理性去操纵人物一样，人物也不能用他的主观意念、情绪去侵犯别人和世界。自然风景、风俗民情、环境存在已不再是人物情绪的象征体或衬托物，它们也有自身的存在位置和主体价值，它们也有生命力和功能性，它们并非为了“什么”而存在，它们的存在就是意义。因此，后现实主义的人物必须置于一种“关系”之中，他不像现实主义中人物老处于主动、控制的地位，他也控制世界但更多的是受控于世界，他不那么崇高也不那么卑微，不伟岸也不渺小，他只是存在着，他存在的意义只能从他的背景和阅读过程中才能有所理解。

之所以觉得池莉的《烦恼人生》具有一种后现实主义倾向，就在于小说中的人物始终处于非自我的状态，他的身份在复杂的生活关系之中反复变化着，一会儿是父亲，一会儿是丈夫，一会儿是情人，一会儿是儿子，一会儿是女婿，一会儿是工人，一会儿是师傅，一会儿是乘客，一会儿是邻居，一会儿是拆迁户……在他的身份的变化过程中，生活那种复杂的难以言状的“毛边”状态也客观地端现出来。如果把《烦恼人生》与谌容的《人到中年》进行对比，就会发现《人到中年》带有浓厚的主观倾向和浪漫精神，小说所展现的陆文婷的生活状态不过是为满足作家的某种理想情绪和表现某种与现实密切相关的观念。而《烦恼人生》则显然带有冷静的客观精神，生活的原生状态比较真实地复现在小说中。李锐的《厚土·看山》则体现出后现实主义小说中人与外在世界的那样一种自然、平等、和谐的关系。“山们”和“牛们”冷静而亲切地伴随着放牛老人度过平凡的一生，放牛老人老是将孤独的情绪注射到山和牛的身上，但山们老是木然地沉默，牛们却如老人一样具有了主体的活力，这是一种较为新型的物我关系。没有山和牛，焉有老人的存在？朱苏进的《欲飞》也是一篇比较注重生活“关系”的小说，以至于给人以一种“物化感”。这种物化感与小说中大段大段出现的“公文”有着密切的关系，在“公文”与“公文”的来往过程中，人物的形象和行动往往失去自身的主体能力，而完全为这些“公文”左右，这些物化的“公文”本身也便具备了一种主体独立存在的价值。当然，稍微有些感到遗憾的是，与《烦恼人生》隐约含有作者的感伤情绪相近，《欲飞》在叙述的过程中仍沾有一种不易察觉的反讽情绪，并未完全达到情感的零点。

因此，真正做到叙述者的无声无色无调性来平允地面对笔下的人和事，冻结所有的参与意识，冷却作家以往经常流露的喜怒哀乐，而使整个语言的操作进入纯粹的客观境地。这看起来并不是一件十分困难的事情，但真正做到不动声色而声色俱在，远远比操作那些有声有色的叙述动作要艰苦得多，麻烦得多。“大象无形”“大音希声”并不意味着不言语不行动，而是需要一种超越正常形态的语言方式和行动方式。尽管我对时下那些具有后现实主义语言倾向的作家持肯定态度，但他们今后能不能保持这样一种脱离主体情感的叙述状态并达到更高的境界却未敢持充分的坚定的信心。

㊁ 作家和读者“共同作业”

李陀最近在谈论余华小说时，认为这类小说“使读者在阅读中不能不产生在以往的阅读未曾经历过的迷惑和混乱”，他认为这种“阅读的颠覆”是对中国读者那种伦理道德“期待视野”的一种破坏。无独有偶，有人称刘恒的小说是“耍读者”。

虽然这是从社会阅读心理进行分析的，却敏锐地道出了后现实主义与现实主义在阅读关系上的差异。在现实主义和现代主义的小说中，由于作家把整个世界（前者是一种实体的空间，后者更多的是一种情绪的空间）已经建造得完完整整，读者的阅读实际上没有任何再创造的意义，读者只是在“导游”的带领下对作家营构的空间进行一番游览而已。读者处于一种被迫视听、被迫灌输的境地，不断接受作家赋予他的种种意义，没有参与创造的自由与可能。而后现实主义作家则要从根本上改变这样一种古老的阅读关系，要让读者参与小说世界的构成过程，来与作家共同完成对生活的还原。人们感到余华的“颠覆”和刘恒的“戏弄”，是由于读者的阅读结构还不适应一种新的“文本”，便自然会产生一种错位感乃至颠覆感。阿兰·罗布－格里耶说过：“如果读者自己认为世界是固定不变的，认为当今世界只有一个固定的意义，人的责任只不过是试图如何理解和再现这个世界，这将是新小说的一个坏读者，也必然是当代的读者，即当代的其他形式的文学艺术的坏读者。与此相反，新小说要求读者的是把自己看作创造世界的主人。”在这一点上，新小说倒是体现出充分的后现实主义倾向。现实主义要求读者接受，而后现实主义则要求与读者一起来完成小说的创作。很显然，后现实主义要求与读者保持一种“对话”关系，而反对那种带有专制性质的“独自”。

早在30年代，布莱希特便开始反对自亚里士多德以来就盛行的把观众或读者引入幻觉的理论和创作，提出“间隔说”增加陌生化效果，要读者（观众）和作者一起进行感知，对作品里出现的一切，和作者站在同等地位来欣赏和评判，他认为“对真理的认识是作家和读者的共同过程，甚至是共同作业”（引自乐黛云的《关于现实主义的两场论战》）。由于布莱希特把创作当作是作家和读者“共同作业”过程，这就从根本上背离了现实主义的阅读关系，但由于他的出发点仍基于“对真理的认识”这样一种现实主义的原则，依旧认为生活存在某种固定不变的本质（真理），影响了他在理论上的进一步建树与拓展。

由单向的灌输到双向的沟通，后现实主义对现实主义的阅读关系进行了根本性的调整。在这种调整的背后，暗示着支撑以往小说那种中心的崩塌。因为作家在通过作品对读者进行种种道德的、伦理的、政治的审美灌输时，灌输者始终处于一种高人一等的讲坛上，他是整个世界的中心，世界按照他的意志构成，而强调读者的阅读机制则无疑取消了灌输者，迫使作家从讲坛上走下来，与读者持同样平等的态度进行“对话”。这样，“中心”没有了，那个全知全觉的传道士消失了，取而代之的是双方平等的交流和共同的作业。后现实主义的阅读关系实际是一种民主思想的产物，作家不再牵着读者的“鼻子”走，不再去侵犯读者的阅读自由来满足自我的表现欲，而是通过对自我的限制来争取读者的自由，在小说中留下

“空间”和“门户”，为读者提供更多的创造契机和可能。因此，在后现实主义小说中，读者不再是作家的奴隶，而是作家的朋友，也是小说的主人。后现实主义便要建立这样一种新型的叙述与阅读的关系。

为了使这种双向沟通的对话关系的阅读实现，后现实主义小说必须耐心寻找小说的“叙事人”。用一个与作家不发生联系的“叙事人”来叙述小说，可以起到绝缘体的作用，以阻止作家主观意念和情感的导入。因为这个“叙事人”已经不同于现实主义文学中那个全知全能的上帝，而是脱离作者之外的新的讲述者。尽管在这类作品中经常使用第一人称“我”来叙述故事，但这个“我”已经不再是作家思想和眼光的化身，“我”入乎其内而不能出乎其外，这样便能充分保持生活的原生状态而不遭理念的污染。虽然方方的《风景》并未完全进入“情感的零度”，但《风景》里独特的叙事人却强化了小说的客观性和真实性。在《风景》里，叙述整个小说的是一位出生十六天便夭折的亡灵。作者选择这样奇怪的“叙事人”，很大程度上限制了作家自我情绪的任意进入，而让一位“局中人”来转述你们家族的种种生活事态，便取得了叙述的客观化和事实的真实还原。在后现实主义小说中，作家常常用一个满腹狐疑的叙述者来转述生活故事，以至于对小说中发生的一切以及即将发生的一切无所适从。叶兆言的《枣树的故事》里叙述者便表现出一种不可名状的茫然感，主人公岫云的真实身世缺乏一种确定性的流程，糊里糊涂，以至于叙述者对自己所叙述的真实性都发生了怀疑。读者对这类“叙事”所叙述的一切，可以进行多重的阅读选择和创造性的阐释，而不可能只顺从一种既定的价值判断（作家的理性观念）。

后现实主义实际要求作家只提供生活现象本身，分析与判断留给读者自己去完成。刘恒的《虚证》便是这样一篇要与读者共同作业才能完成的代表作。小说显然借鉴了侦探推理小说的做法，主人公郭普英神秘地自我毁灭了，为了探究郭普英的死因，“我”开始了漫长的人生追踪，企图揭开郭普英的死亡之谜。从人生迷惘的愤世嫉俗，从性的困惑到精神紊乱，叙述者对此一一进行“侦破”，但终没有能够得到明确的答案。由于“我”这样的“叙述者”始终以一种疑惑不解的叙述态度来进行这种人性世界的精神探幽，迫使读者调动自己的生活经验和情感经验对郭普英的死因进行解读，参与小说的叙述创造，当“我”感到“对郭普英的拙劣模仿宣告失败”时，读者却获得了一种参与的喜悦和解构的成功，最终完成了对这个小说世界的营建。

这种对阅读的注重可能会引起某种误解，因为有人简单地认为阅读的价值就在于读得“懂”，这种“懂”也就是理解了作家在小说中所赋予的意义，而作家将意义消解时，就会读不懂。其实，阅读在今天实际是读者不断参与创造的过程，那种宣泄独白式的小说，读者固然可以逐字逐句地明白它的语义，但并没有创造的可能。这里所说的阅读实际要求读者是一个“积极的读者”，他要不断参与创造世界，要在作品的空白、变化处投入自己的情感和经验。既然后现实主义小说已丧失了现实主义那样明确的价值指向路标，它不能像传统小说那样可以跳过去几页继续读下去，读者必须始终保持清醒，随时参与的精神状态，才不至于迷失在叙述的假山中。如果不采取这样警惕、清醒、积极的阅读态度，只能读不懂或读不下去，从而丧失真正的阅读意义。

后现实主义在充分尊重读者主体自由的同时，实际也向读者提出了挑战。由于读者习惯于单向阅读的方式，不少人已经甘心接受作家的“教导”，愿意承受作家对他们的精神奴役。当作家把这种主体创造的权力交给他们的时候，读者反而倒无所适从了，因为长期的被动接受已使他们主体参与的创造能动性萎缩了，他们反会视这种阅读的自由是一种灾难。就像李陀说的："这种叙述使阅读过程一开始就处于一种不习惯不适应的困境之中，而余华对读者的这种困难不加帮助，反而以其特有的叙述使阅读的困境愈趋严重，直至阅读的终结。读者在这样的阅读中不仅不能得到崇高感的满足，而且像一条落入网中的鱼一样处在不断的危机之中。如果他最终不能度过危机而和作家达到某种沟通，那么他只能在这两种选择中择其一，或者晕头转向，或者大发其火。"（《阅读的颠覆》）

在这种意义上，可以说，后现实主义是解放读者的文学，虽然这种解放有时在读者看来难免以貌似戏弄的方式出现。

第三章　现状的危机

——低谷与震荡

把 1987 年以来的小说创作称为“低谷”是从整个文学发展的过程来看的。经过 1985 年、1986 年那样的波澜壮阔之后，文学必然要进入一个相对稳定、相对平静的时期，文学创作不可能像工农业产值那样高潮迭起，一年超过一年，文学往往要经过好多年的积蓄和发展才可能涌出一个小小的高潮或高峰，期望文学创作不断发展不断前进从胜利走向胜利是不切实际的幻想。这是从文学本身发展的规律而言的。如果考察一下文学创作在当今社会的位置，就更能看出“低谷”之势来。纯文学的读者在骤减，纯文学刊物的发行量日趋下降，作家的队伍在急剧瓦解分化，文学会议虽不冷冷清清但多半因一些文学之外的话题而讨论热烈，为了获取企业或企业家的经济实惠，不少报刊不惜出卖版面，一些作家不惜动用珍藏多年的赞歌颂词……其状惨不忍睹，文学的自尊被折腾得污迹斑斑。且不论这一情景是文学的退化还是文学的进步，历史自有公论。如果把这种境地与前些年文学所受宠的状况相比，无疑是从高峰跌入了低谷。

在这样一种双重的“低谷”中，并非就不可以谈论文学，也并非就没有好的作家和好的作品。一个运动员处于低谷时期，往往更能发现他自身的优势和不足，从而进行调整以逐步进入一种新的竞技状态。文学在处于这样调整过渡的阶段，往往会暴露出以往所难以见到的有意义的现象，也往往会萌发出新的在以后或为某种潮流的文学趋势。所以，在这样的时候批评者并不是没有事情可做，而是有更多更艰巨的事情要做。事实上，1987 年、1988 年的小说虽然由于大背景的疲软而丧失了轰动效应，但它在小说创作内部尤其是一部分新手在艺术形式和小说技巧上所进行的震荡却是十分强烈的，十分有意义的。它既是对以往小说创作进行一种反思和弥补，也在开启新的小说风范。但这是不容乐观的，且不论这些新秀的人数屈指可数，即令他们已经问世的作品也显示他们那种困惑、左右为难的姿态，更何况有为数不少的作家在进行滑坡运动，甚至堕入到水平线以下的作品也仍在蠢蠢问世。现状的危机并不会在短时间内消失。

一 第三代小说家的两难处境

尽管 1987 年、1988 年的文学处于一种低色调，但一股暖流却从底层汹涌奔出地面，引起了文坛一场小小的骚动。这便是第三代小说家群体的出现。

所谓第三代是指共和国的第三代作家，而不是指新文学以来的第三代人。第一代作家成长在 50 年代，他们几乎是和共和国同时诞生的，他们中的佼佼者至今还坚守在“阵地”上，像王蒙、陆文夫、高晓声、张贤亮、林斤澜、宗璞、李国文、从维熙等都属于共和国所缔造的第一代。第二代作家是由“文革”的急风暴雨冲洗出来的，像张承志、韩少功、阿城、贾平凹、孔捷生、冯骥才、李陀、陈建功、王安忆、郑义、李杭育、莫言、刘索拉、史铁生、周梅森、赵本夫等都以各自个性特色充实着第二代人的整体风貌。刘心武、张洁、谌容等则属于第一代与第二代之间的过渡人物，他们身上既有第一代的禀性，又有第二代的敏锐，马原、残雪则是连接第二代和第三代的重要枢纽，他们为第二代奏响了辉煌的尾声，也为第三代拉开了热闹的序幕。第三代小说家是对第一代、第二代的一次比较彻底和坚决的反动与调整，虽然在今天他们因为种种主客观的原因，尚未构成第一代、第二代那么庞大的队伍，也未产生王蒙们和张承志们那么巨大的影响，但他们的名字反复出现在各种新潮和不那么新潮但有点期望新潮的刊物，他们的名字在各种老式和不那么老式的会议上被提起，他们的作品已成为《收获》《钟山》《中外文学》《北京文学》《上海文学》等全国名刊的抢手货。总之，他们是出现了，在 1987、1988 年出现了。所谓“第三代”大约可包括这样一些人：刘恒、叶兆言、余华、王朔、洪峰、苏童、格非、孙甘露、迟子建、王刚、北村等人，他们当中虽然有的年龄接近第二代，有的发表作品的时间会更早些，但形成“气候”则是近两年的事情。

当然把他们称为第三代更主要是他们在对前代人的文学观念、小说形式、语言规范进行背叛的过程中已经逐步形成独特的小说品貌和个性，下面我所分述的三点，虽不能概描所有作家的所有作品，但他们整体上所拥有的那种大致共同的意向却是无疑。

故事的再生。毫无疑问，与第二代作家们的小说相比，第三代作家在大幅度地强化小说的故事性。故事曾经被 1985 年的那一代人当作“古董”恣意加以批判、嘲弄和蹂躏，“情节淡化”曾经成为小说创作新潮的口号和目标，这是完全可以理解的。因为故事曾经被人们当作民族化大众化的文学形式，也因为故事曾经被某些文学理论权威简单划解为开端、发展、高潮、结局几大块而成为描写阶级斗争、路线斗争的最佳模式，但这不是故事本身的过错。小说家不能因噎废食，而把小说的重要属性废掉。那个时候反故事主要是出于一种义愤和情感上的需要，事实上即令在第二代小说家那里，故事始终没有被废掉，他们还不得不启用故事来填充他们的小说，来表现他们的“现代观念”。但第三代小说家则干脆宣称要“写一个漂漂亮亮的好故事”，完全与第二代人的观念背道而驰。叶兆言、刘恒、洪峰、余华、格非都是叙述故事的好手。刘恒的《伏羲伏羲》《虚证》，余华的《现实一种》《河边的错误》，叶兆言的《五月的黄昏》《枣树的故事》，洪峰的《瀚海》《极地之侧》，格非的《迷舟》《大年》，以及王朔的《顽主》，都是阅读性十分强的好故事。但他们不再用故事向人们昭示、灌输什么，他们完全是以一种故事性的思维来操作小说。这在小说的本体观念上便与第二代显出了差异，因为第二代仍以观念作为小说本体，故事只是观念的附属品，而第三代则把故事作为小说本体，他们要把故事讲出意味、意趣，而不在它能形成什么样的革命性的现代性的观念。为了强化小说的故事性，余华、刘恒则不惜借用纯大众化形式的推理小说的手段，在《河边的错误》《虚证》里面，悬念套着悬念，情节甚至枝外横生，但小说不再单纯是一个故事而已，在故事的展开过程中埋伏了许多难以言清的信息。叶兆言的《枣树的故事》则是从各种方位、各种叙事角度来讲述妓女岫云一生发生的各种各样的故事，组合起来便形成一幅立体主义的油画，你似平看到了什么，又似乎什么也没看清楚。而格非则用一种温馨的诗意来建构他的故事，《迷舟》和《大年》所包孕着的迷幻和谜云，虽被作者隐隐揭开，但使读者感到还没有完全揭开似的，有了很深厚的阅读价值。总之，在他们的笔下，他们发觉故事不那么令人讨厌，不那么传统、不那么容易把握，不那么一览无余了，故事在萌生着种种我们意料到和意料不到的意义和意味。

主题的消解。虽然把 1985 年所崛起的那一代作家的作品称为现代观念小说难免有些笼而统之，但中国第二代小说家中，他们对观念的热情、对主题的兴趣始终激发着他们的创作灵感。无论他们把文学当作忧国忧民忧文化的手段（这主要是文化寻根派的作家），还是把文学当作个性解放自我宣泄的工具（主要是那些被人冠为“现代派”的作家），在他们的小说中总是洋溢着一股激动人心的思想、理论、观点，主题的新鲜、大胆、深刻是 1987 年以前小说竞争的准则。到了 1987 年，这种主题的比赛再也搞不下去了，第三代小说家则干脆放弃对主题的追求，不再热衷于去挖掘什么人生哲理、宇宙观念、历史意识，而致力于故事的营造和语言的搏斗，他们再也不直接告诉人们什么观念性的主题。他们当中有人声称文学只是游戏，小说也只是游戏的一种方式。这种说法虽然一点也不新鲜，但并不能把它仅仅理解为对亚里士多德时代游戏说的一次简单重复。也许在另一重意义上，它是对小说（文学）功能的一次释放。长期以来，由于文以载道传统的熏陶，加以文学观念上的误差，人们总是赋予文学以沉重的使命，文学在长期超负荷地进行非常态运转，而作家也总是期望自己的每部小说都能成为人类文化的百科全书，其结果是使小说丧失了自身的形象。虽然不能说第三代的所作所为便是对变形的小说进行完全的矫正，但他们的反动至少减轻小说身上所负载的一些不必要负担。苏童的《你好，养蜂人》上演了一出糊里糊涂的不悲不喜也不幽默也不辛酸的无调性剧目，养蜂人再也不是理想的象征，也不是痛苦的依托物，也不是什么追求的精灵，更不是什么光明的使者，养蜂人昭示的便是一团糊里糊涂的神秘氛围。整个《你好，养蜂人》所展现的便是一场莫名其妙的寻找过程。如果说这种对主题的消解在苏童那些不太注重情节的意象小说中表现不那么十分突出的话，那么在王朔的小说中则显得十分嚣张。《顽主》所表现出来的人在现代社会生活中受到种种压抑和苦闷，如果按照“主题”型的方法来表达，则无疑会透出一种沉重的历史悲剧感和人生的苦难感，但王朔笔下出现的“三T”公司则将这一切廉价处理了，再也没有那么深刻的主题在显影，小说的“思想”完全被作者“玩”掉了。余华的《现实一种》、洪峰的《极地之侧》、孙甘露的《信使之函》、叶兆言的《五月的黄昏》都是这种反主题的结果。这种“无主题”的小说方式的突然出现，破坏了中国读者原先稳定的阅读结构，人们一下子难以适应是可以理解的，但如果要从中去寻找出什么深刻的主题来那就则是阅读的失败和评论的悲剧了。

语言的战争。第三代小说家正在进行一场语言的战争。维特根斯坦不仅成为文学理论评论界近年来所崇拜的偶像，连那帮自称长着反骨的青年小说家和青年诗人对这位古怪的外国老头也带着几分敬意和畏惧。第三代小说家从第二代人的观念的实验而转向文体的实验和语言的实验，虽然不是直接导源于索绪尔、维特根斯坦，但至少受到他们阴影的影响。有人把第三代小说家称为形式主义者，可能是出于一种贬义，但我认为这至少是一种中性的判断，甚至还是一种褒扬。因为第三代小说家反对在小说中实施某种思想观念，以故事来重构小说的本体性，所以必须在语言形式上进行革命性的实践和改革性的实验，他们必须视语言为内容为形式，甚至认为语言就是故事，就是小说，所以把第三代小说家的实验性小说称为一场艰苦卓绝的语言战争并不是夸大其词。事实上，第三代人尤其是那些从诗歌转向小说的作家对语言的试验也取得惊人的成果，孙甘露是其中最有代表性的一位。他的《访问梦境》《信使之函》《仿佛》几乎创造了一种小说语言的至境和绝境，以至于完全可以当作诗歌进行阅读。苏童、余华、北村、迟子建等人也完全按照诗化的规范来展开他们的语言格局。这一代人对语感的癖好几乎到了病态的地步，他们对文体的把握也到了几乎自如的境地。如果仔细分析他们的语言结构，进行文本意义上的阅读，将是一件十分有趣的工作，只是这里不能进行了。但是，第三代人就像他们处于一种悖反困谷之中一样，他们在语言上也同样面临困境，比如他们把语言玩到最高境界时不过是诗的境界，那么小说不就成了诗的傀儡么？或许，汉语言文学更适宜写诗。果如此，他们的这场战争将是永远付出牺牲而不会得到胜利的漫长苦役，那是多么可怕。

第三代是幸运的，他们有理由反抗规范，逃避真理，亵渎神圣，也有理由挥霍他们充盈或不那么充盈的才华和灵气，但他们也更有理由成为大师，更有理由写出作品。可现在呢，也许他们所整合起来的能量是很有生气很见威力的，个体呢？不用说与文学史上的大师相比即令与新中国的第一代第二代作家当中的优秀者相比，其艺术的独创性与丰富性怕很难说已经超过。至少目前还没有超过。

当然，他们还在发展，还有希望，还有明天。但是，他们不平凡的起点，将是他们今后逾越的巨大障碍。

二 滑坡的人们

“低谷”的准确用法，是该形容那些曾经在文坛上叱咤风云，如今已不那么威风甚至有些滑坡乃至疲软作家的状态。因他们的整体衰退，人们才感觉到文学“疲软”作家“疲软”，才认为文学不景气，这是因为读者和评论阅读视野始终在跟踪着他们，认为他们代表着整个文学的面貌。这种阅读心理取向往往影响着人们对整个文坛的评价。

情绪律的衰弱。陷入疲软状态的作家主要指第一代作家和第二代作家，也就是在“反右”中受过煎熬的那批作家和在“文革”中得到“锻炼”的那批“红卫兵”。也许他们在以前的作品中投入更多的情感和经验，他们在创作新的作品时那种情绪的律动比之初期已经明显地衰弱，昔日那种饱满的气势和充沛的情绪渐渐被一种老成和谙熟所取代。这伙作家差不多全部转向长篇的制造，但已经出来的长篇小说却不免有些让人为他们惋惜。这些长篇差不多是他们的中篇和短篇的综合，有些故事和人物也差不多从原来的作品移植进长篇的，就说这两年来所出现一些像样的长篇小说，像《金牧场》《古船》《浮躁》《上下都很平坦》都在不同程度上表现出作家创作档案的一种显影。一个作家运用已经使用过的材料进行写作本是极为正常的事情，但作家要赋予这些材料以新的视野、新的生命和新的结构，超越原先的方式和意义。可上述长篇在不同程度上有重复过去的意味，有的在整体上也不和谐，完全是一种拼盘。这尚且是一些优秀作家的优秀之作，至于那些二流三流的长篇小说更是惨不忍睹，尽管讨论会、座谈会开得热气腾腾，“力作”“佳作”的帽子也戴得不少。

造成这种情绪衰退的原因，可能与中国作家的小说写作程序有关。不知哪来的规定，当前的这些小说家几乎都由短篇而中篇而长篇，这好像变成一种循序渐进的小说创作“军规”，很少有人一下子去经营长篇小说的（王蒙的《青春万岁》除外）。这样一种“漫长”的过程无疑消耗作家的许多情感经验和社会经验，而且还造成了许多作家的“结构缺乏症”，用一种结构方式去写短篇、中篇、长篇，这种枯燥的平冗的结构方式又反过去抑制了情感的爆发和经验的升华。有人否定现在没有长篇小说，表面看来是一句偏激之词，但蕴涵着许多合理的成分。

模式的因袭。情绪律衰弱的结果，便是这些作家在蹈袭自己的小说模式，缺乏创新的勇气和实力，缺乏否定自我砸烂旧我的冲动，而在既有的小小塞堡中自我封闭自我沉醉自我游戏。有的作家小说，故事大同小异，此篇与彼篇的人物对换之后也不会影响小说的整体和谐。也许这还不足以说明因袭的无价值，不足以表明他们跌入低谷和陷入疲软，有人用这样的个性理论来进行辩护，即：一个作家的风格就是反复重复的结果。且不论此言有无道理。我想从他们对另一种模式的共同兴趣来说明这些作家是如何地低潮和缺乏创造的热情和能力。

1987 年至 1988 年，打开所有的文学期刊，几乎每期都可以看到“笔记小说体”。青年评论家李庆西称笔记小说“是寻根派也是先锋派”，自有道理。但这两年所兴起的“笔记小说热”却不是一种欣欣向荣蒸蒸日上的征兆。几乎所有的在文坛有点小名气的中青年作家都去染指“笔记体”，曰“纪事”“短篇 X 题”“XX（X 篇）”，或找一个共同的地域空间，或定一个共同的意义链，或找一个贯串的人物，或寻一种语言上的相似和相异，总之，都企图微言大义，以一当百，包含天下种种哲理。这是从好处说的。

然而，我认为，笔记小说热的出现，正证明这样一些中青年作家心态的疲弱和情绪的老化。因为笔记小说篇幅短，所花费的时间（时间是衡量情绪律强弱的一个外在标志）和材料有限，足以掩饰内心的虚弱和技巧的“黔驴”之态。而且，由于笔记小说先天所特有的简洁、玄奥还可以被某类人用来冒充高深、表现渊博，更何况还有人称赞它是“先锋派”呢！虽然形式不是衡量作家情绪强弱的唯一标志，但笔记体显然不是一个富有生命创造力和青春热情的作家所愿意选择的，它的简洁、老成、深沉都是一种老人智慧的外化。像汪曾祺在1988年所推出的一组《聊斋新义》便是这一智慧的表示。但并不是所有人都能达到这样的境界，其他一些作家的“新笔记小说”反而更暴露了他们情绪的虚泛、经验的肤浅、语言的困境。一句话，他们在退化，甚至有些无可奈何花落去的味道。这是我从笔记体这样一种大模式中读出来的。

仍有的好小说。尽管这些作家在进行大踏步地滑坡运动，从高潮状态中降落下来，但仍然有一部分作家在顽强地与颓败之势斗争，顽强地向前走去，抵制滑坡的惯性。恕我阅读面狭窄，只能将读到的部分好小说列出，并不否认这两年间还有其他好小说存在。

王蒙的《一嚏千娇》。这也许是近两年内最先锋的小说。在这部中篇里，王蒙除了表现出他一贯所特有的机智外，还显示他超乎同辈人的艺术更新能力和敏锐的感觉方式。小说完全按照一种解构的方式来进行叙述，将庞杂的社会信息量和文学信息量自如地集结于一体，然后又不露声色地将这些信息的意义消解在结构之中，小说像旋转的魔方，色彩斑斓而线条模糊，层面复杂而块状突出，没有开始，没有结局，没有正面，没有负面，也没有侧面，叙述的过程也是反叙述的实现，意义的完成的同时意义也在消失，小说充盈的信息抵得上一部长篇。

谌容的《懒得离婚》。谌容是以《人到中年》而闻名遐迩的，但之后的谌容仍顽强地进行探索，她的《减去十岁》和《送你一束夜来香》表明她自我的蜕化意识和模式作战的潜力。1988 年的《懒得离婚》使谌容终于与《人到中年》里那个有着少女纯情般的陆文婷告别了。尽管《懒得离婚》仍然是以强烈的社会性现实性而获得人们的共鸣，但《懒得离婚》却改变了《人到中年》那种浪漫情绪理想倾向，人物和小说都恢复了写实性小说所特有的世俗性和现实感，而且结构上的纪实性效果也使谌容从幻想和虚构中更加直面人生。虽然《懒得离婚》不是一篇完美的小说，但所透露出来的气息却是令人感动的：第一代作家终于能背叛自己的艺术信条和文学背景，到一个新的天地中开始操作了。

张承志的《金牧场》。人们对《金牧场》的种种厌倦和不耐烦，主要是由于太熟悉他的《大坂》《黑骏马》《老桥》《北方是河》《黄泥小屋》了。说实在的，我也有点厌倦了，但这种阅读的疲倦却不能代表对一部作品的评价，当我们把它置于整个年度和整个新时期文学乃至整个新文学的大背景之中来进行考察时，就会发现它是中国新文学长篇小说创作重大收获之一，它有着一种文学史的意义，它的价值可能在今天不会被充分地认识而留待明天去发现。总之，它是一片新大陆。我想《金牧场》所揭开的只是我们当代文学创作的一道灿烂的序幕，而不应是最后一页的喧哗与骚动。

第四章　出路的迷茫

新时期小说面临的种种障碍和危机暴露出中国当代文学的综合症状。为了摆脱这种困境和误区，一些小说家进行了各种各样的尝试和摸索。退回到现实主义的原有轨道运转者有之，向更先锋更超前的国外小说看齐者有之，但始终没有能够改变小说现状的疲软状态，大部分作家都处于茫然不知所措的情境。

出路在哪里？

在本章里，我想从 1988 年小说创作中隐约显出两股脉动和走向作具体的分析。这显然不意味抹杀其他脉动的存在和其他走向滋生的可能。

一　纪实与媚俗

正像人们预料的那样，1988 年是“报告文学年”。这从报告文学作品讨论会的频繁举行便可以看得出来。报告文学热持续不衰，表明人们对纪实性文学的需求越来越迫切。报告文学的轰动，委实使得一些小说家发生恐慌和惊异，开始正视这个不那么纯的文学品种，并认真对待这个文学与新闻杂交的混血儿。事实上，纪实文学的浪潮自 1985 年张辛欣、桑晔的《北京人》问世之后便开始冲击蚕食小说的堤岸，掳掠小说的读者。只是到了 1988 年这样一个特殊的年头走向了顶峰。随着政治上的不断开放与透明度的缓缓加大，也因为读者对社会现实的格外关注和新闻尚未完全公开化，人们便要求文学提供更多的社会信息量和新闻因素。这个时候一些报告文学作家便开始“越位”作业，那大块头密集型的报告文学便纷纷出笼，一时甚嚣尘上，把小说挤得干瘪，几无立脚之地。

这种态势与热气流不能不干扰小说作家的心态，不能不影响小说创作的内在走向和艺术机制。于是近年来的小说便出现了两股新的流向，一股便是融进了一些纪实性的因素，使小说更加现实化，世俗化，是向“纪实热”认同的，一股便是更加重文学的虚构性，超现实地营构心灵的幻象世界，这是对“纪实热”的反抗。前一股流向主要源于一些纪实型的作家，包括一些新近的作家像刘恒、王朔、刘震云等人，也包括谌容这样的社会心态小说和并不那么写实的小说魔术师王蒙，当然他们并不是完全向“非小说”认同，也并不是完全的“非小说”方式，他们只是企求一种纪实性的阅读效果以消除或缩短审美的距离感，他们各人也有各自的做法，也进入到不同的层面。刘恒的长篇小说《黑的雪》初版两万五千册，居然一销而空，还要再版，这在前几年对一部长篇小说来说绝对是不值一提的，但在 1988 年则显示了作家的荣耀，因为这并非一本供大众消遣的通俗读物。《黑的雪》描写的是一位“失足青年”的故事。最能吸引读者注意的是作者在小说背景上耍了小小的“伎俩”。他把故事发生的地点完全新闻化，东大桥、神路街、小庄、关东店、呼家楼全是生活中真实的存在，以及连东大桥那一片黄色的大楼与照相馆也与生活中的存在一模一样。这就强化了读者，尤其是北京地区读者的阅读真实感，以似纪实的方式来强化小说的可读性、可捉摸性以扩展小说的阅读面。在刘恒的中篇小说《白涡》里也有类似的处理。

这种处理方式是一种聪明而狡黠的，它不仅为读者在阅读上能获取一种客观性的纪实效果，而且也使自己构思小说能够有一个稳定的叙述框架，也就使作家在叙述故事的空间结构（地域环境）不必苦思冥想，而按照生活中的本来情形照搬还原就行了。这么做的目的也在于“瞒骗”读者：这是真的，我没有虚构。这实际反映作者对“纪实热”的某种认可和对虚构想象的某种调侃。虽然在刘恒的小说中充满了惊人的美丽的想象，像中篇小说《虚证》所出现那些“虚证”，都是心灵深处意识流动的外化，但作者仍故意将它客观化纪实化。这里面有着某种审美意识的改变和更新因素在起作用。

与这种背景实化故事虚化的写实倾向不同的是另一类作家的自传式的纪实笔法。老鬼的长篇小说《血色黄昏》在封面上直接冠之以“新新闻主义”，更表明了作者对纪实性效应的向往与奉承。尽管小说与西方的“新新闻主义”相去甚远，但作为一种自传体小说却不失为其独特的价值。它的勇气，它的冷酷，它的刺激，均因一种纪实性的方式而获得一种逼真的阅读效果，以至使人们忘记了它是一部小说而不去考究它的艺术价值。倒是王朔、刘震云、查建英等人的小说在叙述艺术上有了小小的长进，这种长进主要表现他们小说中的可爱的叙事人——“我”。王朔的《橡皮人》《玩的就是心跳》，刘震云的《塔铺》《新兵连》，查建英的《往事离此一箭之遥》《丛林下的冰河》，都是以两种拟自传体的形式出现的，他们都在很大程度上运用或调动了个人的经历，投注了个人的生活经验和情感经验，因而带有明显的自传色彩，这便使小说笼上了浓郁的纪实性和自由性，但阅读经验告诉我们它又是小说。作品的整个结构全由“我”这个叙事人支撑，作者由此获得巨大的灵活性，它一方面可以倾注个人的经历和经验，又可以漫不经心地虚构那些巧合的或富有诗意的或富有冲突的或颇具幽默效果的情节和细节，但同样可以取得一种纪实性效果。王朔的小说则显示出一种氛围的纪实，它渗透出的那股新京味显然来自于他在社会中的生活氛围。刘震云的《塔铺》《新兵连》则是一种事实的写实，他笔下的高考补习班和新兵班显然已经经过他的浓缩处理，都是由“我”这样一个视角观出来的，带上浓郁的回忆性色彩，便显示出现实主义那种原生美来。查建英的自传风格比他们二位都强，而她更集中表现自我的经历和情感，她小说中的所有文字几乎都是从心灵里流出来的，完全是情绪的纪实。这样一种“拟自传”的叙述方式正受到人们的青睐，我们可以把它叫作“第一人称热”。

显然“纪实热”已经波及小说各个层面，引起了小说家和小说创作的各种变化。小说家采取上述调整的步骤以适应新的文学态势是必然的。但一些小说作品在表现纪实效果的时候常有一种不自觉媚俗的倾向。事实上，一些颇为优秀的作家，一些颇为优秀的小说，在纪实热的冲击下也不免乱了方寸，削弱了自信。莫言的长篇小说《天堂蒜薹之歌》或许是为了得到某种纪实性的效应，是直接以生活中的一件“事件”作为创作的引爆点的，这又何尝不可，但感觉疯狂爆炸的莫言却不适宜这项纪实性的工作，昔日从容不迫的才子处处显得措手不及或无所事事。这是必须引以为鉴的。谌容的《懒得离婚》也是该年度的难得的写实小说，它敏锐而深刻地呈现了现实生活中人们那种麻木的精神状态，在叙述上作家也改变了一味反讽和一味煽情的语调，有了充分的现实主义品格。但在结构上，却有意模仿时下所流行的“宏观”的报告文学的做法，那些小小单元组合起来所产生的阅读效果使《懒得离婚》呈“非小说化”状态。这是不可取的，因为面对纪实文学的挑战，小说应该有自己的艺术层面、审美层面、阅读层面，这样简单地对报告文学进行认同，只能丧失小说的本性，使其从危机走向死亡。这是一条死胡同。

二 幻象与自恋

与媚俗倾向截然相抗的是一部分新近出现的小伙子，他们显然有一种“玩”文学的派头，似乎文学愈远离社会、愈远离生活就愈纯粹愈像文学。应该说这是偏执的文学观，但有其独特的价值，尤其是在中国这样过于偏重文学实用性的国度里，这种“玩”法“玩”式自有一种平地奇峰的味道，虽然其实一点也不新鲜。

他们的实践在小说领域已经令人注目，这便是他们的一批与上述纪实性小说品格大异情趣而被某些人奉为“新潮”和“先锋”的小说作品。虽然这般小说流的覆盖面积十分有限，队伍阵容也差不多，但有人认为这种小说有一种革命性的意义。我却觉得这种说法有些夸张。

不妨先从这类小说的正面谈起。近几年，已经不止一位作家和理论家呼吁“中国作家缺乏想象力”，或称为“想象的危机”。莫非中国作家的想象力真的随着时间的流逝而退化了？这类小说的出现完全可以否定这种说法。

这是一批具有超现实主义特征的小说。这些小说家在从事小说操作之前差不多都染指过诗歌，孙甘露、苏童、格非、沈宏菲、北村等人都曾经做过大诗人的梦。这些作家主要依仗他们营构诗歌所没有用上或没有用完的想象力来建构与生活现实相陌生的幻象世界，我曾经给他们的小说起过一个名字，叫作“幻象小说”。在理论上他们显然直接或间接受到过超现实主义流派的影响，在实践上他们对阿根廷的著名作家博尔赫斯推崇至极，甚至在偷偷地模仿或暗暗地移植。因此他们的小说笼罩着一层梦幻色彩，时间和空间也往往失去了自然的确切的界限与流向，完全是作家“精神自动性”的一种“下意识书写”。这种仿梦小说最著名的是孙甘露的《访问梦境》《信使之函》，尤其是前者所表现出的高度想象力和语言敏锐力着实使所有的纪实性文学变得苍白浅陋起来，真有仙境与尘世之别。苏童更是依仗想象力写作的一位青年，他的中篇小说《1934 年的逃亡》所呈现的是他所完全没有经历过的场景，是精神幻象中的一种境界。

这样既脱离史料又不用别人的经验地抒写“历史”是很危险的，也是需要很大勇气的，成功与否全在于想象力和语言能力的强弱。余华的小说尽管有不少是以强烈的残酷的生活现象为内容特征，但他的《世事如烟》却故意淡化简化写实性的内涵，让那些事实具象处理成为线条式的抽象语符，从而更具有一种超现实的梦魇氛围。格非的《褐色鸟群》是一篇颇遭指责的中篇小说，这种博尔赫斯式的幻象虚设的造梦小说确实迷惑了不少人，以至有人在这类迷宫中气急败坏地宣告阅读的失败继而宣布格非的拙劣，远不如他的那些轻型的技巧故事《大年》《迷舟》更为人们普遍喜爱。这着实是超现实小说最大的悲哀。布勒东在《超现实主义宣言》里指出："超现实主义的基础是相信在它之前一直遭到忽视的某些联想形式的高度真实性，相信梦幻的才能，相信思想的不偏不倚的活动。它的目的是要摧毁其他一切精神机械论并取而代之，以解决人生的主要问题。"因此这些小说家虽然强调梦幻的作用，但并没有想把梦幻世界与现实世界对立起来，而是企图通过强调梦幻世界的真实性使这两者一致起来，以获得一种"超现实"。这在苏童、格非的小说里尤为明显，只不过他们并不想在"真实性"上与纪实性文学争高低，而是拼命炫耀他们丰富的想象力来嘲笑纪实文学的平乏与媚俗。

在 1988 年的小说创作中，王蒙的有一类小说也值得注意。这就是他在一些超现实主义的结构框架中灌注一些非常写实的现实性内容。这以他 1988 年的《十字架上》《球星奇遇记》《海之波》为代表。《十字架上》在纪实与超实两种水火不相容的文学质之间拓开了一个非常巧妙的中间地带，连接两种异质的桥梁是主人公"我"，"我"一会儿是新闻真实的"我"，一会儿又是幻象存在中的"我"，两个"我"交相出现，既互相隔离，又互相呼应，造成了一种既熟悉又陌生的效果。这样一种既真实而又荒诞的复合的"我"既观照出生活中的种种乖谬现象，又自然地坦露出自我心灵的真声。这种结构方式几乎贯穿了王蒙的近期小说，它所造成的悖反效应是很耐人玩味的。我将在后文中详尽论析。

我这里着重要指出的就是上述幻象小说的作者已经开始堕入一种自恋情结之中。自恋心理是一个非常美丽非常诱人的陷阱，人们常常会因为自怜自慰而裹足不前地隔绝了与外边世界的联系。根据弗洛伊德在《精神分析引论》中的论述，自恋乃是人的一种精神病态，它主要表现为两种症状：妄想狂和抑郁症。而这种情景在苏童、孙甘露等人的小说中几乎随手都可以找到例证。这是由于幻象小说本身先天性就有这一特征，所以不可避免地流露出自恋倾向来。而另一方面，一些想象力平庸和文字功夫平乏的青年作家由于趋时赶潮，也竭力仿效超现实主义作家的作品，进行梦幻小说的实验，他们的作品有的则无异于精神病人的疯语，毫无小说价值，连“自恋”也达不到。

小说的出路肯定会是有的，但摆脱这种危困疲软的状态需要一定的过程。而这个过程的实现，往往并不是小说家所能单独完成的。这给小说未来的前景不可避免地笼上了一层迷漾而茫然的阴影。

中篇　文坛之误

第一章　诗坛的转机与困惑

这是一个寻找形体而又失落形体的季节，这是一个回归自身而又走向群体的年头，这是一个归根而又失根的时代。

——题记

一 释题：关于“朦胧后”

说实在的，以现时诗坛这股喧嚣与骚动的新浪潮作为批评的对象是需要一些勇气的。它的群体之多，宣言之杂，刊物之众，周期之短，嬗变之速，它在诗坛忽沉忽浮的半隐现面貌，它的无序流动与迅疾变异，它的唐突、冷兀、荒诞、诡幻，都令人困惑乃至晕眩。我必须以描述的方式来面对批评对象，以便传递他们的困惑以及我的困惑这样共时性的心态，这样评判与审断的意味减弱了，却可以赢得独特的审美过程和感性价值。而且，批评主体在批评的过程中亦可最大限度地保持心态的自由与轻松。

困惑首先表现在名目。古人云：“名不正言不顺。”对现时诗坛这股新浪潮的命名上也有些令人眼花，有人把它与“朦胧诗潮”连在一起统称为“新诗潮”，也有人把它形容为“新生代”或“第三次浪潮”。“第三代”的说法虽然稍稍流行一些，但亦有“大三代”“小三代”之异（“大三代”即认为五四至今有“三代现代诗人”，“小三代”即把新中国成立后划分为三代诗人），名目虽同，内涵差异甚远，我自己也曾袭用电影界和评论界的概念，把这些诗人称为“第五代”。现在看来，用“代”并不准确，因为现时诗坛这股浪潮由于组合的不规则与不规则的组合，还未真正熔铸出（或许正在熔铸之中）足以与上一代诗人（舒婷——杨炼朦胧诗人体系）抗衡的美学力量和价值体系。因此把这股新浪潮称作“朦胧诗后”或“朦胧后”。虽然不如“新生代”“第三代”之类名谓那么响亮，那么有气势，但就时间角度与诗歌发展的关系而言，会更加客观准确些，也更利于保持心境的平衡和公允。

把他们称作“朦胧后”，因为他们几乎都是踩着舒婷、顾城、江河、杨炼等朦胧诗人的脚印走上诗坛的，他们是朦胧诗哺育出的一代。他们稔熟舒婷们的诗的进展程序、意象方式，能熟练地辨别出朦胧诗人各自的符号形态、语词结构而不至于混为一谈，他们可以如数家珍般举出朦胧诗人的代表作乃至家庭住址甚至电话号码。在朦胧诗命运漂泊不定的时候，他们是朦胧诗人最热情最坚定最忠实的读者和支持者。他们在心灵里在诗中默默供奉着这一尊尊“神”。然而，他们老是逾越不出“神”已经占有的区域，他们老是在重复舒婷们。这时不知谁喊了一声：“上帝死了！”一场“暴动”便由此发生，“打倒北岛”“告别舒婷”“离开杨炼”几乎成为这些群体的共同标语，贴在他们的诗的街头。自 1984 年起，数以千计的诗社、诗人、诗集不再羞羞答答、腼腼腆腆，而是勇敢地打出某某主义的旗号慷慨激昂地纷纷亮相，到 1986 年下半年几乎进入癫狂状态，诗坛进入多元无序自由发展的失控状态。他们努力挣脱舒婷们赋予他们的程式和他们自觉自愿戴上的“镣铐”（对朦胧诗惟妙惟肖的模仿），寻找新的情绪世界、审美范畴，并时时以舒婷们作为“传统”的参照，开辟新的艺术疆土。虽然一度呈现出混沌及至混浊的局面，但加快了诗歌的发展节奏，并崭露出一些新鲜的审美意向迫使朦胧诗向幕后退却。将这股诗潮称为“朦胧后”也就是很自然的事了。

一 强化生命与淡化历史

70 年代末期，朦胧诗人肩负着沉重的历史使命感和社会责任感步履坚韧地走上诗坛，他们要把诗作为一种手段，一种桥梁，“让美好的一切深入人心”，他们的创作实践使诗从外部的错位中纠正过来，让变形多年的诗还原到本体，直接秉承五四的开放风度与创新意识，使得诗歌既具有历史的厚度，又富于心灵的深度，大大拓展诗歌的内在空间与外在空间。

而“朦胧后”诗人在强化内在空间的同时却对外在空间采取规避的方式，有时甚至故意冷淡历史感、社会感这些为朦胧诗人所激动不已的内涵。得失皆于此。他们诗中的强烈的生命意识无疑是一片崭新的大陆。他们虔诚地把诗作为生命的具现，“一首诗使人获得美感的只是因为它自身是一种生命，是灵魂和灵魂的撞击”（于坚）。“诗歌不表达什么，它本身就是一个人的灵魂，就是生命”，

“诗歌的美感完全是由个人的生命灌输给它的，又是由另一个具体生命感受到的”（韩东）。一些群体表达得更干脆，“诗是纯粹的生命体验”，“诗的最高极限是生命形式本身”（“超前意识”宣言），“诗从属于生命过程，是对生命内涵的体验和深刻内省”（“情绪流”表白）。显然，“朦胧后”诗人更关注生命本体自身，潜入到生命的深层天地去窥探生命存在的奥秘，揭示生命的真正内涵与构成。

这种强化生命意识的做法实源于一种重构“人”的愿望和理想。舒婷们也表现人，但注重表现“社会的人”，表现十年动乱不正常社会环境对人的异化、变形、戕害，渲染这种被戕害、变形的苦痛与愤懑，而“朦胧后”诗人更着重表现在一个改革开放的年代里人的更加解放、更加自由的要求，表现人的伸张与发展的愿望，也就是表现作为生命实体的人。舒婷们所呼唤的“人”毕竟带有浓郁的古典人文主义色彩，并不是现代社会的真正的现代人。“朦胧后”诗人的理想是要重建人，重构人，扩张人，“由我们的诗句去展示个性，展示物质，展示人的竞争，展示人的忧患，人的欢乐，人的拼搏，人的孤独，人的扭曲，人的复归，人的压抑，人的伸张”（程蔚东《别了，舒婷北岛》）。因此，他们从人生存的本体出发，充分体味生命所特有的爱、恨、生、死、病、老、苦、快、乐、食、性等情绪和欲念，全方位地表现人的情感的多维与无序，呼吸派清醒地认识到：“诗是呼与吸的双向运动，是灵魂正面与背面的二重组合，是情感的张力与负荷的同构”在这样的观念照射下，他们几乎不厌其烦地渲染痛感、苦感、快感以及与此相涉的孤独感、陌生感、荒诞感、暴露自我、虐待自我、扩张自我，将心灵的创伤、扭曲的精神和变态的心理错综地杂糅于一体，有时甚至类似精神病患者的狂呼乱叫（现代艺术心理学已分析出优秀的艺术家都有不同症状的隐现或显现的心理变态，故对这种喊叫不可一概视为疯语）。

当然，他们并不满足于这些表象的感性的呈现，而是借此去体验生命的真正内涵所在。他们所表现的生命只是生命，不可纳入到某种理念的框架之中，在一首《我们就是迪斯科》的诗中，他们写道：

超越一切具象逍遥而游
苍穹之上，冥冥之下
浑然如黑白分明的鱼魂
那就是我们
那就是
DISCO

这就是他们的生命理想，挣脱一切外在的羁绊行游自由，乃是精神寻求绝对自由绝对超脱的潜在表现。他们以“迪斯科”这种外在流动的舞蹈形式来作为内心精神追求的物象，着实是妙不可得的神来之笔。

为了能够强化人的本体意识的能动性，让生命还原成生命，使生命意识成为纯粹的感性的体验，“朦胧后”诗人极度淡化历史意识和社会意识，剥离笼罩在生命本体之上的种种非生命因素。他们以对文化的亵渎来实现这种“剥离”，在反文化的过程中将历史感和社会感冷却为零度。“我确实想脱光衣服／做一个黑奴／我想我的模样不会太差／最重要的是有理由看不懂”（胖山），目的在于“捣乱、破坏以炸毁封闭式假开放的文化心理结构”（莽汉宣言），根本“不承认历史文化的逻辑指向性”（“真人文学”宣言）。他们讥笑“梁山泊祝英台是两只蝴蝶／可愈千年中国的相思病／一两马致远的枯藤老树昏鸦／三钱李商隐的苦蝉／半勺李煜的一江春水煎煮／所有的春天喝下／都传染上中国忧郁症”（张锋《本草纲目》）。这与“寻根文学”完全取一种逆向的审美态度，对一部分朦胧诗表现东方古老历史文化形态和气韵进行了刻意的讽刺，他们不屑于远古神话、老庄哲学、东方神秘主义这些文化古董，他们注意的是生命自身，他们甚至固执认为只有他们自己才是有生命气息的文化载体，古典的传统的文化都是死去的没落的扼制人性发展的“锁链”。

这种极端的偏执的病态的生命意识并不像人们一般理解的仅仅对中国民族传统文化的冷视，他们对外国的古典文化传统也采取同样的亵渎态度，那些浪漫的、感伤的情绪被他们当作贵妇人的“自作多情”，那种自尊自贵的骑士风度、游侠精神、沙龙气息等维多利亚时代的“贵族腔”或“拟贵族腔”也被他们当作敌对靶子轮番射击。他们倾心的是“垮掉派”的金斯伯格、“自白派”的普拉斯等西方现代反理性主义的诗人，那种无家可归的失落感，那种寻找归属而不得的苦闷感，那种生命扩张不开的梦魇痉挛感在一种自虐、自戕、自高、自卑的复杂情结中生长出来。这种不追逐文化的从生命深处流溢出来的诗，本身就有一种文化价值，认识这种价值也需要一种新的艺术价值观念。

也许真正的诗歌只能从诗人生命的内宇宙生长出来，它应该是用文化无法转述的，上升为哲学的层次或许是理论家和文学史家的事情。但是不是诗在表现个体生命时越是狭小越是孤立，张力就越大呢？是不是诗就能真的摆脱外在社会条件脱离文化背景而犹如宇宙天体独立存在（其实任何宇宙天体的独立也是相对的，它在整个宇宙空间既使用于其他又受制于其他）逍遥而游呢？生命与文化，情感与历史，直觉与理性，存在与意识等一些既互相背离又相互联系的复杂命题都是令人困扰并永远困扰的。诗人在写作时可以丝毫不顾及这些看似简单而又深奥无比的问题，但作为一种理论提出来的时候，尤其是一个批评者面对这些困扰人的文学现象时似乎不能不同时顾及“这一端”与“那一端”。其实，诗的妙处往往就在于能够表现生命体验（情感结晶）也能表现人生经验（历史积淀），在两端之间找到最合适的交点，但这种交点往往是自然形成的。刻意寻找与有意设置往往会适得其反，就像故意表现文化会失去诗情一样，故意表现生命有时往往会失去生命，好的诗都是情感自然流露出来的，而不是人为地挤出来、打出来、榨出来的。

三 反讽：自身形体的分裂与错位

尽管我也曾和人们一样大谈过现代文学的“反形象”特征，但当换一种方式来观察文学时，我们便会发现，无论文学作品是否塑造形象（人物形象，典型性格），但终究要完成一个作家自身形象的塑造。这个形象隐藏在叙述或抒情的过程之中。可以这样说，现代文学创作尤其是现代诗歌的意义主要在于作品之外的作者的“自我”塑造。虽然这种“自我”早就客观存在，但作为作家的自觉意识是从现代的文学开始。那么“朦胧后”诗人已经给人们怎样的“自我”呢？

非崇高化——反讽是非非诗歌的一般特点。

——非非主义宣言

反崇高。它着眼于人的奴性意识，它把凡人——那些流落街头、卖苦力、被勒令退学、无所作为的小人物一股脑儿地用一杆笔抓住，狠狠地抹在纸上，唱他们的赞歌或打击他们。

——一大学生诗派宣言

谁也别吓唬谁，英雄主义的东西应该成为中学生的课本。

——地平线实验小组宣言

这些自作主张的宣言并不一定能准确传达他们诗歌创作实践所蕴含的旨意，但避开他们这些模棱两可、含混不一的宣言之类的东西，来阅读“朦胧后”的诗作，就会发现一种与“崇高”截然相异的美感在他们的诗中黯然涌出，这便是那种以非贵族化的日常生活的情绪天地的平乏、诡异来冲击着华贵的、精致的、人工的优美，一种以反讽为基本特征的审美范畴正在形成。

“朦胧后”的出现是以牺牲理想为代价的。朦胧诗的一个重要的情绪特征在于他们都是痛苦的理想主义者，他们总是以一种古典的、人文的、优雅的理想来观照现实、观照诗，他们的诗作几乎全是理想的悲歌、颂歌、挽歌，他们的诗中常常出现那些正义凛然、奋不顾身、济世救民的“英雄”，从而迸射出激动人心的崇高光泽。而“朦胧后”诗人则讨厌这种布道的、教诲的、高尚的情感渲染，他们以卑琐的、凡夫俗子的、平民的日常情绪取代光彩照人的崇高感，用一种类似黑色幽默的非悲非喜非壮非忧的反讽方式来表现“自我”，“那些偶然、无谓、不确定的等等琐事，成为我们人类日常性最为得心应手的契机”（“日常主义”宣言）。故而，一些重大的政治事件，一些被寻根派击节叫好的历史掌故和历史遗迹，一些犹如新田园山水的新景观，非但不再为他们所激动、吟诵，反而会成为他们反讽情绪的依托物。他们认为那些与他们无关，或许还会变换着一种方式来挤压他们自由发展的空间，与他们所关心的日常性、生活性、反讽性相背离，他们势必以敌视的态度来嘲讽、挖苦、讥笑，“东方地平线上每天都长满我们扇向黎明的耳光”（马松《混血儿》）。

“朦胧后”诗人一个劲儿地鼓吹并表现日常生活化、平民化，并不是回到传统的那种市井气的文学圈套中去（如评话体小说），而着重展现普通的、平民的人在日常生活中种种荒诞的、非常态的情绪心态和生存情态。一种丧失了理想终极地、失落了归宿地而又无可寻找的悲哀的变形——反讽并以这种变形达到情绪和心理的自足与平衡，这种反讽是以幽默为其底色的审美情绪结，在其表象上往往呈现为荒诞、变异以及超现实性，亦即是他们所自称的“我的痛苦就是我的止痛膏”。“朦胧后”诗人的这种反讽的美感特征主要通过对现代人两难处境（既不能摆脱自己，又不能摆脱环境）的幽默的无可奈何的表现，来挖掘现代人自身的矛盾性、分裂性、荒诞性，正如李亚伟所归纳的那样，“大量写爱情的惨境与滑稽，写人的衰老感、生活领导朋友梦境艺术的暧昧程度、性的糊涂、古今中外各路英雄幽默而悲壮的结局，老幼颠倒，人鬼合一，古今混乱等难以尽括，但至少展现了人与生命的一场狠斗”（《莽汉手段》）。

总之，展现人的非理性的荒诞品格便是他们进行反讽进行狠斗的基点与聚点。

上街时最好提两只哑铃
以免被风刮跑

——胡冬《一路平安》

这种荒诞不经的失重感表现人的一种非自在的生存境态，“我”的分量是如此的轻飘，如此的虚弱，一阵风也可能将“我”刮跑，这种悖常的感觉全源于诗人自身那种不能把握自我、不能控制自我因而在表现时容易丧失自我的复杂心境，问题不在于诗人讥讽了自我的轻渺与弱小（“朦胧后”诗人常常是自嘲的、自卑的、自虐的），而是透过一个失重的“我”来表现外在环境的非常态。“荒诞的我”与“荒诞的环境”有时还发生一种错位状态，便可滋生出新的反讽力量。于是有了李亚伟的警句：

冲进电影院
让银幕莫名其妙地反过来看我
在生活中是个什么角色什么角色

——《硬汉们》

这种幽默的自嘲的观照自我的方式，表现诗人对生命价值的关注，裸露了诗人较为清醒的理智思维状态，只是形与体的分裂与错位，才不得不以这样一种“自我”鞭挞的幽默情绪结表现出来。这种幽默是因生命感悟而幽默，是一种喜悦也是一种愤怒，是骨子里的东西，是一种较高层次的生命体验。当然这样的体验也会进入澄明的状态。

黄昏挂在窗口 我贴在墙上
相对无语缓缓移动

——李亚伟《在黄昏》

灵魂的喧嚣被冷酷的外像冻结为缄默的近乎古典的尺幅小品，

崇高的壮美被涂抹为一团空虚的卑琐，这无疑是一种对英雄化、崇高感甚至莽汉气的逃避。分裂人格与审美错位所生长的反讽美感有时难免是孤独的、清冷的、荒凉的。

也就难怪有人把他们称之为“冷态”。事实上，从诗的情绪基调看，“朦胧后”诗人缺乏浪漫诗人的灼热，也缺乏舒婷们的愤怒和忧郁，他们得冷漠是有些令人担心，但“冷得使人浑身发烫”，尚仲敏的这一句话算是道出“反讽”审美力的另一面。这就是面对生活中一些错综胶粘难以言清啼笑皆非的现象，面对自身的二重处境与二重心境，他们只能选用类似黑色幽默这样自嘲的方式来表现，因为“幽默是一种酸、甜、苦、咸、辣混合的味道。它的味道似乎没有痛苦和狂欢强烈，但应该比痛苦和狂欢还耐咀嚼”（王蒙：《风格散记 · 幽默》）。其实，在冷漠的表象背后，往往隐伏着赤热的焦灼的心灵，只有对生活抱着莫大的希望的人才会绝望，而以莫大的绝望对待生活的人往往是热爱生活、渴望生活、理解生活的，果真心灰意冷、看破红尘，还会如此刻薄、如此尖锐地对待人生、对待自我？

四 口语化、冷抒情、叙述流

诗歌革命的最终实现以新的语言系统出现为标志，舒婷等朦胧诗人便是以高强度高密度的意象组合与变异来构成。一种新的语言系列，冲击人们的阅读习惯，从而把五四时期便发轫的意象诗歌张扬到极致，使之走向圆满，走向成熟。但成功即限制，成熟往往意味着死亡。“朦胧后”诗人自然要创造新的语言系列和语言方式，才能超越舒婷们，才能超越意象诗。

“朦胧后”诗人深知想在朦胧诗人所建造的意象大厦上再添造一些小玩意充其量不过起着一种装饰作用，而不能体现出自己的个性和风格来，他们必须蜕掉朦胧诗遗传给他们的语言方式——意象。于是以口语化形态出现的叙述流便成为反拨意象的锐器，他们通过语言自生的情态来泛现内在的心态，忽视语言的逻辑联系与语词含义，而注重表现语言的语感、句感、语势、句势这些心态波动的外化因素。现在，他们已开始从舒婷——杨炼那意象的华丽构筑中走出来，把口语的世俗、冗杂与纯净简实一股脑儿地卷入到诗中，“在诗歌中，生命被表现为语感，语感是生命有意味的形式，读者在诗中被触动的正是语感，而不是别的什么，诗人的人生观、社会意识等多种功利因素，都会自然地在诗人的语言中显露出来，直觉会把心灵中这些活的积淀物组合成为有意味的形式。语感就是这种因素的积淀，是活的生命，是诗人心灵的呼吸”（于坚）。因此在他们的诗中，人们所熟悉的节奏韵律这些语音语律的形式特征消失了，那种豪华、典丽、跳跃、闪烁的意象蒙太奇被淡化为近乎生活过程的叙述，哲理式的警句也融化在一片平实而又平实的语态之中。从这“态”中，人们可以观照出作者的影子和心态，也可以观照出自己的影子、自己的心态来。

他们舍弃了朦胧诗人惯常使用的结构缀连方式，而以散文化的叙述性手段来构成语感、语态、语调、语势，组织新的语言秩序。叙述含蓄一直是中国传统诗歌的美学正宗，也就使唐诗宋词巍然耸立在诗界以致令无数的后来者裹足不前，也就难怪英美意象派诗人会从唐诗中获取丰厚的养料。朦胧诗实际上也正是沿着中国古典诗歌美学这一道路走过来的，只不过更加含蓄，意境的构成也由单项合成扩张为多元繁复的套层结构，情绪更加隐秘、饱满。但是，中国诗歌发展过程中还有一条不太为人注意的脉络，这便是以叙述状态为主体的诗歌审美方式。《诗经》的“赋”体可以说是这种铺陈叙述的表现方式的源头，而元代散曲的兴起则是这种审美方式的发展的一个高潮，那种嬉笑怒骂诙谐幽默的世俗腔调对晚唐以来靡烂腐朽的文风无疑是有力的纠正，只是文人诗的正宗地位把这一路挤到民间歌谣中去。五四新文化运动或更早一些的黄遵宪的“诗界革命”都提出“我手写我口”“口语入诗”的主张，并有徐志摩等人的创作实践，但由于当时忙于引进外国的诗歌流派，便未形成一股高潮。在解放区倒是出现过这种以口语叙述为特征的诗歌运动，并出现了李季等优秀诗人，但由于当时诗歌肩负载道言志的光荣历史重任（这是必然的），并未真正切近本质性的内涵，口语化是为了方便表意和言义，更多的是为了强化宣传效应。而“朦胧后”诗人的语言实践似乎开始触及这种口语叙述流的内在机制，便是以语态（只是语言的内在形态）来折现心态，语态与心态熔为一炉，改变了过去那种形式与内涵隔离的错误表述方式。

口语叙述流往往隐含着一种冷抒情的意味，即把热烈、奔涌的情感化为平淡、冷静的叙述的语言方式，而不用抒情诗所惯用的、有热度、有气势的抒情腔直接“抒”发。也就是说，在叙述的流程中情感便会荡出生命的内在热度和力度来。这既是对隐藏情感、逃避情感的意象派的反动，也是对放纵感情的浪漫派的一种矫正。

我在前面所例举的一些诗篇的片断大都可以看出“朦胧后”诗人语言的这些特征，而于坚、韩东似乎对此更为自觉，更趋完整和突出，他俩惯于在一片平淡无奇的口语天地氤氲出一种明净而不单纯、入世而无俗气的现代诗的精气。于坚的《我的父亲》

这样写道：

……

他照旧天天上班

戴一顶灰呢帽子

拎一个黑皮包包

辛辛苦苦四十二年

他到了离休的一天

我们都已长成大人

天天都要上班

他整天一个人坐在家里

把看过的报纸翻翻

把看过的花盆看看

有时候他看看身后无人

就做几个类似体操的动作

像一个胖胖的老孩

……

我们偷偷翻出他藏在箱底的照片

我的父亲青年时代英俊潇洒

是一个骑在战马上的军官

这首诗全用简洁的口语写成，朴素得无色无彩，无多余的装饰词，纯粹的叙述流，没有那种惊人的警句与绝妙的抒情语段，但诗的内蕴却不那么简洁，平淡自然的语态里裹着深厚的心理内容，人生的坎坷，人的平庸软弱，青春的短暂，时间的永恒，全涵其中。自然，“朦胧后”诗人也有很多内外皆平淡而滥用叙述的劣作。因为语态——心态的方式比之营造意象表面看来好像省力，却需要更为敏锐、更为灵捷、更为饱满的艺术感觉。“朦胧后”诗人的实践离他们所期望的理想境地还很遥远。

五 走出困惑

现时诗坛这股汹涌奔腾的浪潮，无疑给朦胧诗潮之后相对沉寂的诗坛带来了新的生机。他们那种强烈的生命意识无疑给诗歌注射了新鲜的青春汁液，使诗歌在一个更加自由的情感天地里飞翔，他们那种真诚的坦率的平民意识以及反讽的审美方式，洗脱了诗坛那种矫揉造作的贵族气息，让诗歌更趋于日常生活化，乃是文学一次对生活的彻底皈依；他们那种重视语言的动感与律感以语态观照心态的方式，强有力地摧击了朦胧诗苦心营造的意象魔方，使新诗“白话”“口语”的传统再度获得延续，这就强化了诗歌的“现代”色彩和“现代”气息。他们的意义还在于加快了现代中国诗歌的发展节奏，由于他们多元的跃动与扩张，使朦胧诗一元的现代诗歌运动趋于多向发展，大大推进中国诗歌现代化的进程，开拓了现代诗歌的广阔前景，这是令人鼓舞的转机。

但他们又是令人困惑的。

困惑之一在于他们之间的相异、相背、相对、相反，并没有形成真正的群体，以至于互相攻讦、互相拆台，互相毁灭，他们这种骚动不安的情绪表现在创作上便是缺乏耐心和韧力，今天主张甲主义，明天又主张乙主义，今天打倒北岛、舒婷，明天打倒江河、杨炼，后天又打倒于坚，韩东，最后连自己也打倒，以至于有人已经推出“第七次浪潮”。这种随心所欲的宣言和行动使得他们在爆破朦胧诗的堡垒时显得非常团结有力，可在树立自己的美学风格时却异常涣散、软弱。克服浮躁之气，冷静地反思自己，踏实地写些有分量的诗篇是他们面临的新课题。

困惑之二在于宣言与创作的反差。一些诗人的宣言写得非常有个性，有独特的美学主张和美学追求，但他们的创作实践与宣言相距甚远，以至根本不像出自同一个人之手。有的诗人宣言所反对的正是他诗里所表现的；有的否定别人的同时也否定自己，因为他树立的旗号等质于他否定的旗号；有的宣言模棱两可，词不达意，诗作却比较出色，有的本没有什么特色，却哗众取宠，打出惊世骇俗的旗号，反而更加令人失望，更显得浅薄。被他们一致看好的“非非主义”群体理论与诗作也存在着明显的“级差”，甚至他们的诗歌创作反而体现了其他群体宣言的一些特性来。宣言似乎更应是理论家的事情。宣言的严密、系统、精确反而会成为一种束缚，一种自制的锁链。

困惑之三在于他们对哲学形式的兴趣。随着生命意识的强化，他们对生命的探寻和表现已不满足于表象的、感觉的层次，而企图进行理性的升华，企图上升到哲学境界。但哲学意识不是某种西方哲学教条的翻版，也不是中国古老哲学形式意味的盲目移植。哲学意识之于诗，是出自灵魂的血液，是河水，是气韵，而不应是河岸，血管，不应是画框。那种把哲学意识与哲学形式混同于一体的做法，实是把诗等同于哲学。在这些诗中，感性被形式吮吸干净，理念的载体大量涌入诗的河床。在一些玄而又玄、虚而又虚的哲学观念堆砌的迷宫中，读者感性的触角萎缩了，自然激不起热情和兴趣。

最大的困惑在于他们自身的困惑，尽管情感上要叛离朦胧诗，逃避朦胧诗，但作为心理深层内的一股潜意识又对朦胧诗有一种无可解脱的依恋倾向。这是丝毫也不奇怪的，因为朦胧诗作为他们的母体不仅给了他们骨骼、血液，而且也赋予他们呼吸方式和视觉知觉方式，虽然他们竭力想改变这些“遗传基因”，以极大的偏激来反抗“母体”的影响，但稍不注意，那种无意识又钳制住他们，他们又不自觉地以“母体”的方式呼吸、视听，这本身即是无可摆脱的悲剧命运之圈。虽然我把“朦胧后”归纳为“生命”“反讽”“语感”三大特点，但很难说就是他们特有的发现和创造，除了在西方诗歌流派中可以找出他们的这些影子来，在朦胧诗中依然可以找到具有这种特性的诗作来。下面例举的朦胧诗的一个重要诗人芒克写于 1974 年的一首诗便初步具备了这些特性。

街

我至今不清楚自己准确的年龄大概已活了十几年
可是我却知道我的脑袋什么乌七八糟的事都想
我走在街上双脚使劲地踩着一个女孩儿的影子
从我身旁晃悠着走过一个被拍着屁股的婴儿睡着了
离我还远的那个老头儿不知他从地下捡走了什么
谁也不理睬那些孩子们挺着肚皮在大街上撒尿
我突然被惊了一跳竟有人把狗放出家门我急忙躲开
人群中不知是什么人在众目睽睽之下呕吐一地

（以下因篇幅关系略去十六行诗）

这会儿看来已到了晚饭时间只见有钱的走进了饭馆
而一个油头粉面的家伙却急忙解着裤带钻进厕所

街上的人开始渐渐稀少我注意到他们都回家了
就连那个太阳也好像有家似的它这时匆匆溜走
天黑了下来我仍旧在街上游荡感到肠胃一阵疼痛
我现在真想发疯似的喊叫让满街都响起我的叫声

这种非理性的叙述流程式和反崇高的美感形态完全可以当作“非非主义”“莽汉主义”的诗作来读。当然，这些并不是朦胧诗的最主要的审美手段和表现方式，也不足以因此而去否定“朦胧后”的存在。问题在于现时诗坛的这些“朦胧后”诗人依然没有走出朦胧诗人的巨大的背影，而且，他们自身的内在无可挣脱的困惑决定他们很难走出这种怪圈，命运注定他们只能成为“朦胧后”或“后朦胧”。真正的新生代将出现在他们所制造的这种多元的无序的诗歌“暴动”气氛之中，因而既是朦胧诗的喧闹尾声，也是新生代诗潮的响亮序曲。他们所演出的这一幕，将很快被揭去。

这并不是断言这些诗人的生命已经结束，生命刚刚开始，只要他们走出困惑，实现对自我的超越，像凤凰涅槃一样重新铸造自己，更新自己，他们完全有可能彰炳诗坛，完全可能站到中国现代诗歌乃至世界现代诗歌发展的前列。中国诗歌在世界的崛起，是大有希望的。因为：

一切的现在都孕育着未来，
未来的一切都生长于它的昨天。

——舒婷《这也是一切》

第二章　繁荣与虚弱

除了小说和诗歌在新时期文学中出过风头之外，其他文体亦不甘示弱。尤其是报告文学和文学批评在诗歌和小说相对平静之后，便陆续崛起，逐步充任整个文学创作的主角。1985 年的文学繁闹其中有一半热闹来自于文学批评，文学批评在 1986 年则几乎成为新时期文学中最受人宠爱的文体。而 1987 年之后，整个小说创作陷入一片沉寂，文学批评也失去往昔的锋芒和气势，诗坛更是在沉默中等待，而以往在文学殿堂中地位非常卑微的报告文学却一下子显赫起来，报告文学出现了似是畸形的繁盛。针对文坛的这种种“繁荣”的外在景观，我想提出一些与之相左的观点，来揭示隐藏其中的危机性的本质。这些想法和意见在用短文形式发出去的时候曾引起一些同志的争鸣，限于篇幅，我不能将他们的文章一一附录于后，这里仅选附李陀的一篇。一是因为我《批评的沉默》这一节是针对李文而发的，二是在整个十年文学特别近两年小说的估价上，李陀在一些问题上亦与我有不同的见解，故录此以备考，让读者听到的也不是我的“一家言”。

㊀ 病态的报告文学

当小说在低谷中拼命挣扎的今天，以往为小说家所不齿的报告文学却大走红运，几乎每月都有“轰动”之作，大面积地夺去了纯文学的读者，以至于刊物头条纷纷找这种重磅型的报告文学来支撑，而往昔的宠儿——小说却乖乖地躲向角落。1988 年真的像人们预测的那样，成了“报告文学年”。

小说的疲软与报告文学的轰动形成了极大的反差。尽管如此，我要说：报告文学在一种病态的繁荣中丧失了自身的形体。

这种病态有诸多症状，不妨列其主要几种：

浮肿病。“中国大XX”这类宏伟而气势磅礴的题目被反复袭用，而里面的内容却往往只包含一厂、一村、一校、一人，这种文不对题夸大其词的做法表现出作者和编者的浮躁心态。在这种心态的作用下，这些报告文学洋洋洒洒，动辄三五万言，长则几十万字，其中无非是罗列各种各样的资料、图表、事实，再加上一些高深的理论概念和华丽辞藻。就像毛泽东打过的一个非常有名的比方：懒婆娘的裹脚布——又臭又长。

广告病。面对商品经济热潮的冲击，作家和文学自然会卷入其中，这难说不是一种进步。但这种进步是不是一定要以作家和文学尊严的牺牲作代价呢？而时下所流行的某类报告文学（有人美名曰广告文学）却是一种墓志铭文学，为了某种经济上的需要，一些作家不惜违背自己的艺术良心去为某某企业家（有的只是官僚的化身）树碑立传，以至于出现了“散文诗体报告文学”这种专为厂长们唱颂歌的“文体”。这种文学的屈辱本不应由作家承担，但在文学家与企业家“联谊”时，无辜的报告文学却成了变相的广告工具。这是不公平的。

问题病。所谓的“问题报告文学”，便是问题病的最好说明。地震、洪水、森林大火、甲肝流行、交通事故一下子成为报告文学的抢手货，这有点像新时期文学初期的“伤痕文学”（那时的报告文学几乎全是赞扬好人好事的光荣榜）。也许报告文学由唱颂歌而变为揭疮疤表明了时代政治的开放与宽松，表明了作家胆识和责任感的增强，也提高了作品的可读性。姑且不论这样的取材方式含有极大的哗众取宠之心，假如剔去这些报告文学的新闻价值，如此作品还会有什么意义？因而“问题报告文学”实际是钻了目前新闻报道透明度、公开化、及时性薄弱的空子，是一种文化上的“侵权”行为，尽管这种“侵权”弥补了我国新闻市场的阅读空缺，但待新闻改革之后，它便会失去这种繁荣的基础。

猎奇病。这与上一种病症有内在联系，也是那种新闻意识在起作用。人世间各种各样奇奇怪怪的事情都得到报告文学的青睐，乞丐生活、暗娼生涯、监狱见闻、体坛秘事、武林僧侣、气功大师都成为热点项目，“寻找野人”的话题也被做出洋洋洒洒的几万字大作。同时而起的则是对隐私的侵犯和张扬，近来几起报告文学引起的法律纠纷无不与侵犯他人“隐私”有关。为了满足人们的猎奇心理，报刊自然有理由提供这方面的种种信息和事实，但这绝不是报告文学的分内事。应该让其他人干去，报告文学作家有自己的天地。

嗜性病。近年来的文学似乎对于“性”有着特殊的敏感和癖好，而这一癖好正由小说转向报告文学。一些以性为题材的报告文学充斥了各类文学或非文学杂志，有人工大流产实录，有性生活采访手记，有写十个“当代女性”的性观念的，有写卖淫的，有写同性恋的……堪称一次“性”的大爆炸。当然，这种对性问题的病态嗜好几乎是国民性，只不过在近期的报告文学创作中显得尤为突出而已。

哲学病。虽然在一些集合型全景观的报告文学里不乏精辟的议论和深刻的见解，但更多的报告文学作家为了掩饰思想的苍白和内容的冗长，拼命在作品里进行一种哲学的思辨和理论的分析，而所言又大多是刚从国外翻译的某本书中贩来的。因此，作者的兴趣往往不在所描写叙述的事实本身，而在于对事物的议论和判断。这就有悖于报告文学的审美特性。尽管报告文学可以运用议论、抒情、分析的手段，但主要还是对客观事实的客观描述，让读者在阅读时做出判断和选择。

虚构病。这是报告文学的最大敌人。“我只想描写我所亲眼看见的事实足矣”，与斯诺的这一写作原则相对照，我们的报告文学作家简直有些无地自容了。一些作家愈来愈忽视对第一手资料的搜集与积累，而凭借第二手、第三手甚至传走了样的不实材料进行写作，有的更依仗想象力进行虚构，篇末加上“姑隐其名”的幌子以逃避真实性追查。“姑隐其名”本是对真人真事忌讳的一种自我保护方式，而今日则成为某些人虚构、捏造事实和细节的防空洞。这种对报告文学品格的严重亵渎是不能容忍的，因为真实性是报告文学生命力之所在，丧失了这个灵魂，报告文学也就不复存在了。报告文学的诸多症状，说明报告文学已失去了自身的形体，它在一种超负荷的运动中已经损害了自己的文体特性，而这种被扭曲的文体又反过来加重报告文学的负荷。比如当人们要求报告文学能够及时传递现今社会的各种信息和各种心态时，报告文学作家则不得不向新闻和小说两个方向靠拢，于是便出现了新闻化和小说化两种倾向，这种倾向的文体特性又要求报告文学承担更多的本不是它应承担的信息量。这样的反复循环，报告文学便在一种复杂的“场”中进行运转，自然会产生很多的毛病。

尽管我们可以恣意指责这种种病态现象，但只要我们的社会机制、文化机制、新闻机制、阅读机制不调整到一个和谐的状态，这种种病态还会存在下去，报告文学还会带着种种病症在并非自身的轨道上进行超负荷运转。

二　散文的瓦解

新时期以来，散文创作一直远远落于小说、诗歌、影剧文学之后，读者对散文的态度也较为冷淡。面对这样的现状，不少散文研究者从多方面作了有益的讨论。确实，造成散文如此局面的原因多种多样，既有客观的社会生活变革、时代审美要求更新对散文创作造成的冲击等因素，也有创作者感情的抒写，未能从“片面的、表面化的、单线条的”封闭状态中挣脱出来等主观原因。但从散文本身，亦即散文这种文学样式是否具有足够的生命力复兴于今天的文坛，这方面的探讨尚少见到。就此，我们愿意谈谈自己的一些思考。

任何一种文学样式，都应该独具其鲜明的审美特征，而且也必须有确定的内涵，小说、诗歌、戏剧文学都是如此。唯有文学“四分法”中的散文，无论从表达功能还是艺术形态上，很难把握它的本质特征之所在，它的外延非常大，而内涵却非常小。事实上，散文并不具备像小说、诗歌、戏剧文学那样稳固性的文学模型，长期以来，人们实际上并没有真正明确它的定义，传统的散文理论含糊不清地把散文的特征概括为“形散神聚”，即结构手法的自由灵活，艺术境界的集中凝练。如此宽泛的观念，只能带给人们一种对散文“意会性”的认识。当然，这不能怪我们的散文理论的疏略，因为“散文”这一概念最初并不是作为一种文学样式出现的。它与韵文相对，凡用散句的语言形式写成的文章都称为“散文”，随着历史的演变，它在现代虽被确立为文学样式之一，但其宽泛性和不稳定性乃是先天就有，难以避免，除非不用“散文”这一概念。

从厄运中走过来的文学，迅速地腾飞发展，这是当前文学的总体形势，而散文创作不仅没有像人们所热切期望地繁荣旺盛，枝青叶茂，硕果累累，反而因为它自身的不稳定性面临着被切割、被分离、被瓦解的命运。

散文的趋于解体，其背景在于新时期的文学，正从单一走向多元，从平面走向交叉，从封闭走向开放。变革的文学，更新了许多陈旧观念，打破了过去固定不变的框架，各类文学之间开始了立体性的多侧面的融合，艺术表现手法的相互渗透，使文学创做出现了前所未有的活跃状态。人们对文学的看法表现得十分宽容大度，在逐渐自由的创作气氛中，作家艺术追求的空间也大大拓宽了。这一切对散文却显得非常不利，散文陷入了不幸的困境之中。

首先是散文的结构手法被其他文学样式侵夺，追求小说生活化、自然化的作家，为了舍弃传统的以故事情节为主体的戏剧化叙事方式，把属于散文最基本因素的自由舒展的布局形式，吸收过来，创造了所谓“散文化小说”。初时，有汪曾祺的《受戒》《大淖记事》等，后来的则有贾平凹的《商州初录》等一大批作品涌现。这些过去完全可以认作散文的作品，在今天毫不犹豫地冠以小说之名，并且迅速获得了读者的认可和喜爱。“散文化”小说，已经不是所谓的散文与小说之界限的模糊，或者小说与散文两家的亲缘文学了。而是小说对散文的兼并和消融，是化合了散文的因素而具有了新的审美内涵的小说样式。

不仅小说对散文如此，连与散文本来相距甚远的影剧艺术，也向散文伸出了“瓜分”的手，散文的结构手法为影剧艺术截取的结果，是某些电影戏剧也被人们一致称为“散文化”。比如根据鲁迅先生的小说改编的电影《伤逝》，以及艺术上颇有成就的《城南旧事》等。“散文”手法的运用，使得一些影剧艺术，别有韵味，有一种特殊的吸引人的魅力。

由小说、影剧艺术对散文这种切割、分离，我们不难看出“散文”概念的变异，它已不具备文体的意义，超越了作为一种文学样式的范畴，而成为审美意义上的一种艺术特征，而作家艺术家也正是把“散文化”作为自己自觉追求的美学目标。读者由此产生的兴趣，使作为文学样式的散文在整个社会审美目光面前，不得不退居到次要的位置，这恐怕是当前散文创作本身被冷淡的原因之一吧。

散文趋于解体的现象，还不仅表现为散文概念的变异，更主要的集中在散文形态的瓦解和散文家族的离析上。虽然我们知道这种瓦解离析并非始于今日，但新时期以来，无疑加剧到了足以使散文地位丧失的地步。

传统的散文三大类之一的抒情散文，因为构成它的艺术内涵的核心是所谓“意境”这一缘故，过去早已与散文诗结下了难分难解的关系。而在今天散文诗的概念其涵盖面不断扩大的情况下，昔日最受人宠爱的抒情散文，自觉地投进了它的怀抱，其中尤以托物言志、借景咏怀的抒情散文最为明显。值得注意的，新近兴起的抒情小说，也以强大的攻势，蚕食着以叙事为基础的那类抒情散文，比如像何立伟的短篇小说《白色鸟》。

叙事散文处境更加不妙。纪实性小说的初露头角，挤兑了叙事散文的领地，人们宁可把有些作品称为“纪实小说”而不再看成叙事散文，如张辛欣的《北京人》，以及刘心武的新作《5·19长镜头》。这种观念的改变，毋宁说是对叙事散文的故意遗忘。而从另一方面观察，属于叙事散文的旧家族纷纷离异独立。首先报告文学羽翼丰满，正式宣告脱离母体，它在现今的文坛上大展身手，正以自己独特的优势，发挥着巨大的作用。游记文学与小品文，一直与散文联系紧密，现在也凭着自身的“专门性”，向散文要求自立，尽管目前还被有些人管束不放，但其自立的意向不会改变、逆转。

至于议论因素为主体的散文，早就被专门尊之为“杂文”，这里无须多说。

在我们看来，今天的散文实际上只剩下了一个被抽象了的理论上的空壳，有其名而难见其实。既然散文这种文学样式已趋于解体，那么还是按照旧有的关于散文的一些观念，提出要振兴它就十分困难了。而一些散文理论者研究出若干振兴措施，诸如扭转散文创作中过分雕琢斧凿、矫揉造作、感情虚假的风气，改变表现内心时空单一、片面的封闭方法等等，也就不免使人觉得笼统、空洞了。散文已经被切割分离了那么多的具体形态，应根据具体情况采用与之相适应的措施。

对于散文这一文学样式的衰微，我们不必惊异也无须由此而对散文的前景感到悲观。时代审美理想、审美要求的变化，文学自身的发展进步，总会使有些文学样式或变异，或解体，有些文学样式由重要位置退居次要位置，或者干脆被其他文学样式替代，正像宋词之于唐诗，元曲之于宋词，明清小说之于元曲，以及六朝骈文被唐宋古文代替，直至于逐渐湮灭，正常得很。所谓一个时代有一个时代的文学，即包含着文学形式的各种自然变化在内。

现代散文创作始于五四时期，也正是在五四新文学的观念革新潮流中，散文才被正式作为一种文学样式，而参与了当时的文学革命。五四时期，散文创作迅速繁荣，散文的艺术成就达到高峰，正如朱自清先生所论散文“确是绚烂极了”，高手辈出，名作迭现，流派众多。而五四以后散文创作在总体上是日渐垂落了，经过六十多年的发展，其间高低起伏，各个时期情形自不相同，直至今天，终于面临解体，正是文学发展的自然规律所致，极盛而衰，不是人力所能挽回得了的。

相反，我们倒要为散文的解体而高兴。散文为其他文学所切割、分离，使得它由过去的不稳定、不明确状态中彻底解脱出来，化为各种独具审美特征和明确的艺术内涵的文学实体，由抽象而具体，这对于我们的文学理论中文体观念的严密化、科学化有着不可忽视的意义。同时，更使我们欣喜的是，散文解体的结果，表明了我们时代的文学不断发展进步，多种文学形式的出现，为人们提供了更为丰富多彩的艺术世界。散文不是消亡，而是以另外的生命形式更新着，进步着。

㊁ 批评的沉默

李陀是敏锐的，虽然他那篇短短的序文并未道清当前小说创作与小说评论的所有事实和所有症结，却把握住一个重要的现象：批评和创作失去了以往那种水乳交融的亲切与和谐，先锋们在“前方”顽强搏斗、浴血奋战，而批评却在一旁袖手观战甚至呵斥几声或作几句不冷不热的嘲讽与挖苦。

这叫先锋们很有些伤心。李陀则怀疑当年和新潮文学一起出山的顽童们已经“老化”，很愿意为先锋们打抱不平。

应该说今日的批评越来越谨慎了，他们再也不能像前几年那么意气风发斗志昂扬地指点江山激扬文字了，这倒不是因为他们的心态老化，而是错误和教训教育了他们，使他们变得更加有耐心（同时也失去了热情和冲动）了。因为在 1985 年那场“文学革命”运动中，批评义无反顾勇往直前地为先锋文学开路和鼓吹，但历史也捉弄和嘲笑了这些顽童，当他们热诚地为某些“现代派”的小说竭力张扬而不惜贬损以往的创作时，结果却发现这些小说竟是赝品，竟是海勒和塞林格的蓝本在中国的翻版和复制。他们的热情和真诚被愚弄被欺骗了。“伪现代派”的提出，是他们对这种欺骗和愚弄的抗议和反击。所以，在今天对这种欺骗和愚弄似乎有足够的理由沉默，对 1987、1988 两年内兴起的后新潮文学表示怀疑。因为世界文学的发展很为迅速，而且优秀作品浩如烟海，谁也不可能阅读所有的作品（尤其是新出现的）。鉴于前面的教训，他们再也不轻易地去充分肯定一部作品和一个作家，比如李陀文中所说的那些先锋难免使人想起罗伯·格里耶、博尔赫斯、昆德拉甚至马原、残雪的阴影。因此顽童们宁可以一种挑剔的目光去审视这些先锋的家庭出身、血缘关系、发育状况，找出一些先天性遗传症和后天感染的毛病来，而不愿空洞地唱一些廉价的颂歌。

也难怪有人觉得批评对先锋冷酷得近乎残忍。

这是一面之词，还有不容忽视的另一面。这便是今日的批评结构与创作结构发生了错位。为什么顽童们会觉得近两年的小说创作疲软？这是由于他们跟踪目标的迷失。前几年被众多青年批评者们一致看好的某些作家，像马原、莫言、残雪、韩少功、阿城、王安忆、贾平凹等人，近几年或少有作品问世，或呈现出滑坡状态，或进行自我重复，虽然他们的这些作品在当前小说创作整体中仍在水平线之上，但与他们在 1985 年的精彩表演相比已在不断褪色，情绪明显在减弱。他们的这种不景气辜负了顽童们的一片好心，于是在顽童们的期待视野中便出现了一片疲软之相，旁观者便惊呼“没有好小说”。因为他们丧失了批评的对象。

面对 1987、1988 年新兴勃起的第三代小说家，顽童们除了因心有余疑外，更重要的是他们觉得和这些小说格格不入，总不能纳入他们的批评结构之中。这可能因为一个时代有一个时代的文学，一个时代同样有一个时代的批评。比起 1985 年那些先锋来，今天的这些先锋已从当初的观念层面转入到艺术层面来进行操作，他们已不像他们的兄长那样致力于观念的爆破、主题的深掘，他们更注意小说本体内那些技术性改进与提高，比如对故事方式的讲究，对文体的实验，对叙述的精心，对语言的崇拜，他们似乎要把小说写得更像小说，因而漫不经心地消解主题、颠覆阅读、游戏文字，这与他们上一代人那种崇高的文学精神、庄严的历史使命、忧国忧民的人生态度正好相抵触。而在 1985 年诞生的顽童们怎么会对这帮叛逆者轻易表示同情和赞许呢？

这种不和谐表明小说创作和小说评论在结构上发生了错位，小说评论与小说创做出现某种脱节和不协调。但这不是一个心态老化的问题，而似乎是一个技术问题。我不想说这是由于批评者的工具老化和技术陈旧，而觉得这是两种不同型号的螺母和螺钉，它们拧不到一块是相当正常的。今天的批评手段不能适应这些先锋们的小说生产方式，并不意味它就是陈旧的、落后的，更不能归结为掌握这些批评武器的顽童们就已经心态老化了。事实上，批评界对这些先锋们的出现一度还是表现出少有的敏锐和热情，1987 年的“洪峰苏童热”，1988 年的“刘恒余华热”，与批评界特别是顽童们的赞助有着密切的关系。只是批评在操作这些对象时已不那么得心应手，时时露出某种理解的困惑与回避的狡黠来。比如关于对洪峰小说的种种评论，尽管赞扬者和批判者都持同样的高八度，但基本上都在围绕小说的表层作某种聪明的机智的意向性的表态，而很少深入到技术层面中去作肯綮的分析与阐释。这种批评有点类似用足球的规则去裁判排球比赛一样。沉默者反而倒显出一种睿智了。

如果把第三代小说家的操作方式与顽童们的手段所带来的某种不和谐归结为新旧之争，那是我坚决不同意的。这表明我们的文学创作界、理论批评界的部分同志仍染有一种机械进化论的情绪，以为新的总是正确或唯一正确的，在它之前的存在全是陈旧的、传统的乃至虚朽的，事实上文学的发展很难像电脑的发展一代强似一代，我们就从来不说宋词比唐诗好，也不说鲁迅比李白强，李白比屈原棒。更何况每种批评方式总有它的范围、对象，不可能一剂药治百病，那样的灵丹现在生产不出，以后也不会出现。那种以不变应万变的批评态度乍看起来对文学新潮表现出高度的热情，但实际是一种不负责任的做法。试想，当一个人用镰刀去削苹果时，会有怎样的结果和滋味？

但历史对顽童们确实开了一个小小的玩笑，今天勃起的这批先锋倒确确实实在不同程度上接受过批评的熏陶，说他们是在批评的氛围中成长起来自然会有些过分，但顽童们前几年在传播西方叙事学、文体学，语言学，以及关于生命意识、文化哲学、文本主义方面对他们所产生的潜在或显在的影响却是不可否认的。但当先锋们把这些理论进行实验的结果放到传播者面前时，传播者反而倒有些手足无措难以评判了，也就难怪李陀要大喝一声“昔日顽童今何在”了。这大概是顽童们起初没有想到的。

不过，我认为对批评与创作在今日所出现的这种不和谐乃至对立的状态无须持一种悲观的态度。事实上，“文革”后十年的文学创作与文学批评过从甚密，影响了批评的公正性和自主性，也干扰了文学的正常发展，以至在相当一段时间内，文学跟着批评走（这叫批评的超前），或批评跟着文学走（这叫跟踪，或批评的落后）。我觉得批评和创作都必须拥有独立性，批评不能屈从于创作，创作也不能迁就批评，它们在两个不同的轨道中运转，它们可以交叉，比如像 1985 年那样的联合行动，但更多的时间内似乎应该保持一种距离。当然这在中国似乎有某种难度，因为当代文学批评无专门机构，批评家被纳入到作家协会中去，这在行政上便使二者的交往密切而难以拉开距离。所以新中国成立以来如果不是出于政治的诱因的话，批评和创作保持着高度的协调性。可这种协调性给批评自身带来了怎样的品格和价值呢？尽管如此，我仍然相信有一部分顽童能够改变一下原先的工作方式关注李陀为之不平的先锋们，他们所进行这场小说技术革命无疑是很有意义的，他们小说中所体现出来的新的文学精神和操作方式是不应该冷落的，他们在文学创作中所投注的艰辛和顽强的实验精神依稀表现出某种精英意识，这在今天这样一个失去轰动效应的文学时代中好像理所当然应该得到某种认可。

但是，这种认可仍然是困难的。因为既然想超前地充当先锋，就必须在孤岛上作战，就必须经受寂寞和孤独的长期炙烤。这是先锋的必然归宿。不用说普通读者可以冷漠先锋，逃离先锋，即使批评家也有权力保持沉默或持否定的态度。这是因为先锋的绝对超前性，批评无法理喻和阐释，如果要求批评也具有这种先锋意识这就有些勉为其难。更何况批评只对真正的经典负责，对那种尚未成形的先锋在难以判定它是畸形儿还是天才的情况下自然可以保持一种尊严和观望的态度。在这种情况下，先锋们如果要打破沉默和孤独的话，最好的办法就是他们也使起“双枪”，站出来勇敢阐释自己的主张和宣言，充当自己作品的宣讲人。事实上，文学史上不乏这样的“双枪”，在法国文学史上，浪漫主义处于先锋地位时，雨果就曾经写过不少具有经典意义的理论批评文字，而另一位现代小说大师女作家伍尔芙那些谈论现代小说的理论批评文字至今还闪烁着迷人的光芒，至于法国新小说派们的理论文字和小说作品则几乎具有同样的价值和意义，他们的宣言和纲领则成为阅读他们小说作品的最好向导。这些先锋作家就从来不寄望批评给予他们什么帮助，他们也从来不去依赖同时代的批评家的支持，因为他们知道先锋是一支无援的孤旅，在漫长的跋涉中更多的是靠自我信念的支撑来建构孤独的艺术世界。中国的先锋作家也必须拥有这种孤独的意识和理论的能力，否则就有可能被寂寞和孤独所吞噬掉而丧失其先锋性。

所以，先锋的孤独与批评的沉默无关，一切正常。批评对先锋的沉默不是成熟，也不是心态老化，而是一种常态。说成熟是一种护短，说老化则有点强人所难，我们没有必要也把批评赶到孤岛上去，否则就像要求先锋拥有广泛的众多的普通读者一样天真可爱。

附：昔日顽童今何在

李　陀

舆论的确可怕。我不知道贬斥或者轻视近一两年来文学创作成绩的风是怎么刮起来的。特别是近几个月，越来越多的文章都在说小说情况如何如何不妙，说小说创作进入了低潮，说文学正处于沉寂，说小说一年不如一年从而形成一种疲软（是谁第一个使用这个词形容文学？令人佩服之至）——总之，大事不好。但是，我常常怀疑说这些话的人是否都认真读了小说，特别是近两年来那些好小说。中国人历来喜欢人云亦云（北京人叫作“跟着哄”），所谓一传十，十传百。我疑心这股对小说创作的不满风也是这么“传”起来的。

我以为这疑心是有根据的。拿1985年的文学创作来说，大多数人都承认那是十分景气（这词又是谁第一个用来形容文学的？也令人佩服之至）的一年，甚至有人说自1985年之后中国才真正有了小说。是什么东西使我们对这一年的小说给予这么高的评价呢？我认为，那主要是一批对中国当代文学具有革命意义的新型作家的出现，当然他们不是在1985年中突然一下子冒出来的。他们之中有些人，如张承志、韩少功、史铁生、王安忆、贾平凹、郑万隆、扎西达娃，在1985年之前就已经是青年作家中的精锐，但是在1985年中却一齐来了个极为精彩的“变脸”，另一些人，如阿城、莫言、马原、残雪、朱晓平、刘索拉等，虽然是在1985年里才大放光彩，但其实在此之前都有自己的写作历史，只不过是在这一年里或者一下成熟起来，或者一下交了好运。不管怎么样，是一批作家和他们的作品（这些作品在当年小说总数量中只是很小很小的一部分，并且不是篇篇皆佳，可这点被忽略）使1985年的文学明亮得耀眼，那么1986年、1987年这两年情况怎么样呢？已经过了大半的1988年情况又怎么样呢？如果不带偏见，如果不愿意闭着眼睛瞎说，我想任何一个观察者都不应该忽略这样一个事实：在这两年多中，虽然许多“老”作者仍然相当活跃，但又出现了一批比他们更活跃且作风和他们全然不同的“新”作家，例如余华、苏童、叶兆言、李晓、李锐、刘恒、格非、孙甘露、叶曙明、北村等。在1985年的时候他们大多还默默无闻，虽然也写作，但都淹没在别人的喧哗骚动里，还没有出头。然而，他们似乎等不及1985年开演的那一场戏的演出。只要认真翻翻这两年的文学刊物，特别是 1987 年的刊物，一个敏锐的读者（更不要说敏锐的评论家）其实应该不难看到他们的演出是怎样剧烈地改变了并且继续在改变着中国当代文学的面貌。在一年左右的时间里，一批新作家和新作品竟然使文学面目一新——这实际上是 1985 年那次文学革命的重演。这一切（两次文学革命交迭发生）本应该让评论家们惊讶或惊喜万分才是，应该让评论家们为自己能够看到这种奇观而感到十分的幸运才是。然而事情恰恰相反，评论界面对这种形势所做出的只是一片什么文学正进入低潮的叹息和低语。

这真有点奇怪。

为什么那些与 1985 年的文学一道崛起的青年评论家们也在这样一个文学形势面前显出某种迷惘和犹疑？为什么他们中竟也有人对近一两年的文学发展表示相当的悲观？谁都知道，这一数量相当可观的批评家群体本身就是 1985 年那场文学革命的产物。当然，他们的推波助澜又反过来大大促进了那一场文学革命。正因为如此，在这群批评家的神采、意气、文章以至那股不自觉的洋洋自得的态度里，明显地充斥着一种顽童式的反叛精神——他们似乎对什么都不尊重，并且发出一串串的疑问，他们似乎要在文学的殿堂里痛快地大闹一场，完全彻底地颠倒黑白。他们似乎决心把喜新厌旧这种人类的恶习推向极端的极端……也正因为如此，我们有理由对他们有更高的期待，有理由相信当文学领域中不断发生骚乱和革命的时候能够得到他们的关注、理解、批评、建议，以及包括反对、责骂在内的一切应有的和可能的反应。然而，我们失望了。1985 年刚刚过去，他们似乎就一下衰老下来，似乎一下就从一群顽童跃进成为一群老头儿。不然很难解释为什么在另一次文学革命于 1987 年前后接踵而至的时候他们竟然与

1985 年的表现完全相反。

倘若人能衰老得这么快，不由人不难过。

但或许这样想是不公正也不合实际的。因为新批评运动（实在想不出更合适的名称，暂且这样说吧）自 1985 年落生以来，一方面发展迅速，产生了巨大的影响，另一方面却随着自身的成长而日益陷入重重的困难之中。其中之一（或许这是最主要的）就是需要向西方学习的东西太多，与西方 20 世纪的文学批评相比，中国当代的新批评家们很难不产生某种自卑感，觉得自己像一群精灵的顽童。因此，新批评不得不一面关注文学的发展，一面又手忙脚乱地建设自身。实际上，距 1985 年那些令人兴奋的日子越远，新批评家们就越来越关心批评的发展，而越来越忽略文学的进步。在许多批评家那里，对某个文学作品的批评只不过是在实践某种批评理论时不得不借重的一种操作，例如用对马原的小说的分析来熟悉、验证、掌握叙事学的批评。说实在的，批评家们这样做是有充分理由的，是发展文学和发展批评所必需的。不过，我又反过来想：建设、发展批评学是不是一定要以放弃对文学的关切为代价？是不是像 1985 年那样对文学和批评双管齐下反而更为有利？在一场混战中建设、发展新批评是否更可取？

自 1978 年以来，文学界常常听到这样一种说法：批评落后于创作。自新批评兴起以来，这种说法已渐渐不大听到。相反，有人认为以近一两年而论，倒是批评比文学更为“超前”（张陵、李洁非甚至说 1987 年是有好批评而没有好小说）。这说法或许有一定道理。不过我觉得这说法面临一个挑战，那就是 1987 年开始的又一次文学革命。我想，如果新批评不正视这一挑战，批评落后于创作的形势也将会重演，只不过参加演出的作家和批评家都换了人马——这很有戏剧性。

说一千，道一万，无论谁对谁错，我想我们先都得坐下来认真地读作品，例如从 1987 年这一年的作品开始。

四 体系这个魔鬼

现时的论坛正兴起一场“圈地运动”，各路英雄正纷纷占山霸寨，亮出旗号自封大王，动辄便是体系，或云文化批评学派，或曰语言批评学派，或云叙事学，或云人类学，或神话原型，或结构主义……一个个好像都操有撒手锏似的，似乎这么一声张，便可以把这些玩意变为独家经营乃至祖传秘方。这情景与 1986 年的诗歌爆炸运动极为相似。

这委实是一种感觉的虚泛和批评的胆怯。

这种虚怯来源于对体系的崇拜与恐惧。

体系无疑是伟大的，它的庄严、宏伟，它的严密、深刻，它的涵盖面、穿透力，它的整体性、生命力，都是人类思想精华的结晶。它是一个时代智慧的纪念碑，也是一个民族精神的载体。我们的理论无疑是需要体系的，因为我们的理论尤其文学理论一直缺少体系性。这在逻辑上非常可靠。问题在于现实生活中尚缺少真正能形成体系的种种外在机制和内在机制，与其被体系这魔鬼搅得心神不宁、手舞足蹈，还不如耐下心来做些实际的工作。

任何的文学理论体系都必须以一个巨大的哲学背景作为支撑结构，虽然不能说首先是哲学家然后是文艺理论家，但至少一个缺少独特哲学思想的人建立不了真正有价值的体系结构，一个缺少哲学氤氲的时代是很难产生伟大的文艺理论家的。有人称今日

“哲学贫困”虽然用词苛刻了一些，但哲学学科的活跃程度远不能与文学、社会学、政治学、经济学、文化学、历史学相比却是事实，哲学似乎成了一个被人遗忘的角落。哲学不能为理论家们提供真正有效的武器，那么这些理论家们的体系也只能依托某种外来的主义和思想，把自己的理论之结构立在一个假设的基础上，由此出发点而进行的体系工程实际上是在沙滩上建筑大厦，压根儿就不能建起来，即使勉强糊弄起来，甚至不要轻轻一推就会自行倒塌。一切刚刚开始，一切都在草创，一切没有规范，一切有待成熟，是我们这个开放时代的总的趋向。我并不是说要等我们的哲学成熟之后才能开始建立我们的文学体系，而是说如果没有哲学的同步发展和观照，任何的文学理论体系都将早夭。

况且，体系本身就是一个相对封闭的精神城堡，拒绝其他思想的侵入是它的本能。对于一个比较成熟的理论家来说，确立体系框定理论的活动范围，可以维护自身理论的纯洁性、严肃性，有助于体系的独立性、排他性。这种排他性对于一个刚刚从封闭状态中觉醒过来的文学和理论则极易扼制和消磨创造的勃勃生机和开放的改革精神，影响理论建构过程中的综合机制。特别是有些人刚刚从西方学术库藏中拾来牙慧便自以为获取了体系的精华，雄心勃勃地画地为牢自成一“家”，丧失了自我选择的能力和容纳诸家的良机，最终将既不成体也不像系。

虽然近年来思想文化界已开始注重思维结构的嬗变和调整，但中国文化那种注重直觉，注重感悟、注重体验的思维特征并不能一下子就得到改变，它早深深渗透到我们的血液里和我们的意识深层。我们竭力与之对抗从理论上是可以成立的，但深层的潜意识和思维惯性的隐结构从来就不屈从我们主观性的意念，它会暗暗改变我们思维动向，会抑制歪曲我们对现象的整体把握，一些人企图用科学思维、逻辑精神表达他们的观念和构思，但本质并不能背离这种中国文化的思维本质和形式。思维定式和方式的改变与重构是一个痛苦的过程，至少今天的我们还未能挣脱祖先的种族的思维樊篱（这里不评价传统思维的优劣，只对体系的建构而言），这种思维的自我蜕变将伴随着整个民族精神的涅槃新生而完成。倡导体系性作为超前的理想昭示是完全可以的，但引诱无数的有识之士陷入情网等待戈多，必将导致中国人才的无节制损耗，实在是太残忍了。思维结构内外机制尚未调节到和谐状态，自己尚不能战胜自己，怎么可能按照自己的思维惯性（非体系的）进行与这种本质相悖相异（体系的）的思维活动呢？

在这个意义上，体系便是牢狱，便是魔鬼，便是陷阱。

我们就要有一种反体系的精神。

这种反体系并不是否认体系固有的价值构成，而是要有一种反体系的情绪和取向来从事我们的文学研究工作。这与西方学术界出现的反体系倾向有着质的差异，西方的反体系是源于体系林立泛滥成灾处处受到体系的压迫，就像脂肪太多了需要减肥一样，非体系化是作为调节剂而存在的。我们面临的不是减肥的问题，而是为了健全我们的肌体和身躯，在整个理论尚未成形的时候去奢谈什么体系化，就等于要把一个发育不良的孩子培养成世界一流的运动员一样，当前的文学理论和批评就像一个先天不足后天失调的孩子，严重的营养不良已使它成畸形发展，现在迫切需要的不是极限训练和热身比赛，而是需要增强营养医除疾患，梳理好各个生理环节，强化各部位的正常功能和内在机制，越过这个过程只能是揠苗助长，适得其反。比如，当前文学理论和批评领域在概念爆炸之后出现的混乱状态，就迫切需要一次踏踏实实的清理活动，对各种概念进行界定和取舍，从而真正促进文学观念更新的深化，推进文学本体性理论的明朗化。因此，多做些实证性的工作，研究些具体的文学问题，虽然不如搞体系那么壮观那么响亮，但比那种作漫无边际的乌托却空想要实在得多、有价值得多。

中国文学理论无疑是需要建立自己体系的，而且也一定能够创造出独立于世界之林的体系，问题在于现在还不行。我们必须克服文学研究中的这一种急于求成的浮躁情绪，正视文学的现实和理论的现实，摆脱诸如“体系”一类魔鬼的缠扰，更富实效地拓展思维的宽度和敏感度。因为体系的建构需要不止一代人的努力，在我们这样一个一体化体制和非体系化思维的传统环境中，需要更长的时间和更多的力量来改变原有的封闭格局，创造出更自由更开放的学术天地，那样，才有诞生体系的可能。

五 “我”的树在哪里

当批评把“我”推上了这样一种尴尬的境地时，“我”也不得不把文学（批评）当作标示生命存在的方式乃至内容和价值的手段，而选择总不是在一厢情愿之中进行，两年来的实践批评的浪潮大大混合着“我”和其他人的声音，“我”的生命并没有获得任何特别明显存在的迹象，反而有被其吞噬、淹没的危险。“我”必须从这样的困境中或者摆脱，或者超越，否则，只有一次的生命便会无为地、无力地、无端地消耗下去，将是一种错误的生活。虽然小小生命在无边无垠的时空之中实在称不上一粒尘埃，更谈不上什么位置了，但倘若要用一种形式来表示生命的存在，就必须能够突出地显露出来，哪怕只有一次。“我”的危机感同时也来自于整个批评的危机。1985 年春天新批评终于以强大的冲击力撞开教条、教材、权威的束缚之闸，开始出现了一片盎然的生机，批评界很是兴奋，大家都一心想出“新”，但是当新方法的热潮走向平静之后，一些新名词、新概念、新说法为大家所掌握之后，批评便出现了大家所不期望的局面：一些文章换汤不换药，有些批评题目也大同小异，所谓“新概念”“新名词”都无限制地高频率地出现，到了令人也令词本身都感到疲乏的地步，这也许是新事物出现之后的正常现象，但最重要的是批评的个性，依然是模糊一片，你的文章，我的文章，他的文章，倘若将署名调个位置，决不会有什么人站出来责难：这不是某某人写的，这是某某人写的。也就是说，不少猫头鹰并没有找到自己的不属于别人的树，众多的麻雀群栖在一棵树上叽喳叽喳，看似热闹，一旦这棵树被宣称是老了，旧了，麻雀又纷纷飞向被认为新的、最新的树上去，有耐心寻找、建立自己的树的猫头鹰虽有，但不多或者尚未成为一种批评的原则和习惯。因而在批评的繁荣表象之后潜伏单一、浅薄、雷同的危机，潜伏着缺少个性、缺少风格、缺少流派、缺少大家的危机，当然这种危机之中又同时孕育着新的生机、新的浪潮、新的变革、新的景象。

最早的觉醒者已经向艰难的领域跋涉，未曾省悟的仍在原先的土地上徘徊、徜徉、流连。批评的生机与危机全在其间。

伟大的自然界造就了数以亿计的生物，它们各以其独特的形态生活着，绝不雷同，绝不重复，绝不一致，绝不混淆。我喜欢钻树木茂密的大森林，感受生命的活力和热量，我也喜欢呆呆地坐在公园里，默默观察欣赏姿势各异的树态，感受一种审美的愉悦，杨柳轻柔婀娜，松柏刚劲沉雄，榆树稳健雍容，水杉清秀挺拔……目光顺着枝叶向上，便是广阔深邃的蓝天背景。我常常沉浸在这美好的情景之中，并希望批评能出现这样美好的景致。显然，今天的文学创作以其多元繁复的实践为个性批评提供了较为宽阔的用武之地，批评对象也不能容忍批评单调的模式和形态，来自作家的挑战，向批评的自立提出严峻的挑战。

因而，迅速建立“树”的意识的迫切感，不仅来自批评内部，也导源于批评对象的驱动力。

所谓“树”的意识，在于“猫头鹰”必须寻找只属于自己的树，既然批评作为一种对象科学，就必须拥有自己独到不属于别人的领地。无对象的批评是不可能成立的，泛对象的批评也即是没有对象的批评，因为作为真正意义上的批评总是面对属于自己的批评对象，无所不评、无所不论的“全知批评”，实际上是对批评本身的一种嘲讽。这样的批评充其量也不过是漫天没地觅食的野麻雀，数量虽然可观，但作家批评的个性早已丧失殆尽。耐心地寻找批评对象，寻找自己能够栖落的树，应该是进行批评的热身训练。可惜我们目前的有些批评并不重视这样的“热身”，缺乏寻找的耐心与毅力，往往是匆匆上阵，或者奉命而作，虽然有精彩之作，但很多由于是从感受出发，往往是干巴巴的赞语与浅层次的描述，往往是新名词、新概念的随意套用组合，并不能深入到对象的内层结构之中，这就容易出现一窝蜂地挤在一个作家、一部作品上面的情况。比如，莫言无疑是所有批评者都感兴趣的对象，但有人却忽视了另一个方面：虽然可以对莫言进行多侧面的研究剖析，但对莫言的批评只属于少数人，他这棵“树”上蹲不下那么多的麻雀。有个性的批评家，总有属于他自己的批评客体，或是某些作品，或是某类作家，或是某种思潮，只有客体的内涵与主体的精神气质相融合，才有可能进入竞技状态，批评才会相撞出灿烂的火花与光彩。耐心地寻找只有能够属于自己的批评对象虽然困难，但只有找到了并占有了，批评才会有独立的意义、价值，批评者也才能成为“猫头鹰”，而不会误为麻雀与小鸡。

寻找适合自己栖落的树木，这是批评的一个重要层次。寻找到适合自己情绪、感受宣泄的“树”，并不等于已经完成了自己的使命，还要使自己成为与众不同的有自己的叫喊声音有自己嬉笑怒骂的猫头鹰。批评并不满足于对对象的阐释，批评要树立自己的个性，就必须具备树的千姿百态，这种对批评自身的建设对批评者个体来讲最为迫切。“我所评论的就是我自己”，我正是竭力希望写自己的，但写出来往往是别人，是大家，我是这棵树的猫头鹰，又不是这棵树的猫头鹰，因为“我”是一只没有特别标志的猫头鹰。这便出现了前面所描述的那种非常困惑的心境。

强化批评的个性，需要批评者拥有独特的批评风度。批评风度往往是批评者的学识水平、鉴赏经验、理论素养、语言运用、风格特征等诸多因素的整体表现。批评风度的内核是批评风格的建立。批评风格的建立在寻找对象本身就开始显示出来，它是可以通过追求然后自然实现的。但如果故意地把自己框定在某种既定风格的范畴之中，反而影响风格的形成。因为风格是批评主体与批评对象共同实现的，它是动态的过程之中自然形成的，并不是一个既定的已有的某种美学常数的简单运用。批评个性的确立，还必须依赖于个性化批评语言的确立。现有的批评语言，大多还是共性的、通用的，个性的批评语言是私有财产，神圣而他人侵犯不了。这种语言既是广义上的（比如结构语体等），也是狭义上的。不过，批评语言变革的同时，已经开始显示出某种端倪，批评文体的解放也从宣言走向实践，各式各样的猫头鹰正开始起飞，虽然翅膀尚不够坚硬，羽毛更未丰满，但起飞本身就是希望，就是信心。

“我”该如何起飞呢？

六 文化的纠缠：“伪现代派”

新时期文学是在一个特定的历史时期开始它的进程的。它既肩负着拨乱反正，伸张正义的政治的历史的使命，又面临着改革开放的特殊社会环境，积压数十年的痛苦、愤怒、悲伤、忧郁要通过文学倾吐出来，而随着封闭局面打开之后涌入的五光十色又干扰甚至嘲玩着这种真诚而不免有些古典的情感。这种复杂的生存情境注定了新时期文学的色彩斑斓与多元缤纷，各人头上一方天不仅是作家自慰的措辞，也是客观存在的文学现实。

对这种烦躁不安、喧嚣动荡、多元竞争的文学局面，宽容是批评所必须拥有的态度，但宽容并不意味着无节制的肯定和无原则的认可，批判和批判精神亦是批评必备的手段和品格。

“伪现代派”这一概念便是批判精神的产物。“伪现代派”由两位青年评论家率先提出。他们是针对文坛上颇为流行颇为走红的一种文学现象而言。1985 年前后，文坛上涌现了一股模仿西方现代派的大潮，出现了像《你别无选择》《无主题变奏》等小说，不少人争相模仿，如法炮制，一时浪潮滚滚，极为壮观。刘索拉、徐星等人出现在中国当代文坛，是必然的，也是必需的，但效仿他们并给予他们以不适当的评价甚至认为这是中国文学发展的唯一道路则是不妥当的，于新时期文学的健康发展无益。因此提出“伪现代派”的问题，对这股思潮当头棒喝，既表现了批评的冷静思考，也给那些以“现代派”自居的作家们有了一个比较确切的位置。

命题本身也引起了一些议论，有人对它的确定性和可行性提出了疑问。这是正常的，因为长期以来人们不大习惯否定性思维，总是以某种肯定性作为价值判断的标准，而“伪现代派”的提出正是一种悖论。按照肯定性思维方式的逻辑过程，便会出现“什么是‘伪现代派’”的发问，因为定义是肯定性思维最有效的方式。而下定义又是最麻烦最复杂的事情，因为任何定义都不能穷尽所指事物的各种可能性，更何况“伪现代派”这样一个并非按照肯定性逻辑过程提出的概念呢？本世纪以来，西方文学出现了形形色色的现代主义运动，流派更迭频繁，主张五花八门，甚至相互抵触、相互矛盾，表面看来并没有一个统一的“正宗”，但作为一种与古典主义、浪漫主义、现实主义相背离的主导意向却是贯串始终的，也是客观存在的。所谓“伪现代派”，简单地说，并不是货真价实的现代派，即在他们的作品里往往流动着古典主义、浪漫主义、现实主义的精血，并不具有彻底的现代性。

有人认为，这是中国式的现代派，我们为什么一定要跟着西方文学亦步亦趋？

这是有一定道理的，我以前也曾这么看，现在看来，问题并不这么简单。第三世界国家的文学在其现代进程中起初出现模仿的幼稚的“伪现代派”之作，倒是正常的现象，但如果我们误把它当作中国式的、民族的，并因此而沾沾自喜，自我满足，缺乏清醒的认识，那将会阻碍中国文学走向世界的步伐。

因为“伪现代派”不是现代文化土壤上生长出来的。既然要有中国式的现代文学，则必须改变中国社会这块古老而独特的文化土壤结构。西方现代派文学植根于他们对基督教精神牢狱的反叛意识，“上帝死了”便是他们最初的觉醒，破坏理性的规范和秩序是他们的行为宗旨，这是一次精神上的大爆炸和大崩溃，虽然经历了十年动乱之后，中国大地恍然亦有“上帝死了”的感觉，但更多的是在政治上被刺激后的状态，并不意味着整个文化的崩溃。而西方那种宗教神圣之柱的倒塌，就意味着一种既有文化系统的消亡，这在精神上所引起的绝望和空虚，将是空前沉重和深刻的。而中国即令在某个历史时期出现类似宗教运动的政治活动，但由于中国文化历来缺少一种宗教的狂热和偏执，当这种政治幻想破灭之后人们在精神上的绝望情绪虽然也强烈，但作为整体的文化背景并没有破坏。而“上帝”作为基督教文化的核心被人们供奉了千年之久，在一个早晨人们突然发现他死了，其愤怒和悲伤与政治愚弄之后的觉醒在激烈程度上也许相似，但前者却是一种失落归宿的绝望和悲凉，一种来自灵魂深处的绝望和悲凉，后者更多的是情绪表层的骚动与不安，并未能真正背叛文化图腾。所以现实没有能够构成作为现代派生存的文化背景，在传统的古典的文化土壤上生长出来的“现代派”自然也是伪的。

“伪现代派”往往以西方现代派小说的观念和模式制造生活形态和情感形态，并不是源于自身的生活经验和情感形态，不论文学与生活采取贴近或超越的关系，但文学总要印上特定时代的社会氛围和文化氤氲，缺少这种内在气息就不是超越而是逃避，就会显得苍白无力。西方现代派文学中那种异化感、孤独感、荒谬感都源于高度物质文明对人的一种压迫以及人对它们的反抗，而对于一个刚刚解决了温饱的国度来说，这种“撑得慌”的迷惘和困惑便会显得矫情和做作。这种矫情和做作表现为两类“伪现代派”的模式，一类因袭的不仅仅是形式因素，连西方现代派作家的文化气色精神状态也一股脑儿地灌入其中，以至某些小说除了人名和地名存有汉语的特性外，其余皆“说洋话、放洋屁”，像“翻译小说”一般。这是地道的假洋鬼子。另一类便是鲁迅笔下的“假洋鬼子”，虽然西装革履文明棍，但终掩饰不住那条有形和无形的“辫子”。这便是那种以花里胡哨的现代派技巧来表达那种古典的传统的观念和情感的小说。二者都没有忠实于自己的生活积累和情感经验，失真则难免不伪。

文学作品作为一种阅读的存在，是现代主义尤其是后现代主义的特征之一，而“伪现代派”无视“阅读”的意义，丝毫也不顾及读者的存在。在他们的作品中，叙述者处于一元中心位置，叙述者的情感膨胀到无一隙空闲让读者“阅读”的地步，他强迫读者接受（不是阅读）他宣泄的忧郁、愤怒、感伤、惆怅、苦闷、欢乐以及种种莫名其妙的情绪、欲念和感觉。这种表现自我、扩张自我、夸大自我的表现方式本质上是浪漫主义精神，在哲学上则是以人本为目的。像刘索拉的《你别无选择》、徐星的《无主题变奏》，尽管表现结构和语言形态刻意追求《第二十二条军规》和《麦田的守望者》的叙述效果，但由于其底色是浪漫主义的，是以人的自我表现作为底蕴的，便显出其“伪”和“虚”来了。西方现代主义尤其是后现代主义正是对以人本主义为核心的文学观念的彻底反抗和逃离，他们注重心灵的沟通和理解，强调“本文”的意义，让叙述主体和阅读主体处于一种平等的共同创造的自由境地，也就是让作者和读者在叙述与阅读这样双向交流的过程中来共同完成作品的创作。在这一点上“伪现代派”之“伪”异常突出。

如此，是否要对“伪现代派”大加讨伐以至消灭呢？其实不必。

消灭它与颂扬它同样出于同一思维定式。因为现时的中国尚没有真正的现代派，而且也不大可能在短期内产生。“伪现代派”

作为一种文学现象存在，作为一种参照系统，作为文学发展的一种过渡形式，有它的意义和价值，至少，它会推进中国文学现代化的进程。

只要我们对“伪现代派”保持清醒的认识，“伪现代派”终会自然消失，但“伪现代派”作为一个命题并不会丧失它的意义。

下篇　作家之惑

第一章　自由与限制

在《作家之惑》这一部分里，我原想对当今走红的有个性的作家分别进行解剖，但由于篇幅的关系，也由于时间的关系，还由于精力的关系，未能如愿。适逢 1988 年年底，我与王蒙同志进行了一次对话，对话的内容正与此吻合，所以我就干脆将这篇对话收录进来，既可以见到我原先的大致构思，还有一种“复调”效果。当然，由于对话方式的随意与简略，可能与整体不那么协调，也可能是全篇行文节奏的一种调节，不管怎么说，能够把要表达的意思表达出来就行。

第二章 先锋的落伍

如果在1987年之前，有人把中国文学的希望寄托在一批超前探索、顽强实验的先锋作家身上还显得有几分道理的话，那么1987年以后这些先锋们的表演则彻底粉碎了人们的幻想和希冀。先锋们的举动不免叫人沮丧，他们不是在自我重复，就是向旧我认同，有的底蕴不够，有的宣泄过度，一个个呈现出疲软之相。下面着重分析近十年内最富新潮气息、最富实验精神的两位小说家和一位批评家，其余的先锋之状也大致可知。

一 马原堕入陷阱

1987年以来，我始终关注着马原的小说创作，衷心地希望他能够尽快跨越已有的高度，能够成为新小说大家，能够为现代小说多提供些新的元素，但这种良好的期待逐渐被日益加深的失望所替代。这倒不是那些模拟摹仿马原的“马原们”败坏了他的声誉、丑化了他的形象，而是他自己在为自己挖掘坟墓。在这些日子里，他非但没有能够继续丰富他的世界，反而在无端消耗他所特有的良好艺术知觉和语言才禀，在不断稀释他偶然得来的一点灵性和感悟，将他初期小说创作中隐藏的非现代因素膨胀到俗不可耐的地步。这一切表明一个可怕的事实：一个富有勃勃之气的小说家正开始衰竭，一个被视为现代神话的偶像尚未树立便自行倒塌。

这是一个非常有趣富有悖反意义的现象：当马原打通这些小说之道走向一个新的境界时，这些通道内出现极其灿烂的光辉，并且融化到新的境界之中。可同样仍然是这些通道却成为马原走向死亡极地的墓道。这不是简单的宿命的安排，也许正像一个人选择了生就选择了死一样，这是马原以及“马原后”作家们的必然归宿。虽然文学的自我表现基本是一次性的，但马原生命创造的青春期如此短暂，是令人悲哀的，因而我必须以一种批判的眼光去解剖造成马原艺术生命早衰的原因，虽不能以警后人，至少也可以使那些正沉浸在马原之雾的人们看清马原的本相。

在新派作家普遍以淡化主题、淡化情节、淡化人物的反故事方式抗争传统的文学观念之时，如果谁用情节的离异古怪曲折多变来作小说的话，就肯定会被讥笑为不懂文学新观念，就会被冷落在批评的视野之外，就会被当作创作初级阶段的中学生习作。可是一些小说家在脱离了故事和情节的拐杖之后，又只能简单地作些乔伊斯、福克纳、塞林格的描红小品，虽然可以流行一阵，但很快便被众人识破真相，送一顶“伪现代派”的帽子打发了事。而马原适时地将故事性机智地重新引渡到小说中，以校正那种因过分做作的精神分析和心理描写所创造的阅读误差。当然，马原运用故事不是皈依传统情节小说规范，而在于以一种“反意义”“反价值”的方式来转述故事，操作情节。传统的小说之所以传统，就在于它用一种确定性的意义命题来制约故事的发展，流动和多向发生，以理性观念的硬壳来束缚活生生的生活形态和情感形态。而马原小说的故事（初期）就没有在简单地设立某种价值坐标体系之中进行，而是在一种无价值的非理性状态之中来构成它的价值意义，虽然马原声称反价值反意义，只不过是为了挣脱理念的囚笼，而反价值反意义本也是一种价值和意义。像《冈底斯的诱惑》便是将探索野人，观看“天葬”以及顿珠、顿月和尼姆的“婚姻”故事排列在一起，三条故事线索之间并没有多少逻辑的内在联系，可整合起来却有一种难以言尽的生命意义。这是因为马原在写作小说时边构思边写，并不是叙述一个已知的故事，而在叙述过程之中产生故事。

然而这一方式近来发生了严重的危机，危机首先来源于马原小说背景的位移，当马原以一种无价值的思维形态来结构、组合他的那些“西藏的故事”时，这种无价值的共时性的叙述形态与西藏特定的地域文化所蕴含的神秘、魔幻、奇异色彩相吻合，这些“西藏的故事”便显出迷人莫测的艺术光辉来。可这一背景消失之后，马原在操作他那些“青春的故事”时，不知是由于背景的文化氛围变得明朗确定了，还是童年的记忆和情感变得澄静了，他那种无价值的思维形态便开始变形了，反而循着一元的线性方式来操作他的故事，因而他的故事更像故事，有头有尾完整无缺，情节秩序井然逻辑严密，以往那种以多故事组合之后所产生的种种禅机、妙悟和意趣丧失殆尽，被单一的逻辑程式所制约，成为真正无价值的故事。我们只要从他近期小说中反复出现的完完整整的故事情节，便可窥见他的无价值的感性的思维形态已经消失。因为无价值的思维形态本源于意识的非理性状态，而把故事完整化、逻辑化显然出于一种理性主义的需要，在这一点上，马原便开始脱落小说所有的现代性。《错误》是他 1987 年创作中较有代表性的一篇。它叙述的是

“我”因丢失了一顶军帽，惊天动地地闹出一场不该发生的悲剧，可“我”最终发现，军帽并非被别人盗窃，而是“我”自己遗失的。整个故事的框架是规范的欧·亨利式。如果把《错误》放进知青文学发展系列进行考察的话，它无疑有它独特的地方，更真实地逼近了知青生活的形态。但放在马原的名下，就令人沮丧了，因为他已经倒退到一个寻找确定性价值体系的框架之中，反叛了自己反逻辑反价值的创作初衷，走向了一个表现实在性内涵的传统轨道。写作《错误》本来便是马原的一个错误。但他并没有意识到这一点，周围的编辑和评论家也真诚地热情地为这种“错误”喝彩，于是怂恿马原铸成大错：《上下都很平坦》，尽管在这部长篇小说里，马原的生命汁液被消耗得近乎虚脱，语言的灵敏度也被磨砺得迟钝，但由于是沿着《错误》的错误轨迹发展而成，实际成绩甚至没有超过他的一些中短篇。也许在写作过程中马原意识到他反价值非逻辑思维特性的失落，企图在第三部进行强化处理，但结果非但不能力挽狂澜于既倒，倒有狗尾续貂之嫌，不伦不类的拼合丧失了整体的和谐与一贯。

马原操作故事的方式也一直为人们所称颂。他那种共时性的套层结构的讲述故事的方式无疑为新时期小说的形式贡献了新鲜的血液，尤其是他将叙述时态（即构思过程写作过程）揉进小说之后，使小说的语言构成面貌发生了巨大的嬗变，一时遂成为众人模仿的时髦货色。姑且不论这种在叙述之中产生故事的方式是从法国新小说派阿兰·罗伯－格里耶他们那里借来的，也姑且不论叙事人的这些语言往往除了增添语言表象的热闹之外并没有为故事本身增添实质性的内涵，二者都可以理解都可以宽宥，一个作家从另一个作家的作品里得到创造的灵感和具体的形式感是正常的。小说中的叙述过程的出现如果运用得适当，对作者而言激动了叙述兴致，对读者而言则可以调节阅读气氛，获得共时性的阅读效果，应该说有它的语言存在意义和价值。问题在于马原并没有认识到这种语言方式本身并不制造价值，它必须置于某种客观的语言事实之中而存在，就像棋必须放到棋盘之中才能产生功能一样，仅仅有孤立的转述语态并不能构成真正的共时性的语言存在，这就像把棋子放在手中把玩而不进入棋盘一样，并不能构成游戏本身。而马原却忽略这一语言游戏的根本规则，在不少小说中无节制地使用这种影响叙述旋律和阅读节奏的“画外音”，作者如患有录音癖的饶舌婆一样喋喋不休地讲述一些与“本案无关”的废话，这些散文性的自白和新闻性的实录淹没了小说真正的叙述主体。马原出现这种语言仓皇实际表明他生命力的疲软。当一个作家处于一种语言的疲软状态时，他生命的力量与爆发力肯定也处于一种低潮，因为语言不仅是生命的表象，而且也就是生命本身的形式，尤其是对马原这样悟透语言之后写小说的作家更是如此。

马原最为得意的便是他在同一篇小说中同时出现马原、陆高、姚亮、大元这些由自我分裂出来的叙述形象，让他们从不同的情感色彩、价值取向、道德范畴、时间视角共时性讲述或感受同一个故事，构成叙述的多元套层结构，将生活的无序状态还原出来，改变以往那种单一的历时性的有序的全知全能的叙述方式。但近时的马原仍不厌其烦地耍弄这些花招，就引起读者的讨厌和讥笑，因为魔术师的魔术被观众识破后就变成一种机械性劳动，再也激不起观赏的愉快和新奇。而且，随着故事背景的更换，马原在耍弄这些招式时已经在本质上丧失了原先的那种共时性的叙述意义。他现在往往在有意肢解一个完整的故事，故意把故事的各个部分切割得支离破碎，故意置换时空颠倒秩序，可组合之后仍然是一个完整的故事，在组合过程中，并没有产生出新的“故事”，这实在显得有点气虚而技穷了。新作中篇小说《旧死》所讲述的无非是乱伦加暴力又死亡的故事：海云强奸了自己的姐姐，他母亲将他杀了，马原用“卷一”“卷二”“卷三”这种纯故事性的方式来重构故事的时空秩序，把海云的过去、现在、未来搅和在一起，并以司机曲晨的现在进行时态来构成海云未死的幻象，来迷惑阅读，小说已具备一般开放性的阅读意义。可马原却在“卷外”用欧·亨利的方式抖落出故事的真相，原先的多种可能就变成唯一因果联系，原先的多种阅读门户就变成只有作者的叙述通道，从而堕入到故事的传统槽臼之中。因为马原又重新扮演那个全知全能主宰一切的上帝，他又可以任意操纵人物的命运和事情的发展，又像传统故事叙述者专制暴君一样野蛮地剥夺了读者阅读的权利，窒息读者阅读时进行创造的空间。

马原起初进行这种扑克牌拼凑的写法来整构故事时是注意到叙述与阅读的空隙的，他组合那些“西藏故事”时保留好些阅读的自由，能在这自由中产生出新的故事。可现在马原干这一手时太熟练太机巧太逻辑化太程序化，最后使这种共时性的叙述的套层结构丧失了应有的张力，因为马原已经不是在叙述过程之中产生故事，而是在职业化地耐心地技巧地在叙述已经相当成熟、成熟得要糜烂的故事。马原也便彻底堕落了。《旧死》与街头那些畅销的读物的阅读意义也就只有一纸之隔了。

马原起初的反价值、反逻辑的方式操作故事反而获得故事之外的价值和意义，可当他稔熟地把玩一个非常逻辑非常过程的故事，价值却真的沦丧了，在那里只有故事而没有故事以外的意蕴和力量。也就难怪他用那些金钱、珠宝、色情、盗窃、暴力、乱伦等富有刺激性情节来武装小说。不过，马原倒是讲故事的高手，他太会讲故事，他讲故事的才能大大超过同时代的一些青年人，也超过目前国内所流行的那些通俗文学的职业写家。他似乎有一种天生的故事感，他的语言极富阅读悬念，如果马原放下架子悉心从事畅销小说的写作，很快就会成为超一流的畅销书名家。

可马原并没有意识到自己已经沦为故事的职业写家，他也不会加入到畅销小说的写作队伍，而文艺界的年轻朋友谈起马原仍有谈“神”的意味，因而就更有批判的需要了。

马原用他的自信创造了自我，同时也用自信葬送了自我。

原因很多，至少与他的无节制生产有关。无节制生产便是培养职业写手的过程。

我想，马原写得太累了，该搁一搁笔了。

二 莫言：反文化的失败者

《红高粱》和莫言已经作为 1985、1986 两年探索新潮文化的组成部分。这两年内莫言们呼风唤雨，兴起了一阵阵新潮，极大可能地丰富了当今中国的文学色彩和层次。85 和 86 无疑是文学界值得纪念和怀念的年头。也许火山爆发之后便该是沉寂，《红高粱》红了之后，莫言们便开始陷入一种因宣泄过度而造成疲软状态，他们虽然仍以喷射之势进行写作，但早已丧失了起初那股青春的活力和饱满的气势。莫言是贯穿这几年新潮文学的一个代表人物，他近期的几篇小说几乎暴露了莫言们反文化的共同症结，因此我的批判不妨从此开始。

仍是文化的奴隶

应该说，莫言们是在反抗传统的过程中诞生的。“我要编导一部真正的戏剧，在这部剧里，高贵与卑贱、美女与大便、过去与现实、金奖牌与避孕套……互相掺和，紧密团结，环环相连，构成一个完整的世界。”《红蝗》里那位女戏剧家的话至少在一定的时候曾经代表过莫言的创作心态。他的小说《红高粱》便是这么一部“真正的戏剧”。在《红高粱》里，他以一种混沌未开的叙述形态呈现了善恶共生美丑共存的历史形态和生命形态，洋溢雄壮的生命气息和历史活力。余占鳌们身上的崇高与卑琐、伟大与渺小、聪明与愚昧、勇猛与凶残、善良与无知相互胶粘在一起，以其民族血性精魂里的那股原始的野性力量冲击着传统规范里的优美、崇高和典雅，获取了一种新的生命范畴和审美文化。

在《红蝗》《欢乐》等近作中，出于一种反抗的思维惯性，莫言对《红高粱》已经形成的规范感到不满足，他要彻底摒弃文学中那优雅、崇高的审美成分，企图以“丑”取而代之。《红蝗》里这段话便是宣言：“我们的大便像商标的香蕉一样美丽为什么不能歌颂，我们大便时往往联想到爱情的最高形式、甚至升华成一种宗教仪式为什么不能歌颂？”在这种“大便情结”的支配下，那些龌龊、卑贱、丑陋、残酷、恐怖、恶心一类为昔日规范所不容忍的现象和情感便充斥在莫言的小说中，“跳蚤在母亲的金红色的阴毛中爬”，“在母亲的生殖器官上爬”，“你第一次嗅到了月经的味道，你无情地剥掉了自己的假面，坦率地对着那个想知道女人身上一切秘密的正人君子说：味道不坏，有点腥，有点甜，处女的干净、纯正，荡妇的肮脏、邪秽，掺杂着男人们的猪狗般的臭气”。他似乎要把有生以来所感受到的、经历的、听到的、看到的、想象到的全部龌龊全抛出来，竭尽刺激感官之能事，仇恨、诋毁、诅咒既有的一切文化形态，包括他曾经满怀激情所歌颂过的红高粱、土地、野性、性。而把当年的那股热情全部倾注给人间的种种丑恶，以玩赏丑恶为快事。

总而言之，莫言是以一种反文化的新姿势来操作他的小说，这一点与不久前曾经颇为时髦的“朦胧后”诗人（亦称“第三代诗人”）自然不谋而合。这种反抗的出现是必然的。因为我们的文学和读者在传统文化那种优雅的氛围中浸泡太久，浸泡得神经非常脆弱，经不起一丁点的刺激，长期陶醉在白日梦的幻象之中，借以逃避现实的丑恶与无情。莫言正是要折磨人的阅读期待和心理渴望，亵渎人们的优雅情感和审美惯性。20 世纪的世界文学就因为正视人性和世界的负面，才使人类意识到自己有一条割不断的动物尾巴，意识到在理性的表象下藏着非理性的本能和冲动，反文化便成为人的新的生存要求。

但是，莫言却在反文化的旗帜下干着文化的勾当，莫言在亵渎理性、崇高、优雅这些神圣化了的审美文化规范时，却不自觉地把龌龊、丑陋、邪恶另一类负文化神圣化了，也就是把另一类未经传统文化认可的事物“文化化”了。因此虽然偶像的面具替换了，但膜拜的仪式和情感的虔诚并没有丝毫的变异，莫言那种精神被奴役的本质依然如故，依然充当文化的奴隶。出现这种悖反的原因就在于莫言是在文化的思维过程中反文化，他的筋斗云翻得再多也跳不出如来佛的掌心，就像中国历史上曾经多次出现的农民起义一样，推翻旧的王朝不过是为了更换一个新的皇帝。在这一点，莫言的反文化尚不及“朦胧后”诗人彻底，他们至少不承认有什么皇帝存在。

莫言近期小说中所显有出来的叙述态度将莫言的这种两难窘境暴露无遗，他在亵渎优雅的文化传统的同时亵渎了阅读和读者。亵渎读者便是传统小说文化最基本的特征。因为在传统的小说中，读者是不能进入小说的语言结构之中与小说自身进行交流对话的，不能获得创造性的实践，而处于一种被动的受控位置，处于一种被奴化、被灌输、被迫视听的情境。这是因为传统的小说作者是依赖于一种文化的优越进行写作的。而莫言的近期小说始终没有面对读者，始终无视阅读的存在，那些天马行空自作主张的叙述语流所呈现出来的是一个极度膨胀了的自我发泄狂、自我虐待狂、自我崇拜狂的形象。莫言以为充分地自由地倾诉了自我对优雅文化的种种恐怖、仇恨、厌烦、反感、恶心之后，就算完成了反文化的历程，其实这种方式恰恰正是传统文化的一种认同，这种自我宣泄表明的叙述方式，亦是以往那种全知全能上帝方式的表现。莫言如此无视阅读的意义，正出于潜在的文化优越感，才会居高临下地去亵渎读者侵犯阅读。他虽不像传统的作家站在圣坛上以牧师很有人情味的措辞传达上帝的旨意，但都同样以自我为中心，都处于文化的优越状态对读者进行灌输，只不过牧师是理性的教谕，而莫言是感观的轰炸。一个真正反文化的小说家，就是摆脱那种文化的优越感，与读者面对面地共同叙述，共同阅读。

真正反文化的叙述方式首先必须淡化叙述者自身的文化侵犯意识，以一种非侵犯非亵渎非教谕的方式面对读者。倒不是说读者读懂了小说便有了阅读性，而阅读不懂就没有阅读的价值，而是说在作家的心目中要始终意识到读者的存在，就像竞赛一样处处感到对手的攻防方式，读者便是作家叙述时的“假想敌”。传统小说的弱点就在于作家以一种文化的自尊自贵，封闭读者所可能进入的阅读通道，顽固地以自我的经验和自我的逻辑建起一个孤立的保守的文化城堡。而现代小说则必须以读者为上帝，必须开放“不同的门户”，建立起一个开放的可以多向阅读的文本世界。就像娜塔丽·萨洛特在《怀疑的时代》里说的：“让读者运用自己的丰富生活经验和所掌握的探索手段，从作者指出的深藏的事物中，发掘其中的奥秘。”

因此，莫言企图以一种优越的文化姿态来进行反文化的勾当，这本身好像一个人拎着自己的头发想脱离地球一样，作为一种先锋性的设想也许是有意义的，但实践起来便会寸步难行。在文化的张力场中反文化，最终仍然只是文化的奴隶。

感觉救不了作家

感觉在近几年内受到了新潮作家们的极度推崇，一些人也开始依仗自己的感觉大胆炮制作品，确乎也产生了一些新鲜、奇异的小说。崇尚感觉是对几十年来文学创作中理性硬化思维的反动，它在不同程度开启了创作者们原先闭锁的情感经验，激活了他们的灵性和悟性。但不少人以为有了感觉便有了一切，就可以纵横天地、驰骋文坛了，在这种反理性的创作方法的背后骚动着的实是一股对文化的轻蔑和嘲讽。人类的理性经验主要依据文化的形式固定下来，它在不同时期不同程度抑制人们的感性发展，但文学创作如果真正脱离了理性经验之外，否认理性思维在创作过程中特有的意义和作用，最终会丧失这项精神劳动所特有的价值。莫言便是泛滥在感觉之中的牺牲品。

在新时期小说作家之中，莫言并不是靠一篇处女作成名登上文坛显赫起来的，他与王蒙、张承志等作家算是经得起折腾的。他那种良好的艺术感觉和想象力超出了一般的作家，几年来持续不断的操作充分显示了他那特有的艺术天赋和感觉禀性，但这并不能保证一个作家的旺盛的生命力。事实上，由于对感觉的依赖和对文化的蔑视，莫言已被折腾得近乎气息奄奄，丧失了原有的灵性和神气，文笔也开始变形。

其实，在《红高粱》之后这种感觉疲软症便已经开始出现，他在那个时候就应该注意养气健神，以保持充沛的情感和饱满的状态进行新的创作。但他敌不住舆论界和出版界的怂恿、诱惑、逼迫，接二连三地稀释他的“红高粱”，使原先醇浓的高粱酒化为寡淡的清水。这种感觉的放纵和随意性的泛滥使莫言抑制不住已经上升的虚火，为了掩饰内在的苍白和空虚，他刻意于题材这些外在因素。莫言曾因题材的转移获取成功。从《透明的红萝卜》开始到《爆炸》，莫言几乎全是以感觉的灵敏和奇异来映射当代生活的印象，但平和的现实生活似乎满足不了莫言灵魂里所潜藏的野性精神。于是他找到了那片勃发着生命热能的高粱地，富有传奇色彩富有历史生命感的余占鳌的故事成为莫言奇异感觉纵横驰骋张扬个性的自由天地。《红高粱》的成功，本是一次对光靠感觉写小说的反击。因为莫言那感觉如何奇异新怪，也必须寻找一个使之自由发展的故事框架，灵性和历史在互相唤醒互相激活。而当时的舆论则普遍地将它归结于感觉的作用。因此当莫言在《红高粱》系列出现危机时，以为简单地改换一个故事背景和情节框架便可以重新滋生出那一灵性、那一精神。

莫言所出现的灵性衰竭、感觉虚泛，本源于内在的苍白和空虚，这种软弱和虚泛是脱离了理性文化之柱产生的。生活在现代社会的人离开了理性的支撑是不可能存在下去的，而一个作家反抗理性进行纯粹感性写作可能获取一次性的成功，这种成功也由于以前积累的理性的文化已转化感性的表象，所以显得有力度有意义，当他丧失了这种转化的可能时，感觉就会显得非常稚气非常琐碎，非常非文学。精神病人之所以不能成为艺术家，就在于缺少理性的制约而不是良好的艺术感觉。莫言创作中所出现的内在空虚，本应靠自身的调节来养浩然之气，重新调整好内在情感结构方式，克服倾斜使之平衡，依靠外在的力量来滋补反而会导致更大的倾斜和更大的亏空。而莫言选择的正是阴差阳错的外补方式，因而导致了近期小说的仓促和疲软。如果说《欢乐》由于调动了作家少年时期的情感经验和生活记忆还保存他感觉的基本外形外，到《天堂蒜薹之歌》里莫言便彻底露馅了，且不论三十几天的时间是否适合于一部长篇的写作，也不论莫言在下坡时写作这部小说。即令早两年莫言写作这部小说也不会超过其他作家，概括生活中刚刚发生的政治事件来组织小说非但不是莫言感应世界的方式，也不是正常小说所应有的态度。莫言也许是太过于信赖于自我的感觉，其结果便是外在的社会性、新闻性非但弥补不了内在精气的虚弱，更加重他情感和感觉的疲软。

为了掩饰内在的灵性感觉的钝化，莫言借用各种脱离本体之外的因素来组合拼凑他的小说，在语言上要弄种种花招，使原先饱满的小说语言发生质变，丧失了小说特有的语言形态。一是随心所欲莫名其妙的词语堆砌与重叠，虽然在游戏的过程中不乏惊世之语和幽促之趣，但因通篇的虚泛与空洞显得做作而有修辞之匠气。二是用大量的议论和自白来消解叙述，改变了小说叙述的基本语体特征。即令将中篇小说《猫事荟萃》那些占篇幅一半的议论和说明删掉，它也不能构成一个短篇，它在本质上已经彻底违背了小说的文体规范。议论作为一种语言思维形态是反小说的，议论大量出现小说中，是作家丧失自信心之后的表现，他已经不是在叙述世界，而是在宣谕世界解构世界，这恰恰是理性主义者的做法，不论宣谕的是理性还是反理性。《猫事荟萃》实际上是用杂文笔法写成的小品，这种语言样式和结构形态在现代作家的散文作品里极为常见。也许把《猫事荟萃》列入当代散文的行列之中毫不逊色，但莫言把它误认作小说操作时足见其感觉的麻木和语言的失态。

莫言的失误终究有价值，就是：良好的艺术感觉是大作家的必备条件，但仅有良好的感觉成不了优秀作家。这是极其简单的常识，可面对中国文学的现状，我们不得不从这些 A、B、C 谈起。

希望作家们在卖弄感觉时莫要重蹈盲人摸象之辙。

想起了黑孩

黑孩是《透明的红萝卜》中的主人公。

那时的莫言是多么充满灵性而又蕴蓄着力量，他既不用自我的感觉去替代黑孩，也不用黑孩的感觉去浸淫读者，他自信他的这片世界里有自己的存在。在黑孩身上，也确实体现了星夜土地湿漉漉的神秘感和人的复杂的迷惘感以及文学特有的造型感，甚至还隐约透现出一股若有若无的东方感，黑孩把莫言对整个世界的积累、经验积累、语言积累全都凝练地显现出来。循照黑孩的思维方式，莫言的笔下终于产生了“我爷爷”——这样惊天动地的叙述创造。

按照莫言的才情和能量本应成为中国新文学的大家，然而，他近期的表现却未能尽如人意。这实在是一件憾事。莫言的这种情况是近几年反理性反文化思潮的产物。当今天的作家和读者刚处于文化积累阶段，当我们的理性头脑尚未健全时，过早地昭示反理性反文化，过早地去亵渎理性、亵渎文化，其结果只能导致既无理性又无感性，既不能反掉传统文化反而更加深了传统文化对自身的束缚。这种文化消费早熟的倾向已开始骚扰文学创作的正常秩序，以非非主义为代表的所谓第三代诗人（或“朦胧后”）的贸然出现，一些急先锋小说作品的超前问世，都是受控于这种早熟的浮躁心态。

早熟势必早衰。由于作家们尚未将自己的情感状态和心理结构调整到最佳状态，在这种早熟信号的干扰下，以致尚未创造的高潮便宣泄一空，再也激不起创作的激情。这股缠绕着中国当代文学的阴影不消除，新时期文学就很难正常健康地发展。

说实在的，反文化本身并无罪过，西方本世纪以来所出现的这一倾向是碍于人身上的文化限制太多，通过反文化的方式来解放自己，更好地释放自身的能量。我并不是一个机械的文化过程论者，中国作家也没必要去亦步亦趋地走完西方近当代文化的每一个脚印，但要看实践效应如何。至少现在看来，这种反文化的做法并没有能够使中国作家释放出更多的生命能量，获取更多的创造自由，反而会削弱了中国文学的力量，涣散一些作家的心理结构、文化结构乃至感觉结构，影响他们的潜力充分发挥和表现。

当然，已有人怀疑这种反文化动机，是不是有人把它当作一种捷径来替代积累的艰辛呢？或者用反文化来掩饰文化的匮乏和空虚呢？

至少莫言不是这样的。有黑孩为证。

三 吴亮的退化：从对话到独白

在评论界的芸芸众生之中，吴亮无疑是最富才情的一位，他依仗着良好的感觉在文坛恣意纵横，招式繁多，花样常新，虽有一定之规，但操作得极为潇洒，优美，并时有惊人之举，堪称绝活。但近来，我隐隐觉得吴亮在进行一种滑坡运动，这种感觉在读过他的《秋天的独白》之后越发明晰，现在确乎可以说，吴亮在一个不经意走进的成功之圈中已经度过了最激动人心、最美丽的蜜月，如果不能给这种滑坡早点画上句号另起一行的话，吴亮将会自我“觞”掉。

王晓明在谈论赵园《艰难的选择》时曾对吴亮等青年评论家心态作过描述，说就其动机而言，他们与同时代的那些青年作家一样，都是以文学为心灵和精神的负载体。因此，在吴亮们的评论中，作家的作品往往只是提供他们一种契机，他们借着这种契机来宣泄、张扬自己的种种情绪、感受，对社会，对历史，对人生，对青春，对理想，对未来……评论之于他们，已不仅是阐释作品的需要，更重要在于满足自我心灵的精神需求，是表现自我、实现自我的一种方式。这种批评主体性的觉醒和强化乃至过度扩张，是整个文学界主体意识被长期压抑窒息之后一种超常态的释放，它改变了文学批评乃至文学创作的思维动向，刷新文学批评的面貌。在这一过程中，吴亮的一系列批评实践是最引人注目最富创造力的，那句曾经颇为流行的"深刻的片面"是对他的最好赞誉，这一段功绩自然会写进文学史和批评史。

可是，吴亮轻易地改变了思维的动向，他放弃了他那双向对峙而又交流的"对话"思维，而向传统的"独白"方式认同，从而失去了一个新批评家的新锐和力度，在一个封闭狭隘的天地徘徊乃至沾沾自喜以自恋自慰。在著名的《艺术家和友人的对话》系列论文中，吴亮成功地扮演了两类不同的角色，采取既赞同又怀疑的矛盾方式探讨艺术的真谛，从而在一个较复杂丰富的层次描述了艺术内部构成的多种形态，他自己在谈论"对话"写作的意图时说："人很难为了满意而任意去相信一个观念，抛弃其他观念——如果它们都表现了某种'真'的话。没有比简单的'信奉'更肤浅的东西了，它意味着人心胸的偏狭和胆怯，只有无力的人才拼命抓住一个概念，据此以为灵魂有靠。"

吴亮上述的这段话表明了他写作"对话"的心态，不相信有一个确定性的上帝存在。因此他在文章中也就再不扮演上帝的传道士，不向读者灌输圣经的教诲，而是采取一种假定性的方式，让读者直接进入作者的写作过程，让读者与作者、艺术与世界同时进行对话。这样，读者就有了叙述和回读的双重行为，不再是端坐在讲台下的小学生。人们至今还津津乐道地称赞谈论吴亮的对话，主要就在于它具有现代阅读的不确定性，摆脱了以往那种线性的思维程序。

吴亮在写作这些对话时并没有自觉地意识到对阅读存在的尊重，而是作为解构艺术矛盾构成的一种写作方式，“把一个主观秩序强加于万象纷呈的艺术世界，反会带来不可容忍的混乱”。但在对话的过程中，吴亮已开始感觉到对话作为一种现代思维的意义，“发现世界真是十分的慈祥和宽容——因为它能容纳一切彼此矛盾的事物，包括人的种种不相同的认知”。

遗憾的是，当吴亮宣布“倘若要我只扮演一个固定角色，那才是真的困难”的话音刚落，吴亮却异常熟练地扮演起一个固定角色来，这便是《秋天的独白》里的吴亮。在这本小册子里，吴亮故作沉思状，对文学以及文学以外的种种现象、概念、命题乃至名词进行了颇为严肃而又不免有点小聪明的反思、解析、揶揄、反讽，什么“粗糙的历史批评”，什么“文学和哲学”，什么“作家的工作方式”，什么“坐着念书或躺着念书”，什么“梦中的快乐”，什么“雄鸡何以英姿勃勃”，什么“仇视美貌的原因”，等等，涉猎古今中外，谈及文学、政治、经济、艺术、自然，如果将它们作为报纸的花边或补白，这些机灵的小品倒是异常精彩而富有情趣和理趣的。但把这些零零星星的“思想”的闲言碎语整合起来作为一本“学术小品”著做出版时，就难免使人产生一种出卖灵气耍弄机巧的感觉，“小品”而非“学术”。吴亮所潜藏的那种危机感便暴露无遗了。

有人觉得吴亮“独白”的价值不大，是因为他重复别人在几百年前、几千年前已经说过好多遍的内容，并没有多少创造性。这自然是正确的。但我认为造成这种无效劳动的深层动因在于思维结构的嬗变，他从那种双向流通的“对话”通衢转入一个“独白”

狭窄的胡同之中。在《秋天的独白》中，那些有阅读意义的篇什往往是用对话写成的。但这些篇什，未能够改变整体上的“独白”格局。所谓独白，根据吴亮的理解，即是“把一个主观秩序强加于万象纷呈的艺术世界”，因此这里的独白者便以一种至高无上的圣者姿态俯瞰世界万物，对读者采取一种布道式的灌输方式，强迫读者接受他的理性或非理性的思想和情绪。这种浸淫、控制阅读的独白方式是以侵犯读者的个性权利为前提，是过去时代的特定的传统方式，是与注重阅读、尊重读者、给读者以创造空间的现代精神相抵触的。在今天这个对话的时代，非但全知全能的上帝已经消失，即连那些虔诚地传播圣经的“传教士”也失去了市场，因为世界已经不再为某个人、某种观念所操纵，解构世界的权利也就势必为公众所有，谁想以“一元状态”去解释世界去教谕读者，是极不明智的。因为这种把主观秩序强加于世界的“独白”方式，是一种专制的、反民主的暴君方式，是一种对人权（阅读权利）的亵渎和侵犯，亦是中国旧文人所特有的那种传道、授业、解惑的文化意识的残余。这一点，在吴亮的《秋天的独白》中可以明显看出，他那些颇像“最高指示”的语录体所沿袭的便是专制的文化时代所特有的文体格局。在今天这样一个对话的开放时代，读者已经不需要某种人物以领袖或圣者的姿态去昭示什么，他们更需要的是平等对话的权利和可能，他们已经被灌输得太久了，好不容易才从那种被奴化的精神状态中苏醒（有的正在苏醒），我们的文学又有什么理由和必要对他们施行灌输呢？既然上帝已经死了，有什么必要把自己打扮成上帝呢？这样的文化心态意味着什么？

吴亮近期所出现的这种“独白”倾向非为吴亮一人所特有，在小说家当中也同样存在着这种“自白”情绪，这与这一代人所特有的浪漫主义情绪有着根本性的联系。尽管他们从理智上向往现代主义的哲学、文学，并在操作过程中进行实践，但童年和青年（时期）所经历的浪漫主义教育和接触文学所最先阅读到的浪漫主义作品，无疑成了他们内在的隐性的记忆流程，操纵着他们的情感动向和思想方式，也就难免不通过自白的方式来表达对理想的憧憬或理想不能实现的悲伤，也就难免要以一种莫名其妙的传教士姿态去向读者灌输他们高深的思想和多愁善感的情绪，以赚取读者廉价的认可和同情，而丝毫也不顾及读者自身的存在意义，这种自恋的自我封闭的浪漫倾向已成为新时期文学向更高境界跃进的巨大心理障碍，如执迷不悟沉湎于自身宣泄的快乐之中，只会导致自身的萎缩和退化。

吴亮批评张承志的《金牧场》可看作是一份超重的夸张的也是偏激自傲的总结，这浩繁的意绪来源于内心的扩张欲以及对往事的偏执迷恋。它是一趟漫长艰难和激动人心的精神跋涉，也许这个对自己许下的诺言——即用长篇小说的方式来重度一次青春并阐释一遍自己的精神哲学——已经折磨得他够久了。一种紧张稠密的复线叙事结构被另一种挥霍无度的抒情语调大大地瓦解，以致呈现在我面前的不是一幅关于世界的风景而是一个浪迹天涯的孤独者，一个浪漫诗人和一个圣徒般虔诚的布道者，这话用在吴亮身上也非常合适，说到底，他那本《秋天的独白》也不过是一个浪漫主义者在1987年那个奇怪的秋天精神漫游的记录。这些用散文诗式的警句所堆垒起来的哲理城堡，也不过是吴亮为了自娱自乐而自我设置自我营构的家庭游乐场而已。

需要说明的是，这种快乐原则与精神漫游今后仍可能继续存在，作者亦自有保存和维护这种“独白”的自由。而且从更广泛的范围来看，人类所从事的精神文化活动都属于一种“自白”行为。

即令我上面所提及的“对话”方式亦是来自灵魂深处两种不同声音的“自白”。但所发出的声音仍有洪亮、沙哑之分，仍有真嗓、假嗓之别，亦有优劣高下之异。吴亮的过错也许不仅仅在于“独白”，这本小册子的轻薄、浮泛与他内心的焦躁、疲虚有关。他丧失了“对话”那种交锋的灿烂、互补的浑然和整体的丰沛。所以，《秋天的独白》是完完全全的“退化者说”。

第三章　悖反的效应

在“绪言”的《误区的价值》里，我曾经说过误区会有“助”于作家的创作，问题在于作家以怎样的态度面对生活，面对种种“误”的形态和心态。这自然是一个复杂难以言清的创作悖论问题，不过我想着重解剖三个作家在悖反的过程中所体现出来的独异的艺术风貌和艺术价值，算是对《误区的价值》的一种实证分析。

一　王蒙的小说魔术

对中国当代文学来说，1988 年显然不是值得夸耀的年头，差不多所有已经露过风头亮过身手的中青年小说写家都呈疲态，都在低谷中回想火红的昨天和盼望明天的火红。这是正常的必然的，经过十个年头的喷涌和发射，经过多种观念的、技术的更新和蜕变，作家们也有理由进行休憩和调整，虽然这种停顿并不是作家自觉自愿的，但却无可非议。可非议的倒是 1988 年的小说家王蒙的表演，他居然还那么“时髦”那么“来劲”，那么锐气十足那么青春勃发那么莫名其妙，简直不可思议！近十年的文学犹如高速旋转的龙卷云，不断旋出新的花样、新的潮流、新的人物，也不断旋掉各种人物、多种花样，“各领风骚”三五天者有之，三五月者有之，三五年者亦有之，但能在十年始终不被新潮卷掉，不被创新筛掉并始终处于浪尖上弄潮的，却只有王蒙。怪诞！怪异！荒唐！简直是“X色幽默”！

我现在不可能也不准备去完整地描述、勾画、分析王蒙这十年乃至三十年的艺术“变形”过程。只想单就1988这个年份这个小说魔术家所耍的花招作自以为是的揭穿，还其真实的面目。当然，这种“还原”只是一厢情愿的，并不期望作家和读者完全认同。

为了行文的方便，不妨先将该年度王蒙的小说目录列下：

《十字架上》（发表时注明短篇，但我是当中篇读的）

《钟山》 第3期。

《一嚏千娇》（中篇）《收获》第4期。

《组接》（短篇）《北京文学》第9期。

《夏之波》（短篇）《文汇月刊》第9期。

《球星奇遇记》（中篇）《人民文学》第10期。

信息的集结与主题的消解

一如既往，王蒙在1988年的小说创作中继续保持他那股“乱劲儿”——信息的高容量浓缩与不规则的组合。从时间上看，他涉及正处于改革阵痛时期的今天，“7月8月，是改革月。松绑。承包。岗位责任制。分成。聘任与解聘。计件工资与分成工资。奖金。基金。

第三次浪潮带给华夏的机会。电脑考勤。需要大胆试验。需要开拓型的人才。需要新的面貌，新的局面，需要向前迈一大步……”这是《夏之波》里的一段话。这样的句法方式和类似的语汇在他的这一年度的五个小说中比比皆是，确确实实折射出当代生活的许多“热点”“热层”“热面”，传递着正在活动的社会信息。但他的笔触也不时地趋向昨天，“锣鼓声敲得喧天。火光照红了你的脸。你扭着秧歌，扭着人人都扭的秧歌。”这是新中国成立初的情景。“他先检讨自己太软弱，太温情，觉悟太低。他说，他对周围的某些人，某些事，某些言语，某些说法是早就有意见的，他早就嗅出了气味的不对头，依他的脾气，他不能和这些人和平相处。”这是“文革”或类“文革”时期才会有的言语，“文革”的情景和语汇在王蒙近期小说中反复出现，虽然他并没有写一篇完整的以“文革”为背景的小说，但“文革”作为一个时间意义的信息单位始终散布在小说的各个角落和层次。错综的时间态使得王蒙的小说甚至出现了“公元 4848 年才能造出的超前式电脑”。应该说这些基本上是以一种纪实性的笔墨写来，有着充分的世俗性。

但王蒙小说的又一重悖反。《十字架上》在纪实与超实两种水火不相容的文学质之间巧妙开拓了一个中间区域，连接两种异质的桥梁是主人公“我”。“我”一会儿是新闻真实的“我”，一会儿又是幻象存在中的“我”，两个“我”交相出现，既互相隔离，又互相呼应，造成了一种既熟悉又陌生的阅读效果。“去年冬天，我到地处东北欧的一个友好国家访问”。“这一天，我在这个国家旅行，上午坐了很久的车，又参观了一些教堂和博物馆，而这些教堂和博物馆是没有取暖设备的。”这完全是一种纪实，在作者的生活实际中完全可以找到佐证。“我就是耶稣。当钉子钉入我的手掌，一阵锐利的痛楚使我大叫，我的手掌在撕裂，我的全身心在撕裂。叫声还没有冲出喉咙就被压了下去！我已经浑身冷汗，两眼发黑，都深知这不是叫苦的时候，我没有叫苦的权利！我不是想感动众人吗？不是要为众人牺牲吗？不是要看到和解与仁慈的光辉照遍寰宇吗，我怎能像俗人一样地哭喊呼叫呢？就在这一瞬，我听到铁钉劈钻骨骼与脆骨的碎裂声，我昏晕了。”这里的“我”显然是一种超现实的形象，是作家心灵中的幻象，是梦中的“我”，是作家那个外在的客观的“真我”的延续和发展，或者说是“真我”的内在灵魂。这样一种既真实而又荒诞的复合的“我”既观照出生活中的种种乖谬现象，又自然地坦露出自我心灵的真声。

在上述行文中，我之所以不厌其烦地引述王蒙小说中的一些文字，目的在于强化说明他小说中那种高浓度多层面的信息量，这些信息量既有外宇宙的、客观的，也有内宇宙的、情感的、心灵的，像刚才所说的超现实便是一种情感的信息波。这些信息之间往往并没有依据某种特定的思想输送带进行排列组合，它们相互对立、相互矛盾、相互抵消，实在形成不了什么样的意义结构。因而，在王蒙 1988 年的小说中已经找不到一个完整的主题构架，信息大量膨胀的结果反而使意义丧失了。这是一个令人啼笑皆非而又饶有趣味的悖反，小说层面上浮现着大量的信息，而隐藏在小说深层的却是对意义的反动。不过，我倒以为这种主题的消解与丧失倒是小说的一个进步。因为长期以来，即令是新时期文学中那些激动的奠基之作，比如《班主任》《人到中年》，以及王蒙复出初始的《最宝贵的》《悠悠寸草心》也都是按照这样一种逻辑程序来结构作品的：

主题思想决定人物性格，

人物性格决定故事情节。

它的理论根据则是这样：

> 故事情节是人物性格发展的历史，
> 人物性格体现深刻博大的思想
> （可与“典型环境中的典型人物”置换）。

这正是我国文学几十年来所奉行的“现实主义”原则。无可非议，这样理性的观念的小说做法与文学思想不妨会写出一些震撼人心的小说，但如果把它奉为“经典”“神圣”就会窒息文学的丰富多彩的生命现象。因为这一以主题思想为最高原则和尺度的创作方式，往往会为了思想的新鲜和深刻而不惜去歪曲生活的面貌。更何况生活本身就没有一种本质存在，生活是多面性决定了生活本质的多种可能性。所以这个时候对意义怀疑一下，以反意义的方式来组合小说还原生活，倒比那种主题鲜明的小说更具真实性。王蒙这种消解主题的方式实际表明他对生活有自己的哲学见解和人生态度。

这种对意义的否定实际是一种消解主义的哲学，取消世界上事物的确定性永恒不变的意义，它的一个重要特征就在于不再那么上穷碧落下至黄泉地去寻找终极真理，而是坦然地面对真实的世界客观的生活、复杂的人生，从它们之间的关系去把握它们理解它们。总的说来，在文学里，作家不可能找出纯粹的善和恶，也不可能找出纯粹的美和丑，这些带有美学伦理的概念失去了它以往的效用。因为作家不再提供什么样的判断给予读者，而在于将现象本身（那些人们不愿提及的或故意掩饰的现象包括其中）和盘托出，不作黑白分明的划分与判定。善者身上的善有时会成为恶，恶者的恶也会成为一种美，被同情的也许会被另一类人所厌恶，被批判的有时也值得同情，这样一种取消确定性意义的消解做法，是王蒙小说的整体观照方式。比如《一嚏千娇》里的“老喷”，其外在特征以及生存结构，与当年的刘世吾基本相近，但《一嚏千娇》里显然已经没有了《组织部新来的年轻人》的批判锋芒，反而对“老喷”居然有了一丝的同情乃至容忍，而对“老坎”这样一个饱受生活蹂躏的知识分子，作家在投注了真诚的同情同时也投注了真诚的嘲讽，小说结尾的“一菜勺”事件是王蒙很残忍的一笔，这一笔虽然淡淡带过，但使得小说意义的确定性丧失了。

王蒙在那些眼花缭乱的信息爆炸的热浪中依然保持着他清醒的哲学态度，只是这种消解来得既太冷酷又太温情。他也许太爱生活也许太想离开生活，这重重困惑让他敏感，也让他成熟。

但消解有时是一种智慧，有时也会是一种逃避，甚至是一种冷漠。

故事的间离与结构的丧失

福斯特认为故事是小说的“最高要素”和“基本面”，这是很有见地的。可以说，没有故事就没有小说。只是过去我们狭隘地把故事仅仅理解为表现主题的情节的与中国传统那种“教诲的寓言”和“纪实的历史”（闻一多语）话本等同起来。其实，在今天的文学里，用苏珊·桑塔格的话说：“反映、描写，珠玉般的诗句，甚至人物都是故事”也就是说，情节固然属于故事的范畴，但人物的情感、心理和动作都应是一种故事。现代小说的“非故事化”实际是故事的完整化、立体化。现代小说各种各样的叙述技术、结构技术表面上看来是处处排挤故事、拒斥故事，实际上仍是在寻求新的故事方式，使故事讲述得更圆满、更充分、更真实（当然这必须建立在他们各自的哲学和美学的基础上）。因此，现代小说作家对故事的消解实际是故事的一种新生。问题就在于他们各自把故事放在怎样的结构中来进行消解，来显示故事的意义。故事可以说是永恒的，这种永恒不单在于人类生活每时每刻都在发生新的故事，而且在于人们对过去的故事总会读出新的意味新的内涵新的情绪乃至新的结构来。当然，这种“故事”必然是经典，文学家的任务也许正是要提供这样可供人们多种误解的经典故事和故事的框架。

王蒙曾经因被误戴上“鼓吹三无（无主题、无人物、无情节）小说”的桂冠而受到种种指责和种种褒赞。应该说，王蒙并不反对故事情节在小说中的应用，他发表在《文艺报》上的《故事的价值》一文便表明他的这一态度，事实上谁也不可能在小说中真正取消故事性的因素、情节性的因素，只是把它们进行淡化或转化而已。王蒙所不满的是这样一种传统小说（这里的传统可远溯到唐宋传奇）的故事模式，就是先有一个规定的说教内容（政治的、道德的、伦理的），然后编造一个故事来图解这种观念性的“主题”。在这样的小说里，故事只是一具毫无生气的僵硬的躯壳，没有丝毫的生命气息，不能传达出言外之意、象外之象。故事只是用来证明作家观念的一堆硬巴巴的材料而已。

王蒙在 1988 年对故事表示出兴趣，他的《球星奇遇记》甚至直接借鉴以故事性见长的通俗小说的写法，叙述一个被误作“球星”而又终于成为“球星”最后又去制造“球星”发现“球星”的恩特的故事，整个小说充满了精彩纷呈的足球比赛场景和跌宕起伏的情节悬念，悬念中套着悬念，埋伏中又藏埋伏，可谓动人心弦。这样富于情节性戏剧化的小说在以往的王蒙创作中是极为少见的，但王蒙显然并不是满足于故事的曲折多变，富有传奇色彩，他是利用这种传奇式的故事来提供一种人生经验的框架。因而王蒙是把故事作为一种抽象的形式来看待。这在《球星奇遇记》人物的描写上也能体现出来，无论是阴差阳错当上球星的恩特，还是他的夫人歌星密斯酒糖蜜以及市长、勃尔德，性格都基本呈现出稳定的一元态，像一个在故事中滚动的符号，具有高度的抽象性。可见王蒙之意不在故事的完美与精致，他的宗旨在于超越故事本体呈现出的那样一种言外之意、象外之象。

但王蒙似乎更擅长于把故事进行一种复调结构来创造审美阅读的陌生化效果。他在长篇小说《活动变人形》中就努力用作者的自述来消解对故事的叙述，他那些情文并茂的议论文字不仅调节了整个小说的叙述节奏和阅读结构，而且对小说的事实造成了一种隔离效应。1988 年的创作表明，王蒙已经熟练掌握了这种隔离的方式，并开始创造出新的隔离方式，使之更加陌生化、复调化。令人诧异的是王蒙几乎每篇小说的隔离方式都不重复，都能自成一格。《十字架上》则是用现在的客观的真实的“我”的活动和情绪来隔离那个被钉上十字架的抽象的精神的受苦受难的“我”，既造成一种陌生化，又有一种真切感。《夏之波》是用故事隔离故事，这个短篇里糅合了两个故事。一个是“爱情的故事”，一个是“改革的故事”；一个是精神的冲突，一个是现实的矛盾；一个发生在国外，一个发生在国内；一个充满了青春诗意的苦恼和忧郁，一个则渗透了世俗的喧嚣与嘈杂。王蒙把发生两个不同空间不同情绪的事实交替排现在同一个小说框架中，既互相隔离又互相补充，既相互冲突又彼此包含，滋生出许许多多富有情趣也富有深寓的阅读空间。当然，《夏之波》的隔离只是两个故事的平行发展，故事与故事之间并没有发生直接的联系与交叉，各自的逻辑顺序和发展过程还是比较清楚的。《组接》则彻底抹掉了故事内部与外部的必然性，它把五个人生故事时时泼洒在同一空间中，只是各自的片断按照时间的流程分为“头部”“腰部”“足部”，每部里分写五个人生片断，各个片断与片断组合便可以构成无数人生图景。可用图表示：

A（头部） A_1 A_2 A_3 A_4 A_5

B（腰部） B_1 B_2 B_3 B_4 B_5

C（足部） C_1 C_2 C_3 C_4 C_5

D（尾声）

我们可以排列组合成无数的人生命运程序，比如常序也就是自然顺序可排成：

人生 $_1=A_1+B_1+C_1+D$

人生 $_2=A_2+B_2+C_2+D$

人生 $_3=A_3+B_3+C_3+D$

人生 $_4=A_4+B_4+C_4+D$

人生 $_5=A_5+B_5+C_5+D$

如果再进行各种不规则的“组接”的话，就可以产生无数的R(人生)，是一种真正的“活动变人形”。这种“扑克牌小说”是受到法国“新小说派”的启发。这种故事的无限可组合性取消小说的结构，以往被人们所惨淡经营的结构在王蒙手里粉碎了，结构被隔离消解了，结构的现实必须存在于读者的阅读过程。

如果说《组接》尚是一种不自觉地对结构实行消解的一话，那么中篇小说《一嚏千娇》则是有意为之。小说以“老喷”和“老坎”的种种情感纠葛作为故事的框架，在小说的中间却穿插了一大堆评论文字对这种故事性进行消解。比如在第八节叙述“老坎”冀望找“老喷”谈一谈但因“老喷”的回避而不能实现后，第九节作者则这样写道：“按照加工的构思，这个老坎不应该是游离主线之外的召之即来的人。小说写作过程中随随便便地上人，随随便便地改换与确立他们的称谓，这实在是一种‘花式子’。”再如十九节写“老喷”在“文革”一次催人泪下、让人心凉的检讨之后，在二十节开头则公言宣称自己的小说做法：“本篇小说作者本来是努力于制造间离效果的，笔者无意集中写几个活生生的人物。宁可去写一些群体的片断，搞一些拼贴，连缀一些鳞鳞爪爪，唤起内心的自由驰骋。笔者试验的是伞式结构性现实主义。写着写着，起码两个人物和他们的思想直至政治的瓜葛特别是他们各自的性格似乎正依照自己的不依作者意志为转移的规律而形成起来。”这样的一种隔离手段显然与上述的隔离有了一种质的区别，上述诸种隔离基本上仍是叙述隔离叙述，故事隔离故事，隔离结构与被隔离结构并没有某种直接的联系，作家所作的种种议论和说明，正是对“老喷”“老坎”，老田的故事产生发展的阐释和假想，是对小说阐述过程的一种呈现，它无疑彻底揭开了故事的虚构的本性，又把作家此时的心理活动和想法完整地端了出来。这种既充当讲述人又充当评论家的富有解构色彩的小说做法使小说丧失了那种圆满的、精美的、严谨的故事结构。结构已不再成为人们阅读小说最可靠的扶梯，人们必须在阅读过程中产生结构来组合故事。

语言的扩张与叙述的死亡

王蒙对语言天生有一种敏感，他喜欢把语言捏在手里任意搓磨，然后抛出去组合成一幅幅耀眼的七彩缤纷的语言图景。在这样一种搓磨与组合的过程中，他的幽默、他的潇洒、他的兴奋、他的苦恼、他的沉思、他的悲哀便随之流出。这样一种语言多向度的浓缩的强信息量的轰炸，到了 1988 年似乎已经到了极致。他那一连串成熟的语言果实暗示一场语言革命的实现。

如果从语言文体变换的角度来概括这十年来小说艺术形式上发展的话，那小说语言从描写走向叙述则是一个重要的特征。由于以前人们对现实主义理解的偏狭与歪曲，把恩格斯的“倾向从作品中自然而然地流露出来”的这一句话既奉作经典，又机械地规定了小说的具体方式——描写，更进一步的便是“白描”。且不论作家的倾向是不是一定要在作品中流露出来，也不论作家的主观色彩是不是就一定不能直接表现，姑且承认它的前提，也不能简单地把描写视为作家创作小说的唯一手段，但显然不是唯一的手段，尤其是对现代小说，描写已渐渐让位于叙述。可以这样说，描写尤其白描是中国经典小说艺术的灵魂和精华。在《世说新语》《三国演义》《金瓶梅》《红楼梦》里，人们确实可以品味到这种白描的精妙与隽永，特别是《红楼梦》出现以后，中国的白描简直到了登峰造极不可逾越的地步。事实上，就像今日画坛的一些国画名手始终未能有人超越古人设立的屏障一样，《红楼梦》之后的小说家们的“白描”技术始终不逮曹雪芹。这是一个很严峻的事实。

有人在谈论鲁迅小说艺术时曾把“白描”当作其特征。这显然是一种偏颇之见。一、鲁迅运用“白描”固然精湛，但只是偶尔为之，那种带着浓郁的主观色彩的心理描写和场景描写远远超过“白描”的笔墨。二、鲁迅在小说叙述上所展开的艺术层面比“白描”要更有价值，《阿Q正传》以一种独特的幽默语体风格宣告了新的小说叙述语言的诞生，而《伤逝》则把描写彻底改变为一种内心独白——纯粹的抒情。鲁迅其实是描写与反描写的综合体。真正依照“白描”从事小说写作的作家并不少见，柳青的《创业史》、梁斌的《红旗语》以及马烽等“山药蛋派”小说家的作品，都体现出鲜明的“白描”特点，但恕笔者不太恭敬和武断，他们的成就实在有限，缺少独特的情致与审美趣味。说实在的，如果要以“白描”为规范衡量作品的优劣的话，那新闻报道是最好的，所有的新闻都以“白描”的方式写成的，但它不是艺术。

尽管“白描”之类只是一个语言形式的问题，但语言形式从来就是人们精神观念、文化思维的投影。这些年来人们崇拜“白描”实是表现这样的思维惯性：单一化，固定化，封闭化。因为“白描”要求作家筛去“一切可有可无的词”，而选择最精炼最准确最能把握事物特征的词，这表明作家必须依靠一种绝对的真理、一种固定的逻辑、一种简单的思维来面对丰富多样有着多种可能性的生活。这样，作家主体发挥的可能性便扼制到最小最小的限度，事物也丧失了世界原有的丰富性和可能性。而这一切，正是那个时代文化的根本的也是最基本的特质。

说了一通与王蒙小说似乎无关紧要的话之后，笔者便可以在这样的背景下考察王蒙小说语言的策略与意义了。和其他作家一样，王蒙也经历过由描写而叙述的过程，他复出之后的《最宝贵的》《表姐》《悠悠寸草心》等基本是依照描写的原则来建造小说的框架，《春之声》等小说的变奏最主要是对小说原有语言规范的变奏，在《夜的眼》《春之声》这些小说中王蒙以一种反描写反客观的方式来追求那种放射型的阅读效果，开始冲决了那种单一的逻辑的语义描写的网络，而融进了更多属于作家主体性范畴的语言句型，这时期的小说呈现为内省性的叙述状。到《风息浪止》《六月的话题》《名医梁有志传奇》，王蒙已经熟练地掌握了叙述这一小说文体，并兑进许多五颜六色的染料，使之成为一种难以言状的“杂色”。

在当代作家中，王蒙的叙述语言绝对是独一无二、不可再得的。1988 年的小说充分暴露了他肆无忌惮的语言扩张欲，他恨不能用一句话将事物的所有可能性和所有不可能性全部都穷尽，这便构成了他叙述语言的非语法、非逻辑、非修辞乃至反语法、反逻辑、反修辞的思维特征。矛盾性的毫无节制的修饰使他的定语状语变得像旋转的魔方一样呈现出多种结构和多种色彩。略略一看，这样矛盾的类型到处可见。

> “惶惶然。人们在争辩小张上任究竟会是祸还是福。现在是站在‘反张’还是站在‘拥张’的立场上更正确而且更有把握。XXX 与 XXX 是否明反暗拥或者明拥暗反或者又拥又反，简直说在这样的事情与一切事情上搞八面玲珑脚踏两只船留一条退路究竟是明智还是缺乏人格。”
>
> ——《夏之波》

> “愤慨是理所当然的。但如果在从书页跳入现实的同时也能跳出把催眠当作一种伎俩，一种手段的贬义的框框，即不要习惯地将催眠与真诚、与热情、与对生活的最美好的感觉和最美好的追求截然对立起来，而只是客观地把催眠当作某种精神现象的代表符号，那么会不会得到一点什么新的启发呢？会不会获得某种哪怕是极片面板有限却又是极深刻杜清醒的穿透性眼光呢？”
>
> ——《一嚏千娇》

“惶惶然”这一节其实是一句特别冗长的单句。如果按照我们通行的语言句式即规范的语体文，该这样说：人们惶惶然地在争辩（宾语以比较简洁的词组出现）。但王蒙却不在乎这种逻辑脉络清楚的语言程式，他来了一个颠覆，一、将“惶惶然”提前为一个独词句，以强化人们那种惶惑不安的感觉；二、“争辩”这一谓语后面拖着一个极其复杂极其琐碎极其冗长的宾语，但这个特长的宾语又被切为三个句子；三、第三个宾语（即“XXX”一句）显然是一个病句，在“简直说”之后遗漏了“不清”二字，应该为“简直说不清……究竟是明智还是缺乏人格”。这样一种对宾语的多层次多角度色彩的修饰，其意图在渲染人们争辩的气氛和人们复杂的难以言清的而不是简单明了的心态，在语法的违背常规和矛盾性中却增加了事物的可能性与丰富性。《一嚏千娇》所引的这一节不是叙述性，而是议论性的文字，虽然与“惶惶然”的文字来得更长，但仍然只是一句，一个复句。它同样充满某种对语法和修辞的蔑视，最明显的是把“极片面极有限却又是极深刻极清醒”这样矛盾水火不容的对立词性并列在一起，违反了逻辑上的同一律矛盾律原则。这样的句式在王蒙的小说中随手可拾，这样多线头的辐射性的扇状的语言结构实际是对机械理性逻辑的一种嘲讽，也是对世界多种可能性的一种宽容和寻求。语言作为一种载体总是以表述者的哲学思想形态作为背景的，王蒙体的小说语言自然也是王蒙式哲学的表现，只是探讨王蒙的哲学态度与人生观念不是本文的宗旨，这是另外一篇文章的题目。

还是回到语言文体叙述学的角度来观察王蒙这样一种膨胀的变异的小说语言方式。西方现代批评家瑞恰慈曾提出过“伪陈述”的概念，认为小说语言区别于科学和日常指称性语言，是一种“伪陈述”。瑞恰慈的这一提法遭到了很多人的反对，因为他截然割断文学语言和现实语言的联系。不过瑞恰慈的提法倒不妨移用到对王蒙小说的分析上（注意：下面所用的概念已非瑞恰慈的原初意义）。如果我们把近十年来或可追溯到五四以来已经形成的小说叙述当作一种正宗的“陈述”的话，那么王蒙的语言操作则是一种“伪陈述”。这种“伪陈述”的特点不在于陈述了什么，而在于它什么也没有陈述，它只是提供一种世界事物和人物心理发生的可能性。从这种意义上，王蒙近期小说所体现出的便是一种反叙述倾向，就是通过多种的修饰、连缀、并列、扩展来消解语言的叙述性质，以一种解构的方式来面对世界，面对人生。

王蒙的这一系列语言实验，将新时期以来从描写到叙述的小说文体发展过程又推向前一步，这便是反叙述小说的出现。这在西方也许算不上新鲜，但在中国，宣布叙述死亡之后，要求小说家的将是更高的智慧、更深的经验和体验以及更为超拔出众的语言能力。

二 张承志的绝境

张承志用他深厚的声音和宽阔的肩膀沉重地将现实拒之门外。

所以他孤独。

他不能容忍尘世的俗不可耐，他仿佛要不食人间烟火似的，顽强而英勇地在逃遁现实、反抗现实、仇恨现实。而现实又是那样的宽广和深刻，人类的一切又被它深深地拥抱和包容。这样，张承志正堕入一个美丽的陷阱之中，他每反抗一次，现实便要以加倍的反弹力将他掷入老远老远的空间。现在，张承志已经被自己的行动和反弹力推向峭耸的悬崖，向前走去固然景色诱人但也虚幻莫测，说不定是万丈深谷，向后退去则是世俗的肮脏的气息。他不能前进也不能后退，他只能握紧拳头，昂首云端，脚踏山峰，义无反顾地坚守自己的精神领地。绝境上的张承志是一幅动人的雕像，虽不似普罗米修斯那么光彩照人，也不似大卫那么英俊优美，但他用文字所凝成的那样一种无望而奋斗的精神，进入了人类精神跋涉者永恒、辉煌的生命境界。

1. 都市的恐怖与草原的诱惑

张承志无疑患上了都市恐惧症。城市在他眼里是一片混浊，噪音，污染，卑鄙，庸俗气，市侩气，铜臭味，人与人是隔膜的，人与人的关系是虚伪的、矫饰的，人在工业文明工业机器的限制下丧失了人自身的自由，人被充分地异化了，这在他的长篇《金牧场》和中篇《北方的河》里面表现得尤为突出。在《金牧场》里，在“J”部分里只要出现东京街头的繁华之景和那个油头粉面的日本学者大汤，张承志的笔下便充满了厌恶和烦躁，恨不能将这个城市和这个市侩之徒撕毁掉。《北方的河》更是一曲诅咒城市的“劲歌”，在这篇小说中张承志把对城市的愤懑、仇恨、批判全都倾注到徐华北这个人物身上，徐华北成了城市的俘虏、草原的叛徒，又用城市的气息和力量向“他”侵扰，以至夺走了“她”，徐华北无疑带有这个城市的开放、狡诈、虚伪和庸俗。然而，徐华北居然胜利了。“他”是何等地愤怒这个城市，在“他”得知“她”成为徐华北的恋人之后，张承志这样写道：

> 他冲出小院。公用电话旁边站着两个穿红裤子的姑娘正对着电话吃吃地笑。他重重地把手按在电话上面，“对不起，”他喘着粗气，“我母亲病啦，让我先打一个叫车。”他哆嗦着翻开电话簿，寻找出租车站的号码。电话里不紧不慢地应了一声。他赶紧报了地址，“——没车！”电话砰地挂断了。他愤怒地把听筒一摔，冲出公用电话间。“哎！交钱！交钱！”他听见后面在吆喊，但他咬着牙睬也不睬。

张承志显然在故意触犯城市，因为城市容不下他的精神漫游，也不能接纳他那在茫茫草原所浸泡出来的原始的灵性和野性。他要活下去，只有把他的思维、逻辑、记忆伸向那广阔无垠的草原和恬然宁静而又荒凉空旷的大自然。因为“大草原永远不死。人们应该知道？工业化进程和技术是不可能消灭那辽阔得几千里一望无边的大草原的。那里永远是草原：夏日绿波荡漾，冬季里冰封雪飘”。（《胡涂乱抹》）

这样一种“草原情结”始终缠绕在张承志的笔端，萦回在他灵魂的声音里。他的处女作《骑手为什么歌唱母亲》诞生在当时一片泪水的“伤痕文学”愤怒潮声中，这便开始显示出张承志作为“大地之子”的独特的情怀，而之后的《黑骏马》则是一曲神圣的草原的礼赞，尽管后来的《黄泥小屋》等作品移换了故事的背景，但依旧散布弥漫着草原的气息和氛围，即令参军之后的张承志在他的海洋诗章中，依旧浮动着草原动人的景象。1988 年的《海骚》是以海军生活和回族生活作为小说的主体结构的，但张承志那种对海的亲近与熟悉，却是一种对草原的移情，他把驰骋在海疆上的舰艇当作“黑骏马”重度他当年的那种青春生涯，这种对大自然的亲近和崇拜，在他《北方的河》里可谓升华到了极致，那些闪闪烁烁、浑浑噩噩、浩浩荡荡、悠悠忽忽的河流，都像充满生命的血液似的奔腾在大地上，也奔腾在张承志的每一根神经。“在狂风撼动般的观众欢呼中唱，其实是残酷的。关于这一点用不着谁来理解，我有草原母亲，甚至我也有过的对你的好意和祝愿，都用不着你们理解。我有草原——你们懂吗？”

“我有草原——你们懂吗？”这该是张承志对世俗的宣战，这种愤世嫉俗的宣言里所带有的自傲与狂妄、自信与执着几乎构成了他“草原情结”的全部内容。“母亲一生丢了一切，但她不能丢了我。

这不是流行的弗洛伊德热的结果，这是沉甸甸地压在儿子心头的人生，草原丢了绿色，被火烫的红砂粒淹埋了，但草原不能丢了她心底那深沉的律动。草原可以战死后变为沙漠，但那伟大的律动永远不会消失，永远搏动不息。”草原那深刻的律动已经融化在张承志思维的节奏与韵律之中，他不能挣脱这种“童年记忆”般的烙印而去按一种别的节律进行自己的人生和寻找，他只有依附于草原才能生存得宁静和安详。在《黑骏马》中,“我”经过漫长的跋涉与寻找，在索米娅和奶奶的严酷的人生态度面前，“我滚鞍下马，猛地把身体扑进青青的茂密草丛之中。我悄悄地亲吻着这苦涩的草地，亲吻着这片留下了我和索米娅的斑斑足迹和炽热爱情，还出现过我永志不忘的美丽红霞和伸展着我的亲人们生路的大草原”，只有通过阅读《黑骏马》之后，人们才会明白张承志那句“我有草原”所包含的那样丰富的情感寓意。

张承志甚至在这种对草原的崇拜过程中发现了自己的形象，这是最为激动人心的境界，非大彻大悟不可进入如此化境：

在草原边缘上走着，他看见了：一个赤裸的黑污的小孩露出了地平线。那小孩摇晃着张开小手奔跑过来，不管不顾地叫喊着。辽阔的草原灼烫又富有弹性，有一支歌，有一种神秘和消息，从那小孩赤裸的双脚传了上来。那小孩像牛犊一样奔跑着，笔直地对准沙漠。

草原的神祇已经通向了张承志的七窍，他只能乖乖地按照神的谕示而行动。

2. 历史的迷恋与现实的隔膜

已经有不止一位批评家批评张承志缺乏现代意识，他的小说是“过去时代的文本”。不能说这种批评没有道理，因为张承志确确实实不像那些具有先锋精神的仁人志士去急切地拥抱现代精神，张着双手扑向现代文明的怀抱。在现代文明面前，张承志表现出了令人遗憾的迟疑和冷漠。

这种对现代文明的抵牾不是像有的作家那样故意装出来的，张承志既不效法塞林格，也不模仿海勒，他的冷漠与迟疑完全受制于他记忆的流程。前面我曾经谈论到张承志的“草原情结”。既然张承志的身心已经与广袤无垠的大草原连通了，他怎么会又怎么可能轻易背弃自我的信仰呢？问题在于张承志为什么会如此眷恋草原，在内蒙古草原上插队做牧民的知青和作家决非张承志一人，但这样对草原恋恋不舍并终生不忘的，却只有张承志。而且，由对草原蒙古族牧民的挚爱引发起他对真正故乡真正生命起源的追寻。在《绿夜》里，“表弟”说：“我们没有昨天。”而张承志却像他的小说宣称“我有草原”一样郑重地宣布：我有昨天。

说张承志沉浸在昨日的回忆之中丝毫也不过分。他太爱惜自己的昨天、自己的记忆，以至不容别人进行一点点的损害和玷污。也许大学专业的选择和研究目标的制定，便早已决定了他无力正视现实的性格，考古专业和历史学硕士使他的视野伸入到更为辽远和幽深的历史陈迹和民族迁徙的过程。《金牧场》里所展现的黄金牧地无疑是一种历史光芒的放射，而《黄泥小屋》《海骚》的人生也同样是非现实的折射。也许文学就是人生各种情感各种经验记忆的组合的结果，但像张承志这样执着于往昔、执着于记忆、执着于怀旧的作家委实是太少了。短篇小说《绿夜》可以说是一场记忆的失落，

“他寻找的已不复存在”，岁月不会为你而停止流逝，小奥云娜也不会为你而永远是八岁，他终于明白，“执拗地醒着去寻找逝去的梦是件可怕的事。应当让那种过于纯洁的梦永远萦绕在心头。因为在现实中追求梦境就是使梦破灭”。于是，他在历史的境界和回忆的河床中重温旧梦或构想新的梦境，他确实在一步步地远离现实、远离人群、远离世俗，而一步步逼近历史、逼近古老、逼近人类最原初的本性，他以为把握了历史就是把握了现实，他以为整理了记忆就是整合了人生，他以为梦的圆满和成熟就是人格的美好和完善。

这样一种成熟的蜕尽天真幼稚之气的执着与顽强，张承志自己称之为一种“老桥意识”，认为“这座桥或者就是我自己和大家走向明天的唯一道路。尽管它是老的，坍塌了一块桥板，散乱着几堆兽粪。它毕竟是桥，是联系着山和水、过去和未来的桥”。这样看也许来自于张承志的一种自觉意识，张承志对历史的迷恋和沉醉，是与他的学历和经历有着密切关系的，他曾在内蒙古牧区放牧四年，后来又长期从事中亚、新疆、甘宁青回族的历史宗教考古调查，“历史学硕士”无疑在制约他的思维动向，另一方面他心理的气质也导致对生活采取一种“逆向性”的态度。在《阿勒克足球》这篇并不十分出名的中篇小说里，张承志有一段非常真挚的内心自白，他甚至想把它印在第一部小说集的扉页，在这段里浸透了他的审美理想和人生理想。

至于你们，我的朋友，你们不是也曾在那散了架的牛车上牙牙学语吗？你们不是也曾呼吸着那牛粪火上腾起的青烟，光着脚跑过晨雾迷蒙的、湿漉漉的草原吗？——嗯，这样很好。你们的眼睛告诉我，你们也讨厌孤傲自负或胸有城府。你们也像讲述着我们美好母语的牧人一样，喜欢诚恳地哪怕是天真地互相倾诉。

虽然张承志后来自己也觉得“嫌嫩了点”，但他并未改变初衷，而是不断地充实丰富这一理想，渴望人与人能够“天真地互相倾诉”。这样一种对真诚的渴望和寻求由于在现实的尘世生活中遭到亵渎，张承志遂干脆隔绝了对现实的沟连，而开始在梦境（记忆乃是人类梦境的一种）实现。虽然历史并非那么真的脱离了尘世的气息，非现在时的生活亦如现在时的生活一般善恶混杂美丑同在，但由于张承志用一种非世俗的非伦理道德的目光去观照他们，以一种审美的雾幔去笼罩它们，因而逝去的生活景象在记忆中焕发神奇的令人动情的光晕。但由于“历史情结”的缠绕，当张承志把这样一种心理记忆上升为一种理性自觉时，他笔下的那些“历史”便开始黯然，近几年张承志所潜心创作以回族历史和生活为题材的小说虽然仍然保持了原有的力度和气势，但由于是有意的“历史”寻找，他笔下的那些回民们总使人想起蒙古包的牧民们，或者说张承志太为伊斯兰文化那些外观性的材料所感动，以至发不出那种自身的体验的感性来。虽然不能说张承志将被“历史”所吞没，但张承志为“历史”所累却是一个无可回避的事实。

人们怎样既逃避现实的污浊而又不钻入历史的隧道之中，确实是一个两难甚至无可选择的选择。在这样的意义上，也许很难说张承志有什么不现代。

3. 最后一个浪漫主义诗人

有人说张承志是中国“最后一个浪漫主义诗人”。

这“最后一个”，委实为张承志增添了不少悲壮色彩。而我要说，张承志是“最后一个”，也是最完整的一个。中国新文学史上，曾出现过郭沫若这样的浪漫气质的诗人，但《女神》之后，郭沫若便开始丧失那种浪漫性和纯粹性，而逐渐走向现实化以至最终成为世俗化的奴隶，这种悲剧在近代的文学史上绝非只有郭沫若一人所有。在中国新文学史上没有出现那种纯粹的浪漫主义作家，而只有那种在夹缝中生存的所谓“两结合”作家，而这些作家最终都自觉不自觉地向世俗妥协。因此张承志这样一个“最后一个”无疑有着令人振奋不可轻易抹掉的意义。

张承志的浪漫性主要表现为他对理想的那种刻骨铭心、近乎疯狂的追求。在张承志的小说幻化为一种生命，幻化为一种“金牧场”，“我崇拜的只有生命。真正高尚的生命简直是一个秘密。它飘荡无定，自由自在，它使人类中总有一支血脉不甘于失败，九死不悔地追寻着自己的金牧场”。理想在今天似乎已经和天真、幼稚、不谙世事以及傻帽之类时贬义词等质，在今天这样一个物欲泛滥、人心浮躁的特定环境里，经济、实惠的可以直接获取的物质性诱惑早已腐蚀了人们的精神性追求，人们也确实有理由不作那种漫无边际的空洞的幻想。但是，理想作为人类精神的火光是在任何时候不能熄灭的，它不在于为现存的人们贡献什么具体的生活方式和生活程序，而在于照亮人们灵魂的通道，让心灵与世界直接对话。这样一种执着的九死不悔的追求精神也正是理想的最为动人的光彩之处。

对理想的追求，不在于要去获取什么得到什么，而在于过程的美丽和辉煌。真正的理想绝不是设计现实、规划现实、建筑现实的蓝图，真正的理想是永远不实现的，它只能满足心灵，满足精神的追求。实现了的理想只是世俗图景的预先构制。张承志所渴求的理想是心灵的归宿，是精神的家园。最为重要的是，张承志在其理想的王国中又投注了浓郁的宗教色彩，他小说中处处向人们展示那种高耸云端的哥特式尖顶，有时甚至以一种俯视芸芸众生的姿势来谈论他的“上帝”“真空”，好像他的读者都是他的教徒似的，要听他的布道。这也许是人们对他不能容忍的地方。

寻求一种精神的终极关注，正是现代人进行灵魂自我拯救的唯一途径。当越来越多的作家放弃理想的追寻而沉湎世俗的实际中，张承志高高扬起灵魂自救的船帆，一往直前地驶向彼岸，虽然那么孤独那么苍凉那么悠远，但同时也反衬出世俗的喧闹、嚣张乃至龌龊。

构成张承志浪漫主义精神的主要有这样三个色调，艾特玛托夫，海明威，凡·高。这三个人既是张承志跋涉中的三个台阶，也是他现在小说的三种色调。艾特玛托夫的抒情和宁静，海明威的硬朗和精悍，凡·高的骚动与狂烈，复合为张承志小说的多层次空间。这是一个优美而丰富的诗的空间，这是一个浪漫主义诗人美丽的梦幻世界。对于这样一个世界，我们可以拒绝它，也可以回避，但是我们没有理由嘲讽它，更没有理由亵渎它。

我们已经失落了灵魂的归宿，我们还能那样恬然地去指责那些寻找灵魂归宿的跋涉者？

三　王朔的恶作剧

不论怎么说，王朔是以一种恶作剧的方式操作小说的。由于过去把文学的作用看得过于神圣，把文学的使命看得过于沉重，人们对这种恶作剧在惊愕之余往往会表现一种愤怒和不解，难道小说还可以这么写？

因此，文学的神圣感与王朔的恶作剧构成非常有意义的有趣的悖论。

1. 乖谬的叙事人

王朔小说的怪异之一就是他小说的叙事人，他以一种拟自传的方式来进行叙述，而这种拟自传的方式往往给小说带来了一种纪实性的效果。诚如有的论者所论述的那样，我们以前小说的叙事者往往处于一种全知全能的角度，是凌驾于作品人物、故事、情节和事实之上的上帝。这种叙事人是以一种真理在握的态度向读者叙述故事描写人物，并对事情和人物善恶美丑作一种绝对性的判断，随时向读者灌输一些理念性或情感性的东西，是非异常清楚、逻辑非常严密，可以说这种叙事人是道义和真理的化身，这些小说在叙述人物时一般以第三人称出现，像柳青的《创业史》便是这种叙事方式的典范，19 世纪一些批判现实主义大师的作品大多也采取这种叙述方式。很难说这种方式已经过时，它依旧会有生命力。

至于拟自传的方式，自然也不是什么新鲜的招数。但它打破了那种全知全能的叙述视角，以“我”有限的视野去观照生活去理解生活，尽管他们所摄取的只是生活和人生情感的非常微小的片断和瞬间，但那毕竟给了读者以创造和理解的可能，比那种整巴巴地塞给读者的上帝方式要更有阅读的余地。而且，由于拟自传方式叙述表现的是“我”的人生故事，“我”不再是冷眼旁观的局外人，“我”便是主人公。叙事人和主人公的同位无疑在阅读上增添了浓厚的纪实性效果。事实上，无论是方方的《风景》，还是刘震云的《新兵连》，以及查建英的《丛林下的冰河》，都有一种拟自传的味道。但王朔的叙事人显然与他们有着质的区别，虽然这些小说中的“我”已经不是高大完美的英雄，而是普普通通的寻常百姓，但毕竟是奉公守法的公民，而不是那些油腔滑调喜欢给正常秩序添乱子的“都市的老鼠”。而王朔却把这些中国式的“嬉皮士”作为小说的主人公，作为小说的叙事人，这实在是一次了不得的恶作剧。试想一下，如果鲁迅先生《阿Q正传》是以阿Q自述的方式出现，让阿Q充当叙事人，那将是一种什么滋味什么情景！可惜过去没有人进行这种尝试。王朔可算是开了先河，因为一般以这种罪犯或“候补罪犯”出现的文字，几乎全是一种忏悔的惋惜的痛苦的劝世喻世和戒世的文字，比如迟志强那样悲痛欲绝的《囚歌》。而王朔笔下的这些“候补罪犯”们却以一种炫耀自得的口吻来讲述他们作案的经过和细节，仿佛像那些英雄和标兵讲述他们先进和不那么先进事迹似的。这无疑是一种挑战。

在分析这种挑战的意义和背景之前，先不妨略看一下这些叙事人的底细。《橡皮人》中的“我”是个违法乱纪的“倒爷”，《一半是火焰一半是海水》中的“我”则是一个名副其实的罪犯，《玩的就是心跳》里的方言是一个无所事事成天鬼混的赌徒。他们是新的社会条件产生的一批“边缘人”，玩世不恭看破红尘之类的套语似难用到他们身上。他们显然缺少明确的目标，不是为了什么真理而生存，也不是为什么挣钱，也不是为了女人，一切在他们看来只是游戏，一切都是为了好玩，所以他们从不放弃任何带有游戏性冒险性的机会。《玩的就是心跳》里的主人公方言有一句非常精彩的话：“我是从不放过当主角儿的机会的。”为了充当主角，他们在生活中上演了一幕幕的恶作剧，令人啼笑皆非。

如果王朔按以往那些叙事模式来处理他们，即以一种批判性的目光审视他们或同时略带一种同情的态度来叙述他们，并通过他们的“悲剧”说明某种思想，那样王朔就会变为一个很平庸很正统很一般的作家，就不会像今日这么引人注目这么风格怪诞。虽然不能说王朔的价值仅仅在于用这么一种乖谬的叙事人来叙述这类乖谬而鲜为人知的生活现象，但是王朔的小说如果离开了他的独特而乖谬的叙事人将会是另一番情景。叙事人的艺术其实就是现代小说的艺术。罗伯·格里耶的《嫉妒》所展现的主题是一个古老而又古老的主题，但作者所采取的叙事角度极为新颖，让女主人公 A 的丈夫充当小说的隐含叙述者。因此，小说里并没有正面叙述丈夫如何嫉妒妻子和邻居弗朗克的暧昧行为，而是通过“那一双眼睛”所看见的客观事物和人的行为的方式，来显示这种“嫉妒”的实在性。如果说罗伯·格里耶的《嫉妒》的叙事技巧属于一种纯粹艺术性的创造的话，那王朔则是将叙事内容、叙事观念和叙事方式融合在一起。于是，王朔便给人们展现了一派光怪陆离、乌烟瘴气而又五彩纷呈的生活场景，这是一个与我们所习惯的价值世界截然不同的天地，是我们平常在报纸、电视和小说中所罕见的世界。

王朔实际上是通过他的叙事人在向一种价值观念挑战，在向我们所习惯的流传已久至今不衰的价值方式挑战。由于新中国成立以后社会舆论普遍要求人们的行为以至心理要规范化，要与整个国家的政治面貌相协调，而当时的政治面貌是一种单色调的格局，因而人们的价值观念也就极为单一和苍白，这种狭隘的价值观念制约着人们对世界现象的理解和判断。当王朔对这种绝对化的价值观念进行颠覆，生活的现象就不像原先那么黑白分明、善恶清楚了，而进入一种混沌状态。李陀在谈到余华的小说时，着重指出其对阅读结构的颠覆，是颇有见地的。应该说余华的颠覆行为是着重艺术形式本身，主要是对读者阅读心理、阅读结构的挑战，而王朔则似乎遵循小说读者已有的阅读心理和阅读结构，当读者发现填充在这些结构之中的填充物远非想象的那般时，已经迟了。王朔的恶作剧得逞了。

其实，文学不会存在一种绝对的千古不变的永恒价值观念，它总是要变的，要发展的，恶作剧式的战法显然不那么温柔可爱，但来那么几下也很有意思。

2. 新京味与新小说

王朔上演的无非是一出出闹剧，但这场闹剧是以京式幽默为底蕴的。王朔小说里虽然常爱写到南方的沿海城市的风光，也爱以这些五色炫目的城市作为故事的背景，但活动在这些背景中的人物却无一例外都来自中华人民共和国的首都，所操口音也是道地的京腔。因此把王朔小说称作京味小说是很自然的。

现在有不少人开始注重对京味小说的研究，我个人以为京味小说除了它特有的方言和风物外，还有它的思维方式也很重要。京味小说的思维特点就是“绕”，用北京话说就是绕脖子。这种“绕”就天然带来了一种幽默感和喜剧色调，但“绕”不好也是与肤浅、油滑相一致的。京味小说已经出现了像老舍这样的艺术大师，老舍的出现，确实使得后来的一些追随者既喜又忧，喜的是“学有榜样”，像老舍这样的巨匠在前面拓开了条路，免去了草创的艰难，忧的是老舍的京味小说像一座高耸的山峰，要逾越它达到新的高度实在不易。事实上，在王朔之前也出现了一些以写京味小说为己任的中青年作家，他们所创造的小说也一度获得人们的好评，有的作品还在全国性的评奖中荣膺过长篇小说、中篇小说，短篇小说的奖牌。但说实在的，这些小说不过是老舍的余响而已，他们的结构方式、语言方式、叙述方式、审美方式都只不过是老舍模式的重版，除了略许充实一些新的生活现象外，并没有真正意义上的突破，在对生活、对人生的理解与洞察上有的仍停留在社会道德层面上，远远达不到《四世同堂》那种文化批判的层次。

与这类小说相比，王朔的作品可称之为“新京味小说”。所谓

“新”就是它基本上摆脱了以往那种京味小说的结构程式和审美规范。首先在于王朔的小说里出现新的生活内容和社会现象，这种内容和现象不仅在一般的京味小说里找不到，在其他类型的小说作品之中也是没有出现过的。这就是我在前面所说到的，王朔所展现的是一个新的生活角落，一群中国式嬉皮士的生活图景。我不想一一去罗列这些形形色色的光怪陆离的新现象，只要将王朔小说语言与其他的京味小说相比较就能一目了然。先看他的叙述语言：

夜里我和几个朋友打了一宿牌。前半夜我倍儿起“点”，一直浪着打。后半夜。“点”打尽了，牌桌上出了偏牌型，铁牌也被破得稀里哗啦，到早晨我第一个被抽立了。

这样的语言方式是最近几年在北京刚刚兴起来的，而且也只是在一定的圈子内通用，甚至一般的“老北京”在阅读时也碰上障碍，以至于那些已经出名的京味小说家也未见得能明白其中的奥妙。下面《玩的就是心跳》里的主角方言的一段话：

“没有，可我一直特想去，听说那儿的少数民族洗澡让人看，姑娘一辈子不找丈夫，敞开儿‘喇’不犯错误，比咱汉族聚居区洒多了……”

无论是叙述语言还是人物语言都透露着特有的生活韵味，一些词汇和语汇更是近年内所涌出来的，这在那些京味小说中是无论如何也见不到的。当然这些语言的新异除了与人物独特的生活领域相关之外，还与整个小说的审美情调有关，这也是王朔“新”的内核所在。京味小说的审美特点是幽默，应该说这种北京式的幽默在老舍那里已经达到至善至美之境。但时代在发展，人们的审美心理和审美趣味也在变化，尤其处于现代社会生活中的人们愈来愈感到生活色调既非悲剧亦非喜剧叫你哭也叫你笑。一度时期内中国曾风行过“黑色幽默”，出现了像《你别无选择》《无主题变奏》这样的小说，至于模仿它们的就更多了，应该说这两部小说在当时还是开了风气之先的，但由于作家把生活领域和精神领域太“黑色幽默化”，结果以至让人疑心它们是海勒、塞林格的赝品。我并不赞成那种民族化的说法，但我觉得文学作品不论表达或宣泄什么样的感情都应该是真诚的真实，而不应是装出来的，故意耍出来的。王朔的小说显然也是受到“黑色幽默”的影响，但不是简单移植《第二十二条军规》和《麦田的守望者》的情调，而是来自中国土地上所特有的声音和气息，这就是以京味为其色调的幽默风格。但王朔在保持那种京味幽默的过程中，又给这种幽默注射了新的血液和成分，这就是以荒诞风格为特征的现代审美因素。因而，王朔便获得了一种新的京味，一种新的幽默。《顽主》是他玩得最富这种新的幽默新的京味的一部。三 T 公司这样既荒唐而又真实的存在，无疑是人类存在两难窘境的写照。

在这样的意义上，我们可以把王朔的小说称之为一种新小说，与时下那些执着于形式执着于语言的一些实验探索体小说，王朔显然有其先锋性的价值。有人曾对王朔在小说里不厌其烦地耍弄故事悬念、情节迷障表示一种蔑视，王朔委实也有迷溺情节卖弄悬念的嗜好，他在长篇小说《玩的就是心跳》里所精心营造的种种谜面般的悬念与伏笔本可以增强小说的可读性的，但由于把这种悬念与机巧用到时空错乱的整体背景中其可读性反而不及原先的《橡皮人》和《顽主》了。虽然这种时空错置交叉反复可以强化方言形象的荒诞性和心理化，但这种叙述故事的结构对王朔来说无疑是一件吃力的事情，影响叙述的潇洒自在。不过，这部长篇在艺术形式上所做的追求却超过了他以往的任何一部作品，改变了王朔叙述故事的平面化线条化的格局，在一些具体技巧上借鉴国外的一些优秀推理小说和先锋小说的做法。那大段大段不带标点的意识流也堂而皇之地出现于王朔的小说中，法国“新小说”派所用的“穿插”“复现”“设迷”“镶嵌”“环合”“跳跃”等手段也被他融化到小说中去，丰富了小说的阅读内涵和审美层次，已经很难把它打入到俗文学的范畴。

这表明一种新小说的诞生（这里的新小说与法国“新小说派”无干系），它既传统又现代，既好读又不好读，它既大众化也沙龙化，它既现实主义又反现实主义。总之，它的缺点与它的优点共生，它是怪物也是新潮。这是时代的产物。

3. 诗情未泯

有人曾把王朔的小说称为“嬉皮士文学”，更严重的叫法是“小痞子文学”，且不论这种做法是否准确，因为王朔的小说也确实透露出那么一股痞子味，但王朔也确确实实有另外的一面，这就是他对诗意的寻找、迷恋和热情，在他贫嘴贫舌、油腔油调地调侃、反讽一些“正经”的事情的同时，他又对那种美好的、诗意的境界表现出惊人的追求和执着。

如果说初期的《空中小姐》是作家的发轫之作的话，那么在《空中小姐》所体现出的那种对纯粹美的向往与热爱，则始终贯串在王朔小说创作的脉络之中。《空中小姐》把这种对诗的追求、诗的表现熔铸到人物王眉身上，这部小说所叙述的爱情故事一点也不新鲜，但它的悲剧性的价值在于“我”这样的玩世不恭之徒对美的醒悟和追悔。“阿眉来了！冰清玉洁，熠熠生辉。她拥抱了我，用空前的、超人的力量拥抱了我，将我溺入温暖的海洋中。她用岩浆般沸腾的全部热情，挤榨着、置换着我体内的沉淀垢物，用她那晶莹清冽的全副激情，将我身心内外冲刷得清清白白。”这是一曲对美的颂歌、对纯洁的礼赞。

这种诗情和诗的精神在王朔以后的作品似乎被表面上的那些喧嚣和嘈杂所遮掩，但并未真的消失、真的灭寂，而是以更简洁、更含蓄的方式来表现。说实在的，在《玩的就是心跳》等小说里，已经很难在人物身上找到像阿眉那种冰洁的诗情与美感，这些小说人物的芜杂和荒诞远远地令诗意躲避，他们是以一种“反诗”的方式存在着的。王朔有时也故意遮掩这种诗情的萌发与荡起，但诗已经沁入到王朔的心灵之中，这种灵魂性的东西总是会自然而然流露出来的，“我看到远处火车站广场上的棕榈树和走动的人群，看到进站口和出站口蚂蚁般围聚进进出出的黑色人流。我看到一列火车从车站大楼后面的拱顶站台开出，穿过城市的立体马路郊区的一片片房屋驶向一望无尽的田野，村庄，河流、工厂在大平原上星罗棋布，列车像一条短短的黑毛虫蠕动在天地间。”这一场景的描写很容易使人想起意象派诗祖庞德的著名的诗篇《地铁车站》，这种对都市生活瞬息变化、人生匆匆感觉的诗情的把握，显出了作者良好的艺术感受力和表现力，也袒露出作者那颗不易外露而又深沉真挚的诗心。

反映现代都市生活的小说，如果以一种诅咒或批判的态度去写是很难呈现出诗意来的。比如茅盾的长篇小说《子夜》可谓在思想观念上达到他创作前所未有的高度与深刻，但在诗情、诗意的表现方面却远远不及他的《春蚕》之类的小说，即使不以一种批判和诅咒的方式去面对现代都市，也未必就能筛出或渲染出多少诗意来，因为现代工业文明的出现实际就意味着那种田园风光那种农业文明的破坏，也就是说诗的沦丧。而文学最根本最原始的属性却是一种诗的，而并非观念的理性的。因此，在城市中如何捕捉摄取到诗意诗情，便成为现代作家面临的一个新的课题。好像这方面成功的作品并不多，一些描写城市改革的小说往往注重现代观念的全方位展示，而忽略诗的位置，这可能是茅公《子夜》的遗风所孕。王朔在他的长篇小说《玩的就是心跳》里却不乏这样成功的尝试，不妨摘抄一二：

我看到各种各样的人从不同方向往那个酒家的门里走，像是无数小鱼被吸进一条大鱼大张着的嘴。我在酒家门口也感到一种身不由己的吸引。大厅里尽管开着灯仍然相当昏暗，足有四五百人坐在那里又吃又喝，默不作声。同时，在这四五百人身旁左右又活动着很多隐约可辨的黑孩，重叠纷乱，同样在吃喝在比手画脚做着各种手势无声无息地走动，同此刻正在餐厅里坐着的人们各不相扰，像是一张经过无数次重复拍摄的底片，各个时期的人都把自己的映像留在了上面。

大厅暗下来像是到了黄昏，几百人们坐在那里无休无止地吃喝像是一出冗长的戏里的群众演员，戏不完就永远在背景上作吃喝状。

这种语言显然是诗意的，现代都市生活中人的失落感与异化感都被笼上了一层忧郁甚至伤感的氛围，不再带有那种鲜明的道德价值判断的印记。我总固执地认为，不论文学如何“黑色”如何“幽默”，如何“新观念”如何“新形式”，但作为一个作家的诗心却应是永恒存在的。一个再冷漠再泼辣再愤怒再现代化的作家，如果他灵魂里的诗情已经冷寂或者压根儿就没有一颗诗心，肯定不是一个大作家，也肯定不是一个好读者。他可以去做商人、军人、政客、外交家，甚至可以做思想家、逻辑学家、语言学家、教授。

正因为如此，王朔在恶作剧时没有想到他自己原本是一个纯情诗人呢！

后　记

探讨新时期文学的局限和不足，是我酝酿了许久的一项计划，但由于当时不可能以书的形式出版，所以只能以零星的方式出击，因文章篇幅限制，往往不能尽兴。蒙安徽文艺出版社的同志热情相邀，遂重新按照原计划来写作此书，只是由于书中的篇幅不是同一时态和心态下写成的，在组织时颇费周折，现在还可能留有一些裂纹和重叠之处。最为遗憾的是，本书中的好多问题未能从容地进行深刻而全面的论述，尤其是“绪言”部分中实际只是提出了问题，论述极为粗疏。至于其他方面的舛误，肯定会有，还望得到前辈、朋友和读者的批评指正。

至于我书中点名道姓所批评到的朋友，尤其是那些致力于先锋文学的朋友，相信他们不会计较什么。说实在的，这是出于一种恨铁不成钢的情绪，因为我觉得他们应该成为当代中国文学的大师，而他们却几乎在同时随心所欲地无端消耗极其宝贵的年华和才情。相信他们不会因为我的直言彻底萎缩，真的觞掉。有人曾把文艺批评分为“浇花”和“种刺”两类，我颇感有些可疑。光给花浇水会让它烂根，会影响它对阳光和雨露的吸取，种刺可以保护鲜花，还可以强化花的竞争能力。我也不相信文艺批评有什么“棒杀”的功能。真正的文艺性的批评从来不会棒杀一个作家，即使是那种非文学的批评和声讨，如果作家心态健康的话也不会被“杀”死，倒有不少作家在巨大的压力下写出传世之作。文艺批评其实是很软弱无力的，它有时只能满足自身而不能满足作家。真正棒杀作家的有两个东西，一是生活不能给予作家以基本的人身自由、言论自由和写作条件，二是作家自己。每个人都是自己的敌人。凡人之凡，庸人之庸，都在于被自己打败。

本书的写作，得到了王蒙等老师的支持。《散文的瓦解》一节系是与费振钟同志合写的。在此，谨向他们表示谢意。

1989年2月于高邮百岁巷，时春雪绵绵